IL TAGLIABOSCHI

Game of Chance, Libro 4

SUSAN STOKER

IL TAGLIABOSCHI

Titolo originale: *The Lumberjack*

Traduzione dall'inglese di Patrizia Zecchin per One More Chapter Translations

Editing del team di One More Chapter Translations

Cover design di Hang Le

Cover photography di Wander Aguiar Photography

Trovare Jodelle

Soccorrere Kalee
Soccorrere Jane

Mercenari di Montagna
Difendere Allye
Difendere Chloe
Difendere Morgan
Difendere Harlow
Difendere Everly
Difendere Zara
Difendere Raven

Delta Force Heroes
Salvare Rayne
Salvare Emily
Salvare Harley
Il Matrimonio di Emily
Salvare Kassie
Salvare Bryn
Salvare Casey
Salvare Sadie
Salvare Wendy
Salvare Mary
Salvare Macie
Salvare Annie

Armi e Amori
Proteggere Caroline
Proteggere Alabama
Proteggere Fiona
Il Matrimonio di Caroline
Proteggere Summer
Proteggere Cheyenne
Proteggere Jessyka

Proteggere Julie
Proteggere Melody
Proteggere il Futuro
Proteggere Kiera
Proteggere i figli di Alabama
Proteggere Dakota

Ace Security
Il riscatto di Grace
Il riscatto di Alexis
Il riscatto di Bailey
Il riscatto di Felicity
Il riscatto di Sarah

Una raccolta di storie brevi
Un momento nel tempo

CAPITOLO UNO

DOPO ESSERSI SVEGLIATA, April impiegò alcuni secondi per rendersi conto di dove si trovava. Di cos'era successo. Be'... quello che le *avevano detto* era successo. Si trovava in ospedale perché la sua auto era uscita di strada. Ma non ricordava nulla di tutto ciò.

In realtà, non ricordava molto degli ultimi cinque anni della sua vita.

I medici le avevano detto che c'erano buone speranze che la perdita di memoria fosse il risultato dell'ematoma cerebrale provocato dall'incidente.

Ma "buone speranze" non era una cosa molto confortante. Avrebbe preferito che le avessero detto, in termini inequivocabili, che la sua amnesia era temporanea. Il pensiero di non ricordare più nulla degli ultimi anni della sua vita la terrorizzava.

Ricordava di chiamarsi April Hoffman. Di avere quarantasei anni e che sua madre era la sola famiglia che le era rimasta, e persino tutto ciò che riguardava la sua infanzia. Ma il vuoto su ciò che era successo negli ultimi cinque anni, la stava francamente spaventando.

Non perché pensasse di aver fatto qualcosa di orribile, era più che altro perché aveva avuto un flusso costante di visitatori che sembravano davvero preoccupati per lei... e non riusciva a ricordare nessuno di loro. Non le piaceva vederli turbati, ed era chiaro che fossero estremamente agitati non solo per il suo incidente, ma anche perché non li riconosceva.

La testa le pulsava, così tenne gli occhi chiusi. La luce nella stanza esacerbava il dolore che aveva da quando si era svegliata al pronto soccorso. Sentì dei fruscii vicino al letto e si chiese vagamente chi ci fosse seduto accanto a lei in quel momento.

Dall'istante in cui si era svegliata in ospedale – a Bangor, nel Maine, le avevano detto – April non aveva passato nemmeno un minuto da sola. Era sconcertante rendersi conto che le persone che andavano a sedersi vicino a lei fossero così fedeli. Non aveva mai avuto così tanti amici... che lei ricordasse. E di certo nessuno che avrebbe messo in pausa la sua vita per annoiarsi a morte seduto accanto a un letto d'ospedale mentre lei per lo più dormiva.

La verità era che la April che ricordava era una solitaria. Aveva sempre desiderato avere degli amici con cui uscire, fare shopping e ridere, e sembrava che le cose successe negli ultimi cinque anni avessero portato proprio a quello... se solo fosse riuscita a ricordare.

Alla fine aprì gli occhi quando percepì una discussione sussurrata. Girò la testa e vide la schiena di un uomo appena fuori dalla porta. Era piazzato lì, con le gambe aperte, e bloccava l'accesso alla stanza. Si accorse che aveva le braccia incrociate sul petto, mentre era impegnato in una conversazione molto accesa con un altro uomo.

Fissò quella schiena e cercò disperatamente di ricordare qualcosa, *qualsiasi cosa*, su di lui. Aveva appreso che si chiamava Jackson Justice, ed era stato una presenza costante nella sua vita da quando si era svegliata, spaventata e sofferente, in quell'ospedale.

Non lo conosceva, ma qualcosa nel suo intimo l'aveva spinta a fidarsi subito di lui. Quando i medici le avevano detto che soffriva di amnesia, lui era stato quello a cui si era rivolta per venire rassicurata. Quando si era svegliata nel cuore della notte con la testa che le pulsava così tanto da essere sicura di stare per morire, lui era stato lì, a tenerle la mano e a dirle che sarebbe andato tutto bene. L'aveva aiutata a rallentare il respiro ed era rimasto al suo fianco finché non si era riaddormentata.

Anche quando tutte le altre persone – i suoi amici – entravano e uscivano dalla stanza, lui era quello che cercava se si sentiva sopraffatta. Ed era sempre lui che cacciava via tutti nel momento esatto in cui lei aveva bisogno di una piccola pausa dalla loro preoccupazione.

Tutti lo chiamavano JJ, ma per qualche motivo quel nome non le sembrava corretto. Quando glielo aveva confessato, le aveva detto che lei lo chiamava Jack. Aveva provato una sensazione di familiarità. Probabilmente era stata la prima cosa che aveva percepito come giusta nell'ultima settimana.

Jack aveva detto che erano amici, che lei lavorava per l'azienda di cui era proprietario insieme agli altri tre uomini che erano andati regolarmente a trovarla con le loro mogli, ma non era entrato in ulteriori dettagli. Sembrava che tra loro ci fosse qualcosa di più di un semplice rapporto tra capo e dipendente, ma ogni volta che lei cercava di parlarne, lui cambiava subito argomento.

Stava cominciando a pensare che forse, a un certo punto, si erano frequentati e le cose non erano finite bene. O forse avevano avuto un'avventura di una notte. Non saperlo la stava facendo impazzire.

April vide i muscoli di Jack tendersi, anche se dopo un attimo sembrò rilassarli lentamente di proposito. Lo osservò chinarsi verso l'altro uomo, che era appena fuori dalla sua vista, dirgli qualcosa troppo sottovoce perché lei potesse sentire, farsi da parte guardando dentro la stanza e accorgersi che era sveglia.

Notò che si irrigidì di nuovo, ma lasciò entrare l'altro uomo. Non appena April vide di chi si trattava, capì l'animosità che c'era nell'aria.

Era James Neal... il suo ex marito.

Jack era stato presente anche la prima volta che lui era andato lì. Il suo ex era entrato di corsa nella stanza, aveva ansimato quando l'aveva vista, si era precipitato al suo fianco, le aveva afferrato la mano e aveva finto di piangere. Lei era rimasta sorpresa, ma non si era preoccupata molto. Jack, invece, aveva reagito come se James fosse stato un serial killer. Lo aveva afferrato, girato e sbattuto contro la parete dall'altra parte della stanza, il più lontano possibile da lei, e gli aveva chiesto chi diavolo fosse. Lui aveva balbettato un po' dicendo di essere suo marito.

Quello aveva fatto quasi perdere la testa a Jack.

Naturalmente, anche lei era rimasta scioccata, perché non sapeva di aver risposato James dopo che avevano divorziato. Ma non ci era voluto molto prima che lui ammettesse di essere l'ex.

Non era stato un inizio incoraggiante per i due uomini, e nei due giorni successivi entrambi erano stati nervosi, e aveva avuto l'impressione che fossero stati sul punto di venire alle mani ogni volta che si erano visti.

«Sono giù al bar se hai bisogno di me» le disse Jack dalla porta.

«Non avrà bisogno di te» sogghignò James.

Ignorò il suo ex e mantenne il contatto visivo con lei. «Ok?» le chiese.

«Ok» gli rispose con dolcezza.

Non sapeva quanto rimasero a fissarsi – il legame che sentiva con quell'uomo era potente – prima che lui annuisse e si allontanasse.

«Posso fargli vietare l'accesso alla tua stanza se ti infastidisce» disse subito James, avvicinando una sedia al letto e facendola stridere sul pavimento di piastrelle tanto da farle fare una smorfia.

«Non mi infastidisce» replicò.

Lui fece uno sbuffo irritato, poi si inclinò indietro sulla sedia e appoggiò i piedi sul materasso. «Odio gli ospedali. Hanno un odore strano e sono deprimenti.»

April serrò le labbra e si chiese perché fosse lì. La sua memoria a breve termine era stata compromessa dall'incidente, ma aveva molta difficoltà anche a ricordare il periodo in cui era stata sposata con quell'uomo. Ciò non aveva nulla a che fare con la botta in testa. Il motivo era che, per parecchio tempo prima di divorziare, avevano semplicemente convissuto, parlando e interagendo a malapena.

James era piuttosto bello. Era alto più o meno come lei, intorno al metro e settantacinque, settantotto, aveva i capelli castano scuro e gli occhi nocciola. Non era né grasso né magro. Onestamente, era piuttosto nella media, proprio come lei. Dal punto di vista estetico, non c'era nulla di sgradevole in lui.

Ma dal punto di vista della personalità...

Le aveva detto che era stata sua madre a telefonargli per informarlo che lei aveva avuto un incidente e per chiedergli, dato che lei non poteva viaggiare, di andare nel Maine a vedere come stava. E dopo aver constatato di persona che non era in fin di vita, non aveva fatto altro che lamentarsi di quasi tutto. Di Bangor, del tempo, del volo per arrivare lì, delle spese per l'auto a noleggio, delle dimensioni dell'ospedale, della mancanza dei suoi ristoranti preferiti... di un'infinità di cose.

«Non sei obbligato a restare» gli disse. «Hai visto tu stesso che sto bene. Puoi tornare a casa.»

A quello James lasciò cadere i piedi dal letto e si chinò in avanti.

April si preparò per ciò che stava per dirle, e lui non la fece aspettare.

«È stato un errore divorziare. Dovremmo riprovarci. Stavamo bene insieme, Ape.»

April avrebbe voluto alzare gli occhi al cielo per quel soprannome. L'aveva sempre odiato. Glielo aveva detto più di una volta, ma lui l'aveva ignorata continuando a chiamarla così, pensando che fosse un modo carino di abbreviare il suo nome. Non lo era. Era irritante.

«All'inizio stavamo bene» concordò. «Ma puoi dire sinceramente di essere stato felice verso la fine del nostro matrimonio?»

«Sì» rispose lui senza esitazione.

«Io non lo ero» ammise.

Quello sembrò scioccarlo.

«Non facevamo più nulla insieme. Avrei potuto indossare un costume da dinosauro e ballare per la casa, e non credo che te ne saresti accorto.»

«Ti sbagli.»

«Apprezzo che tu sia venuto a vedere come sto, davvero, ma tra noi è finita» disse April con fermezza, non volendo che si mettesse in testa che forse avrebbero potuto risolvere le cose e tornare insieme.

James sospirò. «Mi manchi» si lamentò.

«No, ti manca non doverti preoccupare di nulla che abbia a che fare con la vita quotidiana. Pagare le bollette, essere a casa quando arriva il disinfestatore, cucinare. Mi hai data per scontata, James. Non eravamo marito e moglie, ero la tua domestica convivente. Quella non era vita matrimoniale.»

«Non è vero» protestò lui.

«È così, invece. Ci siamo allontanati. Succede» insistette. «Apprezzo che tu sia venuto fin qui per vedermi, ma odi questo posto. È ora che torni a casa.»

James la studiò per un lungo momento. «Non ho mai capito... perché il Maine? Perché sei venuta fin qui? Gli inverni sono terribili, ed è così isolato.»

April scrollò le spalle. Avrebbe voluto confessare che allora quel posto era stato il più lontano possibile da lui e che sapeva non l'avrebbe mai seguita. Ma tenne la bocca chiusa.

Lui sospirò. «Quel JJ... non va bene per te.»

April si irrigidì. Non aveva intenzione di parlare di Jack con il suo ex. Non aveva idea di che rapporto avesse avuto con il suo capo prima dell'incidente, ma James non aveva voce in capitolo su ciò che lei faceva adesso. «James, non...» cominciò, ma lui la interruppe.

«Sul serio, Ape, ti calpesterebbe. È estremamente prepotente. Merda, è probabile che sia lui il motivo per cui sei in ospedale! Non avresti dovuto percorrere quella strada. Se avesse fatto il suo lavoro invece di farlo fare alla sua segretaria, non ti saresti fatta male.»

«È ora che te ne vada» gli disse con voce piatta. «Non sai di cosa parli e non voglio che insulti Jack.»

«È questo il problema, non sai nemmeno *tu* di cosa stai parlando» ribatté. «Perché non riesci a ricordare. Quel tizio può letteralmente dirti qualsiasi cosa in questo momento. Non sei al sicuro. E finché non recuperi la memoria, *se* la recuperi, sei completamente vulnerabile. Potrebbe dirti che siete amanti e in un attimo averti a letto con le gambe aperte, e tu non avresti idea se stia mentendo o meno!»

April non ci vide più dalla rabbia. Si spinse con le braccia per sedersi più dritta. «Hai ragione, non so a che punto sia il mio rapporto con Jack, ma non è stato altro che rispettoso. È stato una roccia al mio fianco da quando ho avuto l'incidente. Mi fido di lui più di quanto mi fidi di *te*, e ricordo bene com'era il nostro matrimonio... e ciò la dice lunga, non credi?» Sospirò. La testa le pulsava ancora di più. «Vai a casa, James. Hai fatto il tuo dovere.»

«Stai commettendo un errore» la avvertì alzandosi, facendo fare di nuovo alla sedia quell'orribile rumore.

«Forse sì, ma ho fatto molti errori nella mia vita, compreso quello di rimanere in un matrimonio senza amore per molto più tempo di quanto avrei dovuto. Ma so, senza ombra di dubbio, che le persone che si sono strette intorno a me da quando sono qui non fanno parte di quegli errori. Chappy, Carlise, Cal, June, Bob e Marlowe sono stati degli amici migliori di tutti quelli che ho conosciuto prima di arrivare qui, e non me li ricordo nemmeno. E Jack? Non so cosa ci sia tra noi, ma almeno non viene qui a lamentarsi di quanto odia gli ospedali e a cercare di farmi sentire in colpa per essere qui.»

April respirava a fatica quando finì. Era una bella sensazione tenere testa a James. Non l'aveva fatto molto quando erano sposati. Era stato più facile adattarsi e non farlo arrabbiare. Ma ormai aveva chiuso con quella vita. Avevano divorziato e non si sarebbe mai più lasciata condizionare dalle sue parole. Lo aveva fatto per troppo tempo.

«Non tornare di corsa da me quando ti renderai conto dell'enorme errore che hai fatto trasferendoti nel Maine» ringhiò.

April ridacchiò, anche se ciò le fece sobbalzare la testa già dolorante. «Sono passati cinque anni, non credo che tornerò da te tanto presto.»

«Tua madre sarà delusa» replicò lui, chiaramente come ultimo tentativo.

Lei scrollò le spalle. «Tanto è sempre delusa da me. Se ne farà una ragione.»

James scosse la testa, si voltò e si diresse verso la porta.

April trattenne il respiro finché non se ne fu andato, poi si sdraiò di nuovo sul letto. Il sollievo che provò dal silenzio che ne seguì fu quasi travolgente. In quel momento le venne in mente che quando Jack aveva lasciato la stanza, non aveva provato *affatto* sollievo. E con quella consapevolezza, provò quasi un senso di tristezza per aver sprecato anni con un uomo che non avrebbe mai dovuto sposare.

Aveva preso la decisione giusta mandandolo via. James era il suo ex per un motivo. E anche se poteva essere grata che lui fosse stato disposto a fare un favore a sua madre andando nel Maine per vederla, non sarebbe mai e poi mai tornata con lui.

«April?» chiese timidamente una voce femminile dalla porta. «Stai bene? Ho visto James andarsene e non sembrava felice.»

Si voltò e vide June, che era molto incinta, fare capolino con la testa. «Vieni dentro» le disse con un cenno della mano.

Lei entrò e avvicinò al letto la sedia su cui era stato seduto James, facendo attenzione a non farla stridere sul pavimento. Vi si accomodò, si chinò in avanti e le mise una mano sull'avambraccio. «Stai bene?» le chiese di nuovo.

«Sì. James non tornerà... almeno spero.»

June sorrise. «Davvero?»

«Sì.»

«Bene! Oh... sono stata scortese. Scusa. Ma non è stato molto premuroso con te.»

«Né con te o con le altre» disse April con un piccolo sorriso. Non le era sfuggito il modo in cui James aveva ignorato June, Carlise e Marlowe. Tutte e tre le donne si trovavano in periodi diversi della gravidanza. June era al settimo mese e camminava decisamente a papera. Carlise non era molto più indietro, intorno al sesto, anche se il suo bambino non sembrava altrettanto grande. E Marlowe era solo al quarto mese. I loro uomini si assicuravano sempre che si sedessero, che avessero abbastanza da mangiare o da bere e che fossero a loro agio quando andavano a trovarla.

A James non era mai passato per la testa che le donne incinte potessero avere bisogno o voglia di sedersi, quindi non si era mai preoccupato di lasciare loro il suo posto.

June scrollò le spalle. «Anche JJ sarà contento che se ne sia andato.»

Il medico l'aveva avvertita di non sforzarsi troppo di ricordare gli ultimi cinque anni. Le aveva detto che si aspettava che la memoria tornasse non appena il suo cervello fosse guarito dal trauma subito. Ma in quel momento April desiderò con tutte le sue forze di poter ricordare la sua vita. Voleva conoscere i momenti trascorsi con June e le altre donne. Voleva ricordare come avevano conosciuto i loro uomini. E voleva tanto sapere il motivo per cui si sentiva così a suo agio con Jack e si fidava così facilmente di lui.

«Perché?» domandò di botto.

«Perché cosa?» le chiese June, inclinando la testa.

«Perché dovrebbe interessare a Jack?»

Le aveva fatto numerose visite, ma per la prima volta sembrò a disagio, e ciò la fece irrigidire.

«Non sono sicura di poterne parlare con te.»

«Ti prego» sussurrò April. «Sono così confusa. Eravamo amanti? Ci frequentavamo? Non capisco perché sono così attratta da lui, eppure mi tratta come se fossi sua sorella. È protettivo e preoccupato per me, ma si tiene a distanza. Ho combinato qualcosa che lo ha fatto arrabbiare? Mi comporto da stronza con lui o qualcosa del genere?»

«No!» esclamò June, con così tanta veemenza che la fece sentire un po' meglio. «Non vi siete frequentati e *sicuramente* non ti considera una sorella» aggiunse. «Le cose tra voi due sono state... complicate. E questo è tutto ciò che dirò. Non voglio fare o dire nulla che possa ostacolare la tua guarigione. Inoltre» abbassò un po' la voce «non so molto di te e JJ. Siete entrambi molto riservati su quello che c'è tra voi. Ma ti dirò una cosa, quando lui ha saputo che avevi avuto un incidente ed eri ferita, non ha esitato nemmeno un secondo a venire da te il più velocemente possibile.»

Il cuore di April si gonfiò. Era ancora confusa sulla situazione tra lei e Jack, ma con quella nuova informazione non poté fare a meno di paragonarlo a James.

Una volta, durante il loro matrimonio, era stata tamponata a un semaforo. Nulla di grave, ma per sicurezza l'avevano portata in ospedale. Aveva chiamato James durante il tragitto in ambulanza per informarlo, e la sua prima domanda era stata quanti danni avesse subito la loro auto. Poi le aveva detto che quella sera avrebbe lavorato fino a tardi e chiesto se le andava bene prendere un taxi per tornare a casa.

La sua reazione e quella apparentemente avuta da Jack erano state diverse come il giorno e la notte. Forse le due situazioni non potevano essere paragonate, dato che erano diverse come gravità delle ferite... ma aveva la sensazione che Jack avrebbe reagito allo stesso modo anche per un piccolo tamponamento.

June le strinse il braccio, poi ansimò sorpresa.

«Cosa? Cosa c'è che non va?» le chiese preoccupata.

«Niente, è solo il bambino. Oggi scalcia forte. Vuoi sentire?» Senza aspettare una risposta, si alzò e si portò la mano di April sulla pancia.

«È un maschio?»

«Oh... avevo dimenticato che non lo ricordi. Non avevamo intenzione di scoprirlo, ma appena Cal ha visto il suo pisellino sull'ecografia, si è eccitato così tanto che non c'è stato modo di farlo tacere.» Ridacchiò. «Tu l'hai rimproverato per circa quindici minuti, dicendogli che non doveva essere così orgoglioso del pene di un bambino che non era ancora nato.»

April sorrise, un po' dispiaciuta di non averne memoria. Tuttavia era felice che June non si sentisse a disagio a condividere quel ricordo. Sentì un movimento sotto il palmo e rimase a bocca aperta. «È forte!»

«Già» replicò con orgoglio.

Era evidente quanto fosse felice di essere incinta, e April non aveva dubbi che sarebbe stata una madre fantastica.

Il medico scelse quel momento per entrare nella stanza, insieme ai due specializzandi che erano sempre incollati a lui ogni volta che andava a controllarla.

«Vi lascio parlare» disse June. «Vado a cercare JJ per fargli sapere che James se n'è andato.» Le fece l'occhiolino e si avviò dondolando verso la porta aperta.

Il medico si dedicò a controllare i suoi parametri vitali e a porre le stesse domande che faceva ogni volta che andava a visitarla.

«Le è tornata la memoria?»

«Non proprio» rispose April. «Cioè, tutto ciò che è accaduto nel mio lontano passato sta diventando più chiaro, ma non riesco ancora a ricordare l'incidente o qualcosa della mia vita a Newton.»

«I risultati della risonanza magnetica che ha fatto ieri sera sono promettenti. L'edema al cervello si è un po' ridotto. Sono sicuro che con il tempo recupererà la maggior parte dei ricordi degli anni trascorsi qui nel Maine.»

«Quanto tempo?» chiese accigliata. Era impaziente di riavere la sua vita, e il modo più veloce per farlo sarebbe stato quello di ritrovare la memoria.

«Non si può dire» rispose il dottore.

April sospirò.

«So che è frustrante, ma finora ha recuperato molto velocemente, e non ho motivo di pensare che quel periodo sia perso per sempre. Sia paziente. Prenda le cose con calma. I ricordi potrebbero tornare lentamente, uno alla volta, frammentati, o tutti insieme. Come va il dolore oggi?»

«Circa un cinque» gli disse April. Se ci fosse stato Jack, probabilmente avrebbe minimizzato le fitte alla testa e avrebbe detto tre, perché non le piaceva vedere la preoccupazione sul suo viso, ma dato che era da sola con il dottore, fu più sincera.

Lui annuì come se lo avesse previsto. «Mentre il suo cervello guarisce, continuerà a sentire un po' di dolore. Non cerchi di forzare i ricordi, farebbe solo più male. Indossi gli occhiali da sole quando esce e se c'è tanta luce, continui a dormire molto e a mangiare pasti equilibrati e nutrienti. La dimetterò questo pomeriggio... a condizione che ci sia qualcuno che possa stare con lei nei prossimi giorni per tenerla d'occhio.»

April fece un enorme sorriso. Voleva tanto uscire da quella stanza d'ospedale! Ma poi la realtà le piombò addosso. Non aveva idea di quale fosse la sua situazione abitativa. Aveva una casa sua? Un appartamento? Non sapeva se qualcuno dei suoi amici potesse stare con lei come voleva il dottore. Accidenti, non aveva nemmeno idea se, ovunque vivesse, avesse una stanza per gli ospiti o un posto dove far dormire una persona.

«Starà da me» disse una voce profonda dalla soglia.

CAPITOLO DUE

Fu QUASI comico come ogni testa si girò a guardare JJ quando entrò nella stanza d'ospedale di April. Non appena June gli aveva detto che James se n'era andato, si era affrettato a tornare al piano di sopra, al suo fianco.

JJ odiava il suo ex. Non aveva desiderato altro che prenderlo a pugni in faccia, ma si era trattenuto... a malapena. Non riusciva a credere che quell'uomo si fosse presentato fingendo di essere ancora sposato con lei, approfittando della sua perdita di memoria.

April non parlava molto del suo matrimonio, ma da quello che aveva sentito dai suoi amici, le cose tra loro non erano finite male di per sé; alla fine era diventata un'unione molto infelice. JJ non ne era rattristato. Chiunque non riusciva a vedere quanto lei fosse straordinaria e meravigliosa e non la trattava come se fosse la persona più importante del suo mondo, non la meritava.

Non aveva dubbi che nemmeno *lui* la meritasse, ma l'incidente aveva cambiato tutto per quanto lo riguardava. Gli aveva fatto capire in modo molto doloroso che la vita era breve. Aveva passato gli ultimi cinque anni a combattere la sua attrazione per lei, inventando tutte le scuse possibili per giustificare la distanza che metteva tra loro, ma nel momento in cui aveva saputo che si era fatta male, tutte quelle scuse si erano dissolte in polvere.

Continuava a non meritarla, ma aveva deciso di fare tutto il possibile per essere il tipo d'uomo che lei desiderava e di cui aveva bisogno.

E poi aveva scoperto dell'amnesia.

Lo aveva quasi distrutto. April non si ricordava affatto di lui, dei loro amici, della Jack's Lumber e di quanto lei fosse vitale per la loro attività. Di come ogni coppia di amici si fosse incontrata e innamorata. Non ricordava nulla di Newton... di quanto le piacessero i panini di Granny's Burgers, la prima nevicata dell'anno, l'atmosfera da piccola città e qualsiasi altra cosa che riguardava la vita nel Maine.

Era stato pronto a mettersi in ginocchio per dirle che era un idiota, che la ammirava e che lei gli piaceva, e poi pregarla di uscire con lui, ma ci aveva ripensato dopo aver saputo dei danni causati dall'incidente.

Non aveva voluto sopraffarla o che lei accettasse perché pensava di non avere scelta. Così aveva nascosto i suoi sentimenti, proprio come negli ultimi cinque anni, e si era ripromesso di essere un amico affidabile. Qualcuno su cui potesse contare in quello che doveva essere un periodo incredibilmente sconcertante per lei.

Una volta tornati i ricordi – e dopo aver parlato con il medico aveva tutte le ragioni per pensare che sarebbero tornati – le avrebbe chiesto di uscire. Si sarebbe assicurato che sapesse quanto era importante per lui.

«Non posso stare con te» disse April in risposta alla sua offerta di prendersi cura di lei quando sarebbe tornata a Newton.

«Perché?»

«Be'... *perché no.*»

JJ sorrise. Non era un granché come protesta. «A casa mia c'è spazio a sufficienza. Il tuo appartamento ha solo una camera da letto e io sono troppo grande per dormire sul tuo piccolo divano.»

«Oh» mormorò con un filo di voce.

JJ si rimproverò tra sé e sé. Al momento lei non ricordava dove viveva e quanto fosse grande la sua casa. Girò intorno al medico e ai suoi specializzandi e si avvicinò al letto. April sembrava così smarrita distesa sulle lenzuola bianche. I suoi capelli castano chiaro avevano un colore spento contro il cuscino e avevano bisogno di essere lavati. Era pallida, con delle leggere occhiaie e le labbra screpolate. Ma *comunque* non aveva mai visto una donna così bella come lo era lei in quel momento.

Era viva, e lui era più che grato che fosse uscita da quell'orribile incidente senza riportare ferite ancora più gravi.

«Abito non troppo lontano dall'ufficio. È una casa vecchia che ha bisogno di molti lavori, ma mi piace. I pavimenti in legno originali scricchiolano a ogni passo e la cucina è stata costruita negli anni Settanta, credo. Ma è pulita. E ho due camere da letto. Avrai privacy e tempo per guarire, e sarai al sicuro. Ti do la mia parola» disse con sincerità.

«Non sono preoccupata di non essere al sicuro con te» replicò April, guardandolo negli occhi. «Sei stato l'unica costante da quando mi sono svegliata. È solo che non voglio essere un peso.»

«Non lo sei. Non lo sarai mai. Sarà un onore per me aiutarti a riprenderti.»

«Perché lavoro per te?» gli chiese.

JJ la fissò per un attimo. Aveva due opzioni in quel momento. Poteva farle credere che si sarebbe preso cura di lei come avrebbe fatto un capo con una dipendente che stimava e mantenere le cose su un piano professionale, oppure poteva iniziare a far trasparire un po' i suoi sentimenti.

Scelse la seconda opzione.

«No. Voglio dire, *sì*, aiuterei qualunque dipendente, ma non ho mai trasferito una donna in casa mia solo perché è sul mio libro paga. O per qualsiasi altro motivo, se è per questo.»

Era spaventoso aprirsi, ma non voleva più tenere le distanze da lei. Aveva imparato la lezione.

«Oh.»

«Bene, quindi...» disse il dottore, interrompendo quel momento. «Se il signor Justice acconsente a prendersi cura di lei per qualche giorno, inizierò le pratiche per la dimissione.» Sorrise. «Per i prossimi cinque giorni dovrà sentirsi quotidianamente con il suo medico di base, e se qualcosa dovesse cambiare – visione sdoppiata, aumento del dolore, ritorno dei ricordi – lo contatti immediatamente. L'ultima cosa che vogliamo è che lei abbia un aneurisma e non accorgercene in tempo.»

«C'è la possibilità?» chiese JJ allarmato.

«Ha sbattuto la testa sul finestrino con estrema violenza» rispose il medico in tono piatto. «Il suo cervello si è scosso nel cranio e gli airbag, pur essendo destinati ad aiutare, quando si sono azionati l'hanno sballottata ancora di più. Può succedere di tutto, voglio solo essere prudente. Se pensassi che è in pericolo imminente, non la lascerei andare a casa. Deve solo stare tranquilla, lasciare che l'edema si assorba completamente e non correre rischi.»

«Starà a riposo» dichiarò JJ con fermezza.

«Ora l'ha combinata bella» disse April con una piccola risata. «Sarò avvolta in una bolla e non mi sarà permesso andare da nessuna parte o di fare nulla.»

«Puoi scommetterci» mormorò lui mentre il dottore rideva.

«È una donna molto fortunata. E credo che starà benissimo» Scarabocchiò alcune cose su una cartellina, poi si girò per andarsene con i suoi specializzandi.

Non appena uscirono, JJ si chinò su di lei e le sprimacciò il cuscino, le sistemò le coperte e si assicurò che fosse comoda, poi prese la sedia e la avvicinò al letto. Si sedette e le prese la mano tra le sue.

«Che c'è?» gli chiese.

«Come che c'è?»

«Perché mi guardi così?»

«In che modo ti sto guardando?»

«Come se cercassi di leggermi nel pensiero.»

«Be'... sto cercando di capire quanto stai soffrendo. Se stai provando a nascondere quanto ti fa male la testa per non farmi andare nel panico. Voglio anche sapere se sei turbata perché James se n'è andato e cosa provi davvero sul fatto di trasferirti a casa mia. Se non ti senti a tuo agio con l'idea e hai accettato solo perché vuoi andartene da questo ospedale, posso parlare con gli altri e vedere se puoi stare con June e Cal. La loro casa è enorme. O forse anche da Bob e Marlowe; si sono appena trasferiti, ma anche loro hanno tanto spazio. È molto più tranquillo dove vivono loro, quindi potrebbe essere la soluzione migliore...»

April gli strinse la mano. «Smettila, Jack. Mi va bene venire a casa tua... a meno che sia *tu* quello che ha cambiato idea.»

«No!» esclamò. «Scusa» aggiunse quando lei fece una smorfia. «Non ho alcun problema a farti stare a casa mia. Anzi, lo preferirei.»

«Perché?»

Era una domanda impegnativa. Tutte le sue buone intenzioni di darle un po' di spazio, di aspettare che le tornasse la memoria prima di agire, volarono fuori dalla finestra. «Perché ho pensato di averti in casa mia da più tempo di quanto voglia ammettere. Ed è uno schifo che succeda perché ti sei fatta male... ma non posso dire che la cosa mi turbi.»

Lei lo fissò per un lungo momento. «Cosa c'è tra noi?» sussurrò.

«Niente. E tutto» rispose onestamente.

«Oh, be', chiarissimo» replicò con una piccola risatina.

«Più o meno com'è sempre stato il nostro rapporto» disse con un'alzata di spalle.

«Vorrei poter ricordare» ammise. «Ma fin dal primo momento in cui ti ho visto, ho capito che c'era qualcosa di diverso in te rispetto agli altri.»

«Intendi quando ho dato di matto perché avevi del sangue che ti colava dalla testa e sui vestiti?»

«Sì» concordò con una risatina. «Non ricordo gli altri, ma apprezzo che ci siano. Che vengano qui a farmi compagnia. Ma con te, è... qualcosa di più. Mi sento al sicuro quando sei qui. Quando mi sveglio di notte e guardo verso di te, e ti vedo dormire su quella sedia scomoda... mi fa sentire come se tra noi ci fosse qualcosa di più che un semplice rapporto tra titolare e dipendente.»

«C'è. C'è sempre stato, anche se non volevamo ammetterlo.»

«Quindi è così che è andata?»

«Sì.»

«Ok.»

«Ok?» le domandò.

April annuì. «Sento di avere una seconda possibilità nella vita. Non ricordo l'incidente, ma ne ho sentito parlare dal medico, e Bob mi ha anche mostrato le foto della mia auto sul luogo dell'accaduto.»

JJ ringhiò. Non sapeva che il suo amico avesse condiviso con April le foto della macchina distrutta.

Gli sorrise. «Non c'è problema. Gli ho chiesto dell'incidente e lui era molto riluttante a mostrarmele, ma ho insistito.»

Le sorrise a sua volta. «Questo perché pendiamo tutti dalle tue labbra, ed è così dal giorno in cui hai iniziato a lavorare per noi. Giuro che abbiamo tutti un po' paura di te. L'attività dovrebbe chiamarsi April's Lumber invece di Jack's Lumber.»

Il suo sorriso si spense.

«Cosa c'è che non va?» le chiese.

«Non ricordo nulla dell'attività.»

Lui si sporse in avanti. «Lo farai.»

«Non puoi saperlo.»

«Invece *sì*» insistette. «Devi solo darti un po' di tempo. Nessuno si aspetta che tu torni in città e ti ributti subito in tutto. Hai sentito il dottore, devi andarci piano. Il tuo cervello è ancora gonfio. Permettiti di guarire.»

April sospirò e annuì.

JJ capì che era ancora preoccupata per il futuro, ma avrebbero affrontato le cose un giorno alla volta.

«Posso chiederti una cosa?»

«Puoi chiedermi quello che vuoi» le rispose, raddrizzandosi a malincuore e lasciandole un po' di spazio. Sapeva di essere intimidatorio e non voleva sopraffarla.

«Cos'è accaduto davvero? Intendo riguardo al mio incidente.»

JJ non era sicuro di volerne parlare. Pensare a quello che le era successo lo faceva sentire impotente, e il terrore e la devastazione provati nel momento in cui lo avevano chiamato per avvertirlo erano fin troppo freschi nella sua mente. Ma se voleva saperlo, glielo avrebbe detto.

«Hai ricevuto una telefonata da una delle stazioni sciistiche per un altro albero caduto su una delle piste. Eravamo tutti a casa di Bob per aiutare lui e Marlowe a trasferirsi, così hai deciso di andare a dare un'occhiata da sola per vedere quanto lavoro sarebbe servito e, da ciò che ci ha detto l'impiegato con cui avevi parlato, quali misure precauzionali si sarebbero potute adottare per evitare che cadessero altri alberi nel bel mezzo della stagione. La polizia pensa che un animale ti abbia attraversato la strada. A giudicare dai segni di slittamento, hai frenato di colpo e hai perso il controllo dell'auto.

C'è un fossato lungo la strada, e al di sotto un forte dislivello. L'auto è rimbalzata fuori dal fossato, è scivolata giù dalla collina, ha toccato con violenza il suolo e si è ribaltata. Non so da quanto tempo eri lì sotto quando una famiglia è passata e ha visto i segni di slittamento che scomparivano oltre il bordo. È stata avvisata la polizia... ed eccoti qui.»

April annuì. «È strano. Voglio dire, so che è successo a me, ma dato che non riesco a ricordare nulla, sembra che tu mi stia solo raccontando la trama di un telefilm o qualcosa del genere.»

«Magari» ribatté JJ. Poi le strinse la mano. «Ma ho sempre saputo che hai la testa dura.»

April ridacchiò, poi fece una smorfia. «Ahi, non farmi ridere.»

«Scusa» disse con un sorriso. «Perché non chiudi gli occhi per un momento? Riposati un po' prima che il dottore torni con i documenti di dimissione.»

«Rimarrai?»

Quella domanda gli scaldò il cuore, e gli fece pensare che forse avrebbe avuto una possibilità con lei. «Niente potrebbe strapparmi via da qui.»

«Grazie. E per la cronaca...»

Aspettò che continuasse.

«Sono felice che ci sia tu qui e non James.»

Dannazione. Quella donna lo faceva impazzire.

«Anche se è stato divertente vedere quanto fosse diffidente nei tuoi confronti.» April sorrise e chiuse gli occhi. «Mia madre non ha mai capito perché abbiamo divorziato. Non posso credere che lo abbia mandato qui anche dopo che le avevo parlato e detto che stavo bene.»

JJ non sapeva cosa dire al riguardo.

«Anche se credo che se ne sia pentita dopo aver parlato con te quel pomeriggio. Giuro che ormai ce l'avevi in pugno solo per averla ascoltata blaterare per trenta minuti del suo ultimo progetto all'uncinetto. James non aveva la pazienza di ascoltarla quando iniziava con quell'argomento.»

JJ ridacchiò. «Mi piace. Anche se non ha giudicato nel modo giusto il tuo ex.»

April socchiuse gli occhi e scrollò le spalle. «Non mi farebbe mai del male.»

«Te *l'ha* fatto» ribatté lui. «Non ha visto il tesoro che aveva davanti agli occhi. Non ti ha trattata come se fossi stata la cosa più importante del suo mondo. Ma il suo errore ha fatto vincere me.»

«Per l'attività» sussurrò.

JJ si limitò a scuotere la testa. Avrebbe voluto dire molto di più, ma era ovvio che April stava male e, ancora una volta, non era quello il momento o il luogo per dirle quanto l'amava.

Sì, l'amava. Quella donna gli era entrata così tanto dentro che era quasi incredibile. A livello fisico non aveva mai fatto altro che tenerle la mano, e solo dopo l'incidente. Ma l'amava comunque con tutto sé stesso, e da molto tempo ormai. Si preoccupava costantemente per lei, la pensava ogni giorno e faceva di tutto per starle vicino il più possibile.

Se April avesse saputo quanto profondamente era innamorato di lei, probabilmente avrebbe dato di matto. Doveva agire con cautela per non spaventarla.

«Jack... io non so... non posso...»

«Shhh. Non devi fare un bel niente se non stare meglio. Con me sei al sicuro. In tutti i sensi. Capito?»

Annuì.

«Bene. Ora chiudi gli occhi e riposa. Dirò a June e Cal che possono tornare a Newton, e chiamerò Chappy e Carlise per dir loro di non venire oggi.»

«I tuoi amici sono stati meravigliosi a venire a turno fino a Bangor.»

«I *nostri* amici» ribatté. «E tu avresti fatto la stessa cosa, e lo sappiamo tutti. Dormi, April. Presto sarai a casa.»

«A casa» sussurrò... poi non disse altro.

Poco dopo i suoi respiri diventarono più regolari e i suoi muscoli si rilassarono. JJ le tenne la mano nella sua e non si mosse di un millimetro. Era sempre stato il tipo d'uomo che doveva stare in movimento. Gli piaceva tenersi occupato con qualcosa. Ma ora non c'era niente che desiderava di più che starsene seduto dov'era e guardare dormire la donna che amava.

Lo aveva spaventato a morte, e non avrebbe mai più dato per

scontato un giorno passato insieme. Forse lei non avrebbe mai ricambiato i suoi sentimenti, ma nel profondo del suo cuore sapeva che *lui* non avrebbe mai amato un'altra donna. April era tutto per lui. Anche se gli ci era voluto troppo tempo per darsi una svegliata, avrebbe passato il resto della vita ad assicurarsi che lei sapesse cosa provava.

CAPITOLO TRE

APRIL ERA ESAUSTA, e sospirò quando Jack la sistemò delicatamente sul divano di casa sua. Non avrebbe dovuto essere così stanca. Non aveva fatto nulla. Era stata portata con la sedia a rotelle fino alla Bronco parcheggiata appena fuori dall'ospedale, e poi non aveva fatto altro che stare seduta accanto a lui, a chiacchierare per tutte e due le ore che erano servite per arrivare a Newton. Durante il viaggio le aveva raccontato tutto della città, cose che probabilmente lei già sapeva, ma che aveva dimenticato.

Le aveva promesso di prenderle un hamburger di Granny's Burgers il prima possibile perché, a quanto pareva, era il suo preferito. Le aveva parlato un po' della Jack's Lumber, spiegandole che l'idea era nata quando erano nell'esercito, nel periodo in cui erano stati prigionieri di guerra, e che avevano giocato a sasso-carta-forbice per decidere dove si sarebbero stabiliti e cosa avrebbero fatto per vivere una volta che li avessero salvati. Le sembrava una cosa folle impostare il resto della propria vita in base a un gioco di fortuna, ma visto che a quanto pareva per loro aveva funzionato, non poteva certo contestarlo.

Jack le aveva raccontato anche come si erano conosciuti i loro amici. Che Chappy e Carlise avevano dovuto affrontare una bufera di neve chiusi nella baita in montagna di Chappy, e che lei era stata perseguitata da una stalker. Era rimasta sbigottita quando aveva saputo che June era stata maltrattata dalla sua famiglia e che la sorellastra aveva escogitato un piano folle per far innamorare Cal di sé, con la complicità della madre.

Era rimasta ancora più sciocata nell'apprendere che Cal era un vero principe, soprattutto perché era un uomo molto alla mano. Amava il fatto che nessuno nella loro cerchia lo trattasse in modo diverso o gli importasse del suo lignaggio reale.

E quando aveva saputo che Marlowe era stata imprigionata in Thailandia con una condanna all'ergastolo e che Bob l'aveva liberata, April era rimasta altrettanto sbalordita.

Gli uomini e le donne che le avevano fatto visita in ospedale erano sembrati così... *normali*. Non persone che avevano affrontato delle esperienze terribili. Erano amichevoli, estroversi e accoglienti. Era certa che tutti loro soffrissero di una forma di disturbo post-traumatico da stress, ma non si lasciavano abbattere dal loro passato. Ciò la portava ad ammirarli ancora di più.

«A cosa stai pensando?» le chiese Jack, sedendosi sul divano accanto a lei. Non le dispiaceva la sua vicinanza. Non le dispiaceva affatto.

«Ai tuoi... *nostri* amici» ammise. «Ne hanno passate tante, ma ora sono tutti così felici.»

«Già» concordò. «Quando io, Chappy, Cal e Bob eravamo seduti per terra in quella cella buia, sofferenti per le percosse e le torture subite, tutto questo era l'ultimo dei nostri pensieri. Credevamo che non ci saremmo mai sposati. E avere dei figli? No, nel modo più assoluto.»

«Perché?»

Jack scrollò le spalle. «È che... ciò che abbiamo passato... tende a strapparti via l'umanità. Eravamo sull'orlo di un precipizio. Cal non poteva più continuare a sopportare altre torture, lo sapevamo tutti. I nostri aguzzini ormai cominciavano ad annoiarsi a picchiarci, ed era ovvio che il nostro tempo stava per

scadere. Ho proposto quel gioco di sasso-carta-forbice per disperazione. Avevamo bisogno di pensare a qualcosa di diverso dal
dolore. Avevamo bisogno di qualcosa per cui vivere, anche se alla
fine si trattava di un sogno irrealizzabile. E non erano le donne.
Non erano i bambini. Era qualcosa di molto più semplice: la
libertà. L'idea di essere fuori da quella cella, liberi di scegliere
cosa fare della nostra vita, invece di sentirci dire dal nostro
governo dove andare e chi uccidere.»

«Mi dispiace» disse April sottovoce.

Jack scosse la testa. «Non mi sto spiegando bene. Sono stato
orgoglioso di servire il mio Paese, e lo rifarei, anche sapendo
quale potrebbe essere il risultato. Ma dal giorno in cui abbiamo
fatto quel gioco, le cose sono andate molto meglio di quanto
avessi mai pensato. È ancora difficile per me credere che Chappy,
Cal e Bob diventeranno padri.» Sorrise. «Non avrei mai immaginato che le cose potessero andare *così* bene.»

«E tu?» gli chiese.

«Io cosa?»

«Vuoi dei figli?»

Scrollò le spalle. «Non particolarmente. Voglio dire, mi piacciono i bambini, solo che non ho mai considerato di averne.
Forse sono solo egoista.»

«Non dire così» lo rimproverò. «È ciò che insinua la società.
Ma se non vuoi dei figli, non li vuoi e basta.»

«E tu?» le chiese.

Lei ci pensò un attimo, poi scosse la testa. «Non credo
proprio.»

«Per la cronaca... se stessi con una donna che vuole dei figli,
non esiterei a darglieli. Anche se ciò significasse adottarli, pren-
derli in affidamento, usare una madre surrogata o la fecondazione
in vitro. Farei di tutto per rendere felice la donna che amo.»

April lo fissò. Sembrava così... sincero. «Non ne dubito
nemmeno per un secondo» disse infine.

«Ok. Basta parlare di questo. I nostri amici sono felici e

quindi lo sono *anch'io*. Presto saremo sommersi dai bambini, e non vedo l'ora di prendere in giro il principe Redmon che cambia un pannolino sporco.»

April ridacchiò, poi fece una smorfia di dolore.

«Merda, ti fa male la testa. Aspetta, tesoro, ti prendo un antidolorifico» le disse alzandosi.

«Sto bene.»

«Ho visto la smorfia. Non stai affatto bene» ribatté, mentre rovistava nella borsa della farmacia dell'ospedale.

«Non voglio diventare dipendente dalle pillole» ammise.

«Non te lo permetterò. L'ultima l'hai presa stamattina, sono passate parecchie ore.»

«Mi stordiscono» si lamentò.

Jack ridacchiò. «Sì, è vero. Ma dormire è meglio che soffrire per ogni rumore.» Andò in cucina e lei lo osservò tirare fuori da un armadietto un bicchiere di plastica. Lo riempì di acqua del rubinetto e tornò da lei.

«Hai ragione» gli disse.

«Ovvio. Ma su cosa?»

April sorrise. Jack aveva sicuramente una sana autostima. «I tuoi pavimenti scricchiolano.»

Si sedette di nuovo accanto a lei e il calore del suo corpo sembrò fluire nel suo dal punto in cui si toccavano. «Sai, quando mi sono trasferito qui, questa cosa mi ha fatto impazzire. Come soldato delle forze speciali ero stato addestrato a muovermi in totale silenzio. Quindi, il fatto che i miei movimenti producessero così tanto rumore era inaccettabile. Ma con il passare degli anni mi sono abituato... e per quanto possa sembrare stupido, ciò mi ha fatto sentire meno solo.»

«Non è una cosa stupida» lo rassicurò April, mentre prendeva il bicchiere e la pillola che le porgeva. Mentre lei inghiottiva il farmaco, Jack la fissò attentamente con uno sguardo a cui non era abituata. «Che c'è?» gli chiese dopo un minuto, quando lui non disse nulla e non si alzò.

«Sono felice che tu sia qui.»

Non sapeva cosa rispondere. «Ti ringrazio per avermi permesso di restare per qualche giorno.»

Ebbe l'impressione che lui stesse per dire qualcos'altro, ma poi sospirò e le sorrise. «Forza, stenditi che ti prendo una coperta e un cuscino. Puoi dormire qui mentre mi assicuro che la tua stanza sia pronta, e magari preparo anche la cena. Hai voglia di qualcosa in particolare?»

«Mi andrà bene qualsiasi cosa preparerai.»

«Me lo ricorderò quando sperimenterai che sono un pessimo cuoco.»

Lei sorrise. «Immagino che cucini bene come fai tutto il resto, quindi significa che probabilmente in segreto sei un cuoco gourmet.»

«Presto lo scoprirai.»

«Immagino di sì.»

Per la prima volta da quando si era svegliata e aveva capito di aver perso enormi parti di memoria, April non vedeva l'ora di conoscere di nuovo quell'uomo. Da qualche parte, nel profondo del suo subconscio, forse sapeva già tutto, ma riscoprire la sua personalità e le sue piccole manie poteva essere... divertente.

—————

Dopo aver sistemato April sul divano, JJ si ritrovò seduto sul tavolino a guardare ancora una volta la sua donna dormire. Ma ora era quasi surreale, perché si trovava in casa sua, sul suo divano, sotto la *sua* coperta, con la testa sul *suo* cuscino. Nemmeno in un milione di anni avrebbe desiderato che le accadesse qualcosa di brutto che la portasse a trovarsi in quella situazione, ma ora non poteva negare di essere davvero contento che fosse lì.

Quando pensava a quanto vicino era andato a perderla, gli si accapponava la pelle. Prima a causa dell'incidente; non avrebbe dovuto trovarsi su quella strada, non era una sua responsabilità controllare i potenziali lavori. Inoltre, era successo durante l'orario di chiusura. Negli ultimi anni erano diventati tutti accondiscendenti e avevano dato per scontata la propensione di April a fare gli straordinari. La cosa doveva finire.

La Jack's Lumber non era un servizio attivo ventiquattro ore su ventiquattro. Se qualcuno aveva davvero un'emergenza, poteva chiamare il capo della polizia, e lui si sarebbe messo in contatto con uno di loro se fosse stato assolutamente necessario. Ma lasciarla lavorare oltre le cinque, e nei fine settimana, sarebbe diventata una cosa del passato... così come andare a controllare i lavori per i clienti impazienti. Non solo non rientrava nelle sue mansioni, ma non era sicuro. C'erano molti pazzi là fuori, anche nella piccola città del Maine, e JJ non si sarebbe mai perdonato se qualcuno l'avesse aggredita o, Dio non volesse, avesse fatto qualcosa di peggio.

Il giorno dell'incidente, April avrebbe dovuto essere a casa di Marlowe e Bob a festeggiare il loro trasferimento con tutti gli altri. E anche di quello si sentiva responsabile. Aveva saltato il ritrovo perché lo stava evitando, perché lui non era stato abbastanza uomo da ammettere i suoi sentimenti. Aveva fatto sì che lei si sentisse a disagio a stare con i loro amici... un'altra cosa a cui doveva mettere fine *subito*.

L'incidente era già stato abbastanza brutto di suo, ma poi si era anche preoccupato di poter perdere April a causa del coglione del suo ex. Aveva discusso con James più di una volta nei due giorni in cui era stato nei paraggi... lo stronzo si era precipitato in ospedale pronto a convincerla che erano ancora innamorati e che il loro divorzio era stato un errore. Quel bastardo si era davvero approfittato della sua amnesia! Se la lesione cerebrale fosse stata abbastanza grave da farle dimenticare più degli ultimi cinque anni, ci sarebbe stata una buona possibilità che lui ci riuscisse.

Il pensiero che April lasciasse Newton e tornasse da un uomo che non l'aveva mai apprezzata, era qualcosa che JJ non poteva concepire. Ma... lui era stato poi così diverso? L'aveva lasciata lavorare ben oltre le ore previste dal contratto e non aveva protestato quando lei era andata a controllare nuovi potenziali clienti.

Sospirò. No, non era stato diverso. Aveva approfittato della sua etica lavorativa, del suo desiderio di essere utile e del suo bisogno di compiacere gli altri. Tutte caratteristiche che ammirava e amava in lei, ma non a sue spese. Decise che sarebbe stato più attento che gli altri non si approfittassero di lei, compreso lui stesso. E si sarebbe assicurato che lei sapesse esattamente che la consideravano un membro prezioso della loro squadra.

Nella sua testa cominciò a formarsi un'idea, e non appena la elaborò capì che era la cosa giusta da fare. Avrebbe dovuto proporla ai suoi amici già da tempo, ma avrebbe rimediato al più presto.

Mentre la osservava, le sue palpebre tremolarono e la sua fronte si aggrottò. Odiava vedere i segni del dolore che molto probabilmente stava ancora provando. Il rimescolio allo stomaco tornò a farsi sentire. Non riusciva a immaginarla ferita, sola e inerme, nella sua auto distrutta, senza che gli venisse da vomitare.

Senza pensarci, le passò le dita sulla fronte e poi sulla guancia; fu un tocco lieve, una carezza. Lei sospirò e girò la testa verso il suo palmo.

Anche nel sonno era gentile e affettuosa. Erano tra le cose che gli piacevano di più di quella donna.

Accidenti, chi voleva prendere in giro? Gli piaceva tutto di lei.

«Jack?» sussurrò April, socchiudendo gli occhi.

«Shhh» le disse dolcemente. «Va tutto bene. Dormi, io sono qui.»

Gli si strinse la pancia quando fece subito come le aveva chiesto, afferrandogli dolcemente il polso. Non gli allontanò la mano dal suo viso, si limitò a tenerlo stretto appoggiandovi di più la testa.

JJ sapeva che quel momento sarebbe rimasto impresso per sempre nella sua mente. Aveva deluso quella donna in così tanti modi, eppure si stava fidando di lui.

«Che ora è?» gli chiese, tenendo gli occhi chiusi.

Sorrise. «Non importa. Non hai nient'altro da fare che dormire e guarire, e non devi andare da nessuna parte.»

Lei si accigliò un po'. «Devo sempre andare da qualche parte. La Jack's Lumber non va avanti da sola, lo sai.»

Lui inclinò la testa e la studiò. April aveva ancora gli occhi chiusi, e non era sicuro che sapesse cosa stava dicendo. «Hai ragione, ma per ora la gestiremo io, Chappy, Cal e Bob.»

«Non incasinate i miei file» sussurrò, poi la presa sul suo polso si allentò, e capì che si era addormentata di nuovo.

Le sue parole lo rincuorarono. Era sembrata quella di un tempo, e di certo pareva che stesse ricordando. Il dottore aveva detto che le sarebbe tornata la memoria, e JJ sperava che le cose dette mentre era mezza addormentata fossero un segno del fatto che aveva ragione.

Le accarezzò la guancia con il pollice e allontanò lentamente la mano. Lei si lamentò e si girò su un fianco, e JJ le portò la coperta fin sopra le spalle e gliela rimboccò.

Fu difficile costringersi ad allontanarsi da lei. Era sollevato che fosse stata dimessa dall'ospedale, e gli sembrava giusto averla a casa sua, ma la cena non si sarebbe preparata da sola, e doveva assicurarsi che lei avesse pasti sani per continuare a guarire.

Andò in cucina e aprì la dispensa. Osservò il contenuto degli scaffali e prese una scatola di pasta e del brodo di pollo. Quella sera avrebbe preparato una zuppa. Nel congelatore c'era del pollo che aveva avuto intenzione di fare al forno, ma pensò che per April qualcosa di liquido sarebbe stato più facile da consumare.

Ripromettendosi di andare al supermercato per comprare

delle verdure fresche e altri alimenti che sapeva le sarebbero piaciuti, compresa la crèma per il caffè della marca che preferiva, si mise al lavoro per cucinare per la persona più importante della sua vita.

Due ore più tardi, quando tornò al divano, April non si era ancora mossa, e ciò gli fece capire più di ogni altra cosa quanto fosse stata davvero stanca. Gli ospedali non facilitavano il riposo, e lei aveva avuto una giornata pesante con la dimissione e il conseguente viaggio di ritorno a Newton.

Si sedette di nuovo sul tavolino di fronte a lei e si limitò a guardarla dormire per qualche istante. Era adorabile. Anche con i capelli che avevano bisogno di una bella lavata e i lividi che ancora si vedevano sul viso, non aveva mai conosciuto nessuno di più bello.

«April?» la chiamò con dolcezza. Ma lei non si mosse.

JJ sorrise, amando il fatto di aver imparato qualcosa di nuovo, cioè che aveva il sonno pesante. Le mise una mano sulla spalla e gliela strinse lievemente. «April?» riprovò.

A quello lei aggrottò la fronte e scosse la testa. «Non andartene... torna indietro! Aiutami!» borbottò.

«Sono qui» le sussurrò.

«Ti prego!» disse un po' più forte. «Dove stai andando? Torna indietro! Chiama il 911!»

Allarmato, JJ le strinse un po' più forte la spalla e le diede una leggera scrollata. Non sapeva cosa stesse sognando, ma le implicazioni che comportavano le sue parole gli fecero rivoltare lo stomaco.

C'era qualcuno quando aveva distrutto l'auto? I poliziotti avevano detto che sembrava avesse frenato, probabilmente per evitare di colpire un animale che si era immesso nella carreggiata... ma se si fossero sbagliati? Se qualcuno l'avesse fatta uscire di strada di proposito?

«April» disse a voce più alta, odiando che stesse vivendo anche un solo momento di angoscia.

Lei spalancò gli occhi, e per un attimo sembrò fissare il nulla prima di concentrarsi su di lui. «Che c'è?» chiese irritata, come se un secondo prima non fosse stata completamente in preda al panico e alla paura.

«Sei sveglia?»

«Sto parlando con te, no?» borbottò.

JJ non poté fare a meno di sorridere. Anche quella era una prima volta. La April che conosceva era sempre allegra in ufficio. Di solito arrivava prima di tutti, e quando lui entrava non molto più tardi, la trovava sempre ben riposata e felice. Scoprire che si era svegliata scontrosa... aveva un che di intimo. Inoltre, gli piaceva molto essere a conoscenza di quella sua particolarità.

«La cena è pronta, se pensi di poter mangiare. Come va la testa?» Avrebbe voluto chiederle cos'aveva sognato, ma il dottore gli aveva detto di non spingerla a cercare di ricordare qualcosa. Che i ricordi sarebbero tornati quando il cervello fosse guarito e che sforzarsi troppo prima che ciò accadesse avrebbe potuto farle più male che bene. E lui avrebbe preferito scorticarsi vivo piuttosto che fare qualcosa che potesse ostacolare la sua guarigione.

«Mi fa male» disse piano. «Ma non più di prima che mi sdraiassi» aggiunse, iniziando a sollevarsi.

JJ si affrettò ad aiutarla a mettersi seduta.

«Quanto ho dormito?»

«Un paio d'ore.»

«Davvero? Wow, ok. Non mi ero accorta di essere così stanca» disse con aria imbarazzata. «Mi dispiace di non essere stata molto di compagnia.»

«Sei la migliore compagnia che abbia avuto negli ultimi anni» ribatté con sincerità. «Anche solo averti nel mio spazio è una bella sensazione.»

Lo fissò per un lungo momento.

«Che c'è?» le chiese.

April scosse lievemente la testa. «Non voglio dire o chiedere nulla che potrebbe turbarti.»

«Di' quello che ti passa per la testa. Non mi turberà.»

«Ci siamo frequentati?» sbottò. «Non riesco a capire bene che rapporto avevamo prima del mio incidente.»

JJ si bloccò, cercando di pensare a cosa poteva dirle sulla loro relazione... o sulla sua mancanza. Aveva già accennato all'attrazione che provavano l'uno per l'altra, ma qualsiasi altra cosa sembrava una forzatura.

«Non preoccuparti, non sei obbligato a rispondere» gli disse quando rimase zitto troppo a lungo, abbassando lo sguardo sulle mani che teneva in grembo.

Si mosse senza nemmeno rendersene conto. Le mise un dito sotto il mento, le sollevò delicatamente la testa e la girò verso di lui. «Vorrei dire che le cose tra noi erano complicate, ma sarebbe una bugia. Non ci siamo frequentati... ma avremmo voluto farlo.»

Lei aggrottò la fronte, confusa. «Davvero?»

«Sono anni che giriamo intorno alla nostra attrazione, April.»

«Oh.»

Le labbra di JJ ebbero un guizzo. «Già, oh.» Poi sospirò. «Sono stato un idiota» ammise. «Credo che tu fossi preoccupata perché sono più giovane di te e sono il tuo capo. E non volevo che ti sentissi obbligata a uscire con me. Sei una donna forte e sicura di te, ma quando sei arrivata qui e hai accettato il lavoro, non eri come sei ora. Stavi ricominciando la tua vita dopo il divorzio, cercando di ritrovare te stessa. E io combattevo i miei demoni dopo essere stato prigioniero di guerra, e avviare la Jack's Lumber ha richiesto tutta la mia energia. Quando l'attività ha cominciato finalmente a funzionare bene, e ho iniziato a vederti come qualcosa di più di una donna che si faceva in quattro per aiutarci a raggiungere il successo, eravamo caduti nella routine. L'ultima cosa che volevo fare era chiederti di uscire con me rischiando di portarti a pensare che avresti dovuto licenziarti se le cose non avessero funzionato. Credo che anche tu avessi una preoccupazione simile. Quindi... siamo semplicemente andati avanti così com'eravamo. Poi Chappy ha trovato Carlise, sono successe delle cose a Cal e June, Bob è tornato dalla Cambogia con Marlowe, e noi abbiamo aiutato ogni coppia, una dopo l'altra, ad affrontare le loro situazioni.»

«È strano» disse April dopo una pausa.

«Che cosa?» le chiese.

«Non ricordare nulla di tutto questo» rispose.

«Lo ricorderai.»

«E se non succedesse?» domandò, mordendosi il labbro.

JJ spostò la mano dal mento per posarla su un lato della sua testa. «Succederà» ribadì.

«Quindi... adesso vuoi uscire con me perché ho avuto quell'incidente?»

«No.» Vide un lampo di dolore nei suoi occhi e odiò esserne la causa, così si affrettò a spiegare. «Ho *sempre* desiderato uscire con te, portarti qui, cucinarti la cena. Ridere, guardare la TV, fare l'amore. Ma sono stato un codardo. Inoltre, ti ho sentita parlare con Carlise e le altre. Hai sempre sottolineato la differenza di età. Credo... credo di aver avuto paura di venire rifiutato.

E come ho detto prima, non volevo che le cose tra noi si facessero imbarazzanti e che tu te ne andassi. Sei il cuore e l'anima della Jack's Lumber, April. Ci tieni tutti in riga. Ci hai trovato molti più clienti di quanti ne avremmo potuti avere da soli. È grazie a te che la gente torna sempre. Io e i ragazzi non siamo esattamente amichevoli ed estroversi. Ma tu sì.»

«Quindi non volevi che mi licenziassi» disse. Non era una domanda.

Lui scosse la testa. «No. Non volevo che te ne andassi. Non vederti ogni giorno mi avrebbe lentamente ucciso.»

Lo fissò per un lungo momento, e JJ non aveva idea di cosa stesse pensando.

Infine gli disse: «Quando James è venuto in ospedale e ha

detto di essere mio marito, sono rimasta così sorpresa. Ero sicura di ricordare di aver divorziato da lui, ma mi sono venuti dei dubbi che mi hanno portato a chiedermi se magari avevo *pensato* di divorziare, ma alla fine non l'avevo fatto, o che forse ci eravamo risposati o qualcosa del genere.»

JJ contrasse la mascella. Ricordava chiaramente quel momento. Gli era servito ogni grammo di autocontrollo per non prendere a pugni quello stronzo. «Quando ti ha persa si è finalmente reso conto di quello che aveva gettato via. Non posso biasimarlo per aver cercato di ingannarti per farti tornare da lui, ma ciò non significa che mi sia piaciuto.»

April gli fece un piccolo sorriso. «Mi sono ricordata del divorzio praticamente subito dopo il suo arrivo. E non sarei tornata con lui. Vuoi sapere perché?»

JJ annuì.

«Perché, anche se non mi ricordavo di *te*, la tua presenza nella stanza mi faceva sentire più sicura e a mio agio di quanto lo sia stata durante il mio matrimonio con James.»

Le sue parole ebbero un potente impatto su di lui. Chiuse gli occhi e inspirò profondamente.

«Non so perché nessuno di noi due sia stato abbastanza forte o sicuro di sé da ammettere di voler frequentare l'altro, ma non sono più la donna che ero anche solo una settimana fa. La vita è breve, Jack, e so cosa provo *adesso*.»

JJ aspettò che continuasse, e quando non lo fece, la fissò inarcando un sopracciglio. «Ah, sì?»

Gli sorrise. «Sì. Voglio che mi prepari la cena, sedermi con te su questo divano a guardare la TV. Ridere. Scoprire se sei bravo a baciare come sospetto, e magari, con il tempo, fare l'amore.»

Il cazzo di JJ premette dolorosamente contro la cerniera dei jeans. Quella donna era molto più coraggiosa di lui. Avrebbe voluto sdraiarla e andare subito alla parte della sua dichiarazione riguardante il bacio, ma i lividi erano un evidente promemoria di quello che aveva passato. E sebbene la desiderasse disperatamente, non sarebbe stato giusto intraprendere una relazione finché lei non avesse ricordato gli ultimi cinque anni. Era possibile che qualsiasi cosa stesse provando in quel momento sarebbe scomparsa una volta tornata la memoria.

«Ci stai pensando troppo» lo rimproverò, posandogli le mani sul petto.

Il suo tocco bruciò attraverso la maglia come se lo avesse marchiato. Le prese una mano, se la portò alle labbra e ne baciò il palmo. Poi fece lo stesso con l'altra.

«Se non lo vuoi... capisco» gli disse esitante.

JJ si rese conto di non aver risposto alla sua dichiarazione.

«Lo voglio. *Ti* voglio» si affrettò a dire. «Non hai idea di quanto. Ma non mi approfitterò di te, April. Non sono il tuo ex. Non ti spingerò a fare nulla finché non ti tornerà la memoria.»

«Ma se non tornasse?»

«Tornerà» disse senza esitazione, per quella che sembrava la centesima volta.

«Come fai a esserne così sicuro?»

«Perché sei la donna più forte che conosca. E la più testarda. È impossibile che tu permetta al tuo cervello di tenerti nascosto il passato.»

Gli sorrise. «Mi fai sembrare una tiranna» scherzò.

«Lo sei» rispose per stuzzicarla. «Gestisci la Jack's Lumber come un piccolo dittatore, e tutti noi facciamo quello che ci dici perché abbiamo paura delle conseguenze.»

Lei ridacchiò e scosse la testa. «Se lo dici tu.»

«Non sto scherzando. Come ti ho detto all'ospedale, ci tieni tutti in pugno. Tu ci dici di saltare e noi ti chiediamo quanto in alto. Ma lo facciamo perché hai sempre ragione. Sai cosa fare per il successo della nostra attività, e senza di te non avremmo mai potuto creare ciò che abbiamo qui a Newton.»

«Grazie» sussurrò.

«Figurati.»

«Quindi... sarei la madre di un gruppo di tagliaboschi? Ehi, aspetta. Jack's Lumber... lumberjack... tagliaboschi... forte!»

JJ gettò la testa all'indietro e rise. Quando riuscì a controllarsi, guardò April e sorrise.

«È esattamente quello che hai detto la prima volta che l'hai sentito.»

«Davvero?»

«Sì. E per la cronaca, non era questo il nome che volevo dare all'azienda, ma ero in minoranza.»

«Jack?»

«Sì, tesoro?»

«Mi baceresti?»

Gli sembrò che il cuore avesse smesso di battere per un attimo, per poi ricominciare ad andare a pieno ritmo.

«Lascia stare» gli disse, scuotendo la testa quando, ancora una volta, lui lasciò che il silenzio tra loro si prolungasse troppo.

JJ non esitò. Le mollò le mani per posare le proprie sulle sue guance. Percepì di nuovo il suo tocco sul petto, e avrebbe potuto giurare che dalla punta delle sue dita fossero partite delle scintille che gli penetrarono nelle vene.

Non parlò nemmeno, si limitò a sporgersi in avanti e a sfiorarle le labbra.

Aveva avuto tutta l'intenzione di fare le cose con calma. Si era appena fatta male e non voleva metterle fretta. Ma non aveva tenuto conto della determinazione di April, che non si accontentò di quel casto contatto, ma gli mise una mano sulla nuca, inclinò la testa e gli sfiorò con la lingua la linea che separava le labbra, e fu spacciato.

JJ inspirò e agì prima di pensare a ciò che stava facendo. Amava quella donna con ogni fibra del suo essere, e il fatto che lo baciasse come aveva sempre sognato fu troppo per il suo autocontrollo.

Prese il sopravvento con la lingua, dimostrandole, senza usare le parole, quanto lei fosse importante per lui. Quanto fosse solle-

vato che stesse bene. Voleva marchiarla, far sì che non desiderasse mai più un altro uomo. Assicurarsi che non pensasse più a
quell'imbecille del suo ex.

Lei gli piantò le unghie nella pelle sensibile della nuca facendogli indurire i capezzoli sotto la maglietta. Il cazzo gli pulsava
nei pantaloni. La sua eccitazione era passata da zero a cento in
meno di cinque secondi.

April emise un piccolo gemito sexy che gli provocò i brividi.
Voleva divorarla, ma una parte di lui, nel profondo, sapeva di
doverla trattare con cura, dato che le faceva ancora male la testa
ed era piena di lividi a causa dell'incidente.

JJ non aveva idea del tempo che passarono a baciarsi, sapeva
solo che non era abbastanza. Ma alla fine si costrinse a tirarsi
indietro, e appoggiò la fronte sulla sua. Entrambi respiravano a
fatica, e amò come si teneva aggrappata a lui, come gli aveva
piantato le unghie nel petto e si rifiutasse di lasciargli il collo.

«Porca vacca» disse lei.

JJ non riuscì a impedirsi di sorridere, si leccò le labbra e sentì
il suo sapore, che gli fece venire voglia di baciarla di nuovo.

«Il miglior primo bacio di sempre» dichiarò.

April si inclinò indietro e lo fissò. «Davvero? Ho pensato che
il mio corpo si ricordasse di averlo fatto in passato, anche se non
è mai successo, e che fosse per quello che mi è sembrato così
naturale.»

«È stata la nostra prima volta» ribadì. «Anche se mi sono
masturbato pensando alla tua bocca più volte di quanto mi
piaccia ammettere.»

Gli rivolse uno sguardo timido. «Non me lo ricordo, ma credo
proprio di aver fatto la stessa cosa.»

Pensare che lei si masturbasse immaginandolo, lo mandò
quasi fuori controllo. «Cibo» sbottò.

Lei fece un sorrisetto malizioso.

«Devo farti mangiare. E dobbiamo smettere di parlare di...
sai.»

«Penso che questo non sia da te» gli disse con un enorme sorriso. «Sembri il tipo d'uomo che è sempre al comando, che non ha paura di nessun tipo di argomento.»

«Tu mi terrorizzi, April» ribatté con sincerità. «Hai il potere di spezzarmi più di quanto avrebbe mai potuto fare qualsiasi terrorista.»

Lei si accigliò. «Jack, non è... sono innocua.»

«Prima di decidere se vuoi davvero frequentarmi, dovresti sapere questo di me. Sono un uomo dai forti sentimenti, passionale» le disse. «Ho visto in prima persona il male che c'è in questo mondo e farò di tutto per evitare che ti tocchi. Hai già subito abbastanza schifo nella tua vita. Se ti doni a me, ti proteggerò da tutto ciò che potrebbe ferirti. Potrei sembrare autoritario o prepotente, e qualcuno potrebbe disapprovare come appare la nostra relazione dall'esterno, ma non ti farò mai e poi mai del male. Non ti dirò con chi parlare, chi frequentare o cosa fare della tua vita. Però mi *metterò* tra te e il mondo. Sarò il tuo guerriero, il tuo più grande sostenitore e la guardia del corpo più intimidatoria. Nessuno ti toccherà, April. Non senza il tuo consenso. Nemmeno io. Ma quando saremo qui, a porte chiuse, sarò l'uomo più tenero, più sdolcinato e mite che tu abbia mai conosciuto.»

JJ non aveva avuto intenzione di vomitare tutte quelle parole, ma era la verità. Nessuno avrebbe fatto del male alla donna che amava. Avrebbe bruciato il mondo per proteggerla, se fosse stato necessario; aveva abbastanza conoscenze per farlo.

Dopo tutto quello che era successo a Carlise, June e Marlowe, aveva fatto in modo di stringere rapporti con altri uomini come lui, ex operatori delle forze speciali di tutto il Paese che avrebbe potuto chiamare all'occorrenza. Lui si era reso disponibile ad aiutare una qualsiasi di quelle persone, e di conseguenza loro erano disposti a esaudire qualunque richiesta, se ce ne fosse stato bisogno.

«Sembra che pensi che io stia per protestare» disse April in tono piatto. «Di spaventarmi tanto da farmi allontanare.»

«Dovresti essere spaventata» replicò. «Perché intendevo ogni parola.»

«Magari non ricordo gli ultimi cinque anni, ma tutto quello che c'è stato prima sta diventando sempre più chiaro. Ho vissuto con un uomo che a malapena si accorgeva della mia presenza. Che organizzava viaggi di lavoro senza prima parlarne con me. Che andava a cena dopo il lavoro senza avvisarmi, così il cibo che avevo cucinato per noi andava sprecato. Durante il giorno non mi chiamava mai per sapere come stavo, e quando mi *contattava* era perché aveva bisogno che facessi qualcosa per lui.

Non mi ringraziava mai per ciò che facevo in casa, e quando facevamo sesso era solo per il suo piacere. Credo che in tutti gli anni in cui siamo stati sposati non mi abbia mai fatto raggiungere l'orgasmo. Se pensi che mi dia fastidio che tu voglia sapere dove sono, con chi sono o quando torno a casa, ti sbagli. Ma voglio la stessa cosa da parte tua.»

«Ti stuferai di tutti i miei messaggi» le promise.

«Quindi lo facciamo? Ci frequentiamo?» gli chiese.

Il cuore gli batteva forte nel petto. Merda, non aveva appena detto che avrebbe aspettato che le ritornasse la memoria prima di impegnarsi totalmente con quella donna?

Be', ormai era troppo tardi. Troppo, troppo tardi. «Sì.»

Il sorriso che gli rivolse le illuminò il viso.

«Ma non farò l'amore con te finché non ricorderai.»

Il suo sorriso svanì. «Non è giusto. Il medico ha detto che potrebbero passare mesi prima che accada.»

«Non ci vorranno mesi» le disse JJ con sicurezza.

April fece il broncio.

Lui ridacchiò e si chinò in avanti, baciandola per farlo sparire dal suo viso.

«Ma possiamo baciarci, vero?» gli chiese contro le sue labbra.

«Sì.»

«Bene. Ci sono molti posti in cui posso baciarti.»

JJ gemette. Quella donna sarebbe stata la sua morte.

April sorrise di nuovo, poi si fece seria. «È strano?»

«Cosa?»

«Io che ci provo con così tanta insistenza? Voglio dire, tecnicamente ti ho appena conosciuto. Mi sto comportando un po' da troia.»

JJ scosse la testa e la guardò accigliato. «Non fare così. Non denigrarti. Non lo tollero. E mi conosci. Forse la tua mente cosciente non lo fa, ma nel profondo *mi conosci*. L'hai detto tu stessa, ti sei fidata subito di me quando mi hai visto nella tua stanza d'ospedale. Fidati del tuo istinto, tesoro, che è davvero ottimo. E credimi quando ti dico che entrambi abbiamo accumulato un sacco desiderio che non è stato soddisfatto e che muore dalla voglia di essere liberato.»

Lei annuì.

E proprio in quel momento il suo stomaco brontolò. Rumorosamente.

JJ si mosse prima di rendersene conto. «Resta» le ordinò alzandosi.

«Cosa sono, un cane?» brontolò, ma lo fece con un sorriso.

Lui si chinò e le baciò la testa. «No. Sei la mia ragazza che ha fame, che ha male alla testa e che si merita un po' di coccole dopo una settimana difficile.»

«Be', se la metti così...» ribatté. «Credo che resterò qui e mi lascerò servire da te.»

«Puoi scommetterci che lo farai.» Era difficile allontanarsi da lei, e non solo perché il suo cazzo era duro. Tutto di lei lo impressionava. La sua resilienza, la sua etica lavorativa, il suo aspetto, la sua capacità di inseguire ciò che voleva senza badare alle conseguenze. Pur odiando quello che le era successo, non poteva essere turbato dalla loro situazione attuale. Era come se le barriere che entrambi avevano alzato fossero state finalmente abbassate.

No, non abbassate... distrutte.

Tuttavia, April aveva ragione, in un certo senso lo aveva appena incontrato. Non conosceva il suo passato né i dettagli di ciò che era accaduto a lui e ai suoi amici mentre erano prigionieri di guerra, ma solo il suo lato gentile. Sapeva essere uno stronzo, e doveva solo sperare che quando lei *avesse* visto anche quell'aspetto, non avrebbe cambiato idea sul fatto di frequentarlo.

Fece un respiro profondo, prese un piatto e lo riempì per metà di zuppa di pollo calda. Non voleva mettercene troppa con il rischio che se la rovesciasse addosso; si sarebbe alzato tutte le volte necessarie finché lei non fosse stata sazia.

Non aveva mai avuto una donna di cui prendersi cura prima d'ora, e doveva ammettere che era una bella sensazione. Davvero bella. Alcuni uomini odiavano servire le loro donne, ma JJ lo adorava. Lo faceva sentire necessario e utile. Voleva amarla e proteggerla con passione, e in quel momento giurò di fare tutto il possibile per renderla felice... così non avrebbe mai avuto il desiderio di lasciarlo.

CAPITOLO QUATTRO

LA MATTINA SEGUENTE, April era sdraiata nel letto di Jack a fissare il soffitto. Non si era mai sentita così... amata in tutta la sua vita. Ed era a casa sua da nemmeno ventiquattro ore. Si era lasciata coinvolgere troppo?

Come l'aveva avvertita, era un uomo passionale, non si poteva negarlo. E le dava ancora una sensazione po' strana il fatto di desiderare di stare con lui con così tanta intensità, dopo averlo conosciuto sostanzialmente solo da una settimana. Ma Jack aveva ragione: nel profondo le sembrava di conoscerlo da sempre.

Inoltre, il bacio della sera prima le aveva detto tutto quello che aveva bisogno di sapere. Non si era mai sentita così disperata di stare con qualcuno come quando le aveva toccato delicatamente le labbra con le sue. Era stata lei la prima ad approfondire il bacio e non era rimasta delusa. Con il suo ex non aveva mai provato quello che provava con Jack.

Le aveva detto che a volte poteva essere uno stronzo, e non aveva mentito. Lo aveva visto essere scortese con le persone in ospedale, con chiunque l'aveva fatta arrabbiare o sentire a disagio, e il giorno precedente, quando la stava spingendo sulla carrozzina per portarla in auto, era stato un po' antipatico con un uomo che aveva osato camminare davanti a lei senza prestare attenzione perché stava guardando il telefono. Sull'interstatale aveva anche imprecato sottovoce contro gli automobilisti idioti, quindi poteva capire cosa intendeva quando diceva di essere un po' rude nei modi.

Ma l'uomo con cui aveva trascorso la serata precedente, era tutto ciò che aveva sempre desiderato in un partner. Avevano riso tanto, e lui si era aperto sulla Jack's Lumber e sulla fatica che avevano fatto all'inizio, giurando che però nessuno di loro se n'era mai pentito per un solo instante. Non era entrato nei dettagli del periodo trascorso come prigioniero di guerra, e lei non aveva insistito, ma era chiaro che ciò lo aveva forgiato nell'uomo che era diventato.

E sentirlo parlare di proteggerla, di mettersi tra lei e chiunque avrebbe voluto farle del male, l'aveva fatta fremere fin nel profondo.

Per la maggior parte della sua vita era stata da sola. Non era stata vittima di bullismo e non aveva vissuto nulla di traumatico mentre cresceva, ma ciò non significava che la gente non si fosse approfittata di lei semplicemente perché era una donna; anche se comunque c'era stata la tipica mancanza di rispetto che tutte le donne sperimentavano ogni giorno in un modo o nell'altro. Al suo ex non era mai importato quando gli uomini le avevano lanciato fischi o fatto commenti allusivi al supermercato o mentre erano in giro. April aveva la sensazione che con Jack vicino nessuno l'avrebbe passata liscia.

Quando si era fatto tardi, lui aveva insistito per aiutarla ad andare a letto e, chissà come, era finita nel *suo* invece che in quello nella stanza degli ospiti. Lo sguardo che aveva avuto mentre la osservava infilarsi sotto le sue coperte, le aveva fatto venire voglia di gettarle via e invitarlo a restare. Ma lui si era girato ed era andato in cucina, per poi tornare con una delle sue pillole di antidolorifico. Le aveva dato un bacio sulla fronte, che era stato un gesto romantico come aveva sempre immaginato, e le aveva detto di dormire bene, che sarebbe rimasto sul divano e che l'avrebbe sentita se avesse avuto bisogno di qualcosa.

La sera prima, dopo cena, lo aveva anche convinto a portarla con sé alla Jack's Lumber quella mattina. L'istinto le diceva che aveva molto lavoro da recuperare dopo essere rimasto con lei all'ospedale di Bangor per tutto il tempo. Non era stato facile convincerlo, e le aveva fatto promettere che sarebbe rimasta seduta a rilassarsi mentre lui lavorava, ma a quanto pareva la Jack's Lumber era la sua casa lontano da casa, e April era ansiosa di vedere il posto di cui aveva sentito tanto parlare.

Naturalmente sperava anche che essere lì avrebbe fatto riaffiorare qualche ricordo, ma dato che Jack era così categorico sul fatto di non sforzarsi di ricordare, non aveva intenzione di menzionare quella parte.

Poco prima di andare a letto, aveva ricevuto un messaggio dalle ragazze che la informavano che anche loro sarebbero andate in ufficio a trovarla. A quanto pareva avevano da molto tempo una chat di gruppo per tenersi tutti in contatto tra loro, ed era molto attiva, cosa che adorava.

La usavano per restare informate su come procedeva la gravidanza di June, per congratularsi con Carlise per aver terminato un'altra traduzione, e Cal stava tenendo tutti aggiornati sulla sua ricerca di una Forester per sostituire quella incidentata di April. Quando lei aveva protestato, era stato Jack a convincerla a desistere, insistendo che tutti sentivano il bisogno di fare qualcosa per darle una mano, visto che si erano sempre aiutati a vicenda. Dato che la Subaru le aveva praticamente salvato la vita quando aveva fatto l'incidente, non poteva certo lamentarsi di possedere un altro veicolo di uguale marca e modello.

Cal era determinato a ottenere il miglior affare possibile per principio, quindi si era messo a trattare con tutti i concessionari Subaru che era riuscito a trovare. Inoltre, in un gruppo sui social, aveva chattato con un ragazzo che lavorava nello stabilimento di

Lafayette, nell'Indiana, che poteva fargli ottenere uno sconto per amici e familiari.

Ad April quasi girava la testa per la velocità con cui le cose stavano accadendo ora che era tornata a Newton, ma supponeva che non avrebbe dovuto sorprendersi. Conosceva quelle persone da parecchi mesi... in alcuni casi da anni. Se fosse successo qualcosa a uno dei suoi amici di lunga data, lei avrebbe fatto la stessa cosa. Quindi, anche se si sentiva un po' a disagio e in imbarazzo, apprezzava comunque il loro sostegno.

Era ancora sdraiata a letto quando il profumo di pancetta e cannella cominciò a filtrare dalla porta. April si raddrizzò e portò le gambe giù dal letto. Doveva pensare a cosa indossare, perché la maglietta enorme di Jack che aveva messo per tornare a casa dall'ospedale non sarebbe stata appropriata per uscire in pubblico. Andò nel bagno annesso alla camera e trasalì quando accese la luce.

Aveva sperato che il mal di testa sarebbe sparito entro il mattino, ma ovviamente non era stato così. Si guardò allo specchio e fece una smorfia. Dio, era un disastro. Non era la donna più bella del mondo, tanto per cominciare, ma i suoi capelli avevano decisamente bisogno di essere lavati, e le sarebbe servito del burrocacao sulle labbra e un po' di colore sulle guance. I lividi sul viso erano più gialli e verdi che viola e blu, ed era positivo, ma comunque non erano per niente piacevoli da vedere.

Con il disperato bisogno di lavarsi, April non esitò ad aprire la doccia. Mentre l'acqua si riscaldava, si lavò i denti con lo spazzolino che Jack le aveva dato la sera prima, poi si sfilò la maglia dalla testa, si tolse le mutandine ed entrò nell'ampio spazio.

Inclinò la testa all'indietro, chiuse gli occhi e gemette di piacere, lasciando l'acqua calda scivolare sul suo corpo. Quella era letteralmente la doccia più bella che avesse mai fatto in vita sua, e non solo perché si sentiva molto sporca. Il soffione era largo, uno di quelli a pioggia, e la pressione del getto era forte, ma non così tanto da farle male a contatto con la pelle. Non aveva idea di quanto fosse rimasta ferma lì sotto, ma quando si rese conto che l'acqua colpendole la testa stava cominciando a far peggiorare i dolori, pensò che doveva darsi una mossa.

Si lavò i capelli due volte con lo shampoo di Jack. Non c'era il balsamo, il che significava che ci sarebbe voluto un po' di tempo per lisciare i nodi, ma non le importava. Usò anche il suo bagnoschiuma, e non riuscì a trattenere un sorriso pensando che avrebbe avuto addosso il suo profumo per tutto il giorno.

Solo dopo aver chiuso l'acqua ed essersi asciugata con un enorme asciugamano soffice che aveva trovato appeso vicino alla doccia, si rese conto di non avere nulla da mettere. Poteva cercare un'altra maglia nei cassetti di Jack, ma non voleva frugare tra le sue cose.

Stava ancora riflettendo sul da farsi quando sentì la sua voce provenire dalla camera da letto.

«April?»

«Sì?»

«Carlise è passata da casa tua a prenderti dei vestiti.»

Rimase sorpresa, sia per il gesto gentile sia perché era come se Jack le avesse letto nel pensiero.

Quando lei non rispose, le spiegò: «Ha una chiave, così come tu hai quella di casa sua, di June e di Marlowe. June si è fatta fare dei portachiavi con la scritta "BFF", *Best Friends Forever*, e poi avete fatto delle copie delle vostre chiavi per scambiarvele.» Sentì una nota divertita nella sua voce per quel dettaglio. «Comunque, stamattina ha portato i vestiti. Te li lascio qui. Ok?»

Le si riempirono gli occhi di lacrime. Non sapeva cos'avesse fatto per meritarsi amiche come quelle, ma ne era grata. «Ok» gridò.

«Va tutto bene?»

Immaginava che si sarebbe accorto della sua voce un po' tremante. «Tutto ok.»

«April... sono serio. Cosa c'è che non va? È la testa? Devo chiamare il dottore? Merda, hai fatto troppe cose e troppo presto, vero? La doccia è stata uno sforzo eccessivo, avrei dovuto offrirmi di lavarti i capelli. Sei decente? Perché sto per entrare.»

«No!» esclamò in fretta. L'asciugamano che teneva stretto sul davanti era abbastanza grande da coprirla dal petto ai piedi, ma si sentiva ancora a disagio a farsi vedere così vulnerabile da Jack. «Va tutto bene. Giuro. Mi sono solo emozionata per il fatto che Carlise abbia pensato a me di mattina presto.»

«Sei sicura?» Da come lo sentiva, sembrava che si trovasse proprio al di là della porta... e probabilmente era così.

«Sono sicura.»

«D'accordo. Per colazione ho preparato la pancetta, i pancake e le girelle alla cannella. Ho anche del caffè con la tua crema preferita. Vestiti con calma. Terrò tutto al caldo finché non sarai pronta.»

April non sapeva neanche quale fosse la crema che le piaceva così tanto. Era una cosa piccola e banale... eppure, non essere in grado di ricordare la sua crema preferita, all'improvviso le sembrò opprimente e un po' sconcertante. Ma fece un respiro profondo. Doveva solo prendere le cose come venivano. «Ok, grazie.»

«Non devi ringraziarmi, tesoro, è un piacere.»

Sentì i suoi passi allontanarsi e poi la porta della camera chiudersi.

Lei aprì quella del bagno, sbirciò fuori e vide una valigia lì accanto. Non la riconobbe, ma immaginò che fosse sua. La portò all'interno e richiuse la porta. Dopo averla appoggiata sul ripiano, la aprì e sorrise vedendo tutte le cose che Carlise vi aveva messo dentro. Leggings, jeans, mutandine, reggiseni, magliette, felpe e una o due camicette. E poi lo shampoo, il balsamo, una spugna, la lozione, lo spazzolino da denti, il dentifricio e un sacchettino pieno di cose come tamponi, tagliaunghie, aspirina e altri articoli da toilette.

Le vennero di nuovo le lacrime agli occhi. Carlise aveva

preparato la valigia alla perfezione, e anche se non riconosceva quei vestiti, vedendo la taglia dovevano essere proprio i suoi.

Tirò fuori una maglietta, un paio di leggings e si vestì. Prese la spazzola dalla valigia, ma decise subito di rinunciare a districare i nodi nei capelli. Le faceva troppo male la testa per tirarli, così si limitò a raccogliere con un fermaglio le ciocche che le arrivavano alle spalle. Se ne sarebbe occupata più tardi. Al momento, il profumo di cannella e del resto del cibo le stava facendo brontolare la pancia.

Spinse la valigia fuori dal bagno per occuparsene in seguito e uscì dalla camera da letto per andare nella zona giorno. Jack le dava le spalle e stava facendo qualcosa in cucina. April si prese il tempo di osservarlo. James le aveva mai preparato la colazione? Non se lo ricordava, e non pensava che fosse stata la botta in testa a farglielo dimenticare.

Lui non aveva pensato ad altri che a sé stesso, e probabilmente non gli era mai passato per la mente di prepararle la colazione prima di andare al lavoro.

Doveva aver fatto rumore, perché Jack si voltò di scatto e le sorrise. Prese una tazza dal bancone e la riempì di caffè con la brocca che aveva tenuto in caldo sulla macchinetta. Versò una buona dose di crema e la portò al tavolo della cucina. «Vieni a sederti» le disse, tirando fuori una sedia.

April camminò come in trance fino al punto indicato da lui e si sedette. Jack si chinò e le baciò la testa. «Buongiorno.»

«Giorno» borbottò lei, portandosi la tazza alle labbra e inspirando profondamente. Lo sentì ridacchiare, ma lo ignorò, preferendo bere un sorso di caffè. «Mmmm» mormorò facendo un sospiro, poi alzò lo sguardo verso di lui. Si bloccò quando vide la sua espressione. «Che c'è? Ho qualcosa sulla faccia?» chiese a disagio.

«No. È solo che... prima di prendere il caffè non sei tu. Non me ne ero mai reso conto. Probabilmente perché quando arrivavo in ufficio ti vedevo sempre sveglia e pronta ad affrontare la giornata.»

April scrollò le spalle. «Questo caffè è perfetto, grazie» replicò, non sapendo cosa dire in risposta al suo commento.

«Non c'è di che. In ufficio c'è una macchinetta, ma ci hai minacciati che se avessi trovato vuoto il bricco della crema una volta arrivata al lavoro, l'avremmo pagata cara.» Ridacchiò. «Così ci siamo assunti l'onere di assicurarci che tu ne abbia sempre in abbondanza.»

Arrossì, anche se non sapeva bene perché. «Be', è buona» si difese. «Anche se devo ammettere che non so che gusto sia.»

«Burro di noci pecan del sud» rispose, come se fosse del tutto normale che lei non avesse la minima idea di quale tipo di crema le piacesse così tanto da aver minacciato di fare del male se non l'avesse trovata in ufficio. «È troppo dolce per me. Sono più per il caffè nero, ma sono felice di essere il tuo spacciatore di crema.»

April non era molto sorpresa che a Jack piacesse il caffè nero. Bevve un altro sorso mentre lui tornava in cucina e cominciava a riempire due piatti. La quantità di cibo che le mise davanti la fece sorridere.

«Non posso mangiare tutta questa roba.»

Lui si limitò a scrollare le spalle. «Mangia quello che riesci. Il resto lo finirò io o lo metterò in frigo per dopo. Oh, ecco il tuo antidolorifico.»

«Pensavo di prendere un farmaco da banco più leggero.»

Scosse la testa. «Non oggi.»

«Jack» lo avvertì, ma lui alzò una mano per fermarla.

«Questo è il tuo primo giorno intero fuori dall'ospedale. Stiamo per andare in ufficio. Oggi starai in piedi più a lungo di quanto tu lo sia stata in una settimana. Ne avrai bisogno. Non ho alcun problema con il fatto che tu voglia disintossicarti da quella roba, ma oggi non è il giorno giusto per iniziare. Ieri ho promesso che non ti avrei fatta diventare dipendente e non intendo rimangiarmi la parola. Dopo essere stato salvato, ho cercato di rifiutare gli antidolorifici per lo stesso motivo. Non volevo diventarne dipendente, ma è stato un errore. Ho sofferto più del necessario e non voglio che accada anche a te.»

April prese la pillola che le aveva messo sul tavolo, la mandò giù con il caffè e afferrò la forchetta.

«Grazie per la fiducia. Ti ho detto che non ti avrei mai fatto del male, e dicevo sul serio. Ma non permetterò nemmeno che *tu* ti faccia del male, se posso evitarlo.»

Che uomo. La stava uccidendo. Si sentiva anche destabilizzata. Non era mai stata la destinataria di tanta preoccupazione prima d'ora. «Grazie» disse dopo un attimo.

Jack annuì, poi le indicò il piatto con la forchetta. «Mangia, prima che si raffreddi.»

Lei inclinò la testa. «Sei dispotico» lo informò, tagliando comunque un pezzo di girella alla cannella.

«Già» ribatté lui senza il minimo rimorso. «Ho imparato dalla migliore... tu.»

«Io? Non sono dispotica.»

Jack rise di gusto. «Odio essere io a dirtelo, ma lo sei. Mi dai sempre ordini. E anche agli altri ragazzi. Anche ai clienti e ai nostri fornitori. Accidenti, dai ordini anche a Carlise, June e Marlowe. Ma fa parte del tuo fascino, e ti amiamo per questo.»

April si accigliò. Era davvero dispotica? Non sapeva bene cosa pensare di quella rivelazione.

«È tutto ok, tesoro. Promesso. Ora mangia. Facciamo qualcosa per i tuoi capelli e poi andiamo.»

«I miei capelli?»

«Sì.»

Ancora una volta, sembrò che quello che aveva detto fosse del tutto normale. Nella sua esperienza – cioè di ciò che riusciva a ricordare – gli uomini non si preoccupavano dei capelli di una ragazza. Il suo ex li aveva notati solo quando erano stati in disordine.

Ma dato che il cibo davanti a lei aveva un profumo buonissimo e un sapore delizioso, si distrasse momentaneamente per rimpinzarsi il più in fretta possibile. Con sua grande sorpresa, mangiò quasi tutto quello che le aveva preparato.

Lui le sorrise soddisfatto mentre raccoglieva il piatto, praticamente vuoto, e lo portava al lavandino.

«Posso aiutarti a pulire» si offrì.

Ma Jack si limitò a scuotere la testa e a dire: «Ci penso io. Perché non vai a prendere la spazzola o il pettine, poi torni qui e ti siedi sul divano? Sarò lì tra un attimo.»

April era di nuovo confusa. «Perché?»

«Perché cosa?» le chiese, fermandosi a guardarla.

«Perché dovrei tornare qui? Vado a pettinarmeli in bagno.»

A quello, Jack posò il piatto e si asciugò le mani su un canovaccio appeso a un gancio sul frigorifero. Si avvicinò a lei e le mise una mano sulla spalla. «Mi sembrano aggrovigliati, probabilmente perché nella mia doccia non c'erano i prodotti femminili che ti servivano. Scusa. Avrei voluto portarti la valigia prima, ma non volevo disturbarti, e quando ho sentito l'acqua scorrere era già troppo tardi. In ogni caso, non voglio che tu ti faccia male alla testa più del necessario tirando quei nodi, quindi ti aiuterò. Sarò delicato.»

«Posso farlo da sola» sussurrò, ancora una volta sopraffatta da quell'uomo. Stentava a credere che fosse reale.

«So che puoi. Ma io posso farlo meglio» ribatté, facendole l'occhiolino.

April alzò gli occhi al cielo. «Sei un po' presuntuoso, eh?»

Lui ridacchiò. «Quando si tratta di cose in cui so di essere bravo, sì.»

«Quindi l'hai già fatto? Spazzolare i capelli a una donna intendo.»

«No. Mai. Ma dato che preferirei tagliarmi la mano piuttosto che farti del male, so che troverò una soluzione. E probabilmente sarò più delicato di te, perché sarai impaziente di arrivare in ufficio e di conseguenza strapperai via i nodi piuttosto che cercare di far passare la spazzola con delicatezza.»

Accidenti, non aveva tutti i torti. «Vabbè» disse con un'espressione esasperata.

Quello non fece altro che farlo sorridere di più. «Vai, ci vediamo sul divano.»

April si diresse verso la porta della camera da letto, ma si voltò all'ultimo momento. «Jack?»

«Sì, tesoro?»

«Non so cosa fare.»

«Con cosa?»

«Con te.»

Annuì. «Prendi le cose come vengono, April.»

«Non posso fare a meno di chiedermi se siamo arrivati a questo punto solo perché mi sono fatta male e non riesco a ricordare com'erano le cose tra noi.»

Il suo sorriso scomparve. Era ancora dall'altra parte della stanza, ma c'era una profonda intimità tra loro, come quella della sera precedente quando erano fianco a fianco sul divano e si toccavano.

«In parte, sì. Intendo la parte del tuo incidente» aggiunse rapidamente. «Ho capito cos'avevo quasi perso. Sono stato uno stupido a non rivelarti che ero attratto da te. Non so cosa stessi aspettando, ma il tuo incidente mi ha fatto capire quanto sia breve la vita, e ho deciso che non voglio perdere altro tempo. Ma il fatto che tu abbia perso temporaneamente la memoria *non* c'entra con questo. Anzi, quella è la parte che mi spaventa a morte.»

«Perché?»

«Perché temo che quando ti tornerà ricorderai che c'era un motivo importante per cui non volevi stare con me, per cui hai mantenuto le distanze. Potresti odiarmi perché ho fatto la mia mossa quando eri vulnerabile.»

April non sapeva bene cosa rispondere. Non aveva tutti i

torti. Perché *non* gli aveva chiesto lei di uscire insieme? Perché non lo aveva incoraggiato a fare qualcosa data l'evidente attrazione che condividevano? C'era qualcosa che aveva appreso su di lui, e che ora non riusciva a ricordare, che le aveva fatto mantenere le distanze?

«Vai a prendere la spazzola, tesoro» ripeté.

Dato che era ancora confusa, fece come le aveva chiesto, e si voltò, ma non prima di aver notato il suo sguardo ferito. Odiava esserne la causa. Lui non era stato altro che gentile e cortese, e lei non voleva dargli l'impressione di non apprezzarlo. Eppure... non poteva fare a meno di chiedersi che cosa li avesse tenuti separati.

Non le ci volle molto per prendere la spazzola e tornare in salotto. Jack la stava aspettando sul divano. Aveva spostato il tavolino e le indicò il pavimento. «Se ti siedi qui posso pettinarti più facilmente» le disse.

Annuì, si sedette per terra tra le sue gambe e gli porse la spazzola. Le loro dita si sfiorarono mentre lui la prendeva, e April avrebbe potuto giurare che quel tocco innocente le aveva provocato una piccola scossa che arrivò fino alle dita dei piedi.

Ma non fu niente in confronto ai brividi che provò quando le passò la mano sui capelli e le tolse delicatamente il fermaglio. Poi infilò con cautela le dita tra le ciocche umide, e April chiuse gli occhi. Il suo tocco era così bello. Meraviglioso. Esisteva davvero una sensazione del genere?

Nessun altro le aveva spazzolato i capelli, a parte la parrucchiera, e quello non contava perché non aveva mai provato una cosa simile. Jack iniziò dalle punte, spazzolando con cura le ciocche, spostandosi piano e costantemente verso il cuoio capelluto. I movimenti ritmici e delicati la fecero sospirare di soddisfazione. Era così rilassante avere le sue mani sulla testa.

Aveva temuto di sentire male, ma avrebbe dovuto aspettarselo... Jack non le avrebbe mai causato dolore. Lo sapeva fin dentro l'anima. Qualunque fosse il legame che li univa, faceva sì che si fidasse di lui.

Non passò molto che si rese conto che i nodi erano spariti, e che Jack le stava semplicemente spazzolando i capelli per il piacere di farlo.

«Jack?» sussurrò, senza aprire gli occhi.

Si fermò a metà spazzolata. «Sì?»

«Qualunque ragione possa aver avuto per non incoraggiarti a chiedermi di uscire... non ha più importanza. Ora *so* cosa voglio, e sei tu.»

Lo percepì, più che sentirlo, buttare fuori un respiro.

«Riprenderemo questa conversazione quando ti tornerà la memoria.»

April scosse la testa, si girò appoggiando la schiena contro una delle sue gambe e lo guardò. «No, non lo faremo.»

Lui si accigliò.

«Non sono la stessa persona di prima dell'incidente.»

«Certo che lo sei» disse con fermezza.

«Hai detto, e cito: *"Sono stato uno stupido a non rivelarti che ero attratto da te. Non so cosa stessi aspettando, ma il tuo incidente mi ha fatto capire quanto sia breve la vita, e ho deciso che non voglio perdere altro tempo"*. Anch'io la penso così. Non è possibile che mi senta così vicina a te, che ti desideri così tanto, se non avessi provato queste cose già prima dell'incidente. Qualunque fosse la ragione per cui non ti ho detto di essere interessata, era altrettanto stupida. Credo che il ritorno della memoria farà solo sì che ti desideri di più, non di meno.»

Jack chiuse gli occhi e rimase lì, con le mani appoggiate sulle cosce. Poteva sentire quanto fosse teso contro la sua schiena, mentre lottava per tenere sotto controllo le sue emozioni. Quando li riaprì, il suo sguardo la penetrò. «Sei troppo intelligente» disse dopo un attimo. «Ti piace rinfacciarmi le mie stesse parole.»

«Be', quando hai ragione, hai ragione. E immagino che

quando hai torto, non abbia problemi ad assicurarmi che tu lo sappia.»

Jack sorrise. «Questo è vero. Spero tanto che non te ne andrai quando ricorderai tutto.»

«Non lo farò.» Ne era totalmente certa. Sarebbe stata un'idiota ad abbandonare quell'uomo. Stava con lui da meno di un giorno e le aveva mostrato più gentilezza e amore di quanto avesse mai fatto qualcun altro. Voleva disperatamente contraccambiare quella gentilezza e quell'amore dieci volte di più.

«Bene. Come va la testa? Sei ancora in grado di venire in ufficio?» le chiese.

«Stai cercando di impedirmi di vedere quanto è stato incasinato il mio dominio in mia assenza?»

Jack scoppiò a ridere. «No. Lo scoprirai prima o poi. Tanto vale togliersi il pensiero.»

April sorrise, poi tornò seria. «Non ricordo niente di ciò che comporta il mio lavoro» ammise nervosamente.

«L'hai capito subito quando sei stata assunta. Non ho dubbi che imparerai altrettanto velocemente» disse Jack con nonchalance, come se non avesse alcuna preoccupazione riguardo al suo ritorno al lavoro. «Ma oggi non farai nulla. Non sei ancora guarita del tutto. Carlise, June e Marlowe ci raggiungeranno lì, quindi ho chiesto loro di distrarti.»

«Distrarmi?»

«Sì, ti conosco. Se dovessi metterti dietro a quella scrivania e il telefono iniziasse a squillare, insisteresti per risolvere tutto oggi e rimarresti seduta lì per tutto il tempo necessario. Voglio che ritorni nel tuo ruolo pian piano.»

April non riuscì a trattenere il piccolo sorriso che le si formò sulle labbra. Quella sì che le sembrava qualcosa che avrebbe fatto. «Ok.»

«Perché non mi fido di questo *ok*?»

«Non lo so. Sono completamente innocente» rispose con insolenza.

Amò il suono della risata di Jack. Aveva la sensazione che non ridesse abbastanza. «Bene. Forza, alzati. Carlise ha messo un paio di scarpe da ginnastica vicino alla porta. Trova dei calzini e magari una felpa, perché a volte in ufficio fa freddo. Poi usciamo.»

Jack la tirò in piedi, ma non la lasciò andare. Le passò una mano tra le ciocche lisce e disse più a sé stesso che a lei: «Mi piace la sensazione dei tuoi capelli tra le dita.» Poi le fece un sorriso imbarazzato e le porse la spazzola. «Vai, donna, smettila di perdere tempo.»

April alzò gli occhi al cielo. Sapevano entrambi che era lui quello che procrastinava, ma tenne la bocca chiusa e andò in camera da letto. Era strano come tutto ciò sembrasse normale. Vivere con Jack. Scambiare battute. Le piacevano persino le conversazioni serie che avevano avuto. Essere onesti era una sensazione stimolante e piacevole.

Per quanto fosse ansiosa di vedere la Jack's Lumber e di stare con le sue amiche, non poteva fare a meno di essere un po' triste per il fatto che non avrebbe passato la giornata da sola con Jack.

CAPITOLO CINQUE

TRE ORE PIÙ TARDI, JJ guardò April e sorrise. Non riusciva a distogliere lo sguardo da lei per più di qualche minuto. Quando erano arrivati alla Jack's Lumber, aveva temuto che la vista dell'ufficio potesse in qualche modo far scattare qualcosa nel suo cervello e provocarle dolore, ma lei si era guardata intorno senza riconoscere nulla e aveva scrollato le spalle dicendo: "È bello".

Si era sentito sollevato e allo stesso tempo deluso che non si fosse ricordata subito di tutto, ma aveva nascosto le sue emozioni mentre le mostrava ogni cosa.

L'ufficio non era niente di eccezionale. C'era una piccola reception all'ingresso e una porta che conduceva a uno spazio più ampio dove lui e gli altri trascorrevano molto tempo, e di cui le ragazze di recente ne avevano in gran parte preso possesso. L'avevano reso più confortevole e accogliente con un paio di divani e dei tocchi femminili, come quadri alle pareti e cuscini, e di tanto in tanto compariva un mazzo di fiori. C'era una cucina completa e April aveva separato una piccola parte della stanza con delle tende, per nascondere le scatole di materiale per l'ufficio che prima erano accatastate in un angolo.

Guardandosi intorno JJ si rese conto di vedere April in qualsiasi cosa... e non era sorprendente, dato che era lei quella che passava più tempo lì. Riconobbe la sua influenza nei piatti in cucina, nel pavimento che aveva scelto lei, persino nel modo in cui erano impilate le scatole dietro la tenda.

Aveva fatto sua la Jack's Lumber, e nessuno sarebbe mai stato in grado di sostituirla se avesse deciso di non restare. Anche se non avesse mai recuperato la memoria, non aveva dubbi che sarebbe stata in grado di trovare di nuovo il suo posto lì... se avesse voluto. Però c'era la possibilità che potesse non ambientarsi nel Maine con la stessa rapidità della prima volta.

«Amico, sembra che tu abbia appena sentito la puzza dei piedi di Chappy dopo che si è tolto gli scarponi. Che c'è?» gli chiese Bob, dandogli una spallata.

«Ehi! I miei piedi non puzzano tanto» protestò Chappy.

Erano accanto alla porta sul retro dell'ufficio, e stavano parlando del lavoro che i due avevano appena finito. Cal era dall'altra parte della stanza, a cercare di sistemare June il più comodamente possibile sul divano. Più la gravidanza procedeva, più il loro amico diventava protettivo... non che si potesse biasimarlo.

«Non voglio che April se ne vada» sbottò JJ.

Chappy sembrò scioccato. «Aspetta, se ne *va*?»

«Non lo so. È possibile. Potrebbe andare ovunque ed essere una risorsa. Perché dovrebbe rimanere qui?» Aveva parlato velocemente, e si rese conto che stava iniziando a farsi prendere dal panico, ma non riusciva proprio a calmarsi.

«Perché *non* dovrebbe restare?» replicò Bob. «Le hai detto qualcosa di stupido? Le è tornata la memoria e ha capito che ti sei rifiutato di chiederle di uscire?»

«No, no e no» borbottò JJ. «Essere qui e vedere come ha fatto suo questo posto... io... non voglio che se ne vada.»

«Sembra che qualcuno si sia finalmente dato una svegliata» disse Chappy con un sorriso.

JJ fece un respiro profondo e si rivolse all'amico. «Già. La amo. Non so cosa farei se lei se ne andasse.»

«Non se ne andrà» gli disse Bob. «Guardala. Magari non si ricorda di Carlise, June o Marlowe, ma è già entrata in sintonia con loro.»

Si voltò verso le donne e vide il sorriso sul volto di April. Era chinata verso Marlowe, impegnata ad ascoltare attentamente ciò che le diceva.

Fece un respiro profondo. Il senso di sollievo che lo travolse fu quasi doloroso.

«Eravate bloccati» affermò Chappy. «Fossilizzati, prigionieri di una routine. Credo che entrambi aveste paura di fare o dire qualcosa che avrebbe potuto cambiare lo stato delle cose tra voi. Lei probabilmente era preoccupata perché sei il suo capo ed è un po' più vecchia di te, e non voleva fare la prima mossa. E tu... non so *quale* fosse il tuo problema, ma immagino si trattasse del timore che se le cose non fossero andate come speravi, avresti rovinato la vostra amicizia.»

JJ annuì, poi borbottò: «È stato stupido.»

«Non direi» disse Bob, scuotendo leggermente la testa. «Forse eccessivamente prudente.»

Cal si diresse verso di loro, e quando fu abbastanza vicino, chiese: «Di cosa stiamo parlando così seriamente? Della pace nel mondo? Dei dieci maggiori ricercati dall'FBI? Del vecchio Smith?»

Le labbra di JJ ebbero un guizzo.

«Il nostro amico qui è nel panico perché ha appena capito di amare April e ha paura che lei se ne vada quando le tornerà la memoria» spiegò Bob.

«Non lo farà» gli assicurò Cal con calma, come se potesse vedere il futuro e non avesse dubbi che ciò che diceva era vero.

«Tuttavia, penso che non possa far male darle un incentivo» aggiunse Chappy. «Sappiamo tutti che è April a far funzionare questo posto. Senza di lei la Jack's Lumber sarebbe probabilmente fallita molto tempo fa. Ci sono obiezioni a farla entrare come socia?»

JJ rimase a bocca aperta. Aveva pensato alla stessa cosa. Aveva deciso di parlarne con i ragazzi proprio il giorno prima. Quello era solo un altro promemoria di come lui e i suoi migliori amici fossero sulla stessa lunghezza d'onda.

«Assolutamente nessuna obiezione.»

«Avremmo dovuto già farlo.»

Tutti e tre lo guardarono.

«Be'?» gli chiese Chappy.

«E se pensasse che stiamo cercando di corromperla per farla restare?» disse JJ. «Forse dovremmo aspettare che recuperi la memoria. Voglio dire, si è fatta il culo per questo posto. Potrebbe ricordarsi di quanto tempo ha trascorso qui e decidere di non volersi più impegnare.»

Cal alzò gli occhi al cielo. «Penso che se sapesse quanto sangue, sudore e lacrime ha dedicato a questo posto, vorrebbe rimanere ancora di più. È testarda.»

«Infatti! Vi ricordate quando ha saputo che il consiglio comunale stava pensando di affidare la cura degli alberi del parco a un'azienda fuori città, e si è presa la responsabilità di andare nell'ufficio del sindaco e fargli una presentazione in PowerPoint di trenta minuti sul perché la Jack's Lumber sarebbe stata la scelta migliore?» domandò Chappy con una risata.

«O quando ci ha offerto di interpretare Babbo Natale e i suoi elfi per la festa annuale, perché il tizio che normalmente interpretava la parte ha avuto un'intossicazione alimentare?» aggiunse Bob.

«Tu la conosci meglio di tutti, JJ. Credi davvero che penserà che stiamo cercando di manipolarla in qualche modo se le facciamo sapere cos'abbiamo in programma di fare? Oppure sarà lusingata e apprezzerà il fatto che abbiamo notato quanto si è impegnata?» gli chiese Cal.

Non dovette nemmeno pensarci. «Probabilmente ci direbbe

che era ora che ci rendessimo conto di quanto lei sia importante per questo posto.»

Risero tutti.

«Contatterò il nostro avvocato e gli chiederò di iniziare a lavorarci. Come vogliamo che sia la divisione?» incalzò Cal.

Prima che JJ potesse parlare, Bob disse: «Ciascuno di noi le darà un quinto della propria percentuale, così poi ognuno ne possiederà il venti per cento.»

«Mi sembra giusto» sostenne Chappy con un cenno del capo.

«Sono d'accordo» concordò Cal.

«Anch'io» confermò JJ. Avrebbero dovuto farlo molto prima; April era letteralmente il collante che teneva insieme la Jack's Lumber.

«Ora vado a dirglielo» disse Cal, voltandosi verso le donne.

«Aspetta!» esclamò JJ, afferrando l'amico per un braccio.

«Perché?»

Si scervellò per trovare una ragione che potesse sembrare razionale, ma non ci riuscì.

«Teme che pensi che stiamo cercando di corromperla per farla restare» disse Bob con un sorrisetto.

«Be', lo stiamo facendo!» replicò Chappy con la stessa espressione.

Cal si voltò verso JJ. «Ascolta, ti capisco. Hai tutto questo miscuglio di emozioni dentro di te per April. Si è fatta male. Sei ancora spaventato per quello che sarebbe potuto accadere. Ho provato la stessa cosa per June. Mi succede ancora adesso. Vederla distesa sul pavimento a perdere tutto quel sangue è stata la cosa più spaventosa che abbia mai sperimentato. Ho ancora gli incubi. Ma è viva, e incinta di nostro figlio.

Non sei stato a tu a dire, dopo che siamo stati salvati, che non potevamo vivere nel passato quando cercavamo di decidere cosa fare di noi stessi dopo essere usciti dall'esercito? La stessa cosa vale in questo caso. Quello che è successo, è successo.

Bisogna guardare al futuro. E da quello che ho capito, tu vuoi April nel tuo futuro. Giusto?»

Annuì.

«Allora legala a te, a noi, a Newton in qualsiasi modo tu riesca. Non è manipolazione, è inseguire ciò che desideri. E sappiamo tutti che desideri April. Così come è ovvio che lei desidera te. Vi abbiamo visto girarvi intorno per troppo tempo.»

Gli altri due fecero un cenno di assenso.

JJ non poté fare a meno di fare un sorrisetto. «Siete tutti veramente sdolcinati. È come se gli ormoni della gravidanza delle vostre mogli avessero contagiato anche voi.»

«Puoi dirlo forte» disse Chappy con un sorriso enorme.

«Non posso negarlo» ammise Bob. «Inoltre, ultimamente il sesso è ancora più fantastico di prima, e questo la dice lunga.»

Cal si limitò a sorridere.

«Va bene. Vai a dirglielo» concesse JJ.

«L'avrei fatto comunque» ribatté lui.

«Vuole solo una scusa per stare addosso a sua moglie» lo stuzzicò Chappy. «Che non è una cattiva idea.» E seguì Cal che stava andando verso i divani.

«Forza, è ora di andare dalle nostre donne» lo sollecitò Bob.

Per lui non era un problema.

Quando si avvicinò, i suoi amici avevano già occupato i posti accanto alle loro mogli, e l'unico rimasto libero era quello vicino ad April. Non esitò a sedersi lì.

«Stavate risolvendo i problemi del mondo laggiù?» chiese Carlise con un sorriso. «Sembravate piuttosto seri.»

«Hanno sempre quell'aria» ribatté June. «Anche se stanno parlando del tempo sembra che stiano pianificando una missione contro una roccaforte terroristica.»

«Oh, mio Dio, hai ragione» confermò Marlowe ridacchiando.

«Be', oggi non stavamo discutendo di terroristi o dei problemi del mondo, ma abbiamo parlato di April» le informò Cal.

Fu quasi comico come lo sguardo di tutti si spostò sulla donna seduta accanto a JJ. La sentì irrigidirsi, e non ebbe alcun dubbio che non si sentisse a suo agio a stare al centro dell'attenzione.

Girandosi, in modo che il suo corpo massiccio nascondesse gli altri, le prese una mano. Cal avrebbe spifferato che avevano intenzione di darle una parte della proprietà dell'azienda senza alcuna spiegazione, cosa che probabilmente l'avrebbe portata a rifiutare, perché avrebbe avuto l'impressione che lo stessero facendo per compassione o qualcosa del genere.

«Respira, tesoro» le sussurrò quando sembrò che stesse pensando al peggio. «Stavamo solo parlando di qualcosa che avremmo dovuto fare molto tempo fa. Questo potrebbe non sembrare il momento giusto per farlo, ma d'altra parte, forse è quello perfetto.»

«Sputa il rospo, JJ!» disse Carlise con impazienza dal divano di fronte.

Le sue labbra ebbero un guizzo, ma non distolse lo sguardo da April. «Ti piace l'ufficio?» le chiese.

Lei aggrottò le sopracciglia e annuì.

«Non mi sorprende, dato che hai scelto tutti i mobili che ci sono qui dentro e che hai progettato lo spazio» le spiegò. «Hai fatto tua la Jack's Lumber. Hai dato vitalità a quella che all'inizio era una stanza fredda e vuota. Hai trovato la metà dei clienti che abbiamo, e li fai sentire come se facessero parte di una famiglia quando ci scelgono. Alcuni di loro vivono i giorni peggiori della loro vita quando un albero cade sulla loro casa o sull'auto. Tu li tranquillizzi e vai oltre la semplice organizzazione della rimozione dell'albero. Li aiuti a presentare le richieste di risarcimento all'assicurazione e coordini persino la comunità per gli aiuti con il cibo, il denaro, i trasporti e l'assistenza ai bambini, quando necessario. Sei il cuore e l'anima della Jack's Lumber, e magari tu ora non ricordi quanto sei parte integrante del successo di questo posto... ma noi sì.»

«Ti prego, dimmi che cambierete il nome in "April's Lumber"» scherzò Carlise.

Tutti risero e JJ vide April arrossire.

Sorrise a Carlise. «No, ma è un'idea.» Si voltò di nuovo verso la sua donna. «Io e i ragazzi vogliamo farti diventare socia. Ti diamo una quota di proprietà della Jack's Lumber. Il venti per cento, la stessa che avremo noi. Te lo sei più che meritato. Non è un contentino per farti restare. Cioè, speriamo tu rimanga – *io* voglio che tu rimanga – ma anche se non lo facessi, la tua partecipazione nell'azienda rimarrebbe valida.»

Le altre donne applaudirono e si congratularono con April, dicendo quanto fossero felici per lei, ma JJ aveva occhi solo per la donna di fronte a lui. Non riusciva a interpretare le emozioni che le attraversarono il viso.

«Questo è... io... non so cosa dire» balbettò infine.

«Di' *era ora*!» disse Carlise ridendo. «JJ ha ragione. Ti fai in quattro per questo posto. Abbiamo dovuto trascinarti fuori di qui più di una volta per farti uscire con noi, e di sicuro fai più della tua buona parte di straordinari.»

«Esatto» concordò Marlowe. «Non sono qui da tanto come gli altri, ma è evidente quanto ami questo posto. E tutti qui a Newton ti amano a loro volta.»

«Mi sembra strano accettare quando non ricordo nulla dell'attività» ammise.

«Be', la buona notizia è che non devi accettare *niente*» dichiarò Chappy. «Succederà a prescindere.»

«E tornerai a comandare tutti in men che non si dica» disse June. «E lo dico in senso positivo» aggiunse in fretta.

Il telefono cominciò a squillare nella stanza della reception, distogliendo l'attenzione da April. Chappy si alzò per andare a rispondere e tornò un minuto dopo. «Sembra che abbiamo un lavoro da fare. Un albero è caduto sull'autostrada. Il capo della polizia ci ha chiesto se potevamo andare ad aiutare i vigili del fuoco, viste le dimensioni.»

«Vengo io» annunciò Cal, poi si rivolse a JJ. «Puoi portare a casa June?»

«Certo.»

«Dovresti andare anche tu» disse Marlowe a Bob. «Starò da June finché non tornate.»

«E io ho un manoscritto su cui devo lavorare» aggiunse Carlise. «Congratulazioni, April, davvero. Ti meriti di certo una parte di questa azienda.»

Gli uomini baciarono le loro mogli e uscirono dalla porta sul retro. JJ sapeva che avrebbero fatto un lavoro rapido con l'albero. «Vuoi restare qui mentre accompagno le altre a casa?» chiese ad April quando i suoi amici se ne furono andati.

«Posso?» domandò titubante.

«Certo. Questa è praticamente la tua seconda casa. E sentiti libera di curiosare senza timore. Controlla dove si trova tutto. Accendi il computer, se vuoi. La password è su un pezzo di carta incollato sotto la scrivania, all'interno del cassetto anteriore.» Ridacchiò davanti alla sua espressione. «Hai insistito per tenerla lì perché la cambi ogni tre mesi e nessuno di noi riesce mai a ricordare quella nuova.»

Mentre le altre donne raccoglievano le loro cose e usavano il bagno, JJ si chinò verso di lei. «Non so cosa ti stia passando per la testa, ma per la cronaca, non ho tirato fuori io la questione della quota di proprietà. Voglio dire, l'avevo pensato, ma i ragazzi mi hanno preceduto. Sei importante per noi, tesoro. E anche se credo davvero che sia solo una questione di tempo prima che ti torni la memoria, se – ed è un grande se – non dovesse mai succedere, troverai di nuovo il tuo posto qui senza problemi. E se il Maine non è il luogo in cui vuoi restare, avrai sempre i proventi dell'azienda su cui contare.»

«È troppo generoso, Jack» gli disse con un'espressione preoccupata.

JJ scosse la testa. «Niente affatto. E quando recupererai la memoria, probabilmente chiederai di *più* del venti per cento per via di tutto quello che fai qui.» Non potendo farne a meno, si chinò in avanti e le baciò la fronte. «Tornerò tra più o meno venti minuti. Guardati intorno, familiarizza con il posto. Ma non esagerare. Se ti fa male la testa, sdraiati e fai un pisolino.»

Sapeva che non l'avrebbe mai fatto, ma aveva dovuto dirlo comunque.

«Penso di poter sopravvivere venti minuti senza di te, Jack.»

Adorava la sua insolenza. Sembrava quasi la April che conosceva prima dell'incidente.

«Lo so. Puoi sopravvivere a tutto.» Si costrinse a raddrizzarsi e si girò verso le altre, che ovviamente erano in attesa vicino alla porta con degli enormi sorrisi sul volto. Avevano anche ascoltato non troppo velatamente la loro conversazione.

Le donne la salutarono promettendo di farsi sentire presto. Jack diede un'ultima occhiata alle sue spalle prima di uscire, e vide April fissarlo con uno sguardo che non riuscì a interpretare. Le fece un cenno con il mento, poi si assicurò di chiudere la porta a chiave prima di obbligarsi ad andarsene.

———

Quando la porta si chiuse dietro a Jack e le altre donne, April lasciò andare il respiro che aveva trattenuto. Le piaceva stare con loro. Le sembrava davvero di far parte di una grande famiglia felice. Ma non poteva negare che il silenzio fosse confortante. La testa le pulsava, anche se non l'avrebbe mai ammesso né a Jack né a nessun altro, e la quiete era meravigliosa.

Rimase sul divano ancora per qualche minuto e si guardò intorno. Si sorprese di rendersi conto che quella stanza le *dava* un senso di familiarità. Non sapeva se ciò fosse dovuto al fatto che le stava tornando la memoria o semplicemente perché era accogliente.

Il divano su cui era seduta era molto comodo, e adorava il tessuto scamosciato. Le piaceva la combinazione di colori di tutto l'insieme; era rilassante ma non banale. E la separazione dell'area di stoccaggio del materiale dal resto della stanza sembrava naturale.

Fece una risatina e scosse la testa. Probabilmente non era sorprendente che le piacesse così tanto, se quello che dicevano gli altri era vero... cioè che aveva scelto tutto lei, dalla pittura, al pavimento, ai mobili. Era una sensazione strana vedere cose che aveva fatto lei, ma non averne alcun ricordo.

April non poté fare a meno di sentirsi sopraffatta dal piano dei ragazzi di renderla comproprietaria della Jack's Lumber. La cosa la metteva un po' a disagio perché non le sembrava di meritarlo. Come avrebbe potuto, se non ricordava nulla dell'attività? Ma non poteva negare che, nel profondo, provava anche orgoglio. Nonostante non riuscisse a ricordare il suo impatto sull'azienda, era lì da anni. Perché *non* avrebbe dovuto raccogliere i frutti del suo presunto duro lavoro?

Un impeto di determinazione si fece strada dentro di lei. Non aveva idea se avrebbe recuperato i ricordi persi nell'incidente, ma in ogni caso voleva restare. Le piacevano molto gli uomini e le donne che stava conoscendo e, da quello che aveva visto, Newton era una città adorabile.

E poi c'era Jack. Non aveva mai provato un legame così profondo con un uomo, e voleva esplorarlo.

Si alzò, eccitata di conoscere di nuovo la Jack's Lumber. Rovistò negli armadietti della cucina, poi andò nell'area di stoccaggio e guardò nelle varie scatole, dove vide materiale da ufficio insieme a quelli che dovevano essere pezzi di ricambio per motoseghe e altra roba meccanica a lei sconosciuta. Dopo aver esaminato tutto quello che c'era nella stanza sul retro, si spostò nella reception.

Guardando al di là della finestra vide che era nuvoloso...

Ebbe un improvviso flash di Carlise che si lamentava della pioggia, e di aver detto all'amica che se non le piaceva il tempo, bastava aspettare cinque minuti e sarebbe cambiato.

Quel ricordo la sorprese a tal punto che si fermò di colpo e fissò il vuoto. Aveva davvero ricordato qualcosa o era stata solo un'illusione?

Fece un profondo respiro e andò alla scrivania. Si accomodò sulla sedia, che era comodissima e dell'altezza perfetta per lei. Non la sorprese, considerando quanto tempo sembrava passare lì. Si avvicinò di più e automaticamente prese il mouse alla destra della tastiera. Lo mosse e lo schermo si accese. Poi ridacchiò leggendo il messaggio che apparve sullo screen saver.

Non toccate i miei file. Non cancellate nulla, non spostate nulla. Se lo fate è a vostro rischio e pericolo!

Sembrava un po'... ok, *molto* paranoica nei confronti di chi incasinava la sua organizzazione. Era decisamente dispotica come sosteneva Jack.

Incuriosita, aprì il cassetto della scrivania e cercò il foglio che le aveva detto essere incollato all'interno. Lo trovò, lo tirò fuori e fissò la password. Riconobbe la sua calligrafia, ma era strano non ricordare di averla scritta. Era di quattordici lettere, sia maiuscole sia minuscole, con alcuni caratteri speciali e numeri.

April non era sorpresa che fosse attenta alle password. Ricordava un ufficio in cui aveva lavorato quando era sposata, dove il sistema informatico era stato violato perché qualcuno ne aveva messa una troppo semplice. A quanto pareva aveva imparato la lezione.

La digitò con cura e trattenne il fiato quando il sistema operativo si avviò. Sul desktop c'erano almeno trenta file diversi, di cui lesse tutti i nomi. Venditori, clienti, donatori, volontari... i nomi dei file erano tutti concisi e chiari.

Fece un respiro profondo e cliccò sull'icona della posta elettronica.

Spalancò la bocca quando vide quasi duecento mail non lette. Nessuno si era preso la briga di monitorare la posta mentre lei era in ospedale? Si sporse in avanti e fu sorpresa di vedere che le date risalivano tutte agli ultimi due giorni! Sembrava quindi che qualcuno *le avesse* lette, solo che non era arrivato a quelle.

Non poté resistere ad aprire la più recente e a leggerla con un piccolo sorriso. Era di un cliente che diceva di aver appena saputo del suo incidente e sperava che guarisse presto.

Quella successiva era di una donna di Bangor, un fornitore da quello che riuscì a capire, e anche lei le augurava di riprendersi in fretta.

Continuò a leggerle e rimase sbalordita scoprendo che la maggior parte erano proprio per lei, con gli auguri di una pronta guarigione. C'erano alcune richieste di assistenza e un paio di bollette da pagare, ma per la maggior parte i messaggi erano personali e sinceri.

April si raddrizzò e fissò lo schermo incredula. Per quella che le era sembrata gran parte della sua vita era rimasta in secondo piano. Aveva fatto il suo lavoro, ma aveva avuto sempre la sensazione di non essere *vista*. Suo marito non aveva certo apprezzato quello che aveva fatto per lui, per la loro famiglia o per il lavoro. Ma, evidentemente, alla Jack's Lumber non era solo la segretaria.

Tutto ciò che le aveva detto Jack era vero. Lì era stimata. E una parte vitale dell'azienda.

Era una bella sensazione. Bellissima.

All'improvviso qualcuno bussò all'ingresso, spaventandola a morte. Alzò lo sguardo dalla scrivania e vide un uomo che le sorrideva al di là del vetro.

Si alzò e andò alla porta sentendosi nervosa, poi il buonsenso prevalse. Si trattava di un'*azienda*, non aveva motivo di sentirsi in ansia, e l'ultima cosa che voleva era respingere un cliente pagante. Sbloccò la porta e la aprì, rivolgendo all'uomo un sorriso educato. Non lo riconobbe, ma era prevedibile dato che al momento non riconosceva nessuno della sua vita lì nel Maine.

Lui ricambiò il sorriso e April si rilassò un po'. «Salve» gli disse. «Benvenuto alla Jack's Lumber.»

«Grazie.»

Quando lui non disse nient'altro, ma continuò solo a fissarla, lo invitò a entrare e tornò alla scrivania, sentendosi un po' più a suo agio con un mobile tra lei e lo sconosciuto. Si sedette e chiese: «Posso aiutarla?»

«Forse» rispose. «Ho comprato una proprietà qui vicino, devo rimuovere gli alberi per costruire una casa e sto cercando di farmi fare dei preventivi di spesa.»

«Possiamo farlo» disse April senza pensarci. Provò un senso di colpa perché non aveva idea se Jack e gli altri lo *facessero*, ma le parole le erano uscite così facilmente che era probabile avesse detto molte volte che facevano preventivi. «Mi scriva il suo indirizzo, il suo nome e il numero di telefono, e farò in modo che qualcuno la richiami al più presto.»

L'uomo la fissò più a lungo di quanto fosse educato fare, e si impose di non agitarsi.

«Sta bene?» le chiese infine, senza prendere la penna o il foglio che aveva spinto verso di lui sulla scrivania.

«Certo. Perché?» gli domandò un po' sulla difensiva.

«Ho sentito che c'è stato un incidente» rispose con una piccola scrollata di spalle.

«Oh.» Ovvio che l'aveva sentito. Newton era una piccola città, e dal numero di mail che aveva ricevuto, tutti quelli che si trovavano nel raggio di duecentocinquanta chilometri quadrati erano a conoscenza del suo incidente. «Sto bene, grazie per averlo chiesto.»

«Anch'io ho quasi investito un alce. Si pensa che essendo così grandi siano facili da vedere, ma appaiono dal nulla. È stata molto fortunata a non essersi fatta male in modo più serio.»

Per qualche motivo le sue parole la misero a disagio. Nonostante ciò, annuì cordialmente. «Sì, è vero.» Non c'era nulla in quell'uomo che avrebbe dovuto farla sentire insicura. Era giovane ed elegante, aveva i capelli neri corti e curati e un bel sorriso, e indossava una camicia e una cravatta dall'aspetto costoso e ben stirate. Anche i pantaloni avevano la piega.

Niente di lui faceva presagire un pericolo... eppure non poté fare a meno di irrigidirsi in attesa che dicesse o facesse qualcos'altro.

«È un po' pallida» le disse, inclinando leggermente la testa. «E tiene gli occhi socchiusi. Scommetto che le fa male la testa. Che ne dice se torno un'altra volta? Non voglio causarle altra sofferenza, April.»

«Nessun problema» replicò, ma l'uomo si era già girato e si stava dirigendo verso la porta. La aprì lentamente, per non far tintinnare il campanello e si voltò per farle l'occhiolino, poi uscì, chiudendola con la stessa cautela.

April lo osservò da dietro la scrivania andare verso un pick-up nero e salirvi. Senza lanciarle un'altra occhiata, uscì dal parcheggio e svoltò a sinistra, sulla Main Street, scomparendo dalla vista.

«È stato strano» disse ad alta voce. Aveva appena richiuso a chiave l'ingresso quando sentì un rumore provenire dal retro, e si irrigidì di nuovo. Aveva fatto solo qualche passo verso l'altra stanza, che la porta si aprì e riapparve Jack.

Fu così sollevata di vederlo che quasi si accasciò.

«Ehi, come... cosa c'è che non va?» le chiese.

«Niente. Mi hai solo spaventata.»

«Scusa. Ho parcheggiato dietro e ho usato la mia chiave per entrare. Vedo che hai fatto l'accesso al tuo computer.»

Non le sfuggì che aveva detto il *suo* computer. «C'erano quasi duecento mail non lette» gli disse, quasi in tono accusatorio.

Ma Jack si limitò a sorridere. «Lo so. I ragazzi hanno cercato di tenere il passo, ma ovviamente sono rimasti indietro. Me ne occuperò io più tardi.»

«Le ho esaminate e ho spostato quelle che erano richieste di servizi o fatture nelle cartelle appropriate» lo informò.

Il sorriso di Jack si fece più ampio. «Sapevo che avresti imparato in fretta. Quante erano quelle da parte dei tuoi fan che ti auguravano ogni bene?»

«Ehm... la maggior parte?» rispose titubante.

«Non mi sorprende. I ragazzi hanno passato un sacco di tempo a rassicurare la gente che saresti tornata presto e che eri in via di guarigione. Forza, andiamo a casa. Penso che ti farà bene un po' di pace e tranquillità.»

April non protestò nemmeno per la questione della casa. Quella di Jack era l'unica che conosceva al momento. Le faceva male la testa ed era stranamente stanca, anche se non aveva fatto un granché.

Jack andò verso la porta d'ingresso, girò il cartello con la scritta CHIUSO e tornò da lei. Si chinò e spense il computer, poi le circondò la vita con un braccio e la condusse verso la stanza sul retro.

«Posso camminare» borbottò April, pur appoggiandosi a lui.

«So che puoi» ribatté, senza però togliere il braccio.

Non sapeva bene ciò che stava succedendo tra loro, ma le piaceva molto. Appena lo aveva visto, ogni timore che aveva avuto nei confronti dell'uomo che si era presentato in ufficio era scomparso.

Mentre lui la accompagnava alla Bronco, April aggrottò la fronte. Le era venuta in mente una cosa all'improvviso: quell'uomo aveva usato il suo nome. Come faceva a saperlo?

Ma scacciò subito quel pensiero dicendosi ancora una volta che Newton era una piccola città, e immaginava che tutti conoscessero tutti. Anche i nuovi arrivati, come il potenziale cliente, avevano sentito parlare del suo incidente, del fatto che aveva sterzato per non colpire un alce, o qualunque animale fosse, e che era precipitata.

«Pensavo di mangiare chili con carne per cena. Che ne dici?»

«Delizioso» rispose, mentre lui la aiutava a salire sul sedile del passeggero tenendola per il gomito.

Invece di allontanarsi dalla portiera in modo che si siste-
masse, le mise una mano sulla coscia e rimase a fissarla.

«Jack? Tutto bene?»

«No» rispose in tono piatto.

«Cosa c'è che non va?» gli chiese allarmata.

«Sono stato un idiota.»

April aggrottò la fronte. «Cosa? Quando?»

«Negli ultimi cinque anni. Sono stato attratto da te dal
momento in cui ci siamo incontrati, quando sei entrata alla Jack's
Lumber e hai praticamente preteso che ti assumessimo. Ho
amato la tua sicurezza e la tua determinazione a rendere migliore
la nostra attività. Sì, forse eri alla disperata ricerca di un lavoro,
ma questo non mi ha reso meno sicuro sulle tue capacità di
essere esattamente ciò di cui avevamo bisogno. E non mi
sbagliavo. Ma sono stato un idiota per non averti fatto capire per
cinque lunghi anni quanto tenessi a te.»

«Jack» sussurrò, sopraffatta.

«Probabilmente non è giusto da parte mia muovermi così in
fretta adesso, ma non posso farci niente. Come ti ho detto, sono
un tipo passionale. E ti voglio, April. Voglio tutto di te. Le tue
speranze, i tuoi sogni, le tue fantasie, le tue preoccupazioni e le
tue paure, la tua ironia, la tua prepotenza e il tuo cuore. Farò dei
casini, ma devi sapere che da questo momento in poi il mio
unico obiettivo nella vita è quello di renderti felice.»

Le sembrò che il cuore le stesse per uscire dal petto.

«Non devi dire nulla. Capisco che ti sto facendo pressione,
probabilmente troppa, ma voglio assicurarmi che tu sappia qual è
la mia posizione e che non sarò più quell'idiota. Quando voglio
qualcosa, la inseguo con tutto me stesso. Ma se quando mi conoscerai meglio non ti piacerà ciò che hai scoperto di me, non mi
comporterò come uno stalker. Non sarò *quel* genere di uomo.
Non renderò le cose imbarazzanti tra di noi. Mi farò da parte e ti
lascerò vivere la tua vita. Ma se *deciderai* di volermi dare una
possibilità, ti prometto che non ti deluderò. Farò in modo che

valga la pena per te sopportare i miei difetti e le mie imperfezioni.»

Poi si sporse in avanti, la baciò sulle labbra con forza e disse: «Attenta ai piedi.» E chiuse la portiera.

April si portò una mano alla bocca e osservò a occhi spalancati Jack passare davanti al veicolo e salire. Poi, come se non l'avesse appena sconvolta, aggiunse: «Saremo a casa in un attimo e ti sistemerò in modo che tu possa rilassarti mentre aspetti che sia pronta la cena.» Girò la chiave nell'accensione e si avviò lungo la strada come se fosse stato un giorno normale.

Ma per April era tutt'altro che normale. Si stava già innamorando di lui... ma aveva la sensazione di esserlo già stata prima dell'incidente. Come avrebbe potuto essere altrimenti? Anche se lui non aveva chiarito le sue intenzioni in passato, ora erano palesi. Qualsiasi donna avrebbe voluto sentirsi dire ogni singola parola che le aveva appena detto. E lei non faceva eccezione.

Mentre Jack li riportava a casa chiuse gli occhi, appoggiò la testa sul sedile e sorrise.

———

Ryan Johnson, seduto all'interno del suo pick-up, osservò Jackson Justice far salire April sulla sua Bronco e uscire dal parcheggio posteriore della Jack's Lumber. Ovviamente Ryan Johnson non era il nome che gli era stato dato alla nascita, ma arrivato a quel punto i nomi non contavano più nulla. Aveva scelto il più banale che gli fosse venuto in mente e a cui nessuno avrebbe fatto caso.

Il suo obiettivo negli ultimi cinque anni era stato quello di mimetizzarsi sullo sfondo. Non voleva essere notato. Per ottenere la vendetta che desiderava doveva essere invisibile. Aveva tenuto i capelli corti, ma non troppo, e si vestiva come qualsiasi americano medio. Tutto ciò mentre studiava e affinava il suo piano.

Quello che lo avrebbe aiutato a eliminare Riggs "Chappy"

Chapman, Callum "Cal" Redmon, Kendric "Bob" Evans e Jackson "JJ" Justice.

La sua missione di vita era stata quella di imparare ogni minima cosa possibile sui quattro uomini, compresi i dettagli sulle loro famiglie, che aveva sempre pianificato di usare contro di loro, fino a quando, proprio nell'ultimo anno, si era presentata un'altra opportunità. Cioè le loro donne.

Il fatto che i suoi nemici avessero trovato una donna da amare aveva cambiato radicalmente il suo piano, ma lo aveva reso ancora più perfetto.

Ryan voleva che perdessero le persone più importanti della loro vita, proprio come loro avevano distrutto quella che lui aveva amato di più.

Suo fratello era stato tutto per lui, l'aveva idolatrato. Sì, nella loro città natale si era lasciato coinvolgere da un tizio arrogante, ma carismatico, capace di convincere molti giovani a seguirlo e a unirsi alla sua fazione terroristica. E quando aveva deciso di rapire alcuni soldati americani, senza un'idea chiara di cosa fare con loro una volta catturati, suo fratello aveva supportato obbedientemente quella scelta.

Ryan si era già occupato di quell'uomo, dello stronzo che lo aveva convinto a partecipare al rapimento. Lo aveva fatto soffrire enormemente per la sua perdita.

La cosa successiva era stata dare la caccia agli uomini che avevano salvato i prigionieri, i diretti responsabili della morte di suo fratello, ma la verità era che non sapeva chi fossero. Non aveva i nomi di quei soldati delle forze speciali, né informazioni su come trovarli.

Ma *conosceva* quelli dei quattro prigionieri.

Suo fratello gli aveva raccontato tutto di loro. Si era vantato delle cose che aveva fatto ai luridi prigionieri americani. Ma anche se non l'avesse fatto, c'erano un sacco di prove video disponibili online, che il leader della piccola fazione aveva inviato ai media.

Ryan poteva anche essere stato giovane a quel tempo, ma aveva memorizzato ogni parola di suo fratello e guardato i filmati più volte.

Quando aveva saputo del raid e della sua morte, era stato inconsolabile... e furioso. Se non fosse stato per quei soldati che si erano lasciati catturare, lui sarebbe stato ancora vivo! Sarebbero stati insieme nella loro città natale.

Invece, suo fratello era morto. I quattro uomini potevano anche non aver sparato il proiettile che gli aveva squarciato il cuore, ma per lui la colpa era totalmente loro. E aveva dedicato la sua vita a pensare come punirli per la morte dell'unica persona a cui era davvero importato qualcosa di lui.

Jackson Justice, l'uomo che aveva guidato la squadra Delta Force catturata, era stato l'ultimo a trovare una donna, donna che per anni era stata sotto il suo naso. Non aveva mai dato troppa importanza ad April Hoffman, la loro segretaria... soprattutto perché non aveva visto alcuna indicazione che Jackson tenesse a lei.

Ryan non aveva causato l'incidente che le aveva portato via i ricordi, ma era presente quando era successo. Aveva visto tutto. Quell'alce spuntato dal nulla, in quel momento e in quel posto, era stato destino.

Quel giorno era stato sul punto di tamponare l'auto di April per mandarla fuori strada, ma lei aveva sterzato per evitare di colpire l'animale. Quindi non aveva dovuto fare nulla. L'alce era stato un segno dell'universo che dimostrava che il suo piano era buono e giusto.

Non poteva ancora dare il via al resto, doveva occuparsi di alcune cose in Colorado... e voleva mettere ancora un po' in difficoltà la squadra di Jackson. Voleva spaventarli. Voleva che affrontassero l'ovvia mortalità dei loro cari prima di mettere in pratica il suo ultimo atto di punizione.

Il fatto che tre delle donne fossero incinte era semplicemente un bonus. Ognuno degli uomini che odiava più di chiunque altro al mondo, non avrebbe perso solo una persona che amava, ma due. Era troppo perfetto.

Sebbene non ci fossero dubbi sul fatto che odiasse l'ex team delle forze speciali, la verità era che odiava tutti e tutto. Odiava l'America. Il loro cibo. Le loro auto. I loro atteggiamenti superiori. Odiava il razzismo che si infiltrava in ogni dove, dalle spiagge alle montagne.

L'impulso di dedicarsi a una sorta di uccisione di massa degli americani era forte. Non aveva problemi a morire lui stesso, se ciò avesse significato portare con sé il maggior numero possibile di persone di quel Paese. Ma il suo odio per gli uomini che incolpava della morte di suo fratello era più forte dell'impulso di uccidere un gruppo di sconosciuti a caso.

No, lui non aveva paura della morte. L'avrebbe accolta con piacere. Ma prima di incontrare il suo creatore, aveva delle questioni in sospeso di cui occuparsi.

Andò sulla chiave nell'accensione e mise in moto il pick-up con il sorriso sulle labbra. Il suo cervello brulicava di idee, di modi per mettere in difficoltà quegli uomini e le loro donne... e molto presto si sarebbe diretto a ovest per finire di organizzare l'atto finale degli ultimi cinque anni di sangue, sudore e lacrime. Dopodiché, sarebbe tornato a Newton per mettere in atto il suo piano. Vendicare suo fratello... e farla pagare agli uomini che lo avevano ucciso.

CAPITOLO SEI

ERA PASSATA una settimana da quando April era andata per la prima volta alla Jack's Lumber, e si sentiva cento volte meglio rispetto a quel giorno. Ma anche se il dolore alla testa era quasi svanito e non aveva più lividi sul viso, la rammaricava che la memoria non le fosse ancora tornata. Aveva dei flash qua e là, che pensava fossero ricordi recenti di prima dell'incidente, ma gli ultimi cinque anni erano ancora un vuoto.

Era frustrata, ma Jack era stato la sua roccia. A prescindere da quanto lei si arrabbiasse, lui rimaneva calmo, e convinto che i suoi ricordi sarebbero tornati, insistendo sul fatto che non poteva affrettare le cose.

Ma a ogni ora che passava, April *voleva* affrettare i tempi. Era sconcertante andare in giro per Newton e incontrare persone che la conoscevano e di cui lei non ricordava nulla. Tutti erano molto comprensivi e pazienti, ma April era quasi al limite. Voleva riavere la sua vecchia vita.

Be', con un'eccezione: Jack. Le era stato detto che entrambi avevano ignorato la loro attrazione prima dell'incidente, e lei non voleva saperne di tornare al vecchio stato delle cose.

Vivere con lui era facile. Condividevano i compiti, tipo le

faccende domestiche e cucinare, e lui insisteva persino per andare a fare la spesa con lei e per avere un ruolo attivo nel decidere cosa mangiare ogni giorno. Era un bel cambiamento rispetto alla sua precedente relazione.

E non c'era dubbio che avessero una relazione. La baciava di continuo, la toccava, le diceva quanto fosse felice che stesse con lui. April sapeva sempre ciò che Jack pensava e sentiva nei suoi confronti, e anche quello era un altro bel cambiamento.

L'unico problema era che non sembrava desideroso di fare qualcosa di troppo fisico. Sì, i piccoli baci che le dava erano piacevoli, ma non l'aveva più *baciata veramente* da quella prima sera a casa sua. Ogni giorno che passava la faceva sentire sempre più bramosa, soprattutto perché passavano quasi ogni momento insieme. Se davvero gli piaceva tanto quanto sosteneva, perché non stava facendo progredire la loro relazione fisica?

Conosceva la risposta, ovviamente. Non avrebbero fatto sesso finché non le fosse tornata la memoria. Lui aveva ancora paura che ricordasse qualche motivo per cui l'aveva tenuto a distanza, e non voleva che poi avesse dei rimpianti. Ma in cuor suo lei sapeva che non sarebbe successo. Le sembrava di conoscerlo da sempre. Si sentiva al sicuro e protetta in sua presenza, più a suo agio di quanto lo fosse mai stata con chiunque altro.

Proprio qualche sera prima, le era suonato il cellulare e aveva risposto senza controllare lo schermo, pensando che fosse sua madre dato che le aveva detto che avrebbe chiamato. Purtroppo era stato James a telefonare, sostenendo di aver avuto il numero proprio da sua madre, e di averla chiamata solo per sapere come stava. Ovviamente, dopo che gli aveva detto che stava bene, lui aveva cominciato a dire quanto gli mancava, che voleva un'altra possibilità e che si era pentito di aver divorziato.

April aveva cercato di dirgli, di nuovo, che non sarebbero mai tornati insieme, ma aveva continuato a interromperla impedendole di parlare... finché Jack non le aveva tolto il telefono di mano per dire a James, senza mezzi termini, che lei non voleva avere niente a che fare con lui e che se l'avesse chiamata di nuovo avrebbe fatto sparire il suo corpo in modo che non fosse mai più ritrovato.

Poi aveva chiuso la chiamata mentre si sentiva ancora James farfugliare qualcosa, aveva bloccato il suo numero, gettato il telefono sul tavolino e detto che sarebbe andato a fare una passeggiata.

Quando poco più tardi era tornato, si era scusato abbondantemente, spiegandole che non poteva sopportare che James fingesse di essere qualcuno che non era, che facesse sì che girasse tutto intorno a lui e che non avesse ascoltato una sola parola di quello che lei gli aveva detto. Inoltre, aveva continuato a sostenere di non avere scuse per essersene andato in quel modo o per averle tolto di mano il telefono e minacciato il suo ex.

In verità era stata sollevata. Non *voleva* parlare con James. Il comportamento di Jack non l'aveva affatto turbata, ma poteva dire che invece lui era rimasto sconvolto da quella breve mancanza di autocontrollo.

Per il resto della serata non era stato affettuoso come al solito, aveva mantenuto una cauta distanza e parlato a bassa voce, come se avesse pensato che aveva paura di lui dopo aver assistito al suo scontro con James. Quando era arrivato il momento di andare a letto, l'aveva baciata quasi distrattamente ed era andato nella stanza degli ospiti, dove dormiva attualmente perché si rifiutava di farla andare via dalla sua camera.

La mattina successiva era stato ancora un po' giù di corda, e solo quando lo aveva ringraziato di nuovo per aver messo in riga il suo ex, aveva finalmente cominciato a rilassarsi.

Sì, Jack era un po' rude nei modi. Probabilmente non avrebbe dovuto minacciare di far sparire il suo ex, ma dato che l'aveva fatto per proteggerla, non ne era turbata. Qualcuno si sarebbe potuto preoccupare delle tendenze violente che quella minaccia implicava, ma non lei. Lo conosceva, e nel profondo non aveva dubbi che non fosse un uomo violento. Ma era altrettanto certa che, se fosse stato necessario, avrebbe usato tutto ciò che aveva imparato nell'esercito per tenerla al sicuro.

Era passata una settimana e Jack non aveva fatto nulla per far progredire la loro relazione, non si erano scambiati nemmeno un altro bacio appassionato.

Quell'uomo la frustrava, ma soprattutto la frustrava la sua memoria che non era ancora tornata. Era andata alla Jack's Lumber ogni giorno, e stava lentamente imparando sempre più cose sulla gestione. Aveva iniziato a programmare i lavori per i ragazzi, ma solo dopo aver promesso a ciascuno di loro che non sarebbe mai uscita da sola per fare i controlli preliminari su una proprietà. Dato che aveva avuto un incidente proprio per quello, non aveva avuto problemi ad accettare.

Carlise, June e Marlowe passavano continuamente a trovarla, e a essere sincera quello alla Jack's Lumber non le sembrava un lavoro. Amava ciò che faceva, e ridere e pranzare con le sue amiche era una delle cose migliori di ogni giornata.

Ma la migliore di tutte era passare del tempo con Jack ogni mattina prima di andare in ufficio e poi quando tornavano a casa. Cucinavano la cena insieme, facevano passeggiate e discutevano bonariamente su cosa guardare in TV; un vantaggio della perdita di memoria era che poteva guardare di nuovo per la prima volta i programmi che apparentemente amava.

Un altro vantaggio era la lettura. Aveva un e-reader pieno di libri che aveva letto ma che non ricordava, così poteva godersi le storie come se fossero state nuove.

Ma la frustrazione causata dalla sua memoria stava aumentando... così aveva deciso che era giunto il momento.

Quello di tornare a casa.

Aveva un appartamento, da cui Jack passava ogni tanto per prenderle i vestiti e altre cose, tipo l'e-reader, ma non aveva trovato il tempo di portarla lì. Aveva la sensazione che non fosse una questione di non aver tempo, più che altro non voleva che lei se ne andasse.

A essere sincera non lo voleva nemmeno lei, ma non poteva continuare a vivere in quel limbo. Desiderava Jack. Desiderava una *vera* relazione con lui, compresi i benefici fisici.

Certo, vivevano insieme solo da una settimana e ne erano passate solo due dall'incidente, ma a parte la memoria, si sentiva benissimo. Jack aveva giurato che non avrebbe fatto quel passo nella loro relazione finché lei non avesse ricordato tutto, ed era uno schifo, ma doveva rispettare la sua decisione. Lui era così... galantuomo fin nel profondo. Non si sarebbe mai approfittato della sua situazione.

Quindi, se il loro rapporto non poteva progredire finché non le fosse tornata la memoria, April avrebbe fatto tutto il possibile per facilitare il processo, cioè tornare a casa sua e cercare di costringere il cervello a ricordare il recente passato.

Aveva la sensazione che a Jack non sarebbe piaciuto. Per niente.

Erano rientrati dal lavoro verso le sei, per cena avevano preparato patate gratinate, bistecca e pannocchie. Avevano mangiato prendendosi il loro tempo, e tra un boccone e l'altro avevano parlato della loro giornata e degli amici. Avevano pulito la cucina e poi si erano seduti per trovare qualcosa da guardare insieme alla televisione, cosa che era diventata la loro routine.

Jack aveva appena preso il telecomando quando April sbottò: «È ora che torni a casa mia.»

Ok, non aveva avuto intenzione di essere così diretta.

Lui si girò di scatto e la fissò con un'espressione che non riuscì a interpretare, così si affrettò a riempire quel momento di silenzio imbarazzante.

«La testa non mi fa più male, e grazie a te e a Cal ho di nuovo un mezzo di trasporto.»

Due giorni prima il loro amico era arrivato davanti alla Jack's Lumber con una Subaru Forester rossa nuova di zecca, esattamente come quella che aveva distrutto, e aveva gettato le chiavi di fronte a lei sulla scrivania dicendole: "Scusa se ci ho messo tanto".

April era rimasta sconcertata, ma per quanto avesse protestato o per quante volte avesse cercato di spiegare che non era nella sua natura accettare un regalo così costoso, i ragazzi non avevano ceduto. Cal alla fine aveva sbuffato spiegandole che il costo per lui non era nulla, e che l'aveva presa anche perché June passava molto tempo alla Jack's Lumber, e se sua moglie fosse entrata in travaglio voleva che April avesse un mezzo di trasporto affidabile per portarla all'ospedale senza dover aspettare che qualcuno la andasse a prendere.

Alla fine aveva ceduto. E anche se ancora non approvava la cosa, nel profondo amava quella piccola auto.

Continuò a parlare perché Jack la stava ancora fissando. «È strano che io viva qui. Che io stia nella tua camera e tu in quella degli ospiti. Non mi piace prendere il tuo letto. Non è giusto. E non è che siamo una vera coppia» conclude, quasi sottovoce, anche se si sentì meschina a pronunciare quelle parole.

Jack alla fine ruppe il silenzio per chiedere incredulo: «Non siamo una vera coppia?».

«Non mi hai più baciata da quella prima sera... non con un *vero* bacio... che in pratica ti ho imposto» gli disse.

Lui sbuffò. «Non mi hai costretto a fare nulla. E sai perché sto aspettando.»

April annuì lentamente. «Lo so. E questo in realtà mi porta a desiderarti di più. Quanti uomini lo farebbero? Quanti rifiuterebbero una cosa certa perché pensano che sia meglio per me? Sei un uomo d'onore, Jack, dalla testa ai piedi. E lo apprezzo. *Ti apprezzo.*»

Scrollò una spalla e aggiunse: «Però voglio di più. Voglio una relazione vera. Ma mi rifiuto di farti pressioni, quindi ho deciso di smettere di aspettare passivamente che il mio cervello si sistemi. Voglio tornare a casa mia. Non solo per vedere se riesco a far risvegliare i miei ricordi, ma anche perché... essere qui con te, e non *essere con te*... fa male, Jack.»

Lui si accigliò. «Devo essere sicuro che sia quello che vuoi, che quando ti torneranno i ricordi non ti pentirai di essere con me.»

«Lo so» insistette April. «So anche che prima dell'incidente avevo qualche reticenza a farmi coinvolgere, quindi il fatto di non frequentarci non dipende solo da te. Dopo aver parlato con le ragazze so anche che avevi ragione sulle cose che sospettavi. Ero preoccupata perché eri il mio capo, perché le cose avrebbero potuto diventare imbarazzanti e perché sono più vecchia di te. A quanto pare avevo anche dei dubbi sul fatto di poter fare di nuovo sul serio con un uomo, dopo James. Ma tu non sei lui. E ho superato il problema della differenza di età.

Voglio solo stare con te, Jack. E credo che tu voglia la stessa cosa... ma ti stai trattenendo. Ripeto, fa male esserti così vicina ma sentirmi lontana. Quindi farò il possibile per recuperare i miei ricordi, così potremo essere entrambi sicuri l'uno dell'altra.»

Rimase a fissarlo, nella vana speranza che lui fosse d'accordo. Non voleva andarsene da lì, ma desiderava ardentemente una vera relazione con quell'uomo. Voleva che la prendesse in braccio e la portasse in camera sua, la facesse sdraiare sul letto che aveva fantasticato di condividere con lui nell'ultima settimana, e facesse l'amore con lei a lungo e lentamente.

Non aveva dubbi che sarebbe stato fantastico. Che avrebbe sconvolto il suo mondo. Non era possibile che a letto fosse egoista come il suo ex. Ma se Jack aveva bisogno che lei prima recuperasse la memoria, avrebbe fatto tutto il necessario, anche lasciarlo, per far sì che ciò accadesse.

April sospirò quando lui rimase in silenzio. «E... credo sia meglio che ci prendiamo una pausa. Sono stata con te ininterrottamente dall'incidente. Ti sei sentito responsabile per me. Non voglio essere qualcuno che pensi sia fragile, che devi tenere in una bolla protettiva. Per quanto mi piaccia sapere che ci sei se ho bisogno di te, devo capire come essere me stessa.»

«Hai avuto l'impressione di non poter essere te stessa qui?» le chiese.

Era la prima volta che sentiva il dolore nella sua voce. Odiava farlo soffrire, davvero, ma voleva di più da lui, e l'unico modo per ottenerlo era che le tornassero quei maledetti ricordi.

«Dopo l'incidente sono stata più me stessa di quanto non accadeva da molto tempo. Adoro stare qui con te. Non hai idea di quanto mi piaccia passare il tempo a fare cose banali insieme come la spesa, cucinare e pulire. Ma desidero di più. Voglio *te*, Jack.»

«E io voglio che tu non mi odi» disse sommessamente.

«Non succederà» replicò con fervore.

«Non posso correre il rischio. Se finissi per odiarmi per aver fatto l'amore con te, mi ucciderebbe.» Si passò una mano sul viso, sembrando improvvisamente stanco. «Ti accompagno al tuo appartamento, ma se dovessi cambiare idea, non devi fare altro che chiamarmi. Arriverò lì in un attimo.»

April era contenta che lui non ostacolasse troppo la sua decisione, anche se si sentì riempire di tristezza. Amava stare con Jack. Con lui si sentiva al sicuro. E nonostante continuasse a essere convinta che fosse la scelta giusta, non poteva fare a meno di pensare che andarsene da casa sua fosse un enorme passo indietro. «Grazie, Jack. Lo sto facendo per noi, sai.»

«Lo *so*. E tutto questo mi dimostra che sei tu la persona più forte in questa relazione.»

April non riuscì a trattenere il sorriso a quell'affermazione. «Vabbè» disse, alzando gli occhi al cielo. «Potresti schiacciarmi come un insetto.»

Fu sollevata quando vide un guizzo sulle sue labbra. Ma poi lui ribatté in tono solenne: «Sappiamo entrambi che sono totalmente innocuo quando si tratta di te.» Si sporse un po' verso di lei. «Sono serio, April. Se ti senti anche solo minimamente a disagio, chiamami. Puoi tornare qui, oppure posso portarti a casa di una delle ragazze. Voglio solo che tu ti senta tranquilla e al sicuro.»

Lei annuì, e rimasero a fissarsi per un attimo. Poi si alzò e andò in camera a fare i bagagli. Era in preda a una moltitudine di emozioni, ma quando finì era più determinata che mai a dimostrare a Jack che la sua mancanza di memoria non aveva nulla a che fare con quello che provava per lui, né ora né in futuro. Sarebbe andata nel suo appartamento con la speranza di ricordare almeno una parte degli ultimi anni, poi avrebbe potuto tornare a casa.

Casa.

Ormai si sentiva a casa in ogni posto in cui si trovava Jack.

«Sono pronta» disse piano dopo essere uscita dalla camera da letto.

Lui era in cucina e si voltò, e l'espressione triste sul suo viso quasi la distrusse. Era sul punto di dirgli di aver cambiato idea, che sarebbe rimasta. Ma doveva farlo. Per entrambi.

«Ti seguirò fino al tuo appartamento» le disse.

«Non è necessario. Non è poi così lontano» protestò.

«Ti seguirò» ripeté con fermezza.

Ecco. Quello. La sua protettività era un bene e allo stesso tempo irritante, ma non poteva dire che non l'avesse avvertita.

Annuì e fece strada mentre uscivano di casa. Durante i quattro minuti di viaggio verso il suo condominio, i fanali dell'auto di Jack brillarono nello specchietto retrovisore.

Una volta arrivati, la accompagnò fino alla sua porta al secondo piano.

«Vuoi entrare?» gli chiese.

Lui scosse il capo. «Se ti dovesse fare male la testa, non fare la testarda e prendi una pillola» le disse.

April sospirò. «Non mi fa più male da qualche giorno. Almeno non abbastanza da dover prendere qualcosa.»

«In ogni caso, non esagerare. Non stare sveglia fino a tardi a pulire o a cercare di riprendere confidenza con la tua casa. Per quello c'è tempo. Verrai al lavoro domani?»

La conosceva così bene. Era sconcertante e confortante allo stesso tempo. Non vedeva l'ora di esplorare il suo appartamento. Era come se si fosse trasferita a casa di un estraneo, eppure era la sua. Sperava di ottenere maggiori informazioni sulla sua vita nel Maine guardando tra le sue cose.

«April?»

«Oh, scusa. Certo che vengo al lavoro. Perché non dovrei?»

«Volevo solo saperlo. Ci vediamo lì. Oh, merda. Scommetto che non hai niente da mangiare qui. Ti porto la crema per il caffè in ufficio. Ti preparo anche un panino per colazione.»

«Non ce n'è bisogno» gli disse con dolcezza. Non aveva nemmeno pensato allo stato della dispensa e del frigorifero quando aveva deciso di tornare nell'appartamento.

«Lo so. Ma lo farò lo stesso. Se hai bisogno di qualcosa, non esitare a chiamarmi.»

«Starò bene.»

«Ne sono certo, ma in ogni caso, non mi importa che ora sia, se hai bisogno di me, chiamami. Ok?»

«Ok.»

Rimasero lì, a fissarsi sulla soglia di casa, poi Jack si portò una mano alla nuca e se la strofinò, e guardò a terra sospirando. «Odio tutto questo» mormorò.

«Jack...» iniziò April, ma lui si raddrizzò e fece un passo indietro.

«No, è giusto così. Hai bisogno di capire chi sei senza che io ti stia addosso. Ma il fatto che tu sia tornata a vivere qui non significa che le cose torneranno a essere com'erano in passato» disse quasi con ferocia.

«Non ne ho memoria» gli ricordò. «E non mi dispiace che tu mi stia addosso» non poté fare a meno di dire.

Lui strinse le labbra, poi le si avvicinò. Le mise una mano sulla nuca e fece scivolare l'altra intorno alla sua vita. La attirò contro di sé con forza, e abbassò la testa per baciarla con intensità e quasi con disperazione.

Lei aprì subito la bocca e gli afferrò i fianchi; era da una settimana che desiderava quel tipo di bacio. La passione divampò tra loro, sentì i capezzoli inturgidirsi sotto il reggiseno e i brividi sulle braccia. Gemette alla sensazione della lingua di Jack che accarezzava la sua.

Come se quel piccolo verso lo avesse fatto rinsavire, lui sollevò la testa. Per fortuna non si allontanò, ma continuò a stringerla, facendole quasi male.

«Jack?» sussurrò, quando non le disse nulla.

«La mia casa sembrerà vuota senza di te» mormorò infine.

La sua determinazione vacillò. Cosa stava facendo? Quell'uomo voleva che rimanesse con lui. Perché era così testarda? Era davvero così grave che volesse aspettare che le tornasse la memoria prima di toccarla intimamente?

In realtà, sì. Perché per quanto lui fosse certo che lei avrebbe ricordato gli ultimi cinque anni, April non ne era altrettanto sicura. Potevano passare mesi prima che succedesse. Mesi in cui gli sarebbe stata vicino senza poterlo avere.

«Ma stanotte potrai dormire nel tuo letto» gli disse.

Lui sbuffò. «Come se mi piacesse stare lì senza di te.»

Alzò gli occhi al cielo. «Sai benissimo che non mi sarebbe dispiaciuto se ti fossi infilato sotto le coperte accanto me. Anzi, ti ho invitato a farlo, sei stato tu a rifiutare.»

«Mi stai facendo impazzire, April. Tanto perché tu lo sappia.»

Sorprendentemente, si rese conto di sorridere. «Sopravviverai.»

«Almeno le lenzuola profumeranno di te.»

Lei mise il broncio. «Le mie invece *non* avranno il tuo odore.»

«No» concordò. Poi sospirò. «Bene, ora vado finché ci riesco. Ripeto, non preoccuparti per la colazione, me ne occuperò io.»

«Grazie.»

«Non devi ringraziarmi perché mi assicuro che tu mangi»

disse scuotendo la testa. Poi lasciò cadere le mani e April non ebbe altra scelta che lasciarlo andare a sua volta.

Jack indietreggiò lentamente, senza distogliere lo sguardo da lei. «Vai dentro» le ordinò.

«Prepotente» si lamentò per finta.

«Quando si tratta della tua sicurezza, sì.»

«Ci vediamo domani.»

«Certo.»

April esitò, poi sospirò e mise la mano sulla maniglia, chiuse lentamente la porta e poi bloccò il pomello e il catenaccio. Si girò, vi si appoggiò contro con la schiena e chiuse gli occhi per un attimo, poi fece un respiro profondo e li riaprì.

Guardandosi intorno, le sembrò di trovarsi in una stanza d'albergo. Un luogo in qualche modo familiare, ma comunque strano.

Prese la valigia che Jack aveva portato per lei e si mise a cercare la camera da letto. Sembrava che fosse una persona abbastanza ordinata, ma non era una sorpresa visto che era qualcosa che ricordava dal suo passato. Alcuni degli oggetti presenti nell'appartamento erano familiari, ma altri erano nuovi e interessanti. C'erano delle conchiglie su una mensola, dei legni di mare sulla parete... ma erano le foto ad affascinarla di più.

Ce n'erano almeno una dozzina su una libreria alta e stretta nell'angolo della stanza. Si avvicinò per guardarle meglio e vide che ritraevano tutte le persone che aveva conosciuto nell'ultima settimana. Lei in mezzo a Chappy, Cal, Bob e Jack, davanti alla Jack's Lumber. Altri scatti in cui era insieme a Carlise e le altre donne. Una da sola su una spiaggia mentre rideva, con i capelli che le svolazzavano intorno al viso. Poi una davanti a un enorme albero, con Jack al suo fianco che teneva una motosega appoggiata sulla spalla.

Prese la foto e se l'avvicinò agli occhi per esaminarla. Jack era estremamente bello, e chiunque l'avesse scattata, l'aveva colta mentre lo guardava con un'espressione adorante.

Vedere quell'immagine era la prova assoluta che ciò che provava per Jack non era frutto del fatto che lui avesse passato tanto tempo in ospedale a farle compagnia, o che si fosse preso cura di lei da quando era tornata a Newton. I sentimenti che provava nei suoi confronti erano profondi e non nuovi.

Le foto erano uno spaccato interessante della vita che aveva condotto negli ultimi anni, e si rese conto di apparire felice in ogni immagine, e ciò rafforzò l'idea che vivere a Newton le piaceva e che quella era ormai la sua casa.

Si sentì di nuovo pervadere dalla determinazione. Jack poteva pensare che lei non conoscesse la propria mente, ma si sbagliava. Forse le botte che aveva preso in testa l'avevano portata ad agire in modo diverso da come avrebbe fatto altrimenti, ma non aveva più intenzione di girare intorno alla loro attrazione.

Desiderava Jack. Punto.

Ripose la foto sulla libreria e andò in camera da letto. Posò la valigia sul pavimento, senza preoccuparsi di disfarla perché sperava di tornare da lui il prima possibile.

Era ancora un po' presto, ma era mentalmente esausta, così prese il beauty case e andò nel bagno annesso per prepararsi ad andare a letto. Osservò ogni minimo dettaglio di ogni nuova stanza, le tracce della sua vita prima dell'incidente.

Era sorprendente come sembrasse sapere dove si trovavano le cose, nonostante non ne riconoscesse la maggior parte. In bagno trovò senza difficoltà lo spazzolino, il dentifricio e la lozione che usava sul viso prima di andare a letto. Una volta tornata in camera, andò al comò e aprì il cassetto giusto al primo tentativo. Memoria muscolare, forse.

Prese una camicia da notte di seta, si spogliò e la indossò. Poi si infilò sotto il piumone e il lenzuolo... e fissò il soffitto.

Era buio, ma fuori c'era una luce che proiettava ombre nella stanza. Girò la testa e vide che le tende erano aperte. Fissando la finestra si sentì pervadere da un senso di fastidio. *Quello* le sembrava familiare. Si alzò dal letto e chiuse le tende, con una sensazione di dejà vu quasi opprimente. Quante volte era andata a letto ed era stata infastidita dalla luce perché aveva dimenticato di chiuderle?

Tornò a sdraiarsi e si girò su un fianco, dando le spalle alla finestra. Ora stava fissando il buio e non vedeva nulla. Si sentiva... strana. Il letto era freddo. Troppo piccolo. Si era già abituata a quello king size di Jack, quindi quel materasso da una piazza e mezza non le bastava più. Inoltre, le lenzuola non erano soffici come le sue e, come aveva detto, non avevano il suo profumo.

Chiuse gli occhi, non gradendo che la testa avesse cominciato a pulsare.

Stava bene. Era stata lei a insistere per andare lì. Non poteva chiamarlo e dirgli che aveva cambiato idea. Sarebbe sembrata debole, e se c'era una cosa che sapeva per certo di *non essere* era quella.

Sospirò, ignorando la vocina nella sua testa che continuava a dire che magari non era debole, ma di certo era estremamente testarda.

L'ultimo pensiero prima di addormentarsi fu che non le piaceva stare lì. Ed era uno schifo, perché quella era la sua casa. Il suo spazio. Ma le sembrava vuota. E solitaria. E forse anche un po' spaventosa. I rumori erano diversi da quelli della casa di Jack. Poteva sentire la musica che proveniva dall'appartamento dei suoi vicini dall'altra parte del muro e le auto in strada.

Era tutto così... poco familiare.

CAPITOLO SETTE

JJ NON STAVA DORMENDO. Non ci riusciva proprio. Aveva la sensazione di aver perso la cosa più importante della sua vita. La sua casa era vuota. Senz'anima. Avrebbe dovuto fare quello che voleva April – accidenti, era ciò che voleva anche *lui* – ma non poteva toccarla o dormire con lei finché non le fosse tornata la memoria.

Aveva una profonda paura che potesse ricordare qualche motivo importante per cui non aveva voluto frequentarlo prima dell'incidente, oltre al fatto che lui non le aveva mai manifestato il suo interesse. Come avrebbe potuto non odiarlo se si fosse approfittato di lei? Così, quando gli aveva detto che sarebbe tornata a casa sua, non aveva avuto altra scelta che lasciarla andare.

Odiava quella situazione. Non gli piaceva che non fosse lì nel suo letto. Il suo profumo era quasi insopportabile. Più di una volta era stato sul punto di alzarsi per andare nella stanza degli ospiti dove aveva trascorso l'ultima settimana, ma non era riuscito a muoversi.

Non era mai stato un codardo. Aveva sempre affrontato di petto qualsiasi cosa la vita gli aveva riservato, ma quando si trattava di April, non aveva idea di quale potesse essere la cosa giusta da fare. Aveva deciso di non trattenersi più, ma sapeva di non poter rischiare di stare con lei completamente, per poi magari perderla. Non aveva il minimo dubbio che, se fosse successo, sarebbe precipitato in una depressione dalla quale non si sarebbe più ripreso.

Era meglio non averla avuta affatto, non averla mai assaporata, non aver mai sentito la sua fica stringersi attorno al suo cazzo, non averla mai vista raggiungere un orgasmo sotto di lui e non averla tenuta tra le braccia per tutta la notte, piuttosto che sperimentare quelle cose per poi perdere tutto.

Si girò su un fianco, diede un pugno al cuscino sotto la testa e gemette. Quel gesto non aveva fatto altro che far penetrare ancora di più il profumo di April nelle sue narici. Il suo cazzo era duro come la roccia, ma si rifiutò di toccarsi. Gli sembrava di non meritare di eccitarsi quando l'aveva cacciata via.

Si chiese per la centesima volta cosa stesse facendo. Si era lasciata prendere dalla curiosità e aveva esplorato il suo appartamento? Stava dormendo? Stava sfogliando l'album di foto che teneva su una mensola sotto la TV? Aveva trovato la sua scorta di biscotti Girl Scout che teneva nel freezer perché ne era dipendente e voleva poterseli concedere tutto l'anno?

Cazzo, ormai conosceva il suo appartamento meglio di *lei*, e non ci era nemmeno entrato tanto spesso. Ma le poche volte in cui c'era stato, aveva memorizzato tutto. Era accogliente. Confortevole. Non c'era da stupirsi che avesse voluto tornarci. Anche senza memoria, doveva sapere inconsciamente che era un posto che amava.

Sospirò, chiuse gli occhi e impose al suo cervello di fermarsi. Di spegnersi.

Dopo quelle che gli sembrarono ore, si girò e guardò l'orologio. Merda. Erano passati solo dieci minuti dall'ultima volta che aveva controllato. Erano le tre e ventidue e non aveva dormito affatto. Come avrebbe potuto sapendo che April non era dall'altra parte della porta?

Era bastata una settimana, una misera settimana, per diventare dipendente da lei. La sua mente aveva bisogno di sapere che era al sicuro. Che non stesse soffrendo. E se fosse stata nel suo letto, avrebbe potuto controllarla nel cuore della notte e assicurarsi che non avesse la fronte aggrottata dal dolore mentre dormiva, che fosse abbastanza calda.

Aveva passato anni senza aver bisogno che lei fosse nella stanza accanto, ma dopo l'incidente, dopo essersi sentito così impotente nel vederla in quel letto d'ospedale, era come se il suo corpo si fosse in qualche modo "riaccordato" per essere completamente sintonizzato con lei. Era una sensazione strana, che però sentiva giusta.

«Sta bene» disse ad alta voce. «È un'adulta che vive da sola da molto tempo. Non ha bisogno che tu le stia addosso.»

Le sue parole sembrarono riecheggiare nella stanza e prenderlo in giro.

Avrebbe davvero dovuto alzarsi. Fare qualcosa di produttivo visto che era sveglio. Ma non sapeva cosa fare. Non poteva certo iniziare a tagliare alberi o altro a quell'ora.

Proprio quando decise di alzarsi e fare la doccia per cercare schiarirsi la mente, il cellulare sul comodino squillò.

Fu completamente sveglio di botto, si affrettò a prendere il telefono e il cuore quasi smise di battergli nel petto quando vide il nome di April sullo schermo.

«Cosa c'è che non va?» sbraitò.

«Jack?»

Dio. La sua voce aveva un brutto tono: debole e spaventato.

Si mosse subito. Non aveva bisogno di sapere cosa le stesse succedendo per capire istintivamente che doveva arrivare da lei il più velocemente possibile, ma lo chiese comunque. «Sì sono io. Cosa c'è che non va?»

Senza aspettare risposta si precipitò verso la porta d'ingresso, prendendo le chiavi lungo il percorso.

«Non so... la testa... mi fa *male*. Tanto male!»

La paura gli attanagliò il corpo mentre correva verso il suo pick-up. Gli tremavano le mani quando infilò la chiave nell'accensione. Non si ricordava se aveva chiuso la porta d'ingresso; l'unica cosa che contava era arrivare ad April. «Sei a casa?»

«Sì. Mi sono svegliata e mi sembra che la testa stia per esplodere.»

«Sto arrivando, tesoro, mi senti? Sarò lì tra due minuti.» JJ sapeva che avrebbe dovuto dirle di riattaccare e di chiamare il 911, ma non poteva sopportare di perdere quel contatto. Lo avrebbe chiamato lui una volta raggiunto il suo appartamento.

«Ho paura» sussurrò.

«Lo so, ma sono quasi arrivato.»

«Ho la nausea. E Jack?»

«Sì, piccola?» JJ non aveva mai provato quel tipo di paura. Nemmeno quando lui e la sua squadra erano stati tenuti prigionieri, quando i suoi rapitori lo avevano torturato o quando aveva pensato che sarebbe morto per mano loro.

Non avrebbe dovuto lasciarla tornare nell'appartamento. Era colpa sua, e se le fosse successo qualcosa non se lo sarebbe mai perdonato.

«Ricordo.»

«Ricordi cosa?» le chiese, mentre si fermava nel parcheggio del suo condominio.

«Tutto.»

Se possibile, quell'unica parola fece aumentare la sua paura. «È tutto ok. Stai bene. Sono qui e sto salendo.»

L'unica risposta fu un lamento, e quel suono gli spezzò il cuore.

Ringraziò il fatto di aver dimenticato di darle le chiavi di riserva che aveva usato per andare a prendere alcune delle sue cose, e salì le scale due alla volta. Un attimo dopo fu dentro e corse verso la sua stanza.

Era buio, ma non aveva bisogno della luce per raggiungerla. Andò senza esitazione verso il lato del materasso su cui era sdraiata. Lei si lamentò di nuovo e JJ reagì d'istinto. Si infilò sotto le coperte, le tolse il telefono dall'orecchio e lo gettò insieme al proprio sul comodino, poi la attirò a sé, le mise una mano sulla nuca e l'altra intorno alla vita, e la strinse.

April si rannicchiò subito contro di lui, premendo il naso sul suo petto. Aveva le braccia piegate tra i loro corpi, e JJ sentì le sue dita contro la pelle nuda.

«Jack» sussurrò, e lui sentì il fiato caldo di quella parola contro il cuore.

«Sono qui» la tranquillizzò. «Ci penso io. Sono qui.»

Aveva iniziato a tremare, e piccoli singhiozzi le sfuggivano dalla bocca. Erano i suoni più strazianti che avesse mai sentito.

«Devo chiamare il 911» le disse.

«No!» lo implorò. «Mi fa già meno male. Tienimi solo stretta. Per favore.»

Tutto in lui fremeva per girarsi e prendere il telefono, ma era come paralizzato. Non riusciva a mollarla, non riusciva letteralmente a obbligare i suoi muscoli ad allentare la presa.

Non aveva idea di quanto tempo rimasero così, ma alla fine la percepì rilassarsi pian piano. E quando alla fine si abbandonò completamente contro di lui, si sentì sollevato come mai prima.

«Tesoro?» le sussurrò.

«Va meglio» rispose, ma JJ ebbe la sensazione che non fosse del tutto sincera.

«Che cos'è successo? Riesci a parlare senza provare dolore?»

«Mi sono svegliata e... è tornato tutto! È stato come se una valanga di ricordi si fosse abbattuta sul mio cervello.»

«Davvero ricordi *tutto*?»

«Sì.»

Si irrigidì, ma non allentò la presa su di lei.

«Ricordo l'incidente. È stato un animale, proprio come pensava la polizia. Un alce. Ho sterzato per non andargli addosso. Quando ho sbattuto contro le rocce il rumore è stato assordante e avevo tanta paura. Sapevo che ti saresti arrabbiato con me per essere andata lì senza prima dirtelo.»

«Sono solo felice che tu stia bene.»

«Ricordo il colloquio con te. L'incontro con i ragazzi. Come si sono conosciuti Carlise e Chappy. Che le ragazze sono state costrette a dividere il letto con i loro uomini e subito dopo si sono innamorate. Che Bob ha mentito sul fatto che andava in visita a una zia inesistente e invece si è infiltrato in un altro paese per liberare Marlowe. Le gravidanze, i pranzi, i nostri clienti... tutto quanto. Ma, soprattutto... ricordo che rimanevo sdraiata su questo letto a chiedermi cosa stessi facendo di sbagliato, perché non eri interessato a chiedermi di frequentarci.»

«Oh, tesoro» mormorò JJ, chiudendo gli occhi e stringendola ancora di più.

«Non sapevo cosa fare di diverso. Come essere il tipo di donna che avresti voluto, soprattutto perché pensavo di essere troppo vecchia per te. Ricordo tutte le volte che mi sono masturbata in questo letto pensando a te. Ho iniziato a evitare i ritrovi con i nostri amici perché era diventato troppo difficile starti vicino.» Fece una pausa. «E... avevo intenzione di andarmene. Avevo iniziato a cercare online dei lavori a Bangor e a Portland.»

«No!» esclamò lui con foga, scuotendo la testa. «Non puoi lasciarmi. Non te lo permetterò. Ho bisogno di te! E sei *esattamente* la donna che desidero. Ma avevo il terrore di non essere abbastanza in gamba per te.»

«Sei tutto ciò che ho sempre desiderato» borbottò contro il suo petto. «Testardo, passionale, autoritario, protettivo. Ti ho osservato per anni. Faresti qualsiasi cosa per i tuoi amici. *Qualsiasi cosa.* Questo tipo di lealtà... è davvero attraente, Jack. E volevo tutto questo per me.»

«È già tutto tuo. *Io sono tuo*» le disse.

«Davvero?»

«Sì.»

La sentì sospirare contro di lui.

«Come va la testa adesso?»

«Fa un cazzo di male.»

JJ sorrise, anche se la situazione era tutt'altro che divertente. «Chiamo il 911» disse, iniziando a girarsi. Ma lei emise un piccolo lamento angosciato e sembrò accoccolarsi e stringersi di più contro di lui.

«No, ti prego! Sto bene. È solo... credo sia causato dal ritorno della memoria. Ho solo bisogno di rimanere sdraiata qui. Se viene l'ambulanza, mi faranno muovere. Mi punteranno luci intense negli occhi che faranno peggiorare il dolore. Ho solo bisogno del buio e del silenzio... e di te.»

Cazzo. Lo stava uccidendo. Era la cosa più sbagliata da fare, ma non poteva negarle nulla. Non era di buon auspicio per il futuro, lei avrebbe potuto sfruttare la sua riluttanza a dire di no. Ma al diavolo, non gli importava in quel momento.

«Aspetto altri venti minuti e se il dolore non è diminuito, chiamo» le disse con fermezza.

La sentì annuire contro di lui.

Mentre stavano lì in silenzio, con April accoccolata al suo petto come se non volesse più andarsene e lui che la teneva stretta in una presa ferrea, fu colto da un pensiero improvviso.

Ricordava tutto e non lo aveva respinto. Anzi, nel momento in cui era stata male e aveva avuto paura, aveva chiamato *lui*.

Per la prima volta da quando lei aveva deciso di tornare al suo appartamento, si riaccese la speranza. Forse poteva davvero essere sua.

Aveva tutte le intenzioni di chiamare un'ambulanza entro venti minuti, ma mentre l'adrenalina scemava, il fatto di aver passato la notte insonne si fece sentire. Il profumo della donna che amava si insinuò nella sua coscienza mentre la teneva tra le braccia. Gli si chiusero gli occhi e cadde in un sonno profondo.

April era accoccolata tra le braccia di Jack e non ricordava di essersi mai sentita così al sicuro. La testa le pulsava tremendamente e ogni movimento le provocava fitte ancora più forti. Ma stare premuta contro il suo corpo, con il battito del suo cuore sotto la guancia, e sapendo che lui non aveva esitato ad andare lì non appena lo aveva chiamato, faceva sì che non avesse alcun desiderio di muoversi.

I ricordi continuavano ad inondare la sua mente. La frustrazione provata quando Jack la trattava come un'amica qualsiasi, o peggio, come una semplice impiegata. La gioia di sapere che i suoi amici si erano innamorati. Il terrore quando ognuno di loro era stato ferito o in pericolo. L'attesa del parto di June, Carlise e Marlowe. Il dolore che aveva provato nel prendere la decisione di andare avanti con la sua vita da un'altra parte una volta nati i bambini.

L'amore che provava per Jack e che pensava non sarebbe mai stato ricambiato.

Era tutto così travolgente.

Quando si era svegliata da un sonno agitato, con la testa che sembrava stesse letteralmente per esploderle, l'unica persona a cui aveva pensato di chiedere aiuto era stato Jack. E lui era accorso subito. Nel momento in cui l'aveva presa tra le braccia, il dolore era diminuito. Non era scomparso, ma sapere che lui era lì era stato un enorme sollievo.

All'improvviso il suo letto non era più sembrato così solitario. Nel corso degli anni aveva fantasticato più di una volta su di lui che la stringeva in quel modo. Le storie che aveva creato nella sua testa su cos'avrebbe provato a stare abbracciata contro il suo corpo, non erano minimamente paragonabili alla realtà. Non voleva muoversi. Non voleva che arrivasse il mattino. Perché con il sole sarebbero giunti i cambiamenti. Lo sapeva bene come sapeva il suo nome.

Ora che ricordava tutto, Jack avrebbe insistito per mantenere le distanze? Avrebbe cercato di essere nobile e di lasciarle lo spazio per decidere cosa desiderava?

Al diavolo. Non aveva bisogno di spazio. Sapeva cosa desiderava, ed era Jack. Ormai lo amava da anni. Ma se *lui* avesse cambiato idea sul fatto di stare con lei, non avrebbe avuto altra scelta che andarsene. Subito.

Ora che sapeva cosa si sarebbe persa... la sensazione delle sue braccia intorno a lei, il modo in cui tutto il suo corpo fremeva quando la baciava, Jack che la chiamava "tesoro" con quella sua voce profonda... non avrebbe potuto continuare a vivere a Newton senza avere tutto ciò.

Per fortuna alla fine la nausea si attenuò e anche le pulsazioni alla testa diminuirono un po'. Aveva scoperto che le piaceva guardarlo mentre dormiva. Era come se avesse la possibilità di vedere una parte di lui che non molti conoscevano. Aveva abbassato la guardia, fidandosi di lei tanto da dormire in sua presenza. Ma fu la forza delle sue braccia, che non si affievoliva mai, a farle venire le lacrime. Anche nel sonno, era protettivo.

Quando lui si mosse, la luce aveva appena iniziato a filtrare da dietro le tende. A quanto pareva non si svegliava come la maggior parte delle persone. Non tornò gradualmente alla coscienza. Un attimo prima respirava profondamente, ancora addormentato, e quello successivo era completamente sveglio.

«April?» mormorò.

«Sono qui» disse lei con un piccolo sorriso.

«Merda, mi sono addormentato proprio quando avevo intenzione di chiamare il 911. Come va la testa?»

«Bene.»

Lui fece un mormorio scettico.

«È vero. Cioè, ho ancora mal di testa, ma niente di paragonabile a ieri sera.»

Lo sentì spostarsi e lei reagì avvicinandosi di più, cosa impossibile.

Lui ridacchiò, e quel suono le rimbombò in tutto il corpo, dato che erano incollati dalla testa ai piedi. «Sei come uno struzzo che si rifiuta di tirare fuori la testa dalla sabbia.»

«Ho paura.»

«Di me?» Tutto il divertimento era sparito dal suo tono.

«No, certo che no. Di come le cose potrebbero essere diverse ora che mi è tornata la memoria» ammise con dolcezza.

Jack strinse le braccia intorno a lei, e iniziò a massaggiarle delicatamente la testa con la mano che per tutta la notte era rimasta tra i suoi capelli. «*Saranno* diverse.»

Il suo corpo si irrigidì e le si riempirono gli occhi di lacrime.

«Tu sei mia» aggiunse, e April riuscì a malapena a respirare mentre lui continuava. «Ti ricordi il nostro passato. Che sono stato un idiota e non mi sono comportato da uomo chiedendoti di uscire, come entrambi sappiamo avrei voluto. Ti ho fatto mettere in dubbio il tuo fascino e pensare di andartene. Quella parte della nostra vita è finita. Ricordi tutti i miei difetti e i tratti negativi della mia personalità. Eppure mi hai chiamato lo stesso quando stavi soffrendo e avevi bisogno di aiuto. Non ti lascerò andare, April. Finché mi vorrai, sarò tuo.»

Lei chiuse gli occhi per cercare di non piangere.

«April?» le chiese dopo un attimo. «Sento le tue lacrime sulla pelle. Ti prego, dimmi che non sono causate dal panico o dalla paura perché non sai come uscire da questa situazione.»

Scosse la testa. «Sono lacrime di sollievo, perché non posso credere che tu stia dicendo le cose che ho desiderato sentire per anni.»

Jack si spostò, e per la prima volta dopo ore allentò la presa. Usando la mano tra i capelli le inclinò delicatamente la testa all'indietro, in modo da poterle vedere il viso.

April sentì le guance infiammarsi. Probabilmente aveva un aspetto disastroso; la pelle chiazzata, gli occhi rossi, i capelli in disordine... ma l'emozione che vide nei suoi occhi fu tutt'altro che disgusto.

Lui abbassò lentamente la testa e le sfiorò le labbra. «Oggi è il primo giorno del resto della nostra vita.»

Gli sorrise.

«Accidenti. Scusa, è una frase sdolcinata» le disse, alzando gli occhi al cielo.

Era vero, ma non le importava. Appoggiò ancora una volta la guancia sul suo petto e sospirò soddisfatta.

«Oggi dobbiamo vedere il tuo dottore.»

April si accigliò. «No, non dobbiamo. Sto bene.»

«Andremo» le disse con fermezza. «Mi hai spaventato ieri sera, tesoro. Non mi piace che tu abbia sofferto così tanto. Riuscivi a malapena a parlare al telefono. Andremo dal dottore e ti faremo controllare. Sai che voleva vederti non appena ti fossi ricordata qualcosa.»

Sospirò. «Va bene.»

«Ottimo. Dobbiamo anche informare gli altri. Ne saranno entusiasti.»

Decisamente. Le ragazze avrebbero strillato per l'eccitazione e i loro uomini le avrebbero fatto un cenno con il mento dicendole che era ora. Amava i suoi amici ed era un sollievo poter ricordare la storia che condividevano.

Nessuno dei due tentò di alzarsi dal letto. Lui le accarezzò dolcemente i capelli, mentre lei tracciava con un dito dei cerchi sul suo petto. Passarono alcuni minuti, poi le venne in mente qualcosa, così alzò la testa e lo guardò. Il sole era abbastanza alto e la luce che filtrava dalle tende le permise di vedere i suoi occhi. «Ehm, Jack?»

«Sì?»

«Sei nudo.»

Lui ridacchiò. «Non proprio. Ho i boxer.»

«Ti sei spogliato prima di venire a letto con me?» gli chiese.

Con suo grande stupore, Jack arrossì. «Non esattamente...»

Lei aggrottò la fronte, confusa.

«Ero a letto quando hai chiamato, ovviamente, e non ho

voluto perdere tempo a vestirmi. La mia unica preoccupazione era arrivare da te.»

Lo fissò a bocca aperta, incredula. «Sei venuto qui con addosso solo la biancheria intima?»

Lui scrollò le spalle. «Sì.»

Quando April metabolizzò le sue parole le si riempirono di nuovo gli occhi di lacrime.

«Merda, cosa c'è che non va?» chiese ansioso.

«Io... tu... nessuno ha *mai* fatto una cosa del genere per me prima d'ora.»

A quello si rilassò. «Meno male che non mi hanno fermato dato che non ho rispettato esattamente il limite di velocità» scherzò.

April non riusciva a capacitarsi del fatto che lui avesse avuto così tanta fretta di andare da lei, da non fermarsi nemmeno per mettersi i pantaloni. O le scarpe. Poi le venne in mente qualcos'altro. «Non ho nulla da prestarti che ti vada bene.»

Jack scrollò le spalle con nonchalance. «Chiamerò uno dei ragazzi perché mi porti qualcosa. Ho bisogno che controllino la mia casa. Non sono sicuro di aver chiuso la porta d'ingresso quando sono uscito.»

Quello la fece alzare su un gomito. «Cosa? Jack, è una follia! Voglio dire, Newton non è esattamente il centro del crimine, ma se qualcuno fosse entrato e avesse rubato delle cose?»

«Allora le sostituirò. Tu sei molto più importante di tutte le cose che possiedo.»

Oh, che uomo. La faceva impazzire. «Ok, devi smetterla» gli disse.

Lui si accigliò. «Di fare cosa?»

«Di essere così straordinario. Non riesco a gestirlo. Non sono una frignona, ma stamattina mi hai fatto piangere già due volte. Devi tornare a essere irritante e prepotente.»

Jack ridacchiò, e quel suono le arrivò dritto tra le gambe. Poi rotolò fino a portarla sotto di lui. April poteva sentire la sua pelle contro la propria, e anche se la camicia da notte che aveva indossato la sera prima era salita, cosa già di per sé eccitante, avrebbe voluto sentirla *ovunque*.

«Niente da fare» disse lui scuotendo la testa. «Ti ci devi abituare. D'ora in poi tu verrai prima di tutto, April. Non mi importa cosa sia; il tuo benessere, i tuoi bisogni e i tuoi desideri saranno sempre una priorità per me. Non mi vergognerò mai di ammettere che mi tieni in pugno. Vuoi qualcosa? Mi farò in quattro per dartela.»

«Tutto ciò che voglio sei tu» ammise. «La tua attenzione, il tuo tempo, il tuo affetto. Ho passato gran parte del mio matrimonio a non essere una priorità, non voglio mai più trovarmi in quella situazione.»

«Non succederà» giurò Jack.

«Ma lo stesso vale per me. Anch'io voglio renderti felice.»

«Lo fai già.»

April scosse la testa. «Sai cosa intendo. Non voglio che tu faccia cose che odi solo perché le voglio fare io.»

«Non è possibile.»

«Jack» sussurrò, sentendosi sopraffatta.

«Questo è ciò che sono. Ti avevo avvertita. È per questo che ho voluto aspettare che ti tornasse la memoria, così ti saresti ricordata di quanto mi concentro sulle cose. Quanto sono testardo. Che a volte sono un po' stronzo. Volevo che tu sapessi davvero a cosa andavi incontro quando avessi deciso di volere essere mia.»

Oh, April lo sapeva, e voleva darsi un pizzicotto per essere sicura di non sognare. «So chi sei e voglio ogni centimetro di quell'uomo, Jackson Justice.»

Sobbalzò sorpresa quando sentì la sua mano accarezzarle brevemente il lato della coscia per poi scivolare più su.

«Bene. Perché anch'io ti voglio, April Hoffman.» Arrivò con il palmo sulla pancia, e lei inspirò bruscamente quando con il pollice le sfiorò l'orlo delle mutandine e con il mignolo le stuzzicò l'ombelico.

Stava per accadere, e lei era pronta. Più che pronta. Aveva sognato quel momento per anni e stentava a credere che Jack fosse lì, a letto con lei, a toccarla, praticamente nudo.

Proprio quando lui iniziò ad abbassare la testa, il suo telefono squillò sul comodino.

April trasalì a quel suono intenso, e lui imprecò, poi si girò e prese il cellulare. Erano così vicini che poté sentire bene la conversazione nel silenzio del mattino.

«Ehi.»

«JJ? Sono Bob. Perché diavolo la tua porta d'ingresso è aperta? Stai bene?»

«Sto bene. Non sono in casa.»

«Così ho scoperto. Cos'è successo?»

«Sono da April. Ho bisogno di un favore. Puoi portarmi le scarpe, i calzini, un paio di jeans e una maglietta?»

«Certo, ma... ho delle domande.»

«Ci avrei scommesso. Devo portare April dal dottore, quindi arriveremo tardi in ufficio. Credo che stamattina ci sia in programma solo un piccolo lavoro da un privato. Potete occuparvene voi?»

«Certo. April sta bene?»

«Le sono tornati i ricordi.»

«*Cosa?* È fantastico!» esclamò Bob.

April sorrise percependo la sincera felicità nella sua voce.

«Sì, anche se sono arrivati con un mal di testa micidiale, quindi la porto a farla visitare.»

«Ok. Ma la porta? E i vestiti?» chiese.

Jack ridacchiò. «Ha chiamato nel cuore della notte. Mi sono precipitato qui senza fermarmi a fare nient'altro.»

«Come vestirti o chiudere la porta. Ho capito. Sarò lì tra dieci o quindici minuti.»

«Grazie. Lo apprezzo molto.»

«Posso dirlo a Marlowe?»

«Della memoria di April? Certo.»

«No, di te che vai in giro a culo nudo nel cuore della notte» disse Bob ridendo.

«Sei un idiota» ribatté.

«Se lo dici tu. A presto.»

Jack chiuse la chiamata e scosse la testa. «Non so perché lo sopporto.»

«Certo che lo sai. È tuo amico.»

La sua espressione si fece seria. «Ti senti davvero bene stamattina?»

«Sì. Ho sempre mal di testa, ma non è come ieri sera. Il dolore si sta attenuando.»

«Non lo dici solo per non farmi spaventare?» le domandò.

April sorrise. «No.»

«Ok. Proviamo a metterti seduta e vediamo se peggiora.» Si spostò per portare le gambe fuori dal letto.

April gli posò una mano sul braccio, facendolo fermare e girare a guardarla.

«Io...» Cavoli. Non era brava in quel genere di cose. Ma doveva impegnarsi di più a esprimere ciò che voleva. Aveva sprecato molti anni a trattenersi con Jack.

«Che c'è? Puoi dirmi qualsiasi cosa.»

«Voglio stare a casa tua stanotte. Nel tuo letto. Con te.»

L'espressione intensa di Jack sarebbe stata spaventosa se lei non lo avesse desiderato così tanto.

«Era già in programma, tesoro. Se il dottore darà la sua benedizione e tu te la sentirai, stanotte sarai mia. In tutti i sensi.»

«Sono già tua» sussurrò.

Jack chiuse gli occhi un attimo, poi strinse le labbra e si alzò. «Dai, prova a metterti seduta, tesoro, vedi come ti senti in quella posizione prima di provare ad alzarti in piedi.»

Lei si sollevò sul materasso e non poté fare a meno di fissare l'uomo accanto al suo letto. Lo aveva ammirato in jeans e maglietta mentre brandiva una motosega, ma praticamente nudo era irresistibile. Sorprendentemente, aveva un po' di pancia, ma i muscoli delle cosce si gonfiavano quando si muoveva, e le braccia erano altrettanto forti. Era perfetto... ed era *suo*.

«Se continui a guardarmi così avremo dei problemi» le disse.

April sollevò un sopracciglio. «Correrò il rischio» ribatté.

Jack rise. «Audace. Mi piace molto di più di quando ti lamenti per il dolore. Forza, alzati e vediamo di vestirti. Per quanto Bob mi sia simpatico e io sappia per certo che è follemente innamorato di sua moglie, non voglio che ti veda con quella camicia da notte sexy.»

April avrebbe voluto controbattere, fargli presente che aveva la cellulite sulle cosce, che le braccia stavano diventando flaccide e che non avrebbe mai potuto perdere i chili di troppo intorno alla pancia... ma resistette all'impulso. Se Jack la trovava sexy, non si sarebbe lamentata.

Sorrise mentre gli prendeva la mano e gli permetteva di aiutarla ad alzarsi dal letto. Lo sguardo di soddisfazione e desiderio nei suoi occhi fu un enorme cambiamento rispetto al modo in cui l'aveva sempre guardata, tanto che la fece arrossire.

«Vado ad aspettare Bob nell'altra stanza. Preparati con calma» le disse, allontanandosi da lei e stringendo la mano a pugno lungo il fianco, come se gli fosse servito tutto il suo autocontrollo per non abbracciarla.

Quando arrivò alla porta, April lo fermò. «Jack?»

«Sì?»

«Grazie per essere venuto. Non volevo chiamare nessun altro.»

«Se mai ti sentirai spaventata, insicura o sofferente, chiamami» le ordinò. «Non importa l'ora o cosa stiamo facendo. Chiama e basta.»

«Lo farò» acconsentì.

Jack annuì, poi si voltò bruscamente e uscì dalla stanza.

April fece un respiro profondo, trasalendo per il dolore alla testa provocato dal movimento, e si diresse verso l'armadio. Prese alcuni vestiti e poi andò in bagno. La sua vita aveva preso una strana svolta nelle ultime due settimane, ma non riusciva a esserne turbata. Come avrebbe potuto, quando aveva ciò che desiderava da anni?

Jack aveva detto che lei era sua, e di conseguenza lui era suo. Avrebbe fatto tutto il possibile per tenerselo stretto.

Sorrise e iniziò a prepararsi per la giornata.

CAPITOLO OTTO

JJ SORRISE quando April salutò Marlowe. Carlise e June erano già passate dalla Jack's Lumber per vedere la loro amica e dirle quanto fossero felici che avesse ritrovato la memoria. Bob le aveva accennato che Marlowe soffriva di nausee mattutine e stava riposando, motivo per cui era andata più tardi.

La visita medica era andata bene. Il dottore le aveva spiegato che il mal di testa dovuto al ritorno dei ricordi era abbastanza normale e che sarebbe probabilmente scomparso con il passare della giornata. Aveva detto di chiamare se non si fosse attenuato o se fosse peggiorato, consigliandole di prendere nel frattempo dei farmaci da banco per gestirlo. Inoltre, aveva fissato un altro appuntamento per la settimana successiva.

Dato che JJ si era sentito sollevato dal fatto che il medico non fosse stato allarmato dall'intensità del mal di testa di April, non si era opposto quando lei aveva insistito per andare in ufficio. Prima di arrivare alla Jack's Lumber si erano fermati in un bar, e si era assicurato che lei facesse un'abbondante colazione.

Non avevano lavorato molto, perché Carlise e June erano arrivate pochi minuti dopo di loro, poi le tre donne avevano rievocato praticamente tutti i ricordi che avevano insieme.

Anche Chappy e Cal avevano detto ad April che erano molto felici che fosse in via di guarigione, poi avevano passato un bel po' di tempo a tormentare lui perché si era aggirato praticamente nudo per Newton nel cuore della notte. A JJ non importava che lo prendessero in giro, perché sapeva che avrebbero fatto la stessa cosa se fosse stata la loro donna a essere in difficoltà e a chiedere aiuto.

«Sta davvero bene? Tutto a posto con la visita medica?» gli chiese Bob, mentre osservavano April e Marlowe chiacchierare allegramente.

«Sì, anche se mi ha spaventato a morte» ammise.

L'altro annuì. «Posso immaginare. Quando Marlowe era in auto con quello stronzo, e noi stavamo ascoltando l'audio di ciò che stava succedendo invece di essere lì con lei, mi sono sentito completamente impotente.»

Anche JJ era stato preoccupato e spaventato quando la situazione di Marlowe con il suo collega era precipitata, ma ora gli sembrava di capire ancora meglio il suo amico.

«Quindi... ricorda tutto?» gli chiese.

«A quanto pare.»

«E le va bene che stiate insieme?»

JJ distolse lo sguardo da April e fissò Bob. «Lei dice di sì, ma... so di essere stato uno stupido. Mi sono trattenuto senza una buona ragione, mi sono comportato da codardo. Mi sento un vero idiota per aver aspettato che fosse ferita per ammettere quanto fossero profondi i miei sentimenti nei suoi confronti. Ho paura che April interiorizzi la mia reticenza e si convinca che non mi importa nulla di lei. Che l'unico motivo per cui ho finalmente ho espresso i miei sentimenti è stato il suo incidente.»

Bob scrollò le spalle. «Non è così?»

JJ strinse i denti e tornò a guardare le due amiche. Stavano ridendo di qualcosa, e vedere il sorriso di April lo fece rilassare in un modo che non capiva.

«Senti, non sono un'idiota. Sono tuo amico da molto tempo,

JJ. Siamo stati all'inferno insieme e ne siamo usciti. Se pensi che a qualcuno di noi siano sfuggiti gli sguardi che le hai sempre lanciato quando pensavi che nessuno ti stesse guardando, o che eri particolarmente scontroso perché non riuscivi a esprimere i tuoi sentimenti e di conseguenza ti comportavi da stronzo, ti sbagli. Pensavamo tutti che alla fine avreste risolto qualsiasi cosa vi trattenesse e sareste finiti insieme.»

«È solo che non voglio che sia una cosa a senso unico» ammise.

Bob ridacchiò e gli diede uno schiaffo sulla nuca.

«Ahi! Ma che cazzo» si lamentò, guardandolo male.

«E come abbiamo notato i tuoi di sguardi, abbiamo visto quelli che ti lanciava *lei* quando eri girato di spalle. Per non parlare di come si preoccupa per te quando lavori troppo o ti fai male. Ricordi quella volta, qualche anno fa, quando quell'albero è caduto dalla parte sbagliata e ti ha quasi spaccato la testa? Lei era distrutta. Tu non te ne sei accorto perché lo nascondeva bene, ma non riusciva a dormire perché era in ansia per te, ci tormentava perché ci fosse più sicurezza sul lavoro e aveva persino chiesto a Chappy di tenerti d'occhio una volta che fossi tornato in servizio.»

«Davvero?» chiese sorpreso. Per quanto ne sapeva, lei aveva preso quell'incidente con filosofia, comportandosi con la stessa serenità di sempre.

«Sì. Quella donna ti ama da anni. Penso sia stupido che tu abbia aspettato così tanto per farle sapere che sei interessato, ma anche *lei* l'ha fatto. Avevate entrambi un bagaglio emotivo che stavate cercando di superare. Quindi che importa se è servito che si facesse male perché tu superassi quei demoni nella tua testa che ti dicevano che non eri abbastanza in gamba, o qualsiasi altra stronzata pensassi. Ora siete insieme... e dovete sfruttarlo al massimo.»

Guardò April e annuì. Certo che sì, ora stavano insieme. Le

sue mani fremevano dalla voglia di toccarla. Desiderava vederla osservarlo dal letto. «Hai ragione» disse dopo un po'.

«Ovvio» ribatté Bob con un sorriso.

Lui alzò gli occhi al cielo.

«Andiamo. Voglio controllare Marlowe. Stamattina ha vomitato le budella e voglio assicurarmi che si senta bene.»

A JJ sembrava a posto, ma dato che voleva anche lui controllare April per sapere come stava la sua testa, non discusse. I due uomini si avvicinarono al divano dov'erano sedute. Bob andò subito da Marlowe e, senza dire una parola, la tirò in piedi, si sedette e se la mise sulle ginocchia.

«C'ero io seduta lì!» esclamò lei ridendo.

«E lo sei ancora» replicò lui con calma.

«È così fastidioso» disse Marlowe, non esitando ad accoccolarsi al marito mentre si metteva comoda.

JJ non copiò l'amico, ma si sedette accanto ad April, così vicino che le loro cosce si toccavano. Le passò un braccio intorno alle spalle e, con sua grande gioia, lei gli si appoggiò contro.

«Oh sì, vedo quanto è fastidioso» disse all'amica.

Entrambe sorrisero.

«Di che cosa stavate parlando prima che vi interrompessimo così bruscamente?» chiese Bob.

«Ora che April ha recuperato i suoi ricordi, stavamo parlando di alcuni dei migliori momenti passati insieme.»

«Tipo?»

«Ce ne sono tanti» rispose April con un altro sorriso. «I pranzi che abbiamo fatto mentre voi uomini eravate fuori a sgobbare, quanto abbiamo pianto quando June ha chiesto a tutte noi di andare nel Liechtenstein una volta che lei e Cal si decideranno a celebrare il loro matrimonio, e alcune delle nostre serate tra donne più folli.»

«Ho una domanda da farti» confessò Marlowe. «Ci penso da

sempre, e per qualche motivo non te l'ho mai chiesto, ma va bene se vuoi aspettare a rispondere finché non saremo sole.»

«Oh, questa la voglio sentire» dichiarò JJ con un sorrisetto.

«Già, non è stata l'introduzione migliore se volevi che la cosa rimanesse tra noi» disse April all'amica con un piccolo sorriso.

«Scusa. Cioè, non credo sia una cosa importante, ma è successo quando io e Kendric eravamo in Cambogia. Ho chiamato la Jack's Lumber perché era l'unico numero che conoscevo. Hai risposto tu, e hai radunato i ragazzi perché mi parlassero.»

«Me lo ricordo» disse con calma. «Sembravi così spaventata.»

«Perché lo ero. Kendric era privo di sensi e stava soffrendo, e io non avevo idea di cosa fare. Comunque, a un certo punto della conversazione, JJ voleva parlare con gli altri senza che io sentissi, così ti ha chiesto di silenziare il telefono.»

«È vero» confermò lui. «E per la cronaca, non era perché stavo cercando di tenerti nascoste le cose, avevo solo bisogno di parlare delle opzioni con la mia squadra.»

«Capisco. Ero una sconosciuta, e per quello che ne sapevate potevo essere qualcuno che stava mentendo spudoratamente e che aveva intenzione di fare del male a Kendric o a voi ragazzi, se vi foste presentati» sostenne Marlowe.

JJ buttò fuori un respiro. «Non lo pensavamo affatto» le assicurò, scuotendo leggermente la testa. «A essere sincero, non volevo stressarti ulteriormente parlando di recuperare Bob, ma non te. Almeno non nello stesso momento. Prima di sapere che lo avevi sposato, pensavamo di non avere un modo legittimo per farti salire su un aereo.»

Marlowe annuì, poi riportò lo sguardo su April. «Ho sentito il bip sul telefono, ma non si è silenziato. Quindi la mia domanda è: l'hai fatto di proposito?»

JJ guardò April e non fu affatto sorpreso di vedere un'espressione maliziosa sul suo viso. «Sì. Se fossi stata io in quella situazione, non avrei voluto che la gente parlasse di me, che decidesse il mio destino, senza il mio contributo. Ho pensato che avessi tutto il diritto di sentire quello che dicevano.»

«Ma ti avevo chiesto di metterlo in muto» la rimproverò JJ.

Scrollò le spalle. «Lo so.»

Lui fece un ringhiò basso. «Com'è che non fai mai quello che ti dico?» si lamentò. «Non riesco a contare quante volte ti ho ordinato di non muoverti, per poi vederti in un cantiere. O che ti ho detto che non possiamo accettare un lavoro e tu lo organizzi lo stesso.»

«Faccio le cose che mi chiedi quando hanno un senso» replicò lei senza esitazione. «Quando mi dici di fare cose stupide, ti ignoro.»

JJ sospirò. «Sei una spina nel fianco.»

Lei sorrise. «Già.»

A dire la verità, non aveva alcun problema con il modo in cui April gestiva la Jack's Lumber. Nella maggior parte dei casi aveva ragione sulle decisioni che prendeva, e per quello non l'aveva mai rimproverata per avergli disobbedito.

«E per la cronaca, ho fatto benissimo a far sentire a Marlowe quella conversazione, perché altrimenti non avreste saputo che lei e Bob erano sposati» sostenne con un sorriso compiaciuto.

Non aveva torto.

«Grazie» le disse Bob. «Davvero. Sarei stato furioso se mi fossi svegliato su quell'aereo e avessi scoperto che Marlowe era stata abbandonata.»

Lei si girò verso il marito e disse qualcosa così a bassa voce che JJ non riuscì a sentirlo, ma colse l'occasione per chinarsi verso April. «Mi piace che pensi sempre agli altri e a ciò di cui hanno bisogno.»

Gli rivolse un piccolo sorriso. «So come ci si sente quando hai l'impressione che a nessuno importi di quello che ti succede, a vivere senza che nessuno ti veda. Sapevo che c'era la possibilità che vi arrabbiaste perché non avevo silenziato il telefono, ma mi fidavo di voi e del fatto che non avreste detto nulla di male su

Marlowe, e per me era importante che non venisse esclusa da qualsiasi decisione venisse presa sul suo futuro.»

JJ le posò la mano sulla guancia. Quella donna lo sorprendeva continuamente. Gli faceva desiderare di essere una persona migliore. «Non avrai mai più l'impressione che a nessuno importi di ciò che ti accade. Io ti vedo, April. Non dubitare mai di questo. E anche se non te l'ho dimostrato, ti ho vista negli ultimi cinque anni.»

Lei lo fissò per un lungo momento, poi mise la mano sopra la sua sulla guancia, girò la testa e gli baciò il palmo.

JJ non desiderava altro che tirarla su, trascinarla nel parcheggio, metterla nella sua Bronco e portarla a casa. Ma fu interrotto da Marlowe che disse: «Be', per la cronaca, grazie. Sono stata molto sollevata di non dovermi separare da Kendric.»

Sentì un formicolio nel palmo dove April l'aveva baciato, ma si costrinse a concentrarsi sui loro amici. Era difficile, dato che non riusciva a smettere di pensare alle sue parole di quella mattina, quando gli aveva detto chiaramente che quella notte voleva stare con lui... nel suo letto. Era più coraggiosa di quanto lo fosse mai stato lui da quando si erano conosciuti.

Come accadeva di solito, la conversazione si spostò sul lavoro, e i quattro parlarono di quello che dovevano ancora fare alla stazione sciistica, quella che April stava andando a controllare quando aveva avuto l'incidente.

«Oh! Non vi ho detto cos'è successo ieri!» esclamò Marlowe.

JJ provò un senso di inquietudine quando vide comparire sul viso di Bob un'espressione accigliata. Qualunque cosa stesse per condividere, al suo amico non piaceva.

«Cosa?» chiese April.

«Io e Kendric eravamo in quel nuovo negozio di mobili che ha aperto a Rumford... sapete, quello che si trova in quell'enorme magazzino? Credo che vogliano essere tipo l'IKEA, ma credetemi, non ci assomigliano minimamente. Comunque, avevamo deciso di iniziare a cercare dei mobili per bambini, perché questo piccolino sarà qui prima che ce ne accorgiamo.» Si mise una mano sulla pancia, e JJ sorrise quando Bob vi mise la propria sopra.

«Kendric era andato a vedere delle librerie o altro e io ero nel reparto bambini. Ci sono degli scaffali enormi, vanno dal pavimento al soffitto, e mi sono fermata a guardare una delle culle. I dipendenti hanno messo in esposizione ogni prodotto che vendono nel negozio, e la culla si trovava su uno scaffale all'altezza degli occhi, in modo da poter vedere com'è una volta assemblata, e sia sopra sia sotto c'erano tutte le scatole accatastate. Quindi ho guardato la culla e ho deciso che non mi piaceva molto. Mi ero appena spostata quando una delle scatole del ripiano superiore è caduta! È atterrata proprio nel punto in cui mi trovavo due secondi prima!»

«Porca miseria» mormorò April.

«Infatti! Mi ha spaventata a morte.»

«Com'è successo?» chiese JJ.

«Non ne ho idea. Ma la scatola si è aperta e i componenti di legno della culla sono volati dappertutto. Un piccolo pezzo mi ha colpito la gamba, ma per fortuna non mi è arrivato addosso nient'altro.»

«Credetemi, ne ho dette di tutti i colori alla direzione» ringhiò Bob. «Non so come quella scatola sia riuscita a cadere da lì, ma non metteremo mai più piede in quel posto, ve lo assicuro.»

«È stata una cosa da poco» disse Marlowe, accarezzandogli la gamba.

«Una cosa da poco?» chiese Bob incredulo. «Quella scatola era pesante ed era a diversi metri di altezza. Se ti fosse caduta addosso, avrebbe potuto farti male seriamente.»

«Ma non è successo» lo tranquillizzò.

«È assurdo» rifletté April, scuotendo la testa.

«Già. Per quanto non mi piaccia ammetterlo, mi ha scosso» ammise Marlowe.

«Mi ha spaventato a morte» disse Bob con voce bassa e dura. «Ero dall'altra parte del negozio e ho sentito il fracasso, e per qualche motivo ho capito che Marlowe era in pericolo.»

«Perché sei paranoico» ribatté in tono piatto.

«Già» concordò lui.

«Be', sono felice che tu stia bene, ma hai trovato i mobili che volevi?» chiese April con un piccolo sorriso, cercando chiaramente di alleggerire l'atmosfera.

Marlowe ridacchiò. «No. Ma ora penso che a Kendric andrebbe bene fare un giaciglio di coperte sul pavimento invece di prendere qualcosa per il bambino.»

«Puoi scommetterci» borbottò Bob mentre le donne ridevano.

JJ era dispiaciuto per il suo amico. Se fosse successo ad April, lui avrebbe dato di matto. E la direzione avrebbe sicuramente sentito il suo avvocato. Il pensiero di trovarsi in un negozio a fare dei normali acquisti, e che una scatola piena di legno pesante quasi cadesse sulla testa di April, gli fece venire voglia di chiuderla in casa e di non farla più uscire. Lo shopping online non era il suo preferito, ma quella storia era bastata a fargli cambiare idea.

«E no, mi rifiuto di fare la spesa alimentare online» disse Marlowe, come se avesse sentito quello che JJ stava pensando. «Ci sono molte cose che siamo costretti a comprare su internet dato che viviamo in una città così piccola, ma mi rifiuto di lasciare che qualcun altro scelga le mie banane o tocchi la mia carne.»

«Nessuno tocca la tua carne tranne te» borbottò Bob.

April ridacchiò mentre Marlowe alzava gli occhi al cielo.

«Ok, credo sia ora che io lavori un po'» disse April scuotendo la testa.

«No» sbottò JJ.

Si voltò verso di lui. «Cosa?»

«No. Devo portarti a casa per farti riposare.»

«Non voglio riposare» protestò.

«April, neanche dodici ore fa mi hai chiamato perché avevi la testa che ti faceva così male da non riuscire nemmeno ad aprire gli occhi. Sei passata dal non ricordare nulla degli ultimi cinque anni a essere travolta da tutti i ricordi contemporaneamente, tanto che l'unica cosa che riuscivi a fare era gemere tra le mie braccia. Non ti permetterò di esagerare oggi. Il medico ha detto che avevi bisogno di riposare, e non lo farai se te ne starai seduta alla reception a controllare i tuoi file e a cercare di capire cos'abbiamo combinato mentre eri assente.»

Lo fissò. «Un'ora» disse, cercando di persuaderlo.

«No» ripeté JJ scuotendo la testa.

«Trenta minuti.»

«No.»

«Jack!» protestò.

«April!»

Si voltò verso i loro amici. «Ditegli che è irragionevole» li implorò.

«A dire il vero credo che sia stato molto indulgente a lasciarti venire qui dopo la visita» replicò Bob con un'alzata di spalle.

«Chi te l'ha chiesto?» brontolò April.

Lui ridacchiò. «Tu.»

«Marlowe?» disse in tono di supplica.

Ma l'amica le rivolse uno sguardo comprensivo. «Credo che abbia ragione. Hai un solco sulla fronte, come se ti facesse male la testa, e un riposino non ti farebbe male dopo tutto quello che hai passato. L'ultima cosa che vuoi è avere una ricaduta, che i tuoi ricordi spariscano di nuovo se cerchi di fare troppe cose troppo presto.»

April sospirò e rimase in silenzio per un momento... poi ammise sommessamente: «Ho paura che se vado a dormire, i ricordi spariranno.»

«Non succederà» le disse JJ con fermezza. «Che ne dici se

facciamo così? Tu ora vieni a casa mia a fare un pisolino e io andrò a prendere la cena da Granny's Burgers.»

Si girò verso di lui. «Stai cercando di corrompermi?»

«Sì» ammise con convinzione.

«Accidenti. Funziona» brontolò.

Tutti risero.

Marlowe si alzò con l'aiuto di Bob e tese una mano ad April. Lei la prese senza esitare e si lasciò tirare in piedi. Poi la abbracciò. «Sono felice che tu stia bene. Ero così preoccupata per te.»

«Grazie» sussurrò, ricambiando la stretta.

Non appena la sua amica la lasciò andare, JJ le circondò la vita con un braccio e la attirò contro il suo fianco. Gli ci sarebbe voluto molto tempo per dimenticare quanto stava soffrendo April quando era andato da lei la notte prima. Il modo in cui gli si era rannicchiata addosso, come se lui avesse potuto cancellare le fitte di dolore alla testa. Si era sentito così impotente quando l'unica cosa che aveva potuto fare era stato abbracciarla.

«E l'ufficio?» gli chiese, mentre lui la guidava verso la porta sul retro dove avevano lasciato le giacche. L'inverno non si era ancora insediato, ma sarebbe arrivato presto. Il tempo si era fatto più freddo, e JJ sapeva bene che April non avrebbe sentito la mancanza delle calde temperature estive. Negli anni aveva imparato che preferiva di gran lunga il freddo al caldo. In ogni caso, quando la sera prima era andato in giro con indosso solo i boxer, non si era nemmeno accorto della bassa temperatura. Aveva pensato solo ad arrivare da lei.

«Tornerò io dopo aver sistemato Marlowe a casa» disse Bob. «Chappy e Cal sono fuori per un lavoro e non me ne andrò fino al loro ritorno. Inoltre, qui sanno tutti che i nostri orari sono irregolari da quando ti sei fatta male, se non riescono a contattare nessuno lasceranno un messaggio vocale o ci manderanno una mail. È tutto ok.»

April sospirò. «Va bene. Ma non mi piace.»

JJ ridacchiò. «Ne prendo nota. Forza, è ora di andare.»

Uscirono tutti e lui chiuse l'ufficio, poi mise una mano sulla schiena di April per guidarla verso la Bronco.

Marlowe gridò un saluto dal pick-up di Bob e April ricambiò con un cenno della mano. Poi si voltò a guardare JJ. «Jack?»

«Sì, tesoro?»

«Grazie.»

«Per cosa?»

«Per tutto. Per essere rimasto con me in ospedale. Per avermi accompagnata a casa. Per aver aiutato a trovarmi una nuova auto. Per avermi permesso di stare con te. Per non avermi fatta sentire a disagio perché stavo a casa tua invece che nel mio appartamento. Per essere venuto ieri sera. Per essere stato pratico... per tutto.»

JJ si fermò vicino al lato del passeggero dell'auto e le infilò le dita nei capelli. Le sfiorò per un attimo la guancia con il pollice. «Non devi ringraziarmi, April.»

«Sì, io...»

«No, non devi» la interruppe. «Perché se pensi che ci sia un posto dove avrei preferito essere se non al tuo fianco, non sei stata attenta. Se pensi che ti avrei lasciata a rimetterti in salute da sola nel tuo appartamento, non mi conosci. Ma lo farai. Da questo momento in poi... tutto ciò che farò sarà per te. Anche portarti a casa a fare un sonnellino quando non vuoi.»

«Non sono una bambina» disse seria.

«No, non lo sei. Sei un'adulta che ha vissuto una vita senza qualcuno al suo fianco a cui importasse qualcosa. A me importa, April. Sì, puoi prendere le tue decisioni, e se volevi davvero restare qui a smanettare su quel dannato computer non te lo avrei impedito. Ma hai passato l'inferno nelle ultime due settimane e la testa ti *fa* male. Non c'era bisogno che me lo dicesse Marlowe. Lo vedo da solo e mi uccide. Lascia che mi prenda cura di te, tesoro. Lascia che ti vizi. Ti prego.»

«Non sono abituata a farmi viziare.»

Come se ci fosse stato il bisogno che lei lo ammettesse. «Lo so» le disse con semplicità. «Ti avevo avvertita. Sono passionale. E prepotente. Sarò anche spietato pur di assicurarmi che tu sia al sicuro. Se ci fossi stata tu nel negozio, e quella scatola fosse caduta dallo scaffale e ti avesse quasi colpita...» Rabbrividì prima di continuare. «Diciamo che avrei fatto una scenata che il direttore non avrebbe dimenticato presto. Nessuno può farti del male, nemmeno tu.

Devi capire che ora hai un protettore, April. E anche se può sembrare bello, ci saranno momenti in cui ti arrabbierai con me proprio per questo. Ti irriterò, chiamerai una delle altre ragazze e ti lamenterai perché sono iperprotettivo e soffocante, e ti chiederai in cosa diavolo ti sei cacciata. Ma poi ti porterò una tazza di caffè con la tua crema preferita, ti lascerò guardare quegli stupidi programmi di ristrutturazione delle case che ti piacciono tanto e farò l'amore con te, e capirai che ti copro le spalle in ogni momento.

Se dovesse succedere qualcosa di spiacevole, starò davanti a te e ti proteggerò con tutto me stesso. Quando sarà necessario, starò dietro di te e ti lascerò splendere e fare le tue cose. E sarò al tuo fianco quando dovremo affrontare i nostri demoni.»

JJ sapeva di essere stato esagerato e probabilmente un po' aggressivo nel suo desiderio di farle capire a cosa stava andando incontro, ma aveva bisogno che lei sentisse tutto ciò *ora*, perché una volta che si fosse concessa a lui, lo avrebbe letteralmente ucciso lasciarla andare.

«Ok» sussurrò lei.

«Ok?» le chiese.

«Sì. Non ho mai avuto un protettore prima d'ora. Credo che mi piacerà. E sappi che ci saranno momenti in cui avrò bisogno dei miei spazi. Sono abituata a fare le cose senza consultare nessuno, perché non c'è mai stato nessuno a cui importasse qualcosa di quello che facevo. Mi ci vorrà un po' di tempo per abituarmi, credo.

E avrò bisogno che tu sia un po' indulgente quando faccio

qualcosa che non ti piace. Posso essere lunatica e stronza. E anche se ho amato starti vicino in quest'ultima settimana, non credo di poter essere il tipo di fidanzata a cui piace rimanere incollata al suo uomo. Posso recarmi in macchina dove mi serve, fare shopping e stare a casa da sola. Ci saranno momenti in cui vorrò cenare solo con una ciotola di cereali o che non avrò voglia di parlare. Tendo a lasciare le scarpe in ogni stanza e odio lavare i piatti. Adoro fare foto, quindi dovrai abituarti a essere partecipe più che in passato. E... per quanto mi piaccia l'idea che tu voglia proteggermi, non ti è permesso metterti in pericolo per salvarmi. Capito?»

«Sì, tutto tranne l'ultima parte» le disse.

April lo guardò con disappunto. «Dico sul serio, Jack. Ne hai già passate abbastanza. Come pensi che mi sentirei se ti facessero del male mentre mi proteggi? Mi ucciderebbe. Il senso di colpa mi consumerebbe.»

«Che ne dici se entrambi facciamo tutto il possibile per condurre una vita noiosa qui a Newton, così non ci sarà questo problema?» le chiese, cercando di distrarla. Per nessun motivo al mondo avrebbe accettato che le venisse fatto del male se avesse potuto fare qualcosa per evitarlo.

«Per me va bene» rispose con un sorriso. Poi appoggiò la testa sulla sua mano e chiuse gli occhi. «Mi porti a casa?»

«Sì.»

Li riaprì. «Pisolino, cibo, TV... e no, non ti farò guardare uno di quegli orribili programmi di ristrutturazione» scherzò, poi tornò seria. «Poi a letto. Insieme.»

Il cazzo di JJ si contrasse nei jeans.

«Cioè, abbiamo dormito insieme ieri sera, ma non credo che conti.»

«Sì, invece. Ho potuto tenerti tra le braccia, sentire il tuo cuore battere contro il mio e il tuo profumo sulla mia pelle.»

«Sai cosa intendo» protestò. «Ti voglio, Jack. Ti desidero da anni. Ho *bisogno* di te.»

«Anch'io ho bisogno di te. Ma vedremo come va la testa.»

April alzò gli occhi al cielo. «È una di quelle volte che prendi decisioni al posto mio per il mio bene?»

«Sì.»

«Ok. Ma ti dico che mi sento a posto. Sì, ora mi fa un po' male la testa, ma il dottore ha detto che è normale. E non è come quello di quando mi sono svegliata ieri sera. Penso che un orgasmo farebbe scorrere il sangue e aiuterebbe, più che far male.»

JJ si dimenò, il suo cazzo premeva fastidiosamente contro la cerniera. «Dannazione, donna» si lamentò.

April sorrise. «Portami a casa, Jack.»

Aveva la sensazione che tutte le parole dure sul fare ciò che era meglio per lei non sarebbero servite a nulla quando si metteva in testa qualcosa. Non poteva negarle niente. E dal momento che la desiderava quanto sembrava lo desiderasse lei, era praticamente spacciato.

Si chinò e la baciò. All'inizio fu un semplice sfiorarsi di labbra, ma lei non si accontentò. Gli afferrò il collo e lo tenne contro di sé, mentre apriva la bocca e tentava di entrare con la lingua nella sua.

Ancora una volta, rendendosi conto di non poterle negare nulla, JJ si aprì a lei. Si baciarono nel parcheggio della Jack's Lumber per diversi minuti, finché lui non si tirò indietro, rendendosi conto che stava ansimando.

«Perché abbiamo aspettato così tanto per farlo?» gli chiese con un luccichio negli occhi.

«Perché siamo stupidi?»

«Già. Portami a casa» gli ordinò di nuovo, facendo scorrere una mano sul suo petto.

«Sì, signora» replicò obbediente, togliendo con riluttanza la mano dai suoi capelli.

«Credo di sapere come farti fare quello che voglio» gli disse con un sorriso malizioso.

«Credo di sì» concordò. Poi le diede un altro bacio veloce, senza lasciarsi convincere a fare di più, e la aiutò a salire in macchina. Le passò la cintura di sicurezza e aspettò che se la allacciasse. Chiuse la portiera, fece un respiro profondo, poi girò intorno al SUV e salì, mettendosi alla guida.

———

Ryan Johnson si trovava in mezzo agli alberi al limite del parcheggio posteriore della Jack's Lumber, ed era intento a osservare. Aveva trascorso molte ore seduto lì, tramando e pianificando. Vide Marlowe e Kendric Evans allontanarsi, e April e Jackson parlare a lungo per poi baciarsi. Si acciglió mentre lo facevano. «Goditela finché puoi, stronzo.»

Ryan aveva trascorso tanti anni a pianificare la sua vendetta, nulla lo avrebbe fermato ora.

Quella sera sarebbe partito per il Colorado per preparare la resa dei conti finale tra lui e i quattro uomini. Era stato lì diverse volte nell'ultimo anno per organizzare alcune cose, quindi gli sarebbero bastati un giorno o due per finire. Poi sarebbe tornato direttamente a Newton e avrebbe dato il via all'inizio della fine.

A un certo punto della sua vita, si sarebbe sentito dispiaciuto se delle donne si fossero ritrovate coinvolte nella sua vendetta... ma aveva smesso da tempo di provare qualcosa di diverso dall'odio. Quelle donne erano diventate necessarie per raggiungere il suo obiettivo finale. Il fatto che sarebbero morte era la ciliegina sulla torta.

Riggs, Callum, Kendric e Jackson avrebbero sofferto quanto lui. Avrebbero provato lo stesso dolore che aveva sperimentato lui dopo aver saputo della morte del fratello.

Suo fratello, la persona che aveva amato più di chiunque altro, era stato spietatamente ucciso e gettato via come se non fosse stato altro che spazzatura.

Ma non lo era. Aveva solo eseguito gli ordini cercando di

costruire una vita migliore per sé e per lui. Ryan aveva solo quattordici anni quando era successo... quando i quattro americani erano stati tenuti in ostaggio, ma ora si sentiva molto più vecchio della sua età.

Aveva pregato il fratello di permettergli di raggiungerlo sulle montagne, per partecipare all'interrogatorio dei soldati americani e fare la sua parte per assicurarsi la vita che entrambi cercavano. Ma non glielo aveva permesso. Gli era stato detto di rimanere a casa. Di aspettare istruzioni.

E così aveva fatto. E non lo aveva più rivisto.

A suo padre non importava e sua madre era altrettanto inutile. Solo lui aveva giurato di far soffrire gli americani. Non avrebbe avuto pace finché non avessero provato la stessa disperazione e angoscia che ancora lo tormentava.

E quel momento si stava avvicinando. Nel frattempo si stava divertendo più del previsto. Far cadere quella scatola dallo scaffale nell'istante giusto era stato difficile, e anche se aveva mancato di colpire Marlowe, vedere quanto si era arrabbiato Kendric ne era valsa la pena. Avrebbe voluto aver ferito quella stronza, magari anche farle perdere il bambino che portava in grembo. *Quello* sì avrebbe torturato suo marito. Ma ora che ci pensava, era meglio che l'avesse solo sfiorata.

Aveva in programma altri due incidenti prima di passare all'evento principale. Era stata sua intenzione mandare le altre due donne all'ospedale, come April, ma poi aveva avuto il tempo di rifletterci, e si era reso conto che tre "incidenti", con conseguente ricovero, avrebbero solo insospettito gli uomini. Se avessero pensato che le loro mogli potevano essere in pericolo, avrebbero serrato i ranghi e lui non sarebbe mai riuscito ad arrivare a loro.

No. Era meglio spaventarle. Provocare eventi strani e casuali che non avrebbero indotto gli uomini a pensarci, che non li avrebbero portati a fare due più due e a capire che c'era un nemico che li osservava in attesa di agire.

Ryan ridacchiò. Un suono basso e terrificante. Guardò Jackson scrutare l'area del parcheggio, ma non temeva di essere individuato. Era nel profondo del bosco e si era seduto lì molte volte senza essere visto. I soldati pensavano di essere al sicuro lì nel Maine, nel mezzo del nulla. Non avevano percepito il pericolo che avevano davanti agli occhi.

Non vedeva l'ora di scombussolare le loro teste. Sarebbe stato così divertente! Sarebbero stati spaventati a morte e lui si sarebbe goduto ogni secondo. Avrebbero visto morire le loro donne e i loro figli, senza poter fare nulla.

Si sarebbero pentiti profondamente del ruolo avuto in ciò che era accaduto cinque anni prima... e poi sarebbero morti loro stessi. Ryan avrebbe ottenuto giustizia per suo fratello, e avrebbe avuto la soddisfazione di sapere che i soldati erano morti portando il peso dell'incapacità di proteggere i loro cari sulle loro anime inutili.

Avrebbe voluto mettere subito in atto il suo piano finale, ma doveva essere paziente. Prima dovevano succedere altri due incidenti. Poi avrebbe fatto la sua mossa.

Si alzò in piedi e attraversò il bosco, allontanandosi dalla Jack's Lumber, e uscì in una via residenziale tranquilla dove aveva lasciato il suo pick-up nero. Si mise al volante e si diresse verso la casa fatiscente che aveva affittato. Andava bene per l'estate, ma con l'avvicinarsi dell'inverno era sempre più evidente che quel posto faceva schifo, con il freddo che filtrava da ogni fessura.

«Odio il Maine, cazzo. La neve. L'America. Questa cazzo di città!» borbottò, mentre entrava nel piccolo garage per poi chiudere la porta. Se avesse avuto più tempo, avrebbe rivolto il suo odio anche all'uomo che possedeva quella schifezza che dava in affitto. Lo avrebbe fatto soffrire lentamente. Invece, avrebbe semplicemente bruciato il posto prima di andarsene.

Sorridendo, sentendo la trepidazione aumentare dentro di sé, Ryan entrò in casa e andò dritto nella camera da letto che aveva trasformato in un'area di lavoro. La maggior parte degli esplosivi era già stata trasferita in Colorado e si trovava al suo posto, ma aveva pensato che... più ne avesse avuti, meglio sarebbe stato. E mentre si sforzava di essere paziente, la fabbricazione delle bombe artigianali, delle mine e delle altre sorprese che i soldati avrebbero trovato cercando di salvare le loro donne lo avrebbe tenuto occupato.

Il cibo non aveva alcuna attrattiva. E nemmeno dormire. Tutto ciò che voleva fare era costruire sempre più armi per distruggere i quattro uomini che gli avevano portato via il fratello. Il tempo stava per scadere, e presto avrebbe fatto partire i timer degli esplosivi che stava fabbricando.

CAPITOLO NOVE

APRIL PENSAVA che sarebbe stata nervosa, ma per qualche motivo non lo era per niente. Aspettava quel momento da anni, e il fatto che fosse finalmente arrivato la faceva fremere di trepidazione. Il ritorno della memoria era stato un miracolo, e per un attimo, quando si era trovata tra le braccia di Jack nel suo appartamento, tutte le preoccupazioni che aveva avuto per anni l'avevano quasi sopraffatta.

Ma le aveva messe da parte. Erano stronzate. La sua età, il fatto che Jack fosse il suo capo... erano solo scuse. Lei lo desiderava, ed era ovvio che anche lui ricambiasse il sentimento. Non voleva più aspettare. Sì, Jack era passionale, e non aveva tutti i torti, probabilmente si sarebbe irritata spesso con lui quando avrebbe esagerato. Ma aveva passato troppi anni con un uomo che a malapena si era accorto della sua esistenza; era sicura che se avesse annunciato al suo ex che avrebbe camminato su una corda tesa sopra il Grand Canyon, lui non avrebbe nemmeno alzato lo sguardo da qualunque cosa stesse facendo.

Se April avesse detto a Jack di voler fare paracadutismo, bungee jumping o qualsiasi altra cosa un tempo aveva desiderato di poter fare almeno una volta nella vita, non aveva alcun dubbio che lui avrebbe posto il veto su ognuna di esse. Ma se lei avesse insistito, avrebbe ceduto, dopo aver ispezionato personalmente tutta l'attrezzatura, interrogato chi l'avrebbe assistita e probabilmente dopo aver fatto un controllo molto approfondito sulla società. Anche in quel caso, avrebbe sicuramente insistito per farlo con lei, per essere l'uomo a cui sarebbe stata legata quando fosse saltata da un aereo o per fare bungee jumping in tandem.

E ciò non la infastidiva. Per niente. Perché avrebbe dovuto?

Sorridendo tra sé e sé si fissò nello specchio del bagno di Jack. L'aveva portata a casa sua e messa a letto, e lei aveva dormito per due ore di fila. Quando si era alzata, lui aveva già preparato una deliziosa zuppa di tacchino. Mentre mangiavano, avevano riso delle cose che erano successe in ufficio nel corso degli anni, e poi avevano guardato un programma di eventi paranormali che riguardava il ritrovamento di Bigfoot da qualche parte nel sud-ovest della Virginia.

Una volta terminato, si era scusata per prepararsi per andare a letto... e ora si stava fissando allo specchio, lasciandosi pervadere dalla trepidazione di ciò che sperava stesse per accadere. Si studiò il viso, cercando di non lasciarsi turbare dalle rughe intorno agli occhi e da come la pelle si rilassava ogni anno di più.

Si concentrò invece su ciò che le piaceva di sé. Era abbastanza alta come donna, un metro e settantacinque, e di taglia media, non era magra o in sovrappeso. Il suo seno non era più sodo come un tempo, ma era pieno e tondo. Aveva dei bei capelli... le era sempre piaciuto quel colore castano con striature naturali bionde che donavano consistenza.

Socchiudendo gli occhi notò che cominciava a vedersi un po' di grigio, ma non se ne preoccupò troppo. Dopotutto, aveva quasi cinquant'anni. Ok, mancava ancora qualche anno per raggiungere quel traguardo, ma in ogni caso cinquanta era solo un numero. Le rimaneva circa la metà della sua vita, e se avesse potuto trascorrere quegli anni con Jack, sarebbe stata una donna molto fortunata.

I suoi occhi azzurri brillarono di trepidazione, e pur desiderando di avere messo la camicia da notte della sera prima piuttosto che la maglietta enorme di Jack, accantonò il pensiero. Probabilmente non avrebbe indossato nulla per un bel po'... almeno sperava.

Sorrise al ricordo di essersi svegliata quella mattina accanto a Jack, scoprendo che indossava solo le mutande. Quell'uomo era corso fuori nella notte fredda quasi nudo, perché aveva voluto disperatamente arrivare da lei. Certo, in futuro avrebbe potuto spazientirsi con lui, ma aveva la sensazione che le sarebbe bastato ricordare quell'episodio per far svanire l'irritazione. Non si era nemmeno fermato un attimo per mettersi i pantaloni o le scarpe, era corso al suo fianco semplicemente perché aveva avuto bisogno di lui.

Chiuse gli occhi e fece un respiro profondo. Jack era travolgente, ma in un modo piacevole.

«April?» La sua voce profonda giunse dalla camera da letto.

Lei aprì gli occhi e sorrise di nuovo. Si girò e aprì la porta senza esitare.

Lo trovò al centro della stanza, con l'aria un po' incerta. Era quasi... adorabile. Jackson Justice non era mai incerto su *nulla*. Era abituato a prendere decisioni sull'attività, come leader della sua squadra Delta Force e in situazioni di emergenza. Quindi vederlo nella sua camera da letto con un'aria vulnerabile, glielo fece amare ancora di più.

Sì, amava quell'uomo. Ora che le era tornata la memoria, non ne aveva il minimo dubbio. Sapeva tutto quello che c'era da sapere su di lui, e ammirava tutto. Ora aveva perfettamente senso il motivo per cui si era sentita così al sicuro in sua presenza, nonostante non avesse avuto alcun ricordo di lui. Nel profondo, il suo indiscutibile amore per Jack le aveva fatto desiderare di stargli vicino, estraneo o meno.

«Stai bene?» le chiese quando lei rimase sulla soglia del bagno a fissarlo.

«Sto benissimo» rispose, sentendosi tranquilla. Desiderava ciò che stava per succedere. Desiderava lui.

Gli si avvicinò lentamente, e non si fermò finché non fu incollata al suo corpo e con le braccia intorno al suo collo. Lui le cinse la vita, stringendola forte.

«*Tu* stai bene?» gli chiese.

Le sue labbra ebbero un guizzo. «Sì. Ma non sono io quello che aveva mal di testa.»

«Be', la mia testa è a posto in questo momento.»

«Sei sicura?»

April capì che stava chiedendo qualcosa di più del mal di testa. «Sono più sicura di essere qui e di fare l'amore con te, di qualsiasi altra cosa abbia mai fatto in vita mia. A essere sincera, non avrei mai pensato che saremmo arrivati a questo punto. Voglio stare con te, Jack. L'ho sempre desiderato. *Ti ho* sempre desiderato.»

Vide il sollievo sul suo viso. La strinse più forte anche se tutto il suo corpo era rilassato. Be', tutto tranne la parte che premeva contro la sua pancia. Il suo cazzo era duro, e il pensiero di vederlo, di toccarlo, di averlo dentro di sé, la fece dimenare nella sua presa.

Senza esitare, Jack le afferrò l'orlo della maglia e gliela sfilò dalla testa con un movimento che dimostrò la sua risolutezza. Non avrebbe più aspettato. Non ci sarebbe andato piano. Ora che erano lì, in procinto di fare l'amore, non avrebbe perso un altro secondo.

April arrossì mentre si costringeva a rimanere immobile sotto il suo sguardo intenso. Non aveva indossato nulla sotto la maglietta, e le ci volle ogni grammo di forza di volontà per lasciarsi guardare da lui.

La luce era ancora accesa, quindi ogni suo difetto era in bella mostra.

«Accidenti, donna... sei bellissima» sussurrò, poi anche lui si tolse la maglia. In un attimo fu nudo come lei, bello da toglierle il fiato.

Rimasero a pochi centimetri l'uno dall'altra, a osservarsi a vicenda, ansimando.

Poi la spiazzò portando una mano vicino al suo viso... ma senza toccarla. «Posso?» disse, chiedendole il permesso.

Qualsiasi altro uomo a quel punto le sarebbe saltato addosso. Le avrebbe afferrato le tette, infilato la mano tra le gambe. Ma non Jack. Voleva essere sicuro che anche lei lo volesse.

In risposta, gli prese la mano e se la posò sulla guancia. «Sì. Ti prego. Ho bisogno di te.»

Lui fece un passo, quasi incollando il corpo al suo. April sentì bene il suo cazzo duro contro la pancia ora che le toccava la pelle, e inspirò profondamente. Jack le mise una mano sulla schiena e la attirò bruscamente ancora di più contro di lui.

Quella piccola perdita di autocontrollo la fece sorridere. Era così che lo voleva. Non trattenuto e metodico, ma fuori di testa per il desiderio che provava per lei. Perché era così che lei si sentiva nei suoi confronti.

«Ho il terrore di fare qualcosa che ti spaventi. Di spegnere il tuo desiderio per me» disse con un tono basso, quasi tormentato.

«Non mi spaventerai e di certo non spegnerai il mio desiderio» lo rassicurò. «Fammi tua, Jack.»

«*Sei* mia. Lo sei stata per anni, anche se ero troppo codardo per ammetterlo.»

Dio, amò sentirglielo dire. Gli mise una mano sulla schiena e l'altra sul sedere, stringendoglielo con un sorriso. «Volevo farlo da sempre. Hai un culo bellissimo.»

Lui fece un sorrisetto, le mise una mano sul seno e lo strinse. «E io è da anni che voglio fare *questo*. Hai delle tette bellissime.»

April rise. Quando aveva immaginato come sarebbero andate le cose se lei e Jack fossero stati insieme, non aveva mai sospettato che avrebbero riso in quel modo, non con il suo atteggiamento pensieroso, quasi scontroso.

Le rigirò il capezzolo tra le dita e lo pizzicò delicatamente. Quel lieve dolore le arrivò dritto in mezzo alle gambe e si sentì bagnare. April inarcò la schiena contro il suo tocco e gli piantò le unghie nel sedere. «Ti prego, Jack... ti prego.»

«Non devi mai implorare, tesoro» le disse, con lo sguardo incollato al suo seno dove stava giocherellando con il capezzolo. Cominciò a farla indietreggiare verso il letto. «Ti amerò così intensamente che non vorrai mai più nessun altro. Non riuscirai nemmeno a *pensare* a qualcun altro» le promise.

Le vennero i brividi sulle braccia. Se qualsiasi altro uomo le avesse parlato in quel modo, probabilmente avrebbe alzato gli occhi al cielo e gli avrebbe detto che aveva un ego esagerato. Ma si trattava di Jack, e aveva il sospetto che avesse ragione.

Quando le sue gambe toccarono il materasso, lui lasciò cadere le mani e lo indicò. «Sali e spingiti indietro.»

Tenendo lo sguardo fisso sul suo viso, obbedì, indietreggiando rapidamente fino al centro del letto. Lo stesso letto in cui nell'ultima settimana aveva dormito e sognato che lui la raggiungesse sotto le coperte.

Jack mise un ginocchio sul materasso e poi l'altro, avvicinandosi in modo elegante e fluido, come una pantera. Quando incombette su di lei, April si sdraiò. Lui la intrappolò con il suo corpo nudo. Il suo cazzo le sfiorò la coscia, marchiandola con il suo calore per poi posarsi sulla sua pancia.

Mentre la fissava tenendosi sugli avambracci, lei gli afferrò i bicipiti, che si contrassero. Non le parlò per un lungo momento.

«Jack?» gli chiese titubante, non sapendo cosa stesse aspettando.

«Ho dei preservativi» disse, come se ci avesse pensato all'improvviso. «Ma non sto con una donna da anni. Da quando ti ho conosciuta.»

Quando elaborò l'implicazione della sua affermazione, sentì di amarlo ancora di più.

«Sei sempre stata tu» proseguì. «Anche quando non volevo

ammetterlo. Anche quando mi dicevo che non sarebbe potuto accadere nulla perché mi avrebbe distrutto se te ne fossi andata via... ero comunque tuo.»

«Il mio ex è stato il secondo uomo con cui sono stata, e non facevamo l'amore da più di un anno quando l'ho lasciato.»

Jack la fissò. «Davvero?»

Annuì. «Sì.»

Lui fece un respiro profondo e chiuse gli occhi. Quando li riaprì, April avrebbe potuto giurare che fossero ancora più scuri di un attimo prima. «Non posso credere che non ci fosse la fila di uomini che volevano entrare lì.»

Fu un'affermazione volgare, ma lei non si offese. «Non sono esattamente una Kardashian» replicò con un'alzata di spalle.

«No, sei una Marilyn Monroe.» Si spostò un po' per accarezzarle lievemente tutta la lunghezza del corpo con una mano. «Sei formosa, misteriosa e stupenda... e tutta mia.» Poi si risistemò sopra di lei.

April rabbrividì e gli afferrò più forte i bicipiti. «Se smettessi di parlare e iniziassi a fare qualcosa, lo sarei» ribatté, con il corpo che praticamente vibrava.

Lui sorrise, poi tornò serio. «Come ci comportiamo per le gravidanze?»

Lo fissò a bocca aperta. Le stava davvero chiedendo se voleva dei figli? *Adesso?* Inoltre, pensava che ne avessero già parlato. «In che senso?»

«Come ti posso proteggere?»

Oh! Non le stava proprio chiedendo dei progetti per dei futuri bambini. Meno male. Stava parlando di contraccezione, come un adulto responsabile.

«Ho avuto una cisti ovarica... quando avevo poco più di vent'anni» spiegò titubante. «Me l'hanno asportata, insieme all'ovaia e alla tuba di Falloppio. Solo da quel lato, ma a seguito di un'altra cisti trovata l'anno successivo sull'altra ovaia, il mio medico mi ha prescritto la pillola. La prendo ormai da più di vent'anni. È altamente improbabile che io possa rimanere incinta, data la mia età e tutti gli altri fattori.» Ora stava farfugliando ma era un po' imbarazzante. Non aveva mai parlato di anticoncezionali con un uomo, perché era stata sposata e James sapeva tutto della sua storia clinica.

«Stai bene? C'è il rischio che le cisti tornino?»

Si sentì sciogliere il cuore. C'era da immaginarlo che anche mentre era sdraiato nudo sopra il suo corpo, con lei che pregustava quello che sperava sarebbe stato il miglior sesso della sua vita, nel momento in cui era venuto a conoscenza di un suo problema di salute, aveva spostato tutta l'attenzione sul suo benessere. «Sto bene.»

Jack annuì. «Come ho già detto, ho dei preservativi.»

«Il lattice mi dà fastidio. Non so se sono allergica o cosa, ma ogni volta che ne ho usato uno – be' è stato solo con un ragazzo – mi è venuta un'infezione urinaria. Se ti fidi di me, preferirei farne a meno. Se ti va bene» aggiunse alla fine, perché era nervosa e non riusciva a interpretare il suo sguardo.

«Mi stai davvero chiedendo se mi va bene prenderti senza niente?» le chiese.

«Ehm... sì?» rispose incerta.

«Non solo mi va bene, ma è un sogno che diventa realtà. Posso venire dentro di te?»

April si leccò le labbra e annuì; le sue parole la fecero eccitare in modo assurdo.

Lui si chinò e appoggiò la fronte sulla sua. E non si mosse per parecchi secondi.

«Jack?»

«Dammi un minuto» sussurrò.

April non sapeva cosa gli stesse succedendo, ma aspettò, facendo scorrere le dita su e giù sulla sua schiena in modo rilassante. Dopo un attimo lui si sollevò e si sostenne con le mani sul materasso. Fece scorrere lo sguardo lungo il suo corpo con un'espressione talmente adorante da farla dimenare.

«Quando l'avevo proposto non avrei mai immaginato che quel semplice gioco mi avrebbe portato la cosa più importante della mia vita. Che si sarebbe rivelato un tale dono.»

Le si riempirono gli occhi di lacrime a quelle parole. Ma non le diede il tempo di rispondere.

«Stasera amerò ogni centimetro del tuo corpo, April. Ti adorerò. Ti mostrerò quanto sei importante per me. Non ti merito, ma di sicuro farò sì che tu non voglia nessun altro uomo.»

«Per me va bene, purché possa farlo anch'io» ribatté.

Le fece un sorrisetto. «Sarà divertente» disse, prima di abbassarsi rapidamente e chiudere le labbra intorno a uno dei capezzoli.

April strillò e si inarcò contro di lui, che non ingentilì il suo tocco. Succhiò con forza la punta inturgidita e si spostò per poterle afferrare il seno con la mano.

«Jack!» esclamò, contorcendosi sotto di lui.

Le sue labbra emisero uno schiocco quando lasciò andare il capezzolo, e le sorrise. Ma continuò subito con le dita, ruotandolo e pizzicandolo leggermente. Ancora una volta, una scossa arrivò al punto sensibile tra le sue gambe.

Jack non parlò, si limitò a rivolgere la sua attenzione all'altro capezzolo.

April non aveva idea di quanto tempo trascorse ad adorare i suoi seni, non sapeva nemmeno di essere così sensibile! Non le era mai capitato che un uomo vi dedicasse così tanto tempo. La sua fica era fradicia, e non l'aveva nemmeno toccata.

«Jack, ti prego» gemette, afferrandogli i capelli.

«Ti prego cosa?» le chiese, soffiando sul capezzolo turgido.

«Toccami!»

«Lo sto facendo» replicò, suonando molto soddisfatto di sé mentre li stuzzicava entrambi.

April fece un piccolo ringhio e cercò di spingerlo sulla schiena, ma naturalmente non riuscì a spostarlo. Quando emise un brontolio insoddisfatto, lui acconsentì e rotolò, portandola con sé.

Ma non appena lei fu sopra, Jack le mise le mani sui fianchi e la trascinò verso il suo petto.

Era imbarazzata. Sapeva che lui poteva sentire quanto era bagnata, dato che quella posizione le aveva allargato completamente le gambe facendole lasciare una scia umida sulla sua pelle. Non aveva idea di cosa volesse fare quando continuò a tirarla in avanti, ma le sue intenzioni diventarono chiare quando si trovò sospesa sopra il suo viso.

In sua difesa, nessun uomo le aveva mai fatto una cosa del genere. Sì, il suo ex l'aveva leccata, per lo più all'inizio del matrimonio, ma era ovvio che non avesse mai goduto di quell'atto, quindi lei non aveva insistito perché lo facesse.

Il modo in cui Jack la fissava leccandosi le labbra, le fece contrarre le cosce per la trepidazione. Lui prese un cuscino e se lo spinse sotto la testa, avvicinando la bocca alla sua fica.

«Sogno questo momento da sempre. Ti piace il sesso orale, tesoro?»

Lei scrollò le spalle e lo fissò, e le sembrò che il suo sguardo la marchiasse.

Le sorrise. «Immagino che lo scopriremo.» E a quello sollevò la testa, senza distogliere gli occhi dai suoi, e la leccò lungo le pieghe.

April sussultò e si aggrappò alla testiera del letto.

«Sì, tieniti, tesoro.»

Poi non ci furono più parole, perché Jack cominciò a divorarla sul serio.

Santo cielo, April non aveva mai provato nulla di simile; le sue mani sulle cosce che la tenevano aperta a lui, essere leccata prima lentamente, poi più velocemente, il modo in cui le succhiava il clitoride, i suoni che emetteva mentre la assaporava.

Non passò molto che le sue cosce cominciarono a tremare per lo sforzo di sostenere il peso. Avendo il terrore di soffocarlo cercò di tenersi ben al di sopra del suo viso. Ma lui non ne volle sapere. Ringhiò, e quel verso riverberò nella sua fica e in tutto il corpo, mentre la tirava giù con forza facendole allargare di più le gambe.

Tutti i pensieri di proteggerlo scomparvero dalla sua mente, mentre si avvicinava all'orgasmo. Si accorse a malapena di aver iniziato a ondeggiare, alla ricerca di una stimolazione più diretta sul clitoride. Un verso di frustrazione le sfuggì dalle labbra quando non ottenne ciò che le serviva per venire. La sua lingua era fantastica, ma lei aveva bisogno di qualcosa di più.

«Fammi vedere» le ordinò. «Toccati. Mostrami quello di cui hai bisogno per venire.»

Se April non fosse stata così eccitata, così persa nel piacere che Jack le stava dando, non avrebbe mai avuto il coraggio di toccarsi. Ma aveva una gran voglia di venire e a quel punto era completamente disinibita.

Staccò una mano dalla testiera e la fece scivolare lungo il corpo. Si sfregò freneticamente il clitoride nel modo che le piaceva di più, mentre inseguiva l'orgasmo che sembrava essere sul punto di travolgerla.

«Porca puttana, è eccitante» disse Jack, con le mani strette intorno alle sue cosce che sostanzialmente la tenevano sollevata, e April sentì la sua lingua contro le pieghe mentre si accarezzava. Si stava avvicinando al culmine, i suoi muscoli interni si strinsero intorno al nulla e gemette. Voleva essere riempita da lui, ma ormai non c'era modo di fermare l'orgasmo.

Continuò a strofinarsi, mentre lui leccava e succhiava gli umori che fuoriuscivano dal suo sesso. Ogni suo muscolo si contrasse quando si trovò a un passo dall'estasi.

«Vieni per me, tesoro, voglio vederlo. Inzuppami il viso» le ordinò.

Percepì a malapena le sue parole, stava già volando nel piacere.

Il suo corpo si scosse e tremò in preda all'orgasmo, e sentì

Jack leccarle disperatamente la carne emettendo gemiti forti e profondi. Tolse la mano dal clitoride, e lui vi si attaccò subito. April gridò e cercò di allontanarsi, ma lui aveva una presa salda sulle sue gambe e non le permise di muoversi.

Quello che era stato un orgasmo straordinario si trasformò in qualcosa di quasi doloroso, in modo positivo, mentre Jack continuava a stimolare quel punto troppo sensibile.

Perse quasi i sensi, e avrebbe giurato di aver percepito lo spazio intorno a lei ondeggiare. Ma si rese conto che era stato Jack, che con un movimento fluido si era seduto e l'aveva buttata indietro, sdraiandola sulla schiena. Poi si mise tra le sue gambe, e April lo sentì spingersi contro le sue pieghe estremamente sensibili.

«Ho bisogno di te» ringhiò.

Si chiese cosa diavolo stesse aspettando, perché lo voleva dentro di sé più di quanto volesse respirare. Poi capì che stava aspettando ancora una volta il permesso.

«Sì! Ti prego, Jack. Dentro di me. Ora!»

Fu tutto ciò che lui ebbe bisogno di sentire; un attimo prima era vuota e quello successivo era talmente piena da essere quasi doloroso.

Jack abbassò la testa e la baciò. In modo duro e profondo, quasi disperato, mentre rimaneva fermo dentro il suo corpo per far sì che si adattasse. April sentì il proprio sapore sulle sue labbra e gli umori che gli ricoprivano il viso. Il sesso non era mai stato così per lei. Disperato, sporco e incredibilmente passionale, come se stesse bruciando dall'interno.

———

A JJ sembrava di stare per prendere fuoco. Gli era sempre piaciuto fare sesso orale, ma con April fu un'esperienza completamente nuova. Vederla masturbarsi a pochi centimetri dal suo viso, sentire le sue dita sfiorargli la lingua mentre lui la leccava e

lei si accarezzava il clitoride... era stato più eccitante e più
intimo di qualsiasi altra cosa avesse mai sperimentato prima.

Quando era venuta, aveva letteralmente visto i suoi muscoli
interni contrarsi, dato che era completamente spalancata proprio
davanti ai sui occhi. Osservare gli umori fuoriuscire dalla sua fica
e sapere che il suo corpo era bagnato e pronto per lui, gli aveva
fatto perdere tutto l'autocontrollo.

L'aveva buttata sulla schiena mentre lei stava ancora venendo,
e posato il cazzo tra le sue pieghe, ma all'ultimo secondo era
tornato in sé. Non aveva mai preso una donna senza il suo
consenso e non avrebbe iniziato ora.

Quando lei gli aveva detto di sì, i suoi fianchi si erano spinti
in avanti senza alcun input da parte del cervello. Un attimo
prima stava ansimando di desiderio, e quello successivo si era
ritrovato sepolto nella fica più calda, bagnata e stretta che avesse
mai avuto.

Ora i capezzoli di JJ erano duri, sentiva l'odore dei suoi umori
su tutto il viso e il collo, e comunque ne voleva ancora. Consapevole che era passato molto tempo per lei – anche più di quanto
ne fosse passato per lui – la baciò, cercando di distrarsi dal
bisogno di spingere.

Non funzionò. Sentire la lingua di April duellare con la sua, lo
rese ancora più disperato.

JJ sollevò la testa e fissò la donna senza la quale non poteva
vivere, che non poteva immaginare di non vedere ogni giorno per
il resto della vita, e si impose di calmarsi. Per far sì che fosse
bellissimo per lei.

Con suo grande stupore, gli sorrise e portò le mani dal suo
collo al petto per toccargli i capezzoli, facendolo rabbrividire.

«Sei grande» sussurrò.

JJ sorrise, ma non riuscì a rilassare abbastanza la mandibola
per rispondere.

Poi lei mosse i fianchi. Fu solo un piccolissimo movimento,
ma sufficiente a far contrarre il suo cazzo nel profondo di lei.

Sapeva che avrebbe rilasciato un po' di liquido preseminale, ma l'immagine di impregnarla con la sua essenza che aveva nella mente, era così erotica che si stupì di non essere venuto all'istante.

«Muoviti, Jack. Voglio di più!»

Si sollevò lentamente. La perdita del suo calore intorno al cazzo fu quasi dolorosa. Sperando di non farle male, affondò di nuovo piano nel suo sesso accogliente.

«Di più» gemette ancora April, cercando di spingersi verso di lui.

JJ fece un respiro profondo. «Sto cercando di andare piano» riuscì a dire.

«Be', smettila!» lo rimproverò. «Non voglio che tu vada piano. Voglio te. Senza freni. Selvaggio. Voglio che mi desideri quanto ti desidero io.»

Fece uno sbuffo mentre la fissava. «Impossibile, io ti desidero di più» disse. Poi aggiunse: «Aspetta.»

April sorrise.

Se lo voleva fuori controllo, stava per esaudire il suo desiderio.

JJ portò un po' più avanti le ginocchia, si mise le sue gambe sulle braccia e appoggiò le mani sul materasso. Era spalancata per lui, e non poté fare a meno di guardare giù, dov'erano uniti. Il suo uccello era così in profondità dentro di lei che riusciva a vedere solo i loro inguini incollati. Indietreggiò con il bacino e fu ricompensato dalla vista del suo cazzo che usciva dalle pieghe di April ricoperto di umori.

Era carnale ed erotico, e spezzò quel poco autocontrollo che gli era rimasto.

La penetrò di nuovo e percepì a malapena i loro gemiti. Non poteva fermarsi ora. Lei aveva scatenato la bestia, e il suo unico obiettivo era quello di scoparla con intensità.

I suoi fianchi pompavano, il suo cazzo si muoveva avanti e indietro, e il rumore dei loro corpi che sbattevano lo eccitò ancora di più. Voleva che non finisse mai. Voleva fare l'amore con lei per ore.

April cercò di assecondare le sue spinte sollevando i fianchi, ma dato il modo in cui lui le teneva aperte le gambe, non poteva fare molta leva. Allora si portò le mani sui seni e cominciò a pizzicarsi i capezzoli. Ciò glielo fece diventare ancora più duro. Era così maledettamente sexy che non riuscì quasi a resistere.

«Toccati» le ordinò.

«Cosa?» ansimò lei, con lo sguardo annebbiato.

«Voglio sentirti venire sul mio cazzo. Toccati» ripeté.

Senza esitare, si portò una mano tra le gambe.

«Guarda come ti prendo» le disse. Sapeva di essere autoritario, ma non poteva farne a meno. Voleva che lei vedesse quanto erano belli insieme.

Lei prese un cuscino con la mano libera e se lo infilò sotto la testa, agevolando la possibilità di vedere meglio dove erano uniti.

Mosse le dita sul clitoride, sfiorandogli il cazzo ogni volta che lui lo tirava fuori, e JJ dovette sforzarsi con tutto sé stesso per non venire all'istante. Ma strinse i denti e resistette. Voleva davvero sentirla venire intorno a lui.

Affondare nel suo corpo era una sensazione incredibile, e mentre lei si dava piacere i suoi muscoli interni lo stringevano, così si fermò quando fu al massimo della profondità. Guardò la donna sotto di lui e l'amore quasi lo sopraffece.

April non aveva paura della sua sessualità. Si toccava davanti a lui senza trattenersi. Non mostrava la minima timidezza per quello che stavano facendo, e lui lo adorava.

Com'era successo quando era a cavalcioni sul suo viso, i suoi muscoli cominciarono a contrarsi violentemente mentre si avvicinava al culmine; sentì il suo orgasmo quando pulsarono e si strinsero intorno al suo cazzo. Era qualcosa che non aveva mai sperimentato prima, ed era tanto affascinante quanto eccitante.

Il corpo di JJ si mosse ancora una volta senza un pensiero cosciente. La scopò più forte, amando il fatto di dover sforzare per spingersi attraverso i muscoli contratti della sua fica, mentre lei era ancora in preda all'orgasmo.

«Sì, Jack! Oh sì!» ansimò, dimenandosi sotto di lui, spingendolo sempre più verso il culmine. April non sarebbe mai stata il tipo di amante che rimaneva sdraiata passivamente sotto di lui. No, dava tanto quanto riceveva. Come in quel momento, che gli afferrò il sedere, esortandolo a prenderla con ancora più forza.

L'orgasmo lo colse all'improvviso. Un attimo prima si stava godendo la sensazione del suo sesso intorno al cazzo, e quello successivo si spinse dentro di lei e scaricò il suo piacere.

Gemette, il suo mondo si oscurò e si perse nell'estasi. Rilasciò uno schizzo dietro l'altro, mentre, per la prima volta nella sua vita, veniva dentro a una donna senza protezione. Sentì il calore del suo sperma ricoprirgli il cazzo mentre la riempiva. Le sue braccia persero forza e cedettero, facendolo crollare sopra di lei, ma riuscì a non schiacciarla all'ultimo secondo.

Rimase sdraiato lì, ansimando, cercando di recuperare la lucidità. L'orgasmo lo aveva stravolto, ma non appena tornò in sé, avrebbe voluto farlo di nuovo.

Sollevò la testa e osservò April.

Aveva un'espressione soddisfatta e gli stava sorridendo. «Ehi» disse pigramente.

JJ non si preoccupò di rispondere, abbassò la testa e la baciò. Fu un incontro di labbra e lingue lento e intenso. Voleva ringraziarla. Farle sapere quanto l'amava. Venerarla.

Quando alla fine si staccò, April si leccò la bocca, e lui sentì i suoi muscoli interni stringersi intorno al suo cazzo, che era ancora dentro di lei.

«Ti sto schiacciando?»

«No» rispose, anche se annuì.

Le mise una mano sul sedere per tenerla contro di sé, poi rotolò fino a portarla sopra di lui. Con suo immenso sollievo, lei si dimenò un po', mettendosi comoda, poi appoggiò la testa sulla sua spalla. Sentiva i loro umori fuoriuscire dal punto in cui erano uniti e scivolare sulle palle e sulle lenzuola, ma non gli importava. Niente contava se non stringere la sua donna.

«Come va la testa?» le chiese dopo un attimo.

«Quale testa?» borbottò lei.

JJ ridacchiò. Poi si rabbuiò. Gesù, era stato troppo duro. Non era passato molto tempo da quando era stata in ospedale.

«No» disse April, sempre con un tono pigro.

«No cosa?»

«Non ti è permesso mettere in dubbio il miglior sesso che abbia mai fatto in vita mia.»

Lui si rilassò. «Come fai a sapere a cosa stavo pensando?»

«Perché ti conosco, Jackson Justice. Sei un tipo apprensivo. Ti preoccupi dei tuoi amici, dell'azienda, e ora temi che quello che abbiamo appena fatto sia stato troppo violento. Per la cronaca, non lo è stato.» Sollevò la testa e lo fissò. «A meno che non te ne sia pentito tu o non pensi che io sia stata troppo... disinibita.»

JJ non riuscì a trattenersi e rise. «L'unica cosa che rimpiango è che sia finito. Sei stata perfetta, tesoro.»

Lei sospirò di sollievo e riabbassò la testa sulla sua spalla. «Fiu! Non so da dove mi sia venuto fuori. Non sono mai stata così prima d'ora. Ma a te sembrava non dispiacere, quindi ho fatto solo quello che mi faceva stare bene.»

«Voglio che tu sia sempre così con me» le disse.

«Ok. E lo stesso vale per te. Sei incredibilmente sexy. Mi sembra ancora impossibile che tu stia con me. Ho una lamentela da fare, però...» Si interruppe.

JJ si irrigidì. «Quale?»

«Non ho avuto modo di esplorarti. Di assaporarti.»

Ora il suo corpo si irrigidì per un motivo diverso. «Vuoi farlo?»

«Ovvio» rispose, e lui sentì il suo sorriso contro la pelle.

«Appena avrò la forza di staccarmi dal tuo corpo caldo e morbido, forse ti darò una possibilità.»

Lei rise, e la sentì sul suo cazzo. «Non puoi rimanere lì dentro per sempre.»

«Vuoi scommettere?» Era una discussione stupida, ma non gli importava, e nemmeno a lei a quanto pareva, visto che i suoi muscoli interni si strinsero intorno a lui.

«Stai attenta, amore» le sussurrò, proprio mentre sentiva il cazzo scivolare fuori dalla sua fica.

«Cavoli» borbottò April.

Le sorrise e scosse la testa.

«Jack?»

«Sì?»

«Ti amo.»

JJ avrebbe potuto giurare che il suo cuore aveva smesso di battere a quelle parole.

«Non te lo dico per farti pressione, ma la vita è breve. L'ho imparato a mie spese, e non volevo passare un altro giorno senza dirtelo. Non deve cambiare nulla, è solo che...»

Lui rotolò ancora una volta. Le prese la testa tra le mani e la fissò. «Ti sbagli. È cambiato tutto.»

Lo fissò mordendosi il labbro.

«Perché anch'io ti amo. Sei più coraggiosa di quanto io lo sarò *mai* per averlo espresso per prima.»

«Vabbè» sussurrò, ma JJ vide i suoi occhi riempirsi di lacrime.

«E come ho detto, questo cambia tutto. Ti avevo già avvertita che se lo avessimo fatto sarei diventato ancora più protettivo e prepotente. E ora è cosa fatta. E sapere che mi ami... non ho mai desiderato niente di più in vita mia che sentire queste parole. Ho intenzione di tenerti avvolta in un involucro e annebbiata dagli orgasmi, proprio qui nel mio letto, in modo che niente possa mai più farti del male.»

Era ridicolo, ma non poteva farci niente.

April si limitò ad alzare gli occhi al cielo. «Non mi dispiace che tu sia protettivo, ma tenermi in ostaggio nel tuo letto mi sembra un po' esagerato, non credi?»

«No.»

Lei ridacchiò, ma quel suono svanì quando JJ si mosse facendole sentire contro la coscia di essere di nuovo duro.

«Ancora?» gli chiese sorpresa, con un sopracciglio inarcato.

«Sì» rispose. Poi si prese il cazzo in mano e lo infilò di nuovo nel suo corpo.

April gemette e inarcò la schiena, aprendo di più le gambe per accoglierlo.

Fecero l'amore in modo lento e dolce... per la maggior parte. Fu solo quando JJ si sedette sui talloni, se la tirò sulle cosce per accarezzarle il clitoride e la sentì esplodere di nuovo intorno a lui, che perse il controllo.

Dopo averla riempita per la seconda volta con il suo sperma, la spostò e la sdraiò accanto a lui, e lei si addormentò con la testa sul suo petto.

JJ rimase sveglio e fece un respiro profondo. Probabilmente April pensava che stesse scherzando riguardo all'essere protettivo, ma lui aveva passato così tante brutte situazioni che capiva quanto fosse precaria la vita. Non poteva perderla. Lo avrebbe letteralmente ucciso.

Girò la testa e le baciò la fronte. Lei borbottò nel sonno e lo strinse più forte. La luce era ancora accesa, aveva il lenzuolo appallottolato sotto il sedere, April stava monopolizzando la coperta e sentiva l'appiccicaticcio dei loro orgasmi tra le gambe, sul viso e nella macchia umida sotto di lui. Ma non era mai stato così a suo agio.

Non chiuderla in casa, come aveva minacciato, sarebbe stata la cosa più difficile che avrebbe mai fatto. Non voleva soffocarla e, accidenti, la Jack's Lumber aveva bisogno di lei, ma avrebbe dovuto abituarsi ad averlo sempre addosso. Era come un prezioso fiore di vetro in mezzo a una distesa rocciosa. Lui sarebbe stato il suo scudo protettivo, assicurandosi che niente e nessuno la toccasse. E guai a chi avrebbe provato a fare del male a ciò che aveva cercato per tutta la vita.

CAPITOLO DIECI

«NON HO MAI VISTO JJ comportarsi in modo così... strano» disse Carlise bevendo un sorso del suo succo d'arancia.

April annuì. «Lo so, è ridicolo.» Ma sorrise mentre lo diceva. Erano tutte a casa di Marlowe e Bob per una serata tra donne. Era passata una settimana e mezza da quando lei e Jack avevano dormito insieme per la prima volta, ed erano stati dieci giorni incredibili.

Ogni sera preparavano la cena, ridevano, parlavano, a volte guardavano la TV. Poi facevano l'amore. Spesso intensamente, altre volte lentamente, con Jack che prima di farla venire la stuzzicava senza pietà. Alla fine, qualche giorno prima, lo aveva convinto a lasciarsi fare un pompino, e arrivati al momento di dormire erano entrambi stravolti.

Inoltre, l'iperprotettività era ufficialmente cominciata. Inizialmente, per la loro serata tra donne, avevano programmato di andare alla Sunday River Brewing Company, che si trovava a una quindicina di chilometri a sud di Newton. E anche se Cal si era offerto di accompagnarle e di andarle a prendere, Jack aveva posto il veto all'idea dicendo che era troppo lontano, che le donne erano troppo avanti con la gravidanza e che lì potevano esserci persone malintenzionate.

Era ridicolo, e lui si stava comportando in modo troppo esagerato, ma dato che ad April non importava dove avrebbe passato il tempo con le sue amiche, si era lasciata convincere a fare l'incontro a casa di Marlowe. Però si era impuntata quando lui le aveva detto che ci sarebbero stati anche gli uomini.

«Gli ho detto che non era una serata tra donne se c'erano maschi» disse alle ragazze.

«È piuttosto adorabile, però» replicò June con un'alzata di spalle.

«Vero? Insomma, sapevamo tutti che tu e JJ vi piacevate, ma credo che nessuno si aspettasse che lui fosse così...» Marlowe si interruppe, cercando di trovare la parola appropriata.

«Preoccupato?» offrì Carlise.

«Protettivo?» provò June.

«Stregato» disse Marlowe con un sorrisetto.

Tutte risero.

«Cal è sempre estremamente vigile, soprattutto ora che la gravidanza è più avanzata, ma JJ lo fa sembrare il marito più negligente del mondo» disse June con un sorriso.

«Ti dà fastidio?» le chiese Carlise. «L'altro giorno, quando sei uscita dall'ufficio per andare a pranzo da Granny's Burgers, è tornato mentre eri via e ha dato di matto perché non sapeva dove fossi.»

April scrollò le spalle. «Sinceramente, no. Immagino sia così perché le cose tra noi sono ancora nuove, tra non molto si calmerà.»

«Non ne sarei così sicura» la avvertì Marlowe. «È il più passionale tra gli uomini. E credo che si senta responsabile per tutti noi. Il che ha senso, era il leader quando erano nell'esercito, e ho la sensazione che si senta in colpa per la loro cattura e per le torture subite da tutti. Ma ti ama, quindi è naturale che sia molto cauto.»

«Non riesco ancora a credere che stiate finalmente insieme» disse June con un sospiro. «Cominciavamo a pensare che non sarebbe successo.»

«Già. Carlise era pronta a rinchiudervi in una stanza e a costringervi a dividere il letto... perché sostanzialmente tutte noi l'abbiamo fatto e ora siamo sposate» aggiunse Marlowe con un sorriso.

«Non c'è stata nessuna forzatura» le informò, mentre sorseggiava il suo bicchiere di vino. Era l'unica a bere alcolici, per ovvie ragioni. «Inoltre, *stavo* nel suo letto quando sono tornata dall'ospedale. Questo deve contare. Più o meno.»

Tutte ridacchiarono.

«Be', sono felice per voi» affermò Marlowe. «Non conosco te e JJ da tanto tempo come le altre, ma è ovvio che vi amate e che siete perfetti l'uno per l'altra. Prendi la sua protettività con serenità, e quando si comporta in modo ridicolo non hai problemi a farglielo notare. Penso che vi troverete bene. D'altra parte, ha i suoi vantaggi avere un uomo protettivo al proprio fianco.»

«Sono d'accordo» sostenne June.

«Anch'io» disse Carlise. «E a proposito di essere protettivi, vi ho detto cos'è successo due giorni fa?»

«Oh, Signore, cosa?» chiese June con una risata.

«Stavo tornando da Rumford dopo aver fatto scorta di roba al discount all'ingrosso, e mi stavo facendo gli affari miei, cantando a squarciagola *Girls Just Want to Have Fun* di Cyndi Lauper, quando ho sentito qualcosa sfiorarmi il braccio. Ho guardato verso il basso e c'era una maledetta tarantola che mi camminava addosso!»

«Cosa?»

«Porca vacca!»

«Stai scherzando?»

Dissero contemporaneamente le altre tre donne.

«No! Non sto scherzando! Sono letteralmente andata fuori di testa. Per fortuna non c'era nessuno nell'altra carreggiata. Ho sterzato e oltrepassato del tutto la linea di mezzeria prima di tornare dalla mia parte. Giuro che la Jeep si è alzata su due ruote per il modo in cui stavo guidando. Mi sono fermata in mezzo alla strada e sono balzata fuori dall'auto, urlando come una pazza. Non riuscivo a liberarmi della sensazione di quella cosa che mi camminava addosso.»

«Porca miseria, come ha fatto ad arrivare lì? Aspetta, nel Maine ci *sono* le tarantole? Pensavo che in questo Stato non ci fossero ragni velenosi» disse Marlowe.

«No, quelli sono i serpenti» affermò Carlise. «Anche se le tarantole di solito si trovano nel deserto, e sappiamo tutti che il Maine *non* è un deserto.»

«Quindi, cos'è successo? E come diavolo ha fatto a entrare nella tua macchina?» chiese April con la fronte aggrottata.

«Be', un signore anziano, che si era fermato quando mi ha visto "ballare" in mezzo alla strada urlando a squarciagola, mi ha fatta calmare e ha trovato la creatura nella mia macchina. Ha detto che sembrava piuttosto docile. È arrivata la polizia, ed è stato imbarazzante, e un agente ha detto che doveva essere l'animaletto domestico di qualcuno, che probabilmente era scappato e si è infilato nella mia auto perché era calda grazie al sole» spiegò Carlise.

«Che cos'ha fatto Chappy quando ha saputo dell'accaduto?» domandò June.

«È qui che entra in gioco la parte protettiva... non mi ha parlato per cinque ore. Non perché fosse arrabbiato, ma perché era troppo spaventato e sconvolto al pensiero di ciò che mi sarebbe potuto succedere. Se ci fosse stata un'auto nell'altra corsia avrei potuto fare un frontale, o finire nel fosso sul lato opposto della strada.

Comunque, è andato fuori e ha pulito la Jeep da cima a fondo, usando anche una specie di schiuma per sigillare buchi praticamente inesistenti, in modo che non potessero entrare altre bestioline. E poi mi ha detto che se voglio andare a

Rumford – o da qualsiasi altra parte, se è per questo – mi accompagnerà lui. È un po' irritante, ma dato che sono quasi al terzo trimestre e non ci entro bene dietro al volante, non mi importa molto.»

«Wow, sei stata fortunata» disse Marlowe.

«Quasi quanto te quando quella scatola non ti è finita in testa» concordò Carlise.

«O come *me*, visto che mi è tornata la memoria» aggiunse April.

«Siamo sicuramente un gruppo di donne fortunate» disse Carlise. «Abbiamo in arrivo dei bambini sani. Ok, tranne te, April, ma visto che non ne vuoi, va bene così, e abbiamo degli uomini che farebbero qualsiasi cosa per noi.»

«Brindo a questo» dichiarò Marlowe, alzando il suo bicchiere di succo di mela.

April alzò il suo verso quello delle altre, e sorrise mentre li facevano tintinnare.

Ognuna di loro bevve un sorso e poi parlarono di lavoro, di gravidanze e di piani per far prendere ai loro uomini dei giorni liberi quando sarebbero nati i loro figli. April le ascoltò chiacchierare e ridere, e non poté fare a meno di pensare a quanto fosse fortunata. Aveva delle amiche fantastiche, presto sarebbe diventata zia onoraria e finalmente aveva l'uomo che amava.

«April è laggiù con un sorrisetto, come se stesse complottando qualcosa» commentò Carlise dopo un po'.

«Nessun complotto, sono solo grata per tutto quello che ho. Voi ragazze, un lavoro che amo e un uomo a cui importa davvero qualcosa di quello che penso e faccio.»

«Non parli molto del tuo ex» disse June un po' esitante. «Il tuo matrimonio è stato terribile?»

April rifletté sulla domanda per un momento, poi scrollò le spalle. Non aveva mai parlato con nessuno di James. Non perché fosse rimasta traumatizzata, più che altro perché si vergognava. Ma forse per l'alcol, o a causa di tutti gli orgasmi che aveva avuto di recente... qualunque fosse il motivo, per la prima volta si aprì.

«Non è stato terribile. Era solo... lì. Stavamo semplicemente coesistendo, andando avanti per abitudine. A James non importava cosa stessi facendo, dove fossi, come mi sentissi. E onestamente, alla fine nemmeno a me importava di lui. Ci vedevamo di sfuggita e questo è tutto. Mi vergogno un po' per aver lasciato che la nostra relazione arrivasse a quel punto, invece di chiuderla prima.»

Carlise alzò una mano e scosse la testa. «No, non puoi pensarla così.»

April si accigliò. «Così come?»

«Come se fosse colpa tua. Eravate in due in quel matrimonio, e il tuo ex avrebbe potuto sforzarsi di più per rafforzare il legame con te.»

«Così come io avrei potuto sforzarmi di più con lui» ribatté.

«Forse» concesse Carlise. «Ma il matrimonio richiede molto impegno. Non è tutto rose e fiori e orgasmi.»

Per qualche motivo, April arrossì.

Le altre donne sorrisero.

«Ok, gli orgasmi sono fantastici e io sono totalmente a favore» continuò Carlise. «Ma, sul serio, possono capitare disaccordi, momenti difficili da superare e tanto altro.»

«Ma è questo il punto. Non siamo stati in disaccordo. Non abbiamo avuto momenti difficili. Stavamo solo andando avanti per inerzia» insistette.

«Ed era una noia mortale» disse Marlowe con dolcezza. «Giusto?»

April annuì.

«Inoltre, penso che JJ non sarà mai noioso. Sono qui da poco, ma ho sentito che quando non siete d'accordo non ve le mandate tanto a dire.»

«Che non è una cosa negativa» s'intromise June. «Voglio dire, a volte non siete d'accordo su certe cose, ma siete rispettosi quando discutete e sembrate sempre in grado di trovare un compromesso.»

«È così che dovrebbe essere un matrimonio» disse Carlise annuendo. «Pieno di passione, di risate, e di attenzione per l'altra persona. Cos'avrebbe fatto il tuo ex se fossi tornata a casa dicendo che avevi quasi distrutto la macchina perché dentro c'era un'anatra velenosa che ti aveva spaventata?»

«Un'anatra velenosa?» chiese April ridendo.

Anche le altre risero, e Carlise continuò: «Sì, dai. Qualcosa di inaspettato che non avrebbe dovuto esserci e che ti ha spaventata.»

April scrollò le spalle. «Probabilmente avrebbe chiesto cosa c'era per cena.»

Carlise aveva un'espressione soddisfatta. «E JJ? Cos'avrebbe fatto se ci fossi stata tu nella Jeep con il ragno?»

«Avrebbe venduto la macchina, mi avrebbe costretta ad andare dal medico per assicurarsi che non mi avesse morsa e avrebbe iniziato una campagna per uccidere tutte le tarantole rimaste nel mondo» rispose senza esitazione.

«Esatto. Non hai motivo di provare vergogna per il tuo matrimonio. L'hai chiuso. Hai fatto la cosa giusta» disse Carlise con fermezza.

«E ora sei qui con JJ» aggiunse June.

«E incredibilmente felice» incalzò Marlowe.

April sorrise. «Lo sono. Ma...»

«Niente ma!» esclamò Carlise.

Le altre ridacchiarono.

«Comunque, lo so che non c'entra niente, ma abbiamo trovato degli uomini con dei bei sederi. Possiamo parlare di quelli?» chiese June. «Cal ha un sedere da urlo.»

«Scusa, ti voglio bene, ma non è paragonabile a quello di Riggs» disse Carlise compiaciuta.

«Aspettate un attimo, il culo di Kendric fa vergognare *quello* dei vostri uomini» obiettò Marlowe.

April ascoltò le sue amiche discutere su quale dei loro mariti avesse il sedere migliore e non era pronta quando Carlise si rivolse a lei. «Be'?»

«Be', cosa?»

«Non hai intenzione di dirci che ci sbagliamo tutte? Che JJ ha il sedere migliore?»

«No» rispose, facendo del suo meglio per nascondere il sorriso bevendo un altro sorso di vino.

«Wow, è sorprendente» commentò June, sollevando un sopracciglio.

«Non ha senso discutere con qualcuno che ha torto» aggiunse.

April non sapeva chi lanciò il primo cuscino, ma subito dopo tutte e quattro stavano facendo una battaglia. Nessuna colpì con forza, ben sapendo che c'erano tre preziosi bambini da proteggere, e lei non era molto coordinata perché era un po' brilla, ma quando finirono ansimavano tutte e avevano male alla pancia per il gran ridere.

«Un punto a favore di JJ per aver insistito che la nostra serata tra ragazze si svolgesse qui» disse June, accasciandosi sulla poltrona. «Non avremmo potuto fare una battaglia di cuscini al bar.»

April sorrise e sbottò: «Vi voglio bene, ragazze.»

Tutte si voltarono verso di lei.

«Dico sul serio. Quando ho perso la memoria, siete state così gentili con me. Siete venute a turno a Bangor. Non mi avete trattata diversamente, anche se non mi ricordavo di voi. E non avevate dubbi che l'avrei recuperata. Non avete idea di quanto ciò significhi per me.»

«Be, a dire la verità, tu sei il collante che ci tiene tutti uniti» le disse Carlise. «Quando ti ho incontrata per la prima volta, su alla baita in montagna, ero spaventata a morte per quello che avresti potuto pensare di me, visto che JJ sospettava che avessi drogato Riggs o qualcosa del genere. Ma sei stata gentile e materna, e già allora era evidente quanto i ragazzi ti rispettassero e si rivolgessero a te per avere consigli.»

April fece una smorfia. «Sì, materna, è proprio quello che voglio essere.»

«Non intendevo in senso negativo. È solo che è stato subito ovvio che sei gentile e premurosa. Chappy in seguito mi ha detto che sei stata tu a portare al successo la Jack's Lumber. Che senza di te era sicuro che sarebbero falliti nel giro di due anni.»

«Cal dice la stessa cosa» concordò June. «E non hai idea di cosa *tu* significhi per noi. Ho una paura matta di avere questo bambino, non so nulla sull'essere mamma, ma so che con il tuo aiuto riuscirò a cavarmela.»

«Io avevo paura che *tutte* voi pensaste che avessi fatto quello di cui sono stata accusata in Thailandia» ammise Marlowe. «Che non mi avreste accettata. Ma, April, sei stata la prima persona ad accogliermi e a farmi sentire a casa. Non è stato un sacrificio venire a visitarti a turno quando eri in ospedale.»

«Dirò di più» aggiunse Carlise, sporgendosi in avanti e fissandola con uno sguardo penetrante. «Se non ti fosse tornata la memoria e non ti fossi mai ricordata di noi, o dei momenti belli *e* brutti trascorsi insieme in passato, non avrebbe avuto importanza. Saresti stata comunque nostra amica e la nostra mentore in molte cose, e noi avremmo creato nuovi ricordi per sostituire quelli che non avevi più.»

Gli occhi di April si riempirono di lacrime. Non sapeva cos'avesse fatto nella sua vita per meritarsi quelle donne. O Jack. O gli altri uomini. «Cresceremo delle ragazze e dei ragazzi eccezionali» riuscì a dire.

«Certo che sì» concordò Carlise.

«Ragazze forti che dicono quello che pensano e non si fanno mettere i piedi in testa da nessuno» disse June.

«Ragazzi protettivi che rispettano le donne e non pensano che siano più deboli di loro» aggiunse Marlowe.

April sorrise, poi sospirò e chiuse gli occhi. Le sembrava che la stanza girasse, ma non era una cosa spiacevole. Era da molto tempo che non abbassava così la guardia, ed era una sensazione fantastica. Percepì le altre sussurrare, ma si sentiva troppo rilassata per aprire gli occhi e unirsi alla conversazione.

Solo quando sussultò al rumore di una porta che si chiudeva, si rese conto di essersi assopita.

Si raddrizzò a sedere guardandosi intorno. Le ragazze non erano più nella stanza... ma c'era Jack. Era appoggiato allo stipite e la fissava con un piccolo sorriso.

Era stupendo come sempre e, ancora una volta, le ci volle un momento per capacitarsi che fosse suo.

Quando lui vide che era sveglia, si spinse via dalla porta e le si avvicinò. Si abbassò davanti al divano e le mise una mano sul ginocchio. «Ciao.»

«Ciao» replicò con un piccolo sorriso.

«Sei pronta per andare a casa?»

April si accigliò e si guardò di nuovo intorno. «Che ora è? Dove sono tutti gli altri?»

«Quando ti sei addormentata Carlise ha chiamato Chappy. Visto che era con me e gli altri ragazzi, siamo venuti tutti a prendere le nostre donne.»

«Non avevo ancora finito di approfondire il legame con loro» disse, facendo il broncio.

Jack ridacchiò. «Be', se ti fa sentire meglio, le altre erano stanche quanto te. Marlowe era già a letto a russare quando siamo arrivati, e Carlise e June stavano sonnecchiando.»

«Oh, ok» mormorò, come se addormentarsi alla fine della loro serata tra donne fosse una cosa perfettamente normale.

Le sorrise di nuovo, poi si alzò e le tese una mano. April la prese senza esitare, e sospirò felice quando la attirò contro il suo fianco e le avvolse un braccio intorno alla vita.

Quando lei inciampò mentre si avviavano verso la porta, lui le chiese: «Quanto hai bevuto?»

Scrollò le spalle. «Un paio di bicchieri.»

«E quanto erano grandi?» la stuzzicò.

Gli rivolse un sorrisetto.

Bob apparve dalle scale e le diede un rapido abbraccio. «Grazie per essere venuta a fare compagnia a Marlowe.»

April alzò gli occhi al cielo. «Lo dici come se avessimo avuto scelta. Volevamo andare in un bar.»

«Mm-mm» disse Bob con un ghigno.

«Eravate tutti d'accordo, vero?» chiese con sospetto. «Avete lasciato che Jack facesse il cattivo, e sapevate che quando avessi detto che andava bene, anche le altre avrebbero accettato.»

«Ho sempre saputo che eri intelligente» ribatté Bob, continuando a sorridere.

«Vabbè» replicò lei, senza però mostrarsi seccata. A essere sincera, le piaceva poter stare in leggings e maglietta piuttosto che mettersi in ghingheri per andare in un bar.

«Grazie, Bob. Ci vediamo domani in ufficio» disse JJ.

«Sì, avete quel lavoro al nuovo complesso residenziale» confermò April annuendo. «Ci sono molti alberi da abbattere.»

«Sissignora» ribatté Bob facendo il saluto militare.

«Zitto» lo apostrofò.

«Forza, andiamo a casa così prendi un'aspirina, almeno domani non ti sveglierai con il mal di testa.»

Jack la condusse fuori, e lei si girò per salutare Bob con la mano e per dirgli di ringraziare Marlowe per la serata e che si sarebbero viste presto. Si voltò e fu sorpresa di vedere Carlise e June che stavano venendo sistemate in macchina dai mariti, così gridò loro la stessa cosa. La salutarono tutte e due con la mano, e pochi secondi dopo April stava sorridendo a Jack mentre le allacciava la cintura di sicurezza nella sua Bronco.

Quando furono sulla strada di casa, lei girò pigramente la testa e lo fissò.

«Che c'è?» le chiese dopo un attimo.

«Niente. Penso solo che tu sia molto bello.»

Le sue labbra ebbero un guizzo.

«E il tuo sedere è il migliore, a prescindere da quello che dicono le altre ragazze.»

Lui scoppiò a ridere. «Mi pare di capire che ti sei divertita stasera.»

«Sì.»

«Bene.»

«Avevi ragione.»

«Su cosa?»

«Sul fatto di non andare al bar. Ci sarebbe stato troppo baccano, e comunque le altre non possono bere, e non avremmo potuto fare la battaglia con i cuscini.»

«Avete fatto una battaglia con i cuscini?» le domandò, con le sopracciglia inarcate.

«Mm-mm. Riguardo a chi avesse il culo più bello.»

Jack scosse la testa con un sorriso. «Non capirò mai le donne.»

«Bene. Ci piace avere dei segreti.»

Le prese la mano e lei chiuse gli occhi. Dopo un minuto li riaprì e chiese: «Cos'avresti fatto se non avessi mai recuperato la memoria?»

«L'hai recuperata, quindi è irrilevante.»

«Ma se non fosse successo?»

«April, *è* successo.»

«Jack, assecondami. Mi avresti mai amata?»

Quando lui si voltò a guardarla, le si bloccò il respiro per l'emozione che vide nei suoi occhi. «Ti amavo già, April. Ti avrei dato il tempo di conoscermi e, in qualche modo, avrei fatto sì che tornassi ad amarmi. Non avevo intenzione di perderti, non quando mi ero già comportato da idiota mandando all'aria la mia prima possibilità.»

April sorrise e gli strinse la mano. «Ok.»

«Ok?»

«Mm-mm. E per la cronaca... non avresti dovuto faticare

troppo per farmi tornare ad amarti. Il mio cervello poteva averlo dimenticato, ma il mio cuore no. È sempre stato tuo.»

Non parlarono più fino a quando Jack non parcheggiò l'auto, scese, andò dal suo lato e le prese la mano. Poi la condusse in casa. La accompagnò direttamente in camera dove disse: «Hai tre minuti per prepararti per andare a letto. Ti porto un bicchiere d'acqua e un'aspirina. Poi ti mostrerò quanto significano per me le tue parole.»

April sorrise. «Ho sempre desiderato fare sesso da ubriaca.»

Il sorriso di Jack era decisamente malizioso quando ribatté: «Stai per realizzare il tuo desiderio, tesoro.»

«Evviva» sussurrò lei.

«Due minuti e mezzo» la avvertì, mentre indietreggiava verso la porta.

Poi April si mise ad armeggiare in fretta con i pantaloni. Per poco non inciampò mentre li spingeva giù dalle gambe entrando in bagno. Doveva fare pipì, lavarsi i denti e spogliarsi prima che lui tornasse.

Non fece in tempo, ma a Jack non sembrò dispiacere doverle togliere la maglia e la lingerie. Aspettò che lei prendesse le pillole che le aveva portato, poi la fece sdraiare sul letto e procedette a mostrarle i vantaggi del sesso da ubriaca.

Un bel po' più tardi, mentre era abbandonata sopra di lui, che era ancora in profondità dentro il suo corpo, e prima di cadere in un sonno profondo e soddisfatto, pensò di averlo sentito sussurrare: "Anche il mio cuore è sempre stato tuo".

CAPITOLO UNDICI

JJ NASCOSE un sorriso vedendo April fare una smorfia quando il campanello della porta tintinnò al suo ingresso. Quella mattina si era svegliata con i postumi della sbornia, nonostante l'aspirina. Si era lamentata di non averli *mai* avuti, e quando le aveva chiesto quante volte si fosse ubriacata ultimamente, lei aveva borbottato che non ricordava quando fosse stata l'ultima volta, forse all'università.

La sua donna era adorabile quando aveva mal di testa per aver bevuto troppi bicchieri di vino. Non gli era piaciuto quando ne aveva sofferto per via dell'incidente, ma così era un po' divertente. Soprattutto perché era scontrosa e fuori fase. Nonostante ciò, quando l'aveva salutata con un bacio prima di andare al cantiere del nuovo complesso residenziale, si era abbandonata tra le sue braccia.

Lui e i ragazzi avevano lavorato sodo per stabilire quali alberi dovevano essere abbattuti, e in che ordine, in base alle esigenze di costruzione delle case. Si trattava di un'opera importante, ed era orgoglioso di lavorarci. Avevano convinto il costruttore a salvarne il maggior numero possibile invece di liberare l'intera area, per dare al quartiere un'atmosfera più antica.

Sarebbe tornato in ufficio prima, ma Marlowe aveva chiamato Bob dicendo che era in biblioteca e aveva trovato l'auto con due gomme a terra. JJ aveva dato un passaggio al suo amico e avevano scoperto che in ognuno degli pneumatici posteriori del pick-up c'era un enorme chiodo. Era stata una seccatura, ma per fortuna Marlowe quel giorno aveva preso l'auto del marito solo per recarsi in biblioteca, invece di andare a Bangor a comprare mobili con June, come avevano inizialmente programmato.

June quella mattina si era svegliata con strani crampi, e Cal si era rifiutato di lasciarle rischiare la salute, sua e del loro bambino, per una cosa così banale come fare compere. Così Marlowe era andata a trovare la sua amica e poi in biblioteca a prendere in prestito alcuni libri.

L'acquisto di pneumatici nuovi era una piccola seccatura, ma sarebbe stato un disastro se le donne si fossero trovate sulla statale quando le ruote si fossero sgonfiate o, peggio, se una gomma fosse uscita dal cerchione.

«Cos'ha il pick-up?» chiese April quando la porta si chiuse alle spalle di JJ. L'aveva chiamata per dirle che era in ritardo e che sarebbe tornato in ufficio per pranzo.

«Due gomme a terra. Niente che non si possa sistemare.»

Lei arricciò il naso. «Che seccatura.»

JJ scrollò le spalle, le si avvicinò, spinse indietro la sedia e si mise davanti a lei, appoggiandosi alla scrivania.

«Mi sei d'intralcio» gli disse sorridendo.

«Lo so. È ora di pranzo.»

April guardò l'orologio. «In realtà è già passata.»

«Hai già mangiato?» le chiese, conoscendo la risposta.

«No. Ma avrei potuto farlo.»

«Lo so. E non pretendo che tu mi aspetti quando sono in ritardo, tesoro. Se hai fame, mangia.»

«A dire il vero non avevo appetito fino a poco prima che tu arrivassi. Devo ricordarmi che non ho più ventidue anni e che a quanto pare non riesco a reggere l'alcol come un tempo.»

«Penso che ieri sera tu abbia gestito bene la situazione, e anche me» le disse, non riuscendo a resistere all'allusione.

Lei fece del suo meglio per trattenere il sorriso, ma non ci riuscì. «*Quello* è stato divertente, vero?»

Divertente non era il termine che JJ avrebbe usato. La sua donna era sempre appassionata e sensuale, ma la sera prima, senza inibizioni per via dell'alcol, era stata insaziabile.

«Vero» concordò senza esitazione. «Anche se non voglio che ti ubriachi regolarmente solo per il sesso.»

April scrollò le spalle. «Idem. Voglio dire, mi è piaciuto ieri sera, ma mi piace *tutto* quello che facciamo insieme. È bello anche stare accoccolati, fare l'amore in modo lento e tranquillo, invece di... sai.»

«Invece di cercare di ingoiarmi completamente e poi scoparmi fino a quasi farmi perdere i sensi, per poi insistere che io faccia lo stesso con te come se tu fossi la più grande pornostar del mondo?»

Amò il rossore che le colorò le guance. «Sì, quello.»

«Accidenti, mi piace stuzzicarti. Ma ora devo farti mangiare. Com'è andata la mattinata?» le chiese.

«Bene. Mi hanno restituito due nuovi contratti firmati, ho sondato le acque per il parco avventura che Bob vuole gestire, e ho contattato il Servizio Forestale del Maine per informarli che saremmo interessati ad addestrarci con loro nell'ambito di ricerca e soccorso.»

JJ scosse la testa. April non smetteva mai di impressionarlo. Se era riuscita a fare tutto ciò con i postumi di una sbornia, chissà cos'altro avrebbe potuto fare normalmente.

«Bene, allora devi avere fame dopo aver fatto tutte queste cose. Vuoi mangiare fuori o a casa?»

«A casa» rispose senza esitare. «Volendo abbiamo degli avanzi.»

Ed era anche ragionevole. Voleva viziarla, ma aveva la sensazione che glielo avrebbe reso difficile. Era pratica, con i piedi per terra e molto di più. Francamente, era tutto ciò che aveva sempre desiderato in una compagna. Non avrebbe mai capito perché gli ci era voluto così tanto tempo per darsi una svegliata e chiederle di stare con lui; non aveva mai avuto paura di nulla.

«Ma ho bisogno che ti sposti, così posso spegnere il computer» gli disse con un sorriso.

JJ si chinò e la baciò, poi si raddrizzò e si tolse di mezzo. La osservò muoversi in modo efficiente mentre salvava i file su cui stava lavorando e spegneva il computer, per poi alzarsi e guardarlo.

«Sono pronta.»

Gli ci volle tutta la sua forza di volontà per non trascinarla nella stanza sul retro e gettarla sul divano. Due cose lo fermarono: una era che lei probabilmente avrebbe fatto una scenata riguardo al rischio di sporcare e di sentirsi in imbarazzo se altri si fossero seduti lì dopo che loro avevano fatto sesso; e l'altra era che voleva proprio che lei mangiasse. L'avrebbe fatta sentire meglio avere in pancia qualcosa di diverso dai cracker che aveva sbocconcellato quella mattina.

Così JJ la prese per mano e la condusse fuori dall'edificio. Aveva parcheggiato proprio davanti, e aspettò pazientemente che lei chiudesse l'ufficio per accompagnarla alla Bronco.

Era arrivato il momento.

Ryan era stato paziente a sufficienza.

Aveva creato un po' di problemi alle donne, ed era deluso che non fossero rimaste ferite a causa dei suoi stratagemmi, ma alla fine era contento di non aver allarmato gli uomini. Se avessero avuto anche il minimo sospetto che c'era qualcuno che stava cercando di fare del male alle loro donne, avrebbe potuto essere scoperto, e gli sarebbe stato quasi impossibile arrivare ai soldati.

Ma almeno si era divertito. Ora era il momento di iniziare il vero spettacolo. E sapeva esattamente come farle riunire tutte insieme.

Quando i soldati si sarebbero accorti che erano sparite, sarebbe stato troppo tardi. Il gioco sarebbe già partito. Ed *era* un gioco. Almeno per lui. Un gioco mortale. Che avrebbe messo fine ai suoi anni di complotti e pianificazioni. Che avrebbe portato alla morte i quattro uomini che odiava con ogni fibra del suo essere... e le donne che loro amavano.

Un gioco che avrebbe posto fine al suo dolore.

Dopo aver tolto la vita ai responsabili dell'uccisione di suo fratello, lui lo avrebbe raggiunto nell'aldilà. Non c'era nulla che avrebbe potuto trattenerlo sulla terra.

CAPITOLO DODICI

IL POMERIGGIO SUCCESSIVO, April riagganciò il telefono e si lasciò andare con un sospiro sulla sedia del suo ufficio. Jack l'aveva chiamata per dirle che la riunione che lui e i ragazzi stavano facendo con il consiglio comunale, l'avvocato e la compagnia di assicurazioni per il parco avventura che volevano costruire alla periferia della città, stava tirando per le lunghe, quindi forse non sarebbe riuscito a tornare in ufficio prima delle cinque.

La Jack's Lumber aveva acquistato un appezzamento di terreno non lontano da Newton, e aveva grandi progetti per farne una destinazione ricreativa per i turisti e gli abitanti, e anche un luogo di ritiro per le aziende in cui poter enfatizzare il lavoro di squadra e la fiducia. E la parte migliore, almeno agli occhi di April, era che in inverno poteva essere trasformato in un parco giochi. Con colline per slittini, piste per il tubing e persino un'area dove i bambini e gli adulti disabili potevano partecipare al divertimento in un ambiente sicuro e amichevole.

Era incredibilmente orgogliosa di Riggs, Chappy e Jack. Invece di ignorare il bisogno di emozioni estreme di Bob –

motivo per cui aveva lavorato con l'FBI in missioni di salvataggio molto pericolose all'insaputa di tutti – lo avevano accettato, lavorando con lui per trovare dei modi che lo soddisfacessero lì a Newton e che gli dessero comunque la scarica di adrenalina che desiderava di tanto in tanto.

Al telefono Jack era sembrato stanco, ma anche entusiasta delle opportunità. La Jack's Lumber stava andando bene finanziariamente, ma il numero di alberi che potevano rimuovere per i costruttori era limitato, e un'attività non poteva tirare avanti solo con piccoli lavori. Il parco avventura era un ottimo modo per lasciare un'eredità ai figli dei loro amici e per mantenere loro stessi coinvolti nella comunità.

Erano passate quattro settimane dall'incidente, e sebbene avesse odiato ciò che le era successo, oltre a essere stato estremamente spaventoso, era più che entusiasta del modo in cui era decollata la relazione tra lei e Jack, anche se era un po' preoccupata che si fossero messi insieme *troppo* in fretta. Non era più tornata nel suo appartamento dalla fatidica notte in cui aveva recuperato la memoria, ma non ne sentiva la mancanza.

Come avrebbe potuto, visto che Jack aveva trasferito praticamente tutte le sue cose da lui? April si stava accordando con il suo padrone di casa per chiudere il contratto d'affitto, e non provava la minima ansia per il fatto di trasferirsi definitivamente con l'uomo che aveva amato in segreto per anni.

Lui era tutto ciò che aveva sempre desiderato in un rapporto. No, le cose non andavano sempre lisce, erano due adulti abituati a vivere da soli, ma non c'era paragone tra la sua relazione con lui e quella di quando era sposata.

Per prima cosa, Jack sembrava sempre entusiasta di vederla, che fossero stati lontani due minuti o dieci ore. Si dividevano le responsabilità in casa. Lui non si aspettava che fosse lei a cucinare, pulire, fare il bucato e tutto ciò che di solito veniva considerato "lavoro da donne". Così come lei non si aspettava che lui si occupasse sempre dell'immondizia, del giardino o di qualsiasi altro compito maschile. Erano un team, lavoravano insieme per portare a termine le cose, ed era una sensazione straordinaria.

Ma non era solo quello, ovviamente. Era il modo in cui Jack la faceva sentire; come se fosse stata la persona più importante della sua vita. Quando lei parlava la guardava negli occhi e la *ascoltava*, e riuscivano a dialogare su tutto, dagli argomenti intellettuali come i viaggi nello spazio e se avrebbero potuto svolgersi in futuro, a quelli ridicoli, tipo... se al grosso ragno che aveva preso casa sul loro portico piacesse di più il nome Eric o Thomas.

Jack la faceva ridere, e lei era ansiosa di vederlo alla fine di ogni giornata, cosa che non avrebbe potuto dire di James verso la fine del loro matrimonio. Inoltre, si prendeva cura di lei meglio di quanto facesse lei stessa, prestando attenzione anche ai più piccoli dettagli.

April non aveva idea del perché avesse sempre pensato che non sarebbero andati d'accordo come coppia. Certo, le cose erano ancora nuove e c'era la possibilità che alla fine non funzionassero, ma ogni giorno che passava se ne preoccupava sempre meno. Ora che entrambi avevano ammesso i sentimenti che provavano l'uno per l'altra, era sicura che sarebbero stati insieme a lungo.

E poi c'era il sesso.

Un tempo sarebbe stata la prima ad affermare che c'erano cose molto più importanti del sesso in una relazione soddisfacente. Ma *Dio*, Jack era bravo. Si assicurava sempre che lei venisse per prima. La faceva sentire la più bella del mondo a letto, quando lei sapeva che non era così. E aveva la capacità di trasformarla in una donna che non riconosceva nemmeno; appassionata, a volte quasi disperatamente.

Lo amava davvero tanto e non riusciva a immaginare la sua vita senza di lui. Era intelligente, estremamente leale con le persone a cui teneva, passionale, protettivo, un gran lavoratore, quando era impegnato in un compito a volte non si accorgeva di ciò che succedeva intorno a lui, era un po' disordinato e un guidatore prudente, e quando si lasciava andare la sua risata era contagiosa.

In breve, Jackson Justice era molto meglio di quanto lei avrebbe potuto immaginare, e si sentiva la donna più fortunata del mondo. Avrebbe fatto tutto ciò che era in suo potere per essere una persona su cui lui potesse contare e di cui fosse orgoglioso.

Il campanello della porta sul retro la fece sobbalzare sorpresa, strappandola dalle sue riflessioni. Sbuffò. Era talmente persa nella sua mente, a pensare a Jack, che se un UFO fosse atterrato davanti alla porta d'ingresso probabilmente non se ne sarebbe accorta.

Non aveva idea di chi potesse esserci dietro visto che non aspettavano consegne quel giorno, ma spinse via la sedia dalla scrivania per andare a salutare chiunque fosse arrivato.

Aprì la porta con un sorriso.

Ma si spense subito quando l'uomo che si trovò di fronte e che teneva saldamente per un braccio June, le puntò una pistola in faccia e ringhiò: «Indietro. Subito.»

Sorpresa, April eseguì rapidamente l'ordine, inciampando all'indietro, con la mente che cercava di capire cosa stesse succedendo. L'uomo entrò e sbatté la porta dietro di sé. Poi fece un sorriso spaventoso e malvagio e disse: «Ciao, April. Sono contento di vedere che stai bene dopo il tuo *incidente*.»

Le sue parole furono gentili, ma l'insinuazione che c'era dietro le fece accapponare la pelle.

Inclinò la testa e cercò di ricordare dove avesse visto quell'uomo. Poi le venne in mente. «Sei già stato qui. Sei venuto a chiedere un preventivo per un lavoro.»

«Sì» confermò, senza mostrarsi preoccupato per essere stato riconosciuto.

Anche se aveva recuperato gran parte della memoria da un paio di settimane, di tanto in tanto le tornavano in mente cose accadute negli ultimi cinque anni e che non aveva ricordato subito. Molte erano banali, e il medico le aveva detto che il suo cervello stava ancora guarendo e che non si sarebbe sorpreso se avesse continuato ad avere piccoli flashback nelle settimane successive.

E ne ebbe proprio uno in quel momento, mentre fissava l'uomo che le sembrava familiare per più di un motivo.

April ansimò e disse: «Eri lì.»

Al tizio brillarono gli occhi a quelle parole. «Quando hai fatto l'incidente? Sì, c'ero.»

«Il pick-up nero» sussurrò. «Hai visto tutto, ma sei andato via senza aiutarmi.»

«Perché avrei dovuto farlo? Non sono stato io a causarlo, ma mi ha reso felice lo stesso.»

Sentì una stretta allo stomaco. Chi diceva cose del genere?

«Il punto è questo... ho aspettato questo giorno per molto tempo. Anni, in effetti.»

«Non capisco» sussurrò April, il terrore le rallentava la mente, rendendole a sua volta difficile pensare.

«Lo capirai con il tempo.»

«Chi sei? Che cosa vuoi? Qui non teniamo soldi.»

Lui ridacchiò. «Non voglio soldi» la informò. Poi agitò la pistola che non aveva smesso di puntarle contro e disse: «Voglio che mandi un messaggio a Carlise e Marlowe. Di' loro che hai bisogno che vengano qui.»

L'orrore la fece indietreggiare. «No!» esclamò. Non aveva intenzione di coinvolgere le sue amiche in qualsiasi cosa stesse accadendo. Era già abbastanza terribile vedere il volto pallido e le lacrime agli occhi di June.

L'uomo fece un verso sprezzante e scrollò le spalle. Poi si girò verso June, che era rimasta in silenzio per tutto il tempo, e le ficcò la pistola nella pancia facendola gemere di dolore. Poi si rivolse di nuovo a lei guardandola con gli occhi socchiusi. «Vuoi ripensarci?»

Si sentì rimescolare lo stomaco, e ingoiò la bile che le era salita in gola. Poteva gestire la violenza, se era rivolta a lei, ma pur non conoscendo quell'uomo e ciò che voleva, non aveva dubbi che avrebbe fatto ciò che minacciava. Avrebbe sparato a June nella pancia e ucciso il suo bambino. La malvagità e il vuoto che c'era nei suoi occhi glielo confermarono senza ombra di dubbio.

«Ti prego, non farle del male» sussurrò, odiando di sentirsi così impotente.

«Manda quel messaggio» le disse in tono basso e minaccioso, indicando con la testa la sua mano.

Solo in quel momento April si rese conto che stava stringendo il cellulare. Dentro di lei si accese un barlume di speranza. Forse poteva fingere di mandare un messaggio a una delle altre donne e chiamare invece il 911.

Ma l'uomo strattonò June e si avvicinò abbastanza da vedere il telefono nella sua mano. «Tienilo in modo che possa vedere cosa stai scrivendo.»

Con lui così vicino non poté far altro che eseguire il suo ordine. Per un attimo pensò di provare a sopraffarlo. Lei e June erano in due, lui era uno solo. Non era molto alto, probabilmente intorno al metro e settantatré, ma era piuttosto muscoloso. E aveva la pazzia dalla sua parte.

April esitò, non sapendo bene quale fosse il comportamento migliore da adottare. Chappy e Bob non le avrebbero mai perdonato di aver coinvolto le loro mogli in quella situazione, ma non sapeva cos'altro fare! Da quello che aveva detto Jack sarebbero stati in riunione ancora per un paio d'ore, e lei non si aspettava che qualcuno passasse dall'ufficio. Non poteva temporeggiare così tanto, soprattutto vedendo lo sguardo determinato di quell'uomo. Qualunque cosa avesse in mente, era andato lì sapendo di avere il tempo per portarla a termine.

Esitò troppo a lungo, e lui colpì June in faccia con la pistola.

Lei urlò e cadde a terra, ma il bastardo non la lasciò lì, la tirò su con una mano e la colpì di nuovo. Questa volta la lasciò sul pavimento, tutta raggomitolata con una mano sul viso e l'altra sulla pancia.

April rimase inorridita per un solo istante... poi si indignò. Quell'uomo aveva osato toccare la sua amica e colpirla due volte!

All'improvviso le fu chiaro che non stava bluffando. Avrebbe ucciso June senza pensarci due volte... ma non l'aveva ancora fatto.

Ciò significava che aveva bisogno di loro. Finché avessero fatto ciò che diceva, le avrebbe tenute in vita. E più a lungo avessero respirato, più tempo avrebbero avuto Jack e gli altri per salvarle.

April aveva vissuto i giorni peggiori delle sue amiche con loro; June colpita da un proiettile, Carlise sepolta sottoterra da una valanga e Marlowe quasi morta strangolata. Si era sempre chiesta come avrebbe reagito se si fosse trovata in una situazione simile, e aveva pensato che sarebbe stata senza speranza, che avrebbe pianto e avuto un crollo totale.

Invece no. In quel momento dentro di lei scorreva la determinazione. Nessuno aveva il diritto di fare ciò che stava facendo quell'uomo. Non aveva idea di quale fosse il suo scopo, ma sarebbe stata al gioco e non gli avrebbe dato la soddisfazione di sapere che aveva paura. Che dentro di sé urlava e piangeva.

«Non picchiarla di nuovo» disse in un tono piatto che faticò lei stessa a riconoscere. «Mando un messaggio a Carlise e Marlowe.»

«Fallo» ringhiò l'uomo, puntando di nuovo la pistola alla pancia di June. Il bastardo aveva il coltello dalla parte del manico in quel momento. E lo sapeva.

Inviò rapidamente due messaggi separati alle amiche. Scrisse brevemente che aveva bisogno di loro alla Jack's Lumber e che andassero alla porta sul retro il prima possibile.

April non fu sorpresa quando entrambe risposero subito che stavano arrivando. Erano delle vere amiche. Se qualcuno aveva bisogno di qualcosa, abbandonavano tutto per dare una mano.

La nausea non si era attenuata. Anzi, era peggiorata. Ma lei raddrizzò le spalle con coraggio, e osservò l'uomo sorriderle e mettersi in tasca il suo cellulare.

Il tempo sembrò scorrere lentamente mentre aspettavano l'arrivo di Carlise e Marlowe. In tutta la sua vita non aveva mai sperato così tanto come in quel momento che bucassero una ruota, o che una delle loro auto restasse senza benzina, o *altro*.

Ma quando sentì bussare alla porta sul retro, capì che le sue preghiere erano state inutili.

«Apri» le ordinò l'uomo. Quando esitò, lui tirò indietro il piede come per dare un calcio a June, e April disse rapidamente: «Sto andando! Non farle del male.»

Con l'impressione di avere le scarpe di cemento, si avvicinò alla porta e la aprì. Era Carlise, e aveva un'espressione preoccupata. «Stai bene? Sono venuta il prima possibile.»

April fece un passo indietro e vide il momento in cui la sua amica individuò l'uomo con la pistola. «Ma che diavolo?»

«Entra e unisciti alla festa» disse lui, sempre con quel ghigno disgustoso sul volto.

Per un attimo sembrò che Carlise volesse girarsi e scappare, ma il bastardo si voltò verso June e sparò.

Con grande sorpresa di April, il rumore non fu troppo forte, e solo allora si rese conto che aveva una sorta di silenziatore sulla canna della pistola.

Carlise gridò spaventata e il cuore di April quasi si fermò.

Ma non aveva colpito June. Aveva sparato sul pavimento accanto a lei.

«Vieni qui o il prossimo proiettile le finirà nella pancia» minacciò l'uomo.

Lei entrò e April chiuse la porta.

«Mi dispiace tanto» sussurrò all'amica.

Ma Carlise sembrò non averla sentita, aveva gli occhi puntati sul piccolo foro nel pavimento che il proiettile aveva creato.

«Ora aspettiamo che arrivi l'ultima e poi possiamo andare.»

Andare? Dove? Ma non lo chiese. Tanto non pensava che le avrebbe risposto.

«Per favore, Carlise può andare da June?» gli chiese invece.

«No.»

«Sta sanguinando. Non cambierà nulla di quello che deve succedere se lascerai che la aiuti» insistette.

L'uomo la fissò per un attimo poi annuì. «Va bene. Ma niente scherzi. Altrimenti la prossima pallottola attraverserà la testa di un bambino.»

A ogni parola che usciva dalla bocca di quell'uomo April lo odiava sempre di più, ma non lasciò trasparire i suoi sentimenti. «Vai» disse a Carlise, dandole una gomitata. «Vai a controllare June.»

Era avanti con la gravidanza quasi quanto l'altra, c'era solo un mese o poco più di differenza, e ormai la sua pancia sembrava sporgere di più ogni giorno che passava. Aveva anche iniziato ad avere un'andatura un po' a papera. Proprio qualche giorno prima, le due donne si erano prese in giro per i loro movimenti goffi.

Ma quando Carlise camminò a testa alta verso June, April non avrebbe potuto essere più orgogliosa. Era ovviamente spaventata e confusa, si era ritrovata in una situazione in cui non sapeva cosa sarebbe successo, ma stava facendo del suo meglio per mantenere la calma.

La guardò inginocchiarsi accanto all'amica e stringerla in un lungo abbraccio. Poi usò la manica della maglia per tamponarle il sangue sulla fronte, dov'era stata colpita.

«Come ti chiami?» chiese April al tizio con calma, ancora ferma accanto alla porta. Se fosse riuscita a far sì che lui le vedesse come esseri umani e non come oggetti per qualsiasi piano nefasto avesse architettato, forse sarebbe riuscita a strappargli un briciolo di compassione.

«Ryan Johnson.»

April sbatté le palpebre. Quel nome era così... ordinario. Non sapeva quale aspettarsi da qualcuno di così malvagio, ma non quello.

«Piacere di conoscerti, Ryan» disse, le sue labbra sembravano insensibili.

Lui rise forte. Un suono che le diede sui nervi. «No, non lo è. Non credi a quello che hai detto, e so cosa stai facendo. Non funzionerà. La vostra strada è segnata, e niente di ciò che dirai o farai cambierà il risultato. Per quanto tu stia cercando di umanizzare te stessa e le tue amiche, siete solo pedine in questo gioco.»

«Questo significa che poi ci lascerai andare?»

Lui sorrise, e fu tutt'altro che confortante. «Se farete quello che vi dico e non mi creerete problemi, voi e i marmocchi che portate in grembo vivrete fino alla nostra prossima destinazione.»

Non era una cosa positiva. Scacciò la paura e chiese: «E dove sarebbe?»

Ma un bussare alla porta risuonò prima che Ryan potesse rispondere... non che avesse pensato che le avrebbe davvero detto dove aveva intenzione di portarle.

«Falla entrare» le disse, voltandosi e puntando la pistola contro June e Carlise, che erano rannicchiate insieme sul pavimento.

Fece un respiro profondo e aprì con riluttanza la porta a Marlowe.

«Ehi, ragazza, che succede?»

Proprio come Carlise, Marlowe vide Ryan nella stanza e le altre due sul pavimento, e spalancò gli occhi.

«Vieni qui» le ordinò lui in tono duro.

A quello fu April a pensare di correre fuori dalla porta aperta. Lei non era incinta e poteva muoversi molto più velocemente delle sue amiche. Poteva andare chiedere aiuto. Ma non appena ci pensò, lo scartò. Era molto probabile che Ryan avrebbe sparato a qualcuno per rappresaglia se lei se ne fosse andata. Non avrebbe mai potuto perdonarsi se fosse successo.

Così chiuse con calma la porta e aspettò di vedere cos'avrebbe fatto.

Non ci volle molto, perché lui si chinò subito e afferrò ancora una volta June per un braccio. Lei si lamentò mentre la tirava in piedi. Anche Carlise riuscì goffamente ad alzarsi. Il bastardo le ficcò di nuovo la canna della pistola nella pancia e disse: «Ecco cosa succederà adesso. Mi darete i vostri cellulari, uscirete fuori con calma e salirete sul mio veicolo. Se parlate, urlate o fate qualcosa che potrebbe attirare l'attenzione su di voi, sparerò al feto. Capito?»

Tutte lo fissarono e rimasero immobili.

«Avete capito?» gridò.

Annuirono rapidamente.

«Bene» disse, tornando al tono normale.

Quell'uomo era fuori di testa, e April si rese conto ancora una volta di quanto fossero nei guai.

«Se farete quello che vi dico, andrà tutto bene» spiegò con voce quasi gentile. «Non siete il mio problema, ma solo un mezzo per raggiungere un fine. Quindi fate le brave e voi e i vostri marmocchi rimarrete in vita. Sfidatemi, cercate di scappare o di infastidirmi, e userò le vostre pance come bersaglio. Voi vivrete, ma i vostri bambini no. Capito?»

Annuirono ancora una volta.

Marlowe e Carlise consegnarono i loro telefoni e April pensò che Ryan avesse già confiscato quello di June. Pregava che non fosse consapevole che potevano essere rintracciati e che quindi li avrebbe lasciati accesi, ma aveva la sensazione che lui stesse un passo davanti a loro in quel senso. Che i telefoni non avrebbero aiutato i loro uomini o la polizia a trovarle.

April odiava gli sguardi terrorizzati sui volti delle sue amiche, ma non poteva fare nulla per aiutarle. Erano tutte ugualmente impotenti.

«Apri la porta, April» disse Ryan.

Si chiese come diavolo facesse quell'uomo a conoscere i loro nomi, ma pensò che al momento non avesse importanza.

La aprì e guardò le sue amiche uscire.

«Chiudi a chiave» le ordinò, e April fece come richiesto. Sapeva che la porta d'ingresso era ancora aperta, e pensò che se qualcuno fosse passato e avesse trovato l'ufficio vuoto, magari avrebbe avvertito la polizia o chiamato uno dei ragazzi. Doveva aggrapparsi a quella speranza.

Ryan le condusse verso un pick-up nero, lo stesso che ricordava essersi allontanato dal luogo dell'incidente, che aveva un rimorchio chiuso attaccato sul retro.

«No» sussurrò Carlise con orrore.

«Aprilo» ordinò Ryan ad April.

Sapeva che Carlise stava ricordando il bunker sotterraneo in cui si era rifugiata quando la valanga l'aveva quasi sepolta viva, di conseguenza aveva ancora problemi con gli spazi piccoli e bui. Ma, ancora una volta, nessuna di loro aveva scelta al momento.

Aprì il retro del rimorchio e sbirciò all'interno. Era completamente vuoto, a parte un secchio in un angolo. Le implicazioni dello scopo di quel secchio fecero vacillare il suo proposito di essere forte.

«Salite!»

April vide un barlume di sfida negli occhi di Marlowe e di Carlise, e ciò la spaventò a morte. Lei e June avevano già assistito alla violenza di cui era capace il loro rapitore.

Mentre scuoteva piano la testa verso le sue amiche, Marlowe all'improvviso volò in avanti. Cadde in ginocchio proprio dietro al rimorchio, e a causa dello slancio batté la testa contro il pavimento di ferro di quella specie di scatola gigante.

April si voltò in tempo per vedere Ryan posare il piede a terra. Quel mostro le aveva dato un calcio sulla schiena! Muovendosi rapidamente per aiutare l'amica, non poté fare a meno di fare una smorfia vedendo gli strappi sui suoi pantaloni e l'enorme bernoccolo che si stava già formando sulla fronte.

«Salite» ordinò di nuovo.

Non avendo altra scelta, obbedirono.

Il rumore delle porte che si chiudevano le rimbombò in testa. Sentirono tutte l'inconfondibile sferragliamento della serratura che veniva chiusa, e il buio totale sembrò avvolgerle come una nebbia malefica.

Qualcuno gemette, strappandola via dal baratro di disperazione in cui stava rischiando di precipitare.

«Venite qui, ragazze» disse con dolcezza, appoggiandosi a una parete del rimorchio. Udì il fruscio dei loro passi. Non appena si sentì sfiorare da qualcuno, si aggrappò delicatamente a quel braccio. Nel giro di pochi secondi erano abbracciate l'una all'altra, tremanti per la paura e lo shock.

Il movimento improvviso del rimorchio le fece quasi cadere a terra. «Sediamoci, così non cadiamo.»

Si mossero all'unisono, non volendo staccarsi.

«Mi dispiace! Mi dispiace tanto!» disse April, mentre il rimorchio cominciava a muoversi più velocemente.

«No, è a *me* che dispiace.» June tirò su con il naso. «È venuto a casa mia e ho aperto la porta. Sapevo bene di non doverlo fare! Dopo tutto quello che mi è successo, non avrei dovuto aprire visto che Cal non c'era, soprattutto quando non aspettavo nessuno.»

«Non è colpa tua» la tranquillizzò April. «Come potevi sapere che un pazzo ti avrebbe rapita?»

«June, stai bene?» le chiese Carlise.

«Credo di sì. Ma mi fa male.»

«Dove?» domandò Marlowe.

«Dappertutto. Il braccio dove mi ha afferrata e trascinata. La testa dove mi ha colpito con la pistola. Il fianco dove sono caduta.»

April chiuse gli occhi, cosa stupida dato che era buio, ma per qualche motivo aveva l'impressione che chiudendoli avrebbe bloccato il dolore che sentiva nella voce dell'amica.

«Che diavolo è successo?» sussurrò Marlowe.

«Il campanello della porta sul retro ha suonato, e quando sono andata ad aprire, quel tizio era lì con la pistola puntata su June. Non vi avrei mandato il messaggio, come mi aveva ordinato, se non l'avesse colpita e non le avesse puntato la pistola alla pancia» disse alle amiche.

«Lo sappiamo» replicò Carlise, e April sentì un braccio stringersi intorno alla sua vita. «Ma dove ci sta portando? Perché?»

«Non ne ho idea» ammise. «Ma l'avevo già visto. È entrato alla Jack's Lumber prima che mi tornasse la memoria.»

Prima che qualcuno potesse replicare, il rimorchio rimbalzò mentre prendeva velocità, e April fece una smorfia pensando a come potesse sentirsi June a venire sballottata così.

Più tempo passava, più faceva freddo all'interno. Il pavimento era scomodo, e sapeva che le altre stavano soffrendo più di lei.

Mentre viaggiavano verso un destino incerto, le sue amiche crollarono una dopo l'altra. Cominciarono a piangere e a tremare ancora più forte. Ma i suoi occhi rimasero asciutti. Era spaventata e nel panico quanto loro, ma anche furiosa. Quell'uomo non aveva alcun diritto di fare quello che stava facendo! Non aveva idea di quale fosse il suo problema, ma rapirle, minacciare i figli non ancora nati delle sue amiche, era davvero sadico, e April avrebbe fatto tutto ciò che era in suo potere per mandare all'aria il suo piano, qualunque fosse.

«Ascoltate, ragazze. Ascoltate bene. Ne usciremo.»

«Non puoi saperlo» sussurrò Marlowe.

«Sì invece» ribatté. La sicurezza e la rabbia aumentavano a ogni parola che usciva dalla sua bocca.

«Come?» chiese June.

«Carlise, quando sei scomparsa dopo quella valanga, Chappy non si è fermato finché non ti ha trovata. Ha scavato nella neve a mani nude senza curarsi di farsi del male. Il suo unico obiettivo era arrivare a te.

E June, quando ti hanno sparato, non ho mai visto un uomo così determinato a farla pagare cara a chi aveva ordinato quell'omicidio. Quando non era al tuo fianco in ospedale, era al telefono a usare ogni contatto a sua disposizione per assicurarsi che tu avessi giustizia.

Marlowe, Bob ti ha fatta uscire da una *maledetta* prigione. Ci hai raccontato che si è rifiutato di lasciare che il tuo corpo toccasse quell'acqua putrida e che ha dormito sulla paglia sporca, nonostante le ferite sulla schiena, per non farlo fare a te. Pensate davvero che i nostri uomini se ne staranno seduti ad aspettare che qualcun altro ci trovi? Che non faranno *tutto* ciò che è in loro potere per riportarci a casa?»

«Ma come?» chiese Carlise, ripetendo la domanda di June con voce tremante.

«Non lo so. Ma lo faranno. Jack mi ha detto che non avrebbe mai permesso a nessuno di farmi del male, e io gli credo. Dobbiamo solo essere forti» disse con fermezza. «Non possiamo crollare. Dobbiamo stare all'erta, osservare quello che succede intorno a noi, catalogare tutto, così, quando arriverà il momento, avremo le informazioni necessarie per salvarci o aiutare i nostri uomini a farlo. Capito?»

Le donne, ancora rannicchiate intorno a lei, tirarono su con il naso, ma furono d'accordo.

«E dobbiamo prenderci cura l'una dell'altra. Non dobbiamo nasconderci nulla. Chi sta soffrendo, lo dica. Chi sta per perdere la testa, lo faccia sapere e verrà abbracciata finché non si sentirà abbastanza forte da tirare avanti. Dobbiamo tenerci al caldo a vicenda e stare rilassate e calme. Dobbiamo fidarci l'una dell'altra» proseguì April. «Ryan vuole che crolliamo. Ho la sensazione che si divertirà a spaventarci e a vederci piangere. Non possiamo permettergli di ferirci emotivamente, ma non dobbiamo nemmeno fare qualcosa di stupido. Faremo quello che ci ordina, per proteggere noi stesse e i nostri bambini.»

April sentì qualcuno fare un respiro profondo, poi Carlise disse: «Hai ragione. Possiamo farcela. Siamo delle dure. Basta pensare a ciò che abbiamo già sperimentato.»

«Già» concordò Marlowe.

April aspettò che anche June dicesse qualcosa, e quando non lo fece, chiese: «June?»

«Ho paura» sussurrò lei.

«Lo so. Anch'io.»

«Non sembra» obiettò.

April si lasciò sfuggire uno sbuffo. «Sono terrorizzata, ma al momento sono più incazzata. Sono arrabbiata con questo idiota perché ha usato il mio affetto per le mie amiche contro di me. Contro tutte noi. Sono arrabbiata per il fatto che uno psicopatico sia riuscito a procurarsi una pistola. Sono arrabbiata con i legislatori e con le persone che hanno fatto quella stupida porta della Jack's Lumber senza spioncino. Sono persino un po' arrabbiata con i nostri uomini per essere stati in riunione quando avevamo più bisogno di loro, per quanto possa sembrare irrazionale. Sono arrabbiata con il mondo intero, e al momento è questa rabbia a farmi andare avanti. Non dubitare che io non abbia paura, June, ma sto cercando di incanalare in me ciò che so che i nostri ragazzi penseranno e proveranno. Rivolteranno ogni pietra per trovarci, e la faranno pagare a quello stronzo di Ryan.»

«E se non stesse lavorando da solo?» chiese Carlise.

«Allora i nostri ragazzi la faranno pagare anche a loro» rispose April senza esitazione.

«Ho i crampi» disse June, con una voce così fioca da essere quasi impercettibile.

«Cosa?» domandò Marlowe.

«Penso che siano crampi... ma se non lo fossero? Se stessi perdendo il bambino o... entrando in travaglio?»

La rabbia di April si ridimensionò leggermente per la prima

volta, e andò quasi nel panico. Prima di tutto era un po' troppo presto perché il figlio di June nascesse, e secondo... non poteva avere un bambino nel bel mezzo di quella situazione di merda. Non avevano farmaci, non c'erano medici, non avevano niente per assicurarsi che nascesse sano.

Buttò fuori un respiro. No. Non poteva farsi prendere dal panico. Le sue amiche contavano sulla sua forza d'animo. Lei era la "mamma chioccia", doveva comportarsi come tale.

«Fai un respiro profondo» ordinò a June. «Ora un altro. Bene. Devi rimanere calma. Siamo tutte qui. Non permetteremo che accada nulla a te o al tuo bambino.»

«Credo di avere le contrazioni. E se entrassi in travaglio?» chiese June.

«Allora ce ne occuperemo» le rispose April con fare tranquillo, mentre dentro di sé stava dando di matto.

«Ci penseremo noi» concordò Carlise.

«Già, chi meglio di due donne incinte può aiutarti a partorire?» disse Marlowe un po' tremante.

«Due donne incinte e una guerriera cazzuta» ribatté Carlise con una piccola risata.

April era lusingata che la considerassero in quel modo, ma anche la spaventava. Le metteva molta pressione. Ma per il momento mise da parte quei sentimenti.

«Forza, mettiamoci più comode. Sdraiamoci, così possiamo condividere meglio il calore del corpo» disse.

Tutte si spostarono, e April si assicurò di appoggiarsi con la schiena sul lato del rimorchio, la cui parete era fredda e si scuoteva. Si rannicchiò contro June, le mise una mano sulla pancia e deglutì a fatica quando lei gliela coprì con la sua. Anche le altre due si rannicchiarono contro di loro, e mentre macinavano chilometri, verso qualsiasi destinazione Ryan avesse in mente, April chiuse gli occhi e andò con la mente a Jack.

Trovaci, pensò. *Ti prego, ho bisogno che tu sia il fidanzato spietato e incazzato che mi hai detto saresti stato se qualcuno mi avesse messo le mani addosso.*

Il solo pensare a lui la fece rilassare un po'. Non aveva dubbi, nemmeno uno, che quando avesse scoperto che lei e le altre erano scomparse, avrebbe mosso cielo e terra per ritrovarle. E Ryan doveva sperare nell'aiuto dall'alto quando fosse successo, perché Jack non avrebbe avuto pietà... e dato che in quel momento si sentiva un po' assetata di sangue, ne era felice.

CAPITOLO TREDICI

JJ CHIUSE la telefonata senza lasciare un altro messaggio ad April. L'aveva chiamata due volte, ma non gli aveva risposto, e non era da lei. Provò un senso d'inquietudine. La sua parte razionale gli diceva che probabilmente era impegnata con un cliente, ma non era mai successo che *non* lo richiamasse dopo aver ricevuto un messaggio. Anche prima che si mettessero insieme era sempre stata scrupolosa nel rispondergli.

E non era che la Jack's Lumber avesse un gran viavai di persone che andavano a chiedere informazioni. Certo, ricevevano un flusso costante di mail e telefonate da clienti attuali e potenziali, ma ciò non le avrebbe impedito di richiamarlo.

«Che succede?» gli chiese Bob avvicinandosi. Stavano facendo una breve pausa dalla riunione, e JJ era più che pronto a finire. Il suo amico appariva entusiasta ed eccitato per le opportunità che stavano per concludere, e ne era felice. Ma non riusciva a smettere di preoccuparsi.

«April non risponde al telefono e non mi ha richiamato o risposto al messaggio che le ho mandato.»

«Sono sicuro che sia solo occupata» replicò con un'alzata di spalle.

«Non lo so...» ammise JJ.

«Vuoi che chiami Marlowe per vedere se riesce a contattarla?»

«Non ti secca?»

«Certo che no.» Bob prese il telefono e cliccò sul nome della moglie. Si accigliò quando passarono alcuni secondi e lei non rispose. «Mmm... non risponde.»

Tutti i suoi sensi scattarono in stato di massima allerta. Si voltò verso Chappy e Cal che stavano parlando con il sindaco di Newton, e fischiò.

Entrambi girarono subito la testa e andarono verso di lui. Quando furono abbastanza vicini, senza dare ulteriori spiegazioni JJ disse: «Chiamate Carlise e June. Vedete se riuscite a contattarle.»

Sentì un brivido sulla nuca, ed era certo fin nel midollo che qualcosa non andava. Non sapeva *come* potesse esserlo, ne era sicuro e basta. Alcune persone avrebbero potuto accusarlo di essere paranoico, insistere sul fatto che il periodo trascorso nell'esercito lo aveva reso eccessivamente cauto, ma si sarebbero sbagliate.

Chappy e Cal tirarono fuori i loro cellulari senza fare domande.

Quando nessuna delle due donne rispose, JJ si sentì morire, consapevole che il suo istinto aveva avuto ragione.

«Che diavolo sta succedendo?» chiese Chappy, mentre JJ si dirigeva immediatamente verso la porta con gli amici al seguito.

«Non lo so. Ma nemmeno April ha risposto e non mi ha richiamato» rispose.

«Forse sono insieme a trascorrere una sorta di giornata alla spa tra ragazze o qualcosa del genere» disse Bob.

Ma Cal scosse la testa. «Impossibile. June non mi farebbe mai una cosa del genere. Sa che più si avvicina la data del parto, più mi preoccupo per lei. Non dimenticherebbe mai il telefono e non lo spegnerebbe.»

«Lo stesso vale per Carlise» concordò Chappy.

«Quindi... cosa? Com'è possibile che nessuno di noi riesca a contattare la sua donna nello stesso momento?» chiese Bob.

L'acidità gli rimescolò lo stomaco. Non conosceva la risposta alla domanda dell'amico, ma tutte le ipotesi possibili lo stavano uccidendo. Potevano essere andate in ufficio ed essere state stordite dal monossido di carbonio. Magari c'era stato un incendio. Forse erano andate a mangiare tutte insieme e avevano avuto un incidente.

Non ne aveva idea. Sapeva solo che April era nei guai.

Arrivati al parcheggio, Chappy salì sul SUV di Cal, mentre Bob sulla Bronco di JJ. Attraversarono la città a velocità sostenuta, diretti verso la Jack's Lumber.

Vedere tutte e quattro le auto delle donne nel parcheggio posteriore avrebbe dovuto farlo sentire meglio, invece peggiorò in modo esponenziale il suo timore. Non si preoccupò di spegnere il motore, scese dalla macchina dirigendosi verso la porta posteriore. Quando girò la maniglia la trovò bloccata, e ciò lo fece sentire un po' meglio dato che aveva ripetuto più volte ad April di assicurarsi che le porte fossero chiuse a chiave quando era lì da sola.

Chappy fu lì con le chiavi prima che JJ potesse correre alla macchina e prendere il suo mazzo. Aprì la porta aspettandosi davvero di vedere lo scenario peggiore.

Con sua grande sorpresa, furono accolti dal silenzio. Non c'era nessuno.

Cal andò alla porta che conduceva alla parte anteriore dell'ufficio e tornò indietro subito scuotendo la testa.

«Dove sono?» chiese Bob inutilmente.

«Tutte le loro auto sono qui. Se sono andate da qualche parte, qualcuno deve aver guidato» rifletté Chappy.

I sensi di JJ erano ancora in massima allerta e il brivido sulla nuca non si attenuava. Era teso come lo era stato quando non era riuscito a contattare April la prima volta. «Fermatevi tutti. Non muovetevi» ordinò, mentre scrutava l'area.

A prima vista, sembrava tutto normale. Nulla era fuori posto. La caffettiera sul bancone era mezza piena; i cuscini sul divano erano perfettamente posizionati come piaceva ad April. Tutto sembrava come sempre.

Poi le narici di JJ si dilatarono quando inspirò profondamente. «Qualcun altro sente questo odore?» chiese.

I suoi amici si irrigidirono subito, e vide le loro teste sollevarsi un poco mentre annusavano l'aria.

«Cazzo, è *polvere da sparo?*» domandò Bob.

Abbassò lo sguardo a terra. Se qualcuno fosse stato ferito ci sarebbero state delle tracce. Ma il pavimento era pulito come sempre. Non c'erano macchie di sangue, nulla che indicasse che fosse avvenuto qualcosa di nefasto. In ogni caso, era certo al cento per cento che lì fosse successo qualcosa. Qualcosa di terribile.

«Quel buco nel pavimento c'è sempre stato?» chiese Cal, indicando un piccolo punto tondo.

JJ vi si avvicinò, si accovacciò e toccò il piccolo foro. «No» rispose, non riconoscendo il suono della propria voce.

«Merda! Questo sembra sangue» disse Chappy, ispezionando una macchia scura sul pavimento, poco lontano dal buco. A JJ era sfuggita perché si confondeva bene con il legno scuro.

Senza dire una parola, si diresse verso la porta sul retro. La sua attenzione ora era super focalizzata, come era solito fare in missione. Non si sentiva così da anni, aveva quasi dimenticato del tutto quella sensazione. Ma tutti i suoi sensi si erano immediatamente affinati.

La sua vita, quella dei suoi compagni di squadra e delle loro donne dipendeva dal fatto che non gli sfuggisse nulla.

Studiò il piccolo parcheggio dietro l'ufficio; c'erano i veicoli delle donne, la sua Bronco e la Rolls di Cal. I suoi occhi scrutarono attentamente il terreno sterrato e ghiaioso finché non vide quello che stava cercando. «Lì» disse, indicando con il mento la zona più in fondo, vicino agli alberi. C'erano tracce di pneumatici di quello che poteva essere un piccolo SUV o un pick-up... e di un qualche tipo di rimorchio; le tracce dietro a quelle del veicolo erano più vicine e non avevano molto battistrada.

«Porca puttana!» imprecò Cal.

«Stai scherzando!» esclamò Chappy.

«Se viene torto anche un solo capello a mia moglie, qualcuno morirà» affermò Bob in tono feroce.

JJ non disse una parola. Stava stringendo i denti così forte che sicuramente prima o poi se ne sarebbe rotto uno. Fece un respiro profondo, mentre i suoi amici continuavano a imprecare.

«Basta» ordinò con fermezza. «Essere incazzati non aiuta.»

«Come fai a essere così dannatamente calmo?» sbottò Cal.

«Le prove indicano che qualcuno ha rapito le nostre mogli e tu ci dici che non dobbiamo incazzarci?» sbraitò Chappy.

«Col cazzo» mormorò Bob.

«Sono incazzato» disse JJ ai suoi compagni di squadra. «Ma essere arrabbiati non servirà a nulla. Preparatevi, Delta, abbiamo del lavoro da fare.»

Le sue parole furono immediatamente recepite e i suoi amici si concentrarono come i soldati ben addestrati che erano. Poi ognuno annuì e guardò JJ per avere indicazioni.

«Qual è il piano?» chiese Chappy.

«Chiamare la polizia. Tracciare le celle telefoniche, vedere se riusciamo a individuare esattamente quando è successo» rispose.

«E poi?» domandò Cal.

JJ sorrise. Un tipo di sorriso che April non aveva mai visto. Un sorriso calcolatore, letale e determinato che i suoi compagni di squadra riconobbero subito. «E poi andiamo a caccia.»

La sua dichiarazione sembrò calmare ancora di più gli altri.

«E vi dico subito che chiamerò a raccolta tutti quelli che sono in debito con noi. Intanto, però, cominciamo con Tex. Abbiamo molte conoscenze, dobbiamo usare ogni singola connessione che abbiamo. Ex Delta, altre forze speciali... accidenti, anche i civili.

Qualcuno ha le nostre donne e non mi interessa perché, ma si pentirà di averle toccate. Ricordate le mie parole.»

«Chiamo il capo della polizia» disse Bob.

«Io contatto Tex» aggiunse Chappy.

«E io la compagnia telefonica, per vedere se riesco a convincerli a fare il ping delle celle» incalzò Cal. «Poi mi metterò in contatto con i miei genitori.»

JJ annuì. Non aveva idea di come la famiglia reale del Liechtenstein avrebbe potuto essere d'aiuto, ma non aveva problemi a usare le loro conoscenze se ciò significava trovare April e le altre. Il terrore ribolliva dentro di lui, ma aveva imparato da tempo a incanalarlo nell'azione. Quella era la missione più importante della sua vita e non avrebbe fallito. Non quando il suo futuro dipendeva da quello.

———

April non sapeva quanto tempo fosse passato; era difficile dirlo quando si era all'interno di una scatola buia, ma alla fine le sembrò che stessero rallentando. Si erano fermati un paio di volte, in realtà, e a ognuna si era chiesta se non fosse stato il caso di battere sulle pareti del rimorchio, per cercare di attirare l'attenzione di qualcuno.

Ma dopo averne discusso con le altre, avevano deciso che la cosa migliore da fare era stare tranquille... per il momento. Dopotutto, Ryan aveva colpito June solo quando non aveva ottenuto ciò che voleva. E nessuna di loro desiderava vedere se avrebbe concretizzato le sue minacce se lo avessero fatto arrabbiare. Perciò erano rimaste sedute, strette l'una all'altra, in attesa di vedere cosa sarebbe successo.

Ogni volta che si erano fermati, erano ripartiti nel giro di pochi minuti. Ryan non aveva aperto le porte del rimorchio e non aveva comunicato con loro in alcun modo. Alla fine avevano dovuto ricorrere al secchio nell'angolo per fare i loro bisogni. Era difficile e imbarazzante, ma come continuava a ricordare a tutte, dovevano fare tutto ciò che era necessario, e non c'era nulla di imbarazzante quando si trattava di sopravvivere.

Alla fermata successiva, qualcosa sembrò diverso. Tanto per dirne una, non ripartirono subito.

«Dove pensi che siamo?» sussurrò Carlise.

«Non ne ho idea» rispose April. «Ma credo che prima fossimo sull'interstatale. Da come il rimorchio sferragliava e veniva sballottato dal vento, stavamo viaggiando a velocità piuttosto sostenuta.»

«Prima o poi dovrà pur dormire, no?» disse Marlowe.

April annuì. «Già, hai ragione. Magari lo sta facendo adesso. Si è fermato per dormire un po'. Come stai, June? Hai ancora le contrazioni?»

Ci fu una piccola pausa, poi lei sospirò. «Sì.»

«Sono più ravvicinate?» le domandò Carlise.

«Un po'.»

«Merda» imprecò Marlowe a bassa voce.

«Non c'è problema. Se June partorirà, possiamo gestirlo» dichiarò April con fermezza.

Nessuno rispose. Finché Carlise disse ironicamente: «So che dovremmo rimanere positive, April, e ti abbiamo sempre considerata una guida, ma devo dirlo... stai dicendo un sacco di stronzate.»

Lei sbatté le palpebre sorpresa, poi sorrise. E poi rise davvero di gusto. «Bene, tiriamo fuori tutto. Chi altro vuole lamentarsi?»

«La schiena mi sta uccidendo» disse June. «Questo pavimento è durissimo.»

«Mi piace vivere in modo spartano nella baita di Riggs, ma fare la pipì in un secchio fa schifo» aggiunse Carlise.

«E qui dentro c'è puzza» affermò Marlowe. «Mi ricorda troppo la prigione in Thailandia.»

«Ho paura» ammise June sommessamente.

«Anch'io» concordò Carlise.

«Io sono terrorizzata» disse Marlowe. «Non sappiamo cosa voglia questo tizio o cosa ci farà quando arriveremo ovunque siamo diretti.»

«Senza contare che siamo chiuse qui dentro. E se facesse un incidente? E se decidesse di abbandonare questo rimorchio da qualche parte?» chiese Carlise.

«E non ci ha dato né acqua, né cibo, né altro» si lamentò June.

«Sono preoccupata per quello che stanno pensando e facendo i nostri uomini. Ormai staranno impazzendo» mormorò Carlise.

Quando smisero di parlare, April chiese: «Tutto qua? Dai, è il momento di dire quello che pensate.»

Rimasero in silenzio e lei fece un respiro profondo. Era il suo turno. «Ho paura che mi odiate per avervi messo in questa situazione. Sono terrorizzata dal fatto che June stia per avere il suo bambino e non ho idea di cosa fare. Non voglio che nessuna di voi si faccia male e ho così tanta fame che mi gira la testa. Ma sapete una cosa? La situazione avrebbe potuto essere peggiore.»

Qualcuno sbuffò.

«Dico sul serio» insistette. «Quello stronzo avrebbe potuto sparare a June in ufficio. Oppure avrebbe potuto separarci. Avere voi qui rende tutto questo in qualche modo migliore. Non facile, ma meno complicato. Siamo donne intelligenti, possiamo capire come sopravvivere.»

«Siamo in quattro. E se gli saltassimo addosso la prossima volta che apre le porte?» chiese Carlise.

«O forse possiamo trovare un punto arrugginito o qualcosa che sbuchi all'esterno, e infilare un pezzo di stoffa per cercare di segnalare a qualcuno» aggiunse Marlowe.

«E abbiamo letto abbastanza libri sui bambini da sapere cosa aspettarci. Se partorirò, confido nel vostro aiuto. Possiamo farcela» disse June con voce più ferma.

April avrebbe voluto piangere, era davvero grata che le sue amiche si stessero impegnando a superare le loro paure.

«Chi è questo tizio?» chiese Marlowe. «Perché noi?»

«Da quel poco che ho capito, penso che rapirci abbia più a che fare con i nostri uomini» rispose April.

«Sono d'accordo» confermò June. «A quest'ora avrebbe potuto ucciderci. Stuprarci. Non ha fatto altro che metterci in questo affare e guidare.»

«Ma non ha senso» disse Carlise esasperata.

«Lo ha, se ha organizzato qualcosa da prima» replicò June. «Qualcosa per attirare i nostri uomini, forse?»

«Oh, merda» mormorò April. La sua amica aveva ragione. *Aveva* senso. Ma la domanda era... dove?

«Ma perché?» rifletté Marlowe.

«Ha importanza?» rispose Carlise in tono piatto. «Magari Riggs lo ha guardato storto. Forse odia la famiglia reale del Liechtenstein. Oppure Bob gli ha detto qualcosa di sarcastico o vuole farla pagare a JJ perché ha un'azienda di manutenzione alberi che non sta andando bene a causa della Jack's Lumber. Rapire quattro donne è un gesto estremo, quindi, qualunque sia il motivo, è ovvio che nella sua testa lo abbia giustificato.»

Non aveva torto. April annuì tra sé e sé. «Dobbiamo fargli aprire questo rimorchio» affermò con decisione.

«Non sono sicura che sia l'idea migliore» disse Marlowe con un tremito nella voce.

«Quando è venuto in ufficio, gli piaceva se lo imploravo, se mi arrendevo e facevo qualsiasi cosa mi dicesse di fare. Posso provare a comportarmi allo stesso modo. Vedere se implorarlo aiuta.»

«Tipo a lasciarci andare?» chiese June.

«Credo che non lo farà mai» disse April con un sospiro. «Ma prima non avevate torto. È terribile qui dentro; è freddo, il pavimento è troppo duro e quel secchio è disgustoso. Vi fidate di me?»

Tutte e tre le sue amiche risposero subito in modo affermativo, e ciò le fece gonfiare il cuore e riempire gli occhi di lacrime.

«Bene, allora sarò la nostra portavoce. Quel bastardo è arrogante e pensa di avere tutto sotto controllo. Gli parlerò e vedrò di convincerlo ad aiutarci.»

«Fai attenzione, April» disse Carlise. «Non possiamo farcela senza di te.»

Allungò una mano e accarezzò alla cieca quella che pensava fosse la gamba dell'amica. «Sì, potete e lo farete. I vostri mariti contano sul fatto che siate forti e che teniate duro finché non arriveranno.»

«Pensi davvero che ci troveranno?» chiese June.

«Sì.» Fu Marlowe a rispondere. «Kendric è riuscito a farmi evadere da una prigione thailandese. Trovarci e farla pagare a questo Ryan sarà un gioco da ragazzi, soprattutto perché tutti e quattro i nostri uomini lavoreranno insieme.»

«Hai ragione» disse June, con un tono che suonava più deciso di un attimo prima.

«Accidenti sì, ci troveranno» concordò Carlise.

April ripensò a quando Jack aveva elencato alcuni dei suoi cosiddetti errori. Quando aveva giurato di fare terra bruciata per tenerla al sicuro. All'epoca le era sembrato esagerato, ma ora, immaginarlo in modalità soldato a far rimpiangere a quello stronzo di Ryan di aver osato toccarla, le sembrava davvero fantastico.

«Ce la faremo, ragazze» insistette, sollevata dal fatto che le sue amiche avessero reagito invece di ricadere nella disperazione.

CAPITOLO QUATTORDICI

JJ ERA CONCENTRATO COME NON MAI. «Rapporto situazione» sbraitò, entrando nella stanza sul retro della Jack's Lumber che avevano deciso di usare come base. Lì si sentivano tutti più vicini alle loro donne, perché quello era l'ultimo posto in cui sapevano erano state.

Era ormai sera inoltrata, quindi fuori era buio, ma nessuno era stanco. Neanche lontanamente.

«Il capo della polizia ha organizzato alcune squadre di ricerca, ma sappiamo tutti che non troveranno nulla qui intorno. Chiunque abbia preso le nostre donne se n'è andato da tempo» disse Bob.

«I miei genitori si sono messi in contatto con il re e la regina, e i loro migliori esperti di tecnologia sono al lavoro per vedere se riescono a trovare qualche traccia digitale di chi potrebbe aver compiuto questo rapimento» aggiunse Cal. «Ma la cosa più importante è che, grazie all'aiuto del capo Rutkey, la compagnia telefonica sta finalmente lavorando per localizzare i loro telefoni. Dovrebbero chiamarmi da un momento all'altro.»

«Ho parlato con Tex. È incazzato. Intendo *molto* incazzato.

Sta contattando un gruppo di uomini che conosce e che vive a Indianapolis» li informò Chappy.

«Chi sono e come possono aiutarci?» chiese JJ.

«Non lo so. So solo che hanno una società di assistenza stradale chiamata Silverstone.»

JJ provò un senso di irritazione. L'ultima cosa di cui avevano bisogno erano dei tizi a caso senza risorse. Il solo fatto di proporli era uno spreco di tempo prezioso che sarebbe servito per trovare le loro donne.

«Porca puttana! Quelli della Silverstone?» chiese Bob.

«Li conosci?» domandò JJ, con un tono un po' più duro di quanto avesse inteso.

«Lavoravano con Willis, il contatto dell'FBI con cui collaboravo anch'io per le mie missioni. Non mi ha mai menzionato il nome della loro attività, ha solo detto che lavorava con un gruppo di ex soldati delle forze speciali che gestiva un'attività di assistenza stradale nell'Indiana. Accettavano lavori su commissione per... eliminare gente malvagia.»

«Degli assassini?» chiese Cal, sollevando le sopracciglia.

«A quanto pare» rispose Bob con un cenno del capo. «Ho sentito solo cose straordinarie su di loro. Willis era molto arrabbiato per averli persi. Hanno chiuso dopo essersi sposati e aver messo su famiglia. Ora fanno cose totalmente legali, gestiscono la Silverstone, ma sono dei veri professionisti.»

JJ annuì con riluttanza. Avere un'altra ex squadra delle forze speciali al loro fianco *sarebbe* stata un'ottima cosa.

«Abbiamo qualche indizio su chi sia il colpevole?» chiese Bob. «Chi ha le nostre donne e perché?»

«Al momento no, ma Tex ci sta lavorando» rispose Chappy.

Nel corso del loro servizio al Paese avevano fatto alcune cose violente, ma JJ *non* era preoccupato che Tex scavasse nel loro passato. Era letteralmente l'unica persona che poteva farlo, per quanto lo riguardava.

Proprio in quel momento squillò il telefono di Cal, che rispose e mise il vivavoce. «Callum Redmon.»

«Signor Redmon, sono Alice della compagnia telefonica, la chiamo riguardo alla sua richiesta.»

«Che cos'ha scoperto? Dov'è?» chiese, senza giri di parole.

«Be', sembra che il telefono di sua moglie sia in Canada.»

I quattro uomini si scambiarono uno sguardo confuso.

«Come, scusi?»

«Al momento il segnale proviene da una torre di Montreal. E per sua informazione, non ha il piano internazionale, cosa che posso aiutarvi ad attivare. Mi creda, le farà risparmiare centinaia di dollari.»

«E che mi dice degli altri?» sbottò Cal, chiaramente non interessato a una proposta di vendita. «Anche quelli sono a Montreal?»

JJ si irrigidì quando sentì le dita della donna digitare su una tastiera. «No. Gli altri tre numeri che mi ha dato sono in tre posti diversi. Uno è a Boston, l'altro a Portland... quello nel Maine, non nell'Oregon.» La donna rise come se avesse fatto una battuta, ma quando Cal sembrò non apprezzare il suo umorismo, continuò rapidamente. «E l'altro numero non trasmette più, ma l'ultimo ping è stato vicino ad Albany, nello stato di New York.»

JJ era confuso. Pensò ai possibili motivi per cui i loro telefoni fossero finiti in posti diversi, e non erano positivi. Proprio per niente.

«Signore?» chiese Alice. «È ancora lì? Vuole che attivi il piano internazionale sul telefono di sua moglie? Sono solo dieci dollari al giorno, e mi creda, costa molto meno di quello che sta pagando ora accedendo ai ripetitori canadesi in modalità roaming.»

«Chiuda tutto. Disattivi il telefono» ribatté Cal, poi riattaccò senza dire altro, tagliando fuori la povera donna.

«Quindi chi li ha presi ha dato via i telefoni, oppure sono stati rubati» commentò Chappy.

«A quanto pare» disse Bob teso.

JJ strinse le labbra. La possibilità di rintracciare le donne tramite il cellulare era esclusa. A meno che... «Potrebbero essere state rapite da trafficanti e spedite in posti diversi.»

Cal scosse la testa. «No, non credo.»

«Perché no?» chiese, desiderando disperatamente di essere d'accordo con il suo amico. La paura lo attanagliava al pensiero che April fosse nelle mani di qualcuno che operava nel traffico di donne.

«Chiunque le abbia rapite le ha prese tutte *insieme*. Sì, è possibile che si sia fermato da qualche parte e le abbia separate, ma penso che due donne evidentemente incinte e – senza offesa, JJ – una di una certa età come April, non siano esattamente la normale scelta quando si tratta di commercio sessuale.»

Non si sbagliava, così annuì.

«Allora chi è stato? E perché?» chiese Bob.

«A questo punto non ha importanza. Chiunque le abbia prese è morto» ringhiò JJ. «Che altro abbiamo? Video?»

«Non ho ancora trovato nulla» rispose Chappy. «La nostra telecamera interna è puntata sulla porta d'ingresso e quella esterna riprende la strada direttamente davanti alla Jack's Lumber. Se il veicolo si è avvicinato deve aver girato a destra, fuori dall'inquadratura, perché non è passato nessun pick-up con rimorchio davanti alla nostra telecamera.»

«Merda» disse JJ passandosi una mano tra i capelli. Vivere a Newton lo aveva reso meno cauto. In quella piccola città raramente accadevano atti criminali, ma avrebbe dovuto saperlo bene, soprattutto dopo che *erano* successe delle cose strane proprio alle donne dei suoi amici. Si rimproverò per non aver messo una telecamera sulla porta posteriore. Era stato stupido e forse il peggior errore che avesse mai commesso.

«E le altre attività commerciali?» chiese Cal.

«Il capo della polizia sta controllando con i proprietari.»

«Non abbiamo tempo per questo» disse JJ, sapendo fin nel

profondo che il tempo stringeva. Dovevano scoprire dov'erano le loro donne. *Subito*.

Gli sguardi dei suoi migliori amici erano fissi su di lui, in attesa di indicazioni, ma per la prima volta in vita sua non sapeva cosa fare.

Aveva sempre un piano. Era stato il leader della squadra, l'uomo a cui gli altri si rivolgevano quando le missioni andavano a rotoli, ma in quel momento non aveva nulla. Era come se le loro donne fossero scomparse senza lasciare traccia.

Il cuore gli batteva forte, e dentro di sé era in preda al panico, ma esteriormente rimase calmo come sempre.

«Non hai niente da dire?» chiese infine Bob. «Come fai a essere così rilassato?» disse in tono duro. «Oh, è perché April non è tua moglie? Perché non è incinta?»

Un impeto di rabbia lo pervase, ma non lo sfogò. Non rispose in alcun modo. Capiva la furia del suo amico.

«Sul serio, JJ, sei fatto di ghiaccio, cazzo?» domandò Chappy. «*April* è chissà dove! Forse è ferita. Sicuramente è spaventata. Pensavamo che voi due aveste finalmente ammesso i sentimenti che provate l'uno per l'altra. Ci sbagliavamo?»

Di nuovo, comprendeva benissimo che la loro rabbia era causata dalla paura, dall'impotenza e dalla disperazione, tutte cose che lui stesso sentiva dentro di sé. E Chappy non aveva torto: *era* come avvolto nel ghiaccio. Era l'unico modo per tenere dentro tutte le emozioni. Si conosceva troppo bene. Se le avesse fatte uscire, non sarebbe stato in grado di pensare. Non sarebbe stato in grado di aiutare April e le altre.

«June sta per avere nostro figlio» disse Cal con la voce più tormentata che gli avesse mai sentito.

«Lo stress non fa bene né a lei né al bambino. E se entrasse in travaglio mentre noi stiamo qui a girarci i pollici? Per l'amor di Dio, aiutaci!» Quando finì stava praticamente urlando.

JJ si raddrizzò. Le mani gli tremavano per l'adrenalina che gli scorreva nel sangue. Non odiava i suoi amici per aver riversato su di lui la loro paura e la frustrazione. In quanto leader, quello era sempre stato il suo compito. Rimanere stoico, prendere le decisioni migliori per tutti... e sì, essere un sacco da boxe quando necessario.

«Le troveremo» disse con una voce che non riconobbe. Era piena di veleno, di odio e di determinazione. «Cal, tua moglie e tuo figlio staranno bene. Le altre si prenderanno cura di lei. Chappy, Carlise è intelligente ed equilibrata. Bob, Marlowe ha passato l'inferno, e ti ha comunque coperto le spalle quando le cose sembravano senza speranza. E la mia April è il collante che le terrà unite.

Stanno tenendo duro. Per *noi*. E *non* le deluderemo. Chiunque le abbia prese ha fatto il peggior errore della sua vita. Non importa che problema abbia con noi, avrebbe dovuto lasciar perdere. Perché ora perirà di una morte molto dolorosa. Ricordatevi le mie parole: le troveremo. E quando succederà, tutti quelli che hanno contribuito a rapirle la pagheranno.

Quanto al fatto che non mi importi... mi importa eccome» continuò JJ. «E lo sapete benissimo. Ma sto tenendo sotto controllo le emozioni, non posso lasciarmi andare alla paura. Non posso pensare a quanto April sia spaventata, a quanto dev'essere preoccupata. Se è ferita o meno. Di chi è il sangue sul pavimento. Se lo facessi, perderei la testa e non potrei più aiutarle.

Quindi, potete essere incazzati quanto volete. Potete sbraitare e inveire, prendere a pugni e lanciare roba. Non mi interessa se distruggete questo ufficio e tutto ciò che contiene. Continuerò a mantenere il controllo per tutti noi. Odiatemi pure se volete, ma non cambierà un bel niente. Troverò comunque la mia donna e farò a pezzi chiunque le abbia torto anche un solo capello.»

I suoi compagni di squadra erano rimasti immobili fin dalle sue prime parole, e ora lo fissavano con un misto di apprezzamento e senso di colpa. Alla fine Chappy disse in tono calmo.

«Mi dispiace di aver dubitato di te anche solo per un secondo. Sappiamo tutti chi sei. Ci hai salvato la vita più di una volta e fatto superare situazioni che nessuno avrebbe dovuto sperimentare.»

«Dispiace anche a me» ammise Cal. «È solo che...sono così preoccupato per June che non riesco a ragionare!»

«Hai ragione. Le nostre donne sono più forti di quanto crediamo. Ci serve solo un cazzo di indizio! Anche solo una traccia piccolissima, e riusciremo ad arrivare a loro» disse Bob.

«Puoi scommetterci» concordò JJ con un cenno del capo.

Chappy si avvicinò e gli mise una mano sulla spalla. Il peso era irrisorio, ma il supporto e il significato dietro a quel gesto erano inestimabili. Cal si avvicinò e gli posò una mano sull'altra spalla. Poi fu il turno di Bob che arrivò davanti a lui e avvolse tutti in un grande abbraccio.

Nessuno disse una parola, ma il sostegno che si stavano dando a vicenda li rinvigorì. Diede loro forza.

JJ voleva bene a quegli uomini, sarebbe letteralmente morto per loro, così come sarebbe morto per le loro mogli. Pregò con tutto sé stesso che non si dovesse arrivare a tanto. Che in qualche modo avrebbero avuto fortuna e trovato le donne sane e salve e senza un graffio.

Ma nel profondo sapeva, istintivamente, che la lotta per tenerle in vita spettava a loro. Quello che avevano vissuto come prigionieri di guerra sarebbe sembrata una passeggiata in confronto a trovarle e riportarle a casa. Ma non importava. Non si erano addestrati a lungo e duramente, non avevano visto e sperimentato tante cose orribili, non avevano vissuto l'inferno, solo per perdere le persone che avevano reso tutto ciò degno di essere fatto.

Sii forte, April. Stiamo venendo a prendervi.

Disse quelle parole nella sua testa, ma non aveva bisogno di pronunciarle ad alta voce. Non aveva alcun dubbio che April sapeva che l'avrebbe trovata.

CAPITOLO QUINDICI

Le donne erano rimaste rannicchiate probabilmente per un'altra ora quando sentirono dei rumori sul lato posteriore del rimorchio.

April si alzò a sedere e sussurrò: «Ricordatevi di lasciar fare a me.»

«Buona fortuna» le disse sommessamente Carlise.

«Puoi farcela» la incoraggiò Marlowe.

«Ci fidiamo di te» aggiunse June.

Il cuore le batteva al triplo della velocità. Non aveva idea di quello che stava per accadere. La persona che stava per aprire il rimorchio poteva essere Ryan, o qualcuno a cui le aveva vendute. Sì, aveva pensato a tutti gli scenari in cui avrebbero potuto ritrovarsi, e uno era quello di essere vendute nel mercato del sesso.

Chiunque fosse là fuori avrebbe trovato quattro donne che sembravano completamente intimorite e sottomesse. Combattere non era nel loro interesse se non avevano armi. E anche se April voleva davvero *tanto* cavare gli occhi a chiunque fosse apparso, fece un respiro profondo e si convinse a essere paziente. A fare tutto il possibile per superare in astuzia il loro rapitore.

Una delle porte si aprì, e anche se fuori era buio, la luce di un lampione in lontananza fu comunque troppo per i suoi occhi sensibili. Erano state al buio completo per così tanto tempo che solo quel piccolo bagliore le fece fare una smorfia.

Socchiuse gli occhi e vide che era stato proprio Ryan ad aprire il rimorchio. Alle sue spalle si vedevano solo alberi. Ovunque si fosse fermato, aveva parcheggiato in retromarcia in modo che nessuno potesse vedere cosa c'era dentro.

«Per favore» lo implorò, con la voce più patetica che riuscì a fare. «Hai dell'acqua?»

«Perché dovrei darti qualcosa?» le chiese.

Avrebbe voluto davvero tirargli un pugno sul naso, ma si impose di tenere la testa bassa e il tono neutro. «Siamo state brave. Non abbiamo fatto alcun rumore. Vogliamo solo qualcosa da bere. *Per favore.*» Stava calcando la mano, ma sperava che avrebbe funzionato.

Con sua sorpresa, lui le disse: «Vieni qui.»

Alzò lo sguardo e vide che stava indicando proprio lei. Si spostò con riluttanza sul pavimento freddo, rimanendo a circa un metro dall'uscita.

«Qui» le ordinò indicando il bordo.

Per un attimo esitò. Non voleva avvicinarsi a quello stronzo. Lo guardò, cercando di prendere tempo, studiandolo davvero per la prima volta. Era molto più giovane di quanto le fosse sembrato inizialmente. Non poteva avere più di ventuno o ventidue anni, ma era anche possibile che fosse ancora un adolescente. Aveva i capelli neri e un velo di barba. Nella penombra i suoi occhi sembravano sfere nere e vuote. Vestito con quei jeans e quella maglietta, avrebbe potuto mimetizzarsi ovunque, tranne che...

Non pensava che fosse americano. Si era tagliato i capelli per essere simile a molti giovani, e l'abbigliamento era adatto all'età, ma per quanto cercasse di nasconderlo, le sue parole avevano un leggero accento.

«Ti ho detto di venire *qui*, April» ripeté Ryan con irritazione.

Lei si spostò ancora in avanti senza pensarci.

«Vuoi dell'acqua?» le chiese.

«Sì, per favore.»

«E del cibo?»

«Sarebbe gradito» gli rispose.

«C'è puzza qui dentro» borbottò.

«Se mi lasci svuotare il secchio, l'odore migliorerà.»

«Bene. Fallo.»

April lo fissò per un minuto, scioccata che lui avesse accettato senza fare storie. Era anche molto diffidente. Cos'avrebbe voluto in cambio dei suoi presunti atti di gentilezza?

«Niente scherzi. Sparerò a qualcuno senza esitazione se farai qualcosa di stupido.»

Fu allora che vide la familiare pistola nella sua mano. Prima le era sfuggita. Annuì rapidamente. «Niente scherzi. Promesso.»

Si girò e si spostò verso le altre e il secchio, che era stato fissato all'angolo posteriore del rimorchio. Sganciò la corda elastica che lo teneva in posizione, ed ebbe la breve visione di usarla per avvolgerla intorno alla gola di Ryan e strangolarlo.

Tornò di nuovo sul bordo e lui fece un passo indietro. Non uno lungo, sufficiente solo a permetterle di portare le gambe fuori e mettersi in piedi. Fu bellissimo stiracchiarsi, stare dritta, ma si spostò rapidamente verso l'albero più vicino e svuotò il secchio.

Senza muovere la testa, April si guardò intorno e vide che erano in quella che sembrava un'area di sosta. Aveva avuto ragione a dire che probabilmente avevano viaggiato sull'interstatale. Ryan aveva parcheggiato nella parte più in fondo, insieme agli autoarticolati. I generatori dei camion mascheravano gli altri rumori, e se i camionisti dormivano, era possibile che nessuno le avrebbe sentite urlare.

Tornò rapidamente al rimorchio e vi salì senza aspettare ordini. Spinse il secchio verso le sue amiche e si voltò a guardare il loro rapitore. «Grazie» mormorò, anche se quelle parole furono come acido sulla sua lingua.

«Che obbediente» disse Ryan compiaciuto. Poi la sorprese sporgendosi rapidamente dentro il rimorchio per afferrarle il polso e strattonarla verso di sé.

Le ci volle tutta la sua forza di volontà per non tirarsi indietro, per non dargli un pugno in faccia. Lasciò invece che la trascinasse di nuovo fuori. Lui chiuse di scatto la porta con una mano, bloccando le sue amiche all'interno. Non per la prima volta, April si sentì pervadere dal terrore. E ora cos'avrebbe fatto di lei? L'avrebbe uccisa? L'avrebbe consegnata a un serial killer che aveva contattato perché andasse a incontrarli nella parte nascosta di quell'area di sosta?

Cercò di liberare il braccio dalla sua presa, ma lui si limitò a stringerle di più le dita intorno al polso. La trascinò verso il lato del passeggero del pick-up nero e le ordinò: «Sali.»

Non la mollò, e April fece lentamente ciò che le aveva chiesto.

Si sistemò sul sedile e guardò costernata Ryan tirare fuori delle manette per chiuderne rapidamente una intorno al suo polso e agganciare l'altra alla maniglia. Poi fece un sorriso soddisfatto che la spaventò terribilmente. Sbatté la portiera, andò al lato del guidatore, salì in auto e accese il motore. Poi uscì dal parcheggio e tornò in strada.

April era davvero confusa. Non aveva idea di cosa stesse succedendo. Si sentiva in colpa per essere seduta su un sedile comodo quando le sue amiche erano ancora dietro, su quell'inesorabile pavimento d'acciaio, probabilmente a congelarsi. Ryan aveva anche acceso il riscaldamento al minimo, quindi la cabina era calda.

«Grazie per avermi fatta sedere qui» mormorò dopo un attimo.

«Mi piace la tua educazione.»

Sapeva di dover far parlare quell'uomo. Di dover cercare di capire dove le stava portando e perché le aveva rapite, ma la sua mente era improvvisamente vuota. Non aveva idea di cosa dire o chiedere.

Mentre si avvicinavano a un cartello verde lo lesse; informava gli automobilisti che si trovavano a circa duecento chilometri da Syracuse. Sbatté le palpebre sorpresa. Ci volevano cinque ore per andare da Newton ad Albany, e dato che erano sull'interstatale, dovevano essere diretti proprio lì, ma le era sembrato che fossero rimaste chiuse in quel rimorchio per molto più tempo. E forse era così, in effetti, dato che Ryan aveva fatto diverse soste.

Quindi erano diretti a ovest. Essere educata e docile le aveva fatto ottenere qualche informazione utile, dopotutto. Era un inizio.

«Vuoi cibo e acqua?» le chiese all'improvviso, spaventandola.

«Sì, grazie.» Non dovette fingere il tremore nella sua voce.

Lui indicò una borsa tra loro. «Prima mi sono fermato a prendermi qualcosa, puoi mangiare quello che ho avanzato.»

April ebbe quasi un conato di vomito, ma lo trattenne, prese la busta del fast-food e sbirciò all'interno. Sul fondo c'erano un pezzo di hamburger chiuso in un involucro e delle patatine fritte. Erano fredde e mollicce, ma le mangiò lo stesso. Dopo averle mandate giù, chiese: «E l'acqua?»

Le indicò una bibita nel portabicchieri. «C'è del ghiaccio.»

Quel tizio era uno stronzo. Le faceva mangiare i suoi avanzi come se fosse stata un cane. Ma non lasciò trasparire nulla di ciò che stava pensando.

Finì l'hamburger e sollevò il bicchiere per sorseggiare il ghiaccio sciolto sul fondo. Per niente al mondo avrebbe usato la sua cannuccia. Non poteva proprio farlo.

Succhiò un cubetto, e fu quasi triste la sensazione di piacere che le diede in gola sciogliendosi.

«Anche le mie amiche hanno sete e fame» disse sommessamente. «E hanno freddo. Non è che hai una coperta?»

«Sei proprio la tipica donna. Le dai un braccio e vuole la mano.»

April si fissò le mani in grembo, e si rifiutò di sorridere per come aveva storpiato quel detto. Quella fu un'altra cosa che le fece pensare che fosse straniero.

«Suppongo anche che tu voglia chiamare Jackson, vero?»

April alzò la testa di scatto e lo fissò. Era una trappola? La stava torturando con la possibilità di parlare con Jack? Probabilmente sì. Ma non riuscì a trattenersi dal sussurrare: «Oh, Dio. Sì... ti prego!»

«Cosa vuoi di più? Parlare con Jackson o cibo, acqua e coperte per le tue amiche?»

Non sapeva cosa pensare. Merda, voleva parlare con Jack più di qualsiasi altra cosa al mondo in quel momento. Se lo avesse fatto, avrebbe potuto dargli qualche indizio su dove si trovavano. Tipo che erano diretti a ovest, o che il pick-up di Ryan era nero, o che stava trainando un rimorchio.

Ma probabilmente lui la stava solo prendendo in giro. Non le avrebbe mai permesso di chiamarlo. Non era *così* stupido. E alla fine lei non poteva ignorare i bisogni delle sue amiche.

Per quanto le facesse male, alla fine disse: «Cibo, acqua e coperte.»

Ryan rise, ridacchiò in realtà. «Sei anche leale» la schernì. «Non vedevo l'ora di dire alle altre stronze che avevi preferito il cazzo a loro.»

April rimase il più immobile possibile. «Quindi ti fermerai a prendere loro del cibo e altre cose?» chiese titubante.

«Non c'è bisogno di fermarsi. La roba è sul retro» disse, indicando dietro le loro spalle.

Si voltò a guardare il sedile posteriore, e vide una grande scatola di cartone. Riuscì a intravedere quello che c'era dentro grazie alla luce dei lampioni che oltrepassarono, e la rabbia minacciò di travolgerla. Aveva sempre avuto delle provviste, e avrebbe potuto metterle nel rimorchio tanto per cominciare! Invece si stava divertendo a torturare lei e le sue amiche.

Odiava quell'uomo. Lo *detestava*.

Ma non aveva importanza, doveva stare al suo gioco ed essere intelligente.

«Grazie, davvero» sussurrò, cercando di sembrare allo stesso tempo stupita e sottomessa.

Viaggiarono in silenzio per qualche minuto, e April moriva dalla voglia di chiedergli quando avrebbero potuto fermarsi per trasferire la roba nel rimorchio, ma tenne la bocca chiusa.

«C'è una borsa bianca sul sedile posteriore. Prendila.»

Si voltò di nuovo e la individuò. Fece per prenderla, ma dato che il polso destro era ammanettato alla portiera, non riuscì ad allungarsi abbastanza. «Non posso.»

Ryan scrollò le spalle. «Oh, be'. Lì dentro c'è il telefono che avevo intenzione di farti usare per chiamare Jackson. Ma se non riesci a raggiungerlo...» Si interruppe.

April era abbastanza sicura che stesse mentendo, ma se così non fosse stato? Si stava comportando in modo... strano. Aveva la sensazione che tutto ciò facesse parte del suo piano. Lei era solo una pedina nel gioco crudele che stava facendo con gli uomini. Ma pazienza, se era una pedina, avrebbe fatto ciò che ci si aspettava da lei... per ora.

Sollevò il sedere dal sedile e cercò di nuovo di arrivare alla borsa bianca. La manetta le tirava dolorosamente il polso, ma riuscì a sfiorarla con le dita. Ce la stava quasi facendo.

Ryan sterzò improvvisamente a sinistra, facendola gridare di dolore quando l'acciaio penetrò nella pelle. La borsa cadde dal sedile e finì sul pavimento.

Il bastardo rise di gusto. «Ops, scusa. L'avevi quasi presa, vero?»

Era sul punto di dirgli di andare a fanculo, ma si trattenne all'ultimo momento. Era quasi spaventoso l'odio che provava per quell'uomo. Aveva cercato di vivere la sua vita comportandosi sempre gentilmente, e le persone avevano problemi che gli altri non conoscevano, così aveva cercato di dare a tutti il beneficio del dubbio. Ma non riusciva a trovare una sola qualità positiva in

Ryan. Aveva colpito June due volte e dato un calcio a Marlowe. Le aveva fatto mangiare e bere qualcosa, ma erano stati i suoi avanzi. Aveva comprato coperte e cibo per loro, ma li aveva tenuti nascosti per ragioni che solo lui conosceva.

E ora la stava tormentando con la possibilità di parlare con Jack. La stava torturando.

Fu pervasa da una forte determinazione. Lui non avrebbe vinto. Non gli avrebbe dato la soddisfazione di vederla piangere.

Allungò il braccio al massimo e quasi gemette per il dolore al polso destro, ma ne era valsa la pena perché riuscì ad agganciare la borsa con le dita. La afferrò saldamente e si risistemò di nuovo sul sedile.

«Ci sei riuscita. Ottimo lavoro» le disse in tono piatto. Ma aveva ancora un sorrisetto sul viso.

April si guardò il polso e fece una smorfia. Stava sanguinando. L'acciaio le aveva inciso la pelle, ma ce l'aveva fatta. Aveva preso quella stupida borsa.

«Che autocontrollo. Neanche una lacrima. Avanti, guarda dentro. So che muori dalla voglia di farlo.»

Lei aprì la borsa bianca e fissò l'interno, incredula alla vista del cellulare nero a conchiglia che conteneva. Porca puttana, le avrebbe *davvero* permesso di chiamare Jack?

«Sì, è un telefono» le confermò, come se potesse leggerle nel pensiero. «E visto che sei stata una brava ragazza, ti lascerò chiamare Jackson. Ma hai solo due minuti. Hai capito?»

«Sì, signore» rispose. Quel termine educato le uscì senza che se ne rendesse conto. Aveva ancora paura che lui le strappasse la borsa di mano e la gettasse dal finestrino o qualcosa del genere, ridendo della sua ingenuità per aver pensato che le avrebbe davvero permesso di chiamare aiuto.

«E ci sono delle regole» proseguì. «Non ti è permesso dirgli cosa sto guidando. O del rimorchio. Puoi dargli tutti gli altri indizi che vuoi. Vediamo se è abbastanza intelligente da capirli.»

La sua mente era in subbuglio. Indizi? Non era brava nei

giochi di parole. E lei e Jack non stavano insieme da abbastanza tempo da avere battute o allusioni segrete. *Merda, merda, merda!* «Posso dirgli il tuo nome?»

«Certo» rispose con un'alzata di spalle.

April era ancora sospettosa, ma il pensiero di parlare con Jack era troppo irresistibile per chiedersi perché fosse così generoso.

«E delle ragazze? Posso parlare di loro?» chiese, non volendo rischiare di dire qualcosa che potesse farlo arrabbiare.

«Sì.»

«Posso dirgli dove ci stai portando?»

Il sorriso di Ryan si fece più ampio. «E dove sarebbe?»

«Non lo so. Speravo che me lo dicessi tu, così potevo dirlo a Jack.»

Lui gettò la testa all'indietro e rise di nuovo. «Non sei così sottomessa dopo tutto, eh?» chiese in modo retorico, continuando a ridere. «Colorado. Andiamo in Colorado» disse quando tornò serio.

La scioccò che glielo avesse rivelato davvero. Certo, poteva aver mentito, e probabilmente era così. Da un momento all'altro avrebbe potuto andare a sud e dirigersi verso il Messico o altro... ma per qualche motivo gli credette. Forse perché sembrava che gli piacesse tanto quel gioco.

«Come diceva Einstein? A ogni azione corrisponde una reazione uguale e contraria? Le azioni hanno delle conseguenze. Questa è la sua. E del suo team.»

Non sapeva a cosa si riferisse. Il suo primo futile pensiero fu che aveva appena recitato la terza legge di Newton, non qualcosa che aveva detto Einstein. E sulla scia di quello... era ovvio, proprio come aveva pensato, che il rapimento non riguardava lei o le altre, ma Jack e la sua squadra.

Il cuore le batteva forte nel petto. All'improvviso non voleva più chiamarlo. Non voleva coinvolgerlo in qualsiasi cosa Ryan avesse pianificato.

«Siamo un'esca» sussurrò inorridita.

Lui le lanciò un'occhiata. «Sapevo che eri intelligente.» Poi il suo volto si fece duro. «Due minuti. E ricordati le regole. Se le infrangerai, nessuno mangerà o berrà fino a quando non saremo in Colorado, e potete morire di freddo per quanto mi riguarda.»

April capì che aveva smesso di perdere tempo. Il Colorado era la sua meta. Tormentarla era stato solo parte del divertimento.

Le tremava la mano mentre la infilava nella borsa e tirava fuori il cellulare. Era davvero contenta che le fosse tornata la memoria così da ricordare il numero di Jack. La maggior parte delle persone non si preoccupava più di memorizzare i numeri dei propri cari; non ce n'era bisogno dato che bastava cliccare su un pulsante per chiamarli. Ma lei era sempre stata un po' vecchia scuola, e ora ne era molto felice.

Aprì il telefono e si rese conto che probabilmente si trattava di uno di quelli non rintracciabili. Quelli che spacciatori e altri criminali sembravano avere in abbondanza. Fece un respiro profondo e compose lentamente il numero di Jack, pregando più intensamente di quanto ricordasse di aver mai fatto, di non combinare casini. Che lui rispondesse. Che capisse cosa stava succedendo e dove si trovavano. E che la sua telefonata non avrebbe fatto uccidere lui e gli altri.

CAPITOLO SEDICI

NON AVEVANO NULLA.

Nessun indizio.

Nessuna traccia.

Nessun filmato.

Niente che potesse condurli alle donne.

A JJ si accapponò la pelle, gli si rizzarono i peli sulla nuca. Qualcosa doveva saltare fuori. Succedeva sempre. April e le altre *non* avrebbero fatto parte di una tragica statistica di donne che scomparivano nel nulla, senza nessuno di cui sospettare, e i cui corpi non sarebbero mai stati ritrovati.

No, non venivano rapite quattro donne senza che il sequestratore volesse qualcosa; soldi, vendetta, sesso, potere... *qualcosa*.

Si irrigidì. Vendetta...

Non avevano ricevuto alcuna chiamata di riscatto nelle ore successive alla scoperta della loro scomparsa, quindi forse quell'ipotesi si poteva escludere. Era possibile che chi le aveva rapite le volesse per il sesso, o per farle prostituire, ma tre donne incinte non erano esattamente l'obiettivo ideale. Il potere era un'opzione... ma molto probabilmente in combinazione con qualcos'altro. Come la vendetta.

Doveva essere così. Qualcuno del loro passato *stava* cercando di dimostrare qualcosa. Voleva punirli. Attirarli in una trappola.

JJ si girò e sbottò: «Vendetta.»

Gli altri alzarono lo sguardo da quello che stavano facendo; camminare, cercare su internet qualsiasi tipo di informazione che potesse aiutarli, fissare impotenti nel vuoto.

«Cosa?» chiese Chappy.

«Vendetta. Chiunque le abbia prese lo ha fatto per vendicarsi di qualcosa.»

Bob sbuffò. «Questo non restringe per niente i sospetti» disse cupo. «Abbiamo fatto incazzare un sacco di terroristi e di gente malvagia.»

«Ma perché adesso? Sono anni che non siamo più in servizio attivo» obiettò Cal.

JJ stava per rispondere ma gli squillò il telefono. Era appoggiato sul tavolo vicino a lui e lo prese.

Il chiamante era "Sconosciuto".

Con l'adrenalina alle stelle, premette un pulsante sul cellulare per registrare la chiamata e rispose. «Pronto?»

«Jack? Sono io.»

Gli sembrò di essere entrato in un lungo tunnel buio. La sua vista si annebbiò ai lati, e si lasciò cadere sulla sedia davanti a cui qualche attimo prima si stava scervellando per avere un'idea di cosa fare.

«April?» chiese, non sapendo se era la mente che gli stava giocando un brutto scherzo.

«Sono io. Sto bene» gli disse in fretta. «Ho solo due minuti, quindi devi ascoltare. Mi stai ascoltando?»

«Sì, tesoro. Sto ascoltando.»

La sentì trattenere il fiato a quell'appellativo, ma poi fece un respiro profondo e continuò. «Stiamo bene. Tutte quante. Siamo insieme. Tra un po' avremo cibo e acqua, quindi di' agli altri di non preoccuparsi.»

«Sai bene quanto me che è impossibile.»

«Lo so, ma siamo insieme e teniamo duro. Ricordi il tramonto che abbiamo visto? Quanto era bello e la velocità con cui il sole sembrava scomparire?»

JJ non aveva idea di cosa stesse parlando, ma rispose subito: «Sì.»

«Bene. Si chiama Ryan. Ryan Johnson. Ha detto che potevo dirtelo.»

Alzò lo sguardo verso i suoi amici, che si erano riuniti intorno a lui da quando aveva messo il telefono in vivavoce. Il loro sguardo confuso gli fece capire che nemmeno loro avevano riconosciuto quel nome. «Dove siete? Dove vi sta portando?» Non pensava che sarebbe stata in grado di dirglielo, ma non aveva potuto non chiederglielo.

«Ha detto in Colorado» rispose. «Ricordi quella volta che siamo andati a pescare? Hai riso quando mi sono rifiutata di toccare i vermi. Non mi piaceva il modo in cui si contorcevano. Mi sembrava sbagliato infilare quell'amo nel loro corpo. Hai detto che senza i vermi non ci sarebbero stati pesci, ma non mi ha fatto sentire meglio.»

Era sicuro che lei stesse cercando di dargli qualche indizio, e si sforzò di capire cosa significasse. «Eri adorabile» mormorò JJ. Sapeva bene quanto lei che non erano *mai* andati a pescare insieme.

«Promettimi che faremo quella vacanza quando tornerò a casa» continuò con urgenza.

«Quale?» chiese ansioso.

«Quella all'estero. Hai promesso di portarmi a vedere la Grande Piramide d'Egitto. Voglio salire su un cammello. Ricordi?»

«Sì.»

«Ti amo, Jack. Non vedo l'ora di tornare a casa. Per accoccolarmi di nuovo con te, mangiare biscotti Fig Newtons mentre guardo la TV. E ricorda, che mi spetta il terzo per legge, qualunque cosa accada.»

Una voce profonda parlò in sottofondo, e pensò che avesse detto: "Tempo scaduto".

«April? Stiamo venendo a prendervi! Tenete duro.»

Ma non ci fu risposta, solo silenzio. O aveva riattaccato o qualcuno le aveva portato via il telefono.

Strinse il cellulare con così tanta forza che le nocche gli diventarono bianche. Avrebbe voluto alzarsi e lanciarlo dall'altra parte della stanza, ma se l'avesse fatto, April non sarebbe più riuscita a contattarlo.

«Respira, JJ» disse Cal, mettendogli una mano sulla spalla.

Il suo primo impulso fu quello di scacciarla via. Aveva voglia di picchiare a sangue qualcuno. Invece fece un respiro profondo e trovò dentro di sé la calma di cui aveva bisogno per capire cosa diavolo avesse cercato di dirgli la sua donna.

«April è un maledetto genio» dichiarò Cal.

JJ alzò di scatto la testa per guardarlo.

«Ci ha appena dato un sacco di indizi.»

«Hai capito cosa ci ha voluto dire?» chiese con urgenza.

«Non ne ho idea. Ma so che è ciò che ha fatto. Erano tutte cose troppo a caso perché *non* fossero degli indizi. Dobbiamo solo decifrarli.»

JJ fece un altro respiro profondo. Il suo amico aveva ragione. La metà delle cose che gli aveva detto non aveva senso per lui; non erano andati a pescare né avevano parlato di un viaggio all'estero, quindi dovevano essere indizi. E se volevano trovare le loro donne, dovevano capirli. Il prima possibile.

«Ryan Johnson» disse Chappy. «Crediamo davvero che sia il nome del tizio?»

«Impossibile» rispose Bob, scuotendo la testa mentre si sedeva accanto a JJ. «È troppo comune. Dev'essere inventato.»

Cal annuì. «Ecco perché probabilmente non aveva problemi che lei ce lo dicesse.»

«Quindi questo non porta a nulla. Andiamo avanti» disse JJ,

216   SUSAN STOKER

prendendo un pezzo di carta dal tavolino e scrivendo Ryan Johnson in cima per poi tracciarvi una linea sopra.

«Sapere che sono dirette in Colorado è positivo, molto positivo, ma possiamo fidarci che sia davvero la loro destinazione?» chiese Cal.

JJ digrignò i denti frustrato. «Non ne ho idea.»

«Perché le ha permesso di dircelo?» domandò Bob.

«Perché vuole che lo sappiamo. Vuole che lo seguiamo» ipotizzò Chappy.

Ci pensò su, e a malincuore convenne che probabilmente era così.

«Possiamo raggiungerle prima che arrivino lì? Non è che ci siano molti modi per arrivare in Colorado da qui» disse Bob.

«Stai scherzando? Non sappiamo in che *luogo* del Colorado stiano andando, e lui potrebbe tagliare per l'interstatale 90, o la 80, o la 70, o accidenti, potrebbe andare a sud e prendere la 40 e proseguire a nord quando arriva nel New Mexico» considerò Chappy disgustato.

JJ fece del suo meglio per non farsi prendere dal panico. Non voleva nemmeno pensare che April e le altre dovessero rimanere nelle grinfie del rapitore un secondo più del necessario, ma non era sicuro di come trovarle in mezzo alla vasta rete di interstatali.

«Maledizione!» esclamò Cal, tirando un calcio a una sedia pieghevole lì vicino, che volò all'indietro producendo un forte frastuono nell'ufficio altrimenti silenzioso.

«Riascoltiamo la telefonata» disse Chappy con aria truce. «April ha detto un sacco di altre cose. Se ci stava dando degli indizi, dobbiamo solo scoprirli.»

JJ cliccò su un pulsante e presto la sua voce stressata tornò a riempire la stanza. Gli faceva fisicamente male sentire quanto fosse spaventata, ma era anche orgoglioso che stesse cercando di mantenere la calma.

«Cos'è la storia della pesca?» chiese Bob, con la fronte aggrottata e fissando intensamente il telefono come se potesse aiutarlo a capire cos'avesse cercato di dire.

«E i vermi? Conosce un posto qui intorno dove si pesca?» domandò Chappy.

«E l'amo?» aggiunse Bob.

JJ chiuse gli occhi e si concentrò. Pensò all'ultima volta che era andato a pescare, al fatto che aveva scelto ogni verme con cura e l'aveva messo sull'amo in modo che non si staccasse una volta lanciata la lenza... poi comprese.

«Intende preparare l'*esca*» sbottò. «È ciò a cui servono i vermi a pesca.»

Chappy annuì. «Ci ha avvertiti che chiunque le abbia prese le sta usando come esca.»

Per la prima volta da quando aveva scoperto che April era sparita, iniziò a provare un minimo di speranza. No, il fatto che gli avesse detto che le donne erano un'esca non era esattamente qualcosa che sarebbe servito a trovarle, ma significava che il rapitore non le aveva prese per uno scopo più nefasto, come venderle o violentarle e torturarle... sperava.

«Quindi stanno andando in Colorado e questo Ryan Johnson vuole che li seguiamo...» rifletté Bob.

«E l'Egitto?» chiese Cal. «Stava cercando di dirci che pensa lui sia egiziano?»

JJ ci pensò un attimo. «Può darsi. È possibile che stesse semplicemente cercando di farci sapere che non crede sia americano. Non so quanta esperienza abbia nel determinare la nazionalità.»

«A meno che lui non le abbia detto qualcosa» rifletté Bob.

«Quindi Ryan Johnson è un nome inventato e forse viene dall'Egitto» disse Chappy. «Abbiamo fatto delle missioni lì»

«Sì, ma sono state soprattutto di ricognizione» replicò JJ. «Non abbiamo affrontato nessuno mentre eravamo lì. Perché diavolo qualcuno dovrebbe essere incazzato con noi per questo?»

La frustrazione era evidente sui volti della sua squadra.

«E il cammello? Stava forse cercando di farci capire qualcosa su colline, montagne, dossi?» domandò Cal.

I quattro uomini lanciarono delle idee, ma non riuscirono a trovare una spiegazione per quel particolare indizio.

«Quindi rimangono il commento sul tramonto e i biscotti. JJ, avete mai visto un tramonto insieme?» chiese Chappy.

Lui scosse la testa. «Non proprio. Oddio, forse mentre eravamo in macchina e tornavamo da un cantiere o altro. Ma non siamo mai stai lì seduti apposta per guardarlo.»

«Il sole tramonta a ovest» commentò Cal. «Forse ci stava dicendo che è la direzione in cui stanno andando.»

«Ma ci ha detto chiaramente che stanno andando in Colorado» ribatté Bob. «Perché si sarebbe disturbata a inventarsi tutta questa storia se tanto ci aveva già svelato la destinazione?»

«Non lo so. Ma ha detto che il sole era tramontato in fretta. Forse ci stava dicendo che il suo rapitore non ha fatto pause, o non ne ha fatte molte, e che sarebbero arrivati prima del previsto» propose Cal.

A JJ faceva male la testa. Odiava quella situazione. La detestava. Era orgoglioso di April per aver fatto del suo meglio per dare loro degli indizi, ma cercare di decifrarli sembrava quasi impossibile.

«I biscotti Fig Newtons. La legge che il terzo è il suo. Questa è facile. La terza legge di Newton» affermò Bob con sicurezza.

«Quando due corpi interagiscono tra loro, esercitano una forza l'uno sull'altro, quindi c'è una reazione uguale e contraria» recitò Chappy.

«E ciò si ricollega alla questione dell'esca... credo» disse Cal.

«Accidenti. Che quindi si ricollega a qualcosa che potremmo aver fatto noi» concluse Bob.

JJ sospirò e curvò le spalle. Senza altri elementi, stavano ancora andando alla cieca. Nel corso degli anni lui e la sua squadra avevano portato a termine compiti che avevano lasciato insoddisfatte centinaia, persino migliaia di persone. Da Bengasi, alla Tunisia, all'Iraq e all'Iran, all'India, all'Irlanda, alle Filippine, all'Uzbekistan, alla Palestina, alla Cina, alla Russia, alla Colombia, all'Africa... l'elenco dei luoghi in cui erano stati era infinito.

Stava per perdere di nuovo le speranze, ma non era un'opzione. Neanche lontanamente. «Bene, finché questo tizio non vorrà darci maggiori informazioni e non lascerà che April ci richiami, dovremo basarci su quel poco che abbiamo; Ryan Johnson, nome inventato, coinvolto nel nostro passato, ha preso le nostre donne come esca, vuole che lo seguiamo in Colorado. E finché non scopriamo esattamente dove sta andando, dobbiamo pianificare ogni eventualità. È probabile che abbia organizzato tutto da tempo, e ciò significa che ha in mente un luogo molto specifico. Un posto dove poter attirarci e farci fuori.»

«Le montagne» disse Chappy deciso.

«È quello che stavo pensando» confermò JJ. «Una zona che gli è familiare. Non andrà di sicuro a Denver o a Colorado Springs o in qualsiasi altra città. Molto probabilmente vuole ucciderci, quindi ha bisogno di privacy, che nessuno veda ciò che sta facendo.»

«C'è molta natura selvaggia in Colorado» disse Bob scettico. «Come facciamo a capire dove sta andando di preciso?»

«Non possiamo. Non ancora» affermò JJ. «Ma ci farà sapere quando sarà pronto a giocare. Fino ad allora, dobbiamo prepararci. Farò alcune telefonate. Conosco delle persone che vivono in Colorado che ci aiuteranno di sicuro.»

«Chi?» chiese Bob.

«Rex e la sua squadra, per esempio» rispose.

«I Mercenari di Montagna» disse Chappy.

«Chi sono?» chiese Cal, passando lo sguardo da un amico all'altro. «Possiamo fidarci di loro? Come fai a sapere che ci aiuteranno?»

«Lo faranno» replicò JJ senza esitazione. «Vivono nell'area di Colorado Springs, e come la squadra di Silverstone, erano nelle forze speciali; SEAL, SAS, Marines, Guardia Costiera.»

«Aspetta, Ronan Cross, giusto?» domandò Cal. «È lui il britannico?»

«Forse, non ne sono sicuro al cento per cento» rispose.

«Ho sentito parlare di lui e di alcune delle cose che ha fatto. È una specie di leggenda» li informò Cal, chiaramente impressionato.

«Rex è il loro capo. Era nell'esercito. Ha messo insieme la squadra dopo che loro si sono congedati dalle rispettive unità militari, e per anni hanno dato la caccia a donne e bambini che erano stati rapiti per il commercio sessuale» spiegò ai suoi amici.

«Aspetta, ho sentito parlare di quel tizio» disse Chappy. «Non era quello a cui avevano rapito la moglie e che l'ha ritrovata dieci anni dopo in Sud America?»

«Sì, è lui.»

«Porca puttana, è un tipo tosto!»

«Si sono ritirati dal lavoro internazionale, ma ogni tanto accettano ancora qualcosa qui negli Stati Uniti. Non ho dubbi che ci aiuteranno quando sapranno cosa sta succedendo, soprattutto perché le donne si stanno dirigendo verso il loro giardino, per così dire» aggiunse JJ. «E sono legati a un altro gruppo di uomini che vivono a sud di Denver. Ho incrociato la strada con Logan e Blake Anderson, della Ace Security. Anche la loro squadra ci aiuterà.»

«Come fai a esserne sicuro?»

«Perché ho aiutato a rintracciare uno dei gemelli di Logan quando è stato rapito» rispose.

«Cosa? Come mai non ne sapevamo nulla?» chiese Chappy, socchiudendo gli occhi.

«Ho fatto un sacco di cose che voi non sapete. Sia prima sia dopo la formazione del team» ammise. «Ma non ha importanza. L'unica cosa che conta è trovare le nostre donne. Riscuoterò i favori di chi è in debito con me, coinvolgerò tutti le connessioni che ho instaurato nel corso degli anni, farò tutto il necessario per trovarle sane e salve.»

«Quindi abbiamo la Silverstone, i Mercenari di Montagna, la Ace Security e Tex» disse Bob. «Sono un sacco di uomini sul campo, più la famiglia reale di Cal e ancora Tex dietro le quinte. Quando possiamo andare in Colorado?»

«Domani. Stasera devo fare delle telefonate» disse JJ. «Non sappiamo a cosa stiamo andando incontro, e visto che questo stronzo si aspetta che arriviamo di corsa, sarà pronto per affrontarci. È passato molto tempo dalla nostra ultima missione e avremo al nostro fianco un gruppo di uomini con cui non abbiamo mai lavorato. Non sarà facile» si sentì in dovere di avvertire.

«Non mi aspetto che lo sia» ribatté Bob. «Ma non ho fatto uscire Marlowe da quella prigione di merda per perderla adesso.»

«Carlise sarebbe dovuta morire sotto quella tempesta di neve. È stato il destino a portarla alla mia porta... e Baxter» aggiunse Chappy.

«June non ha mai saputo cosa fosse una famiglia finché non è venuta qui» disse Cal con voce calma. «Era così eccitata per nostro figlio, e ora probabilmente è spaventata a morte. Farò di tutto per riportarla a casa.»

JJ annuì. Avevano certamente tutti la motivazione per trovare le loro donne. Sperava solo che fosse sufficiente. «Domani» ripeté. «Andate a casa e dormite un po' se potete. Domattina inizieremo a pianificare ogni eventualità che ci viene in mente. Nessuno tocca le nostre donne e rimane in vita. *Nessuno*.»

I suoi amici annuirono cupi.

Quando gli altri se ne andarono e lui rimase da solo nell'ufficio, studiò lo spazio. Ovunque guardasse vedeva April. Ogni mobile. Ogni oggetto in cucina. Una felpa gettata su una sedia. La penna appoggiata sopra una pila di scatole che lei aveva lasciato lì dopo l'inventario. Se avesse aperto il frigorifero, avrebbe visto le lattine di Sprite che le piaceva bere e la sua crema per il caffè preferita. Accidenti, quel posto profumava persino della lozione che sapeva di spiaggia e che lei amava tanto.

Mentre era lì da solo, circondato dall'essenza di April, JJ sentì cedere le gambe e crollò in ginocchio sul pavimento duro. Chinò la testa e chiuse gli occhi nel disperato tentativo di mantenere la calma. Era sembrata così spaventata, ma comunque determinata a dirgli tutto ciò che poteva. Non riusciva a immaginare cosa stesse passando, cosa stessero vivendo *tutte*.

No, era una bugia. Lo sapeva; era stato lui stesso un prigioniero. Era terrorizzata, confusa, forse infreddolita e sofferente, a cercare di superare un minuto alla volta senza la minima idea di cosa sarebbe successo in seguito.

Il pensiero che April si trovasse in quella situazione gli faceva venire voglia di uccidere qualcuno. Non gli erano piaciuti alcuni aspetti dell'essere un soldato delle forze speciali. Togliere una vita era qualcosa che non aveva mai fatto con leggerezza, ma in quel momento desiderava far fuori chi aveva osato toccarla. Era stato un idiota ad aspettare così tanto per farle sapere ciò che provava, e ora c'era il rischio che gliela portassero via prima che avessero una possibilità di essere felici.

No. Non avrebbe permesso che accadesse.

Abbassando lo sguardo vide che stava ancora stringendo il telefono. Sentendosi come avvolto nella nebbia, cliccò sul pulsante play della chiamata che aveva registrato. Aveva bisogno di sentire di nuovo la sua voce. Di avere un'altra conferma che era viva.

La riascoltò. Poi di nuovo. Ancora e ancora. La sua voce terrorizzata risuonava intorno a lui, e a ogni ascolto la determinazione e la rabbia di JJ aumentarono. Una volta le aveva detto che avrebbe fatto terra bruciata per proteggerla da chiunque avesse osato farle del male. Ebbene, era giunto il momento che ciò accadesse.

«Ti amo, April» disse con voce spezzata. «Sto venendo a prenderti. Resisti ancora un po'.»

Poi cliccò sul nome di Tex nell'elenco dei contatti. Quando l'uomo rispose, JJ non ci girò intorno. «Mi serve il numero di Rex» disse con voce roca.

Tex non fece domande, recitò i numeri poi chiese: «Cosa vuoi che faccia?»

L'operazione "Terra bruciata" era iniziata.

CAPITOLO DICIASSETTE

APRIL SI TENEVA una mano sul viso, mentre tutto il suo corpo tremava. Ryan non avrebbe potuto semplicemente strapparle il telefono di mano per interrompere la chiamata? No, sarebbe stato troppo ragionevole. Invece le aveva tirato un pugno, facendole davvero molto male. Poi era scoppiato a ridere, aveva spento il telefono che le era caduto per lo shock, e lo aveva gettato fuori dal finestrino.

Dopodiché avevano continuato a viaggiare in silenzio per una trentina di chilometri, e ora Ryan stava uscendo dall'interstatale per entrare in una zona che sembrava completamente deserta. Fermò il pick-up sul ciglio della strada e scese senza dire altro.

Il cuore le batteva forte. Non c'era modo di sapere cos'avesse in mente di fare. Ora che lei aveva chiamato Jack, avrebbe potuto ucciderla e gettare il suo corpo in mezzo a tutti quei chilometri di natura selvaggia che li circondavano. Oppure poteva uccidere le altre ragazze e lasciare i loro corpi a marcire. O poteva violentarle, separarle e venderle ad altre persone... un turbinio di scenari si alternavano nella sua mente, e nessuno era positivo.

Lui aprì di scatto la sua portiera, facendola gridare di

sorpresa perché il suo polso era ancora attaccato alla maniglia. Per poco non cadde sul terreno arido, e Ryan rise di nuovo, come se vedere il suo corpo venire strattonato fosse la cosa più divertente del mondo.

Le afferrò il polso con una presa così stretta che trasalì per il dolore. Quell'uomo poteva non essere alto, ma era comunque molto più forte di quanto avrebbe mai potuto esserlo lei. Sbloccò la manetta attaccata alla maniglia, ma le lasciò l'altra. Poi la fissò a lungo.

April trattenne il respiro. Era giunto il momento. Stava per morire. Proprio lì. La sua unica consolazione era che durante la telefonata era riuscita a dire ancora una volta a Jack che lo amava.

Ma invece di tirare fuori la pistola e spararle, Ryan indicò la portiera posteriore. «Se vuoi quella roba per le tue amiche, prendila adesso. Hai dieci secondi.»

April si mosse prima ancora che lui finisse di parlare. Voleva quelle coperte, il cibo e l'acqua.

Si buttò due trapunte sulle spalle e prese un cuscino. Infilò una confezione da dodici di acqua nella federa e se la strinse al petto. Poi frugò di nuovo nella scatola e prese diverse borse di plastica, che si avvolse intorno al polso e al braccio. Aveva la sensazione che fossero già passati dieci secondi, quindi, a malincuore, era grata a Ryan per averle permesso di prendere tutta quella roba. Naturalmente, lui non si preoccupò di darle una mano a trasportarla, lasciandola trascinarsi davanti a lui mentre la spingeva verso il retro del rimorchio.

Quando usò una piccola chiave per sbloccare il lucchetto delle porte, April ebbe di nuovo una gran una voglia di mollare tutto e scappare. Avrebbe potuto nascondersi nel bosco e aspettare che qualcun altro si fermasse, così da chiedere aiuto. Avrebbe potuto dire alla polizia il tipo di auto che guidava e che trainava un rimorchio, in modo che potessero rintracciarlo e salvare Carlise, June e Marlowe.

Ma non avrebbe abbandonato le sue amiche a un destino incerto. Per niente al mondo. Erano insieme in quella situazione e in qualche modo l'avrebbero superata.

La porta si aprì cigolando e le venne un colpo al cuore quando le vide. Erano rannicchiate nell'angolo più lontano. June era tra Carlise e Marlowe, e si stavano stringendo l'una all'altra come se fossero sicure di stare per morire.

Sentì montare di nuovo la rabbia. Ciò che stava facendo Ryan era disumano.

«Be'?» sbraitò guardandola. «Vai dentro!»

Salì in modo goffo sul rimorchio e si mise in ginocchio per andare verso le sue amiche. La porta sbatté dietro di lei talmente forte da farle fischiare le orecchie, e sembrò ancora più buio di prima ora che era stata fuori da lì per tanto tempo.

«Va tutto bene» disse calma. «Ho delle coperte. E cibo e acqua. Staremo bene.»

«Acqua?» mormoro June con voce roca.

April deglutì a fatica e annuì. «Sì.» Non potevano vederla, così si costrinse a sembrare più allegra di quanto si sentisse. Si chinò e la pressione delle borse sul braccio si attenuò subito quando le posò a terra. La manetta che le penzolava dal polso tintinnò mentre infilava la mano nella federa e tirava fuori tre bottiglie d'acqua.

«Ci sono solo dodici bottiglie, quindi dobbiamo conservarle il più possibile» le avvertì, spostandosi verso il punto in cui aveva visto prima le sue amiche. Toccò un piede, e all'improvviso fu trascinata nel gruppo.

«Avevamo tanta paura per te!» ammise Carlise.

«Pensavamo che ti stesse facendo del male. Che ti avesse uccisa e che avesse intenzione di fare lo stesso con noi. Stai bene?» le chiese Marlowe con voce tremante.

«Sì» le rassicurò. «Ho parecchie cose da dirvi, ma prima... bevete» disse sedendosi, e scacciando le lacrime che per fortuna le sue amiche non potevano vedere. In quel momento era estremamente emotiva. Avrebbe dovuto sentirsi meglio visto che era riuscita a parlare con Jack e a dargli qualche informazione, e anche perché ora avevano coperte per tenersi al caldo e cibo e acqua per riempirsi la pancia. Ma per qualche motivo, dopo aver parlato con Ryan era ancora più spaventata di prima.

Qualunque cosa quell'uomo avesse pianificato, doveva essere orribile, sia per loro sia per i loro uomini. Si fidava di Jack e della sua squadra, ma Ryan stava ovviamente pianificando la sua vendetta da molto tempo. Vendetta per cosa, non ne aveva idea, ma il suo obiettivo era la morte. Per tutti.

Una mano sfiorò la sua, e così lasciò andare la bottiglia. Distribuì anche le altre due e sentì il rumore dei tappi di plastica che venivano aperti.

Anche lei aveva sete. Aveva solo succhiato qualche cubetto di ghiaccio, ma non era incinta, le sue amiche avevano bisogno di bere più di lei.

«Oh mio Dio, è l'acqua migliore che abbia mai bevuto in vita mia!» esclamò June con una piccola risata. «Anche se è calda, non ho mai assaggiato niente di meglio.»

Le altre furono d'accordo, poi Marlowe chiese: «Che cos'è successo mentre eri là fuori?»

Per qualche motivo, non voleva ancora parlarne. Non voleva spaventarle più di quanto già non fossero. «Prima di tutto, le coperte. E ho un cuscino! È uno solo, quindi dovremo condividerlo, ma dovrebbe rendere il posto un po' più confortevole.»

Si spostò verso il mucchio di provviste che aveva portato e separò le coperte dalle borse. Cercò di sprimacciare il patetico cuscino che Ryan aveva fornito, rifiutandosi di pensare a dove l'avesse preso e a chi ci avesse messo la testa per ultimo.

Portò la roba alle sue amiche e poi rovistò alla cieca tra le borse, cercando di ricordare cosa vi aveva visto dentro prima di infilarsi i manici sul braccio.

La sua mano toccò qualcosa di lungo e sottile, e chiaramente

di metallo. Si sentì pervadere dall'eccitazione mentre armeggiava
con l'oggetto, poi disse: «Chiudete gli occhi per un secondo.»

«A che scopo? Tanto non si vede niente» borbottò Carlise.

«Lo so, ma fidati di me, fallo» la incitò.

Aspettò un attimo, poi schiacciò il piccolo pulsante sul lato
della torcia che aveva trovato in mezzo al cibo. E subito una luce
intensa riempì il rimorchio, illuminando ogni ammaccatura nel
metallo, la sporcizia sul pavimento, il secchio nell'angolo... e le
sue tre amiche.

«Porca miseria, è quello che penso che sia?» chiese June.
Aveva ancora gli occhi chiusi, ma era evidente che potesse vedere
il cambiamento di luminosità attraverso le palpebre.

«Sì. Adesso però c'è molta luce, quindi aprite gli occhi lentamente» le avvertì.

Nel giro di un minuto, tutte le ragazze si strinsero intorno a
lei, a sbirciare nei sacchetti ed esclamando eccitate per il cibo;
crackers, barrette di carne secca, patatine e altri snack. Sembrava
che Ryan avesse fatto razzia in un minimarket viste le "schifezze"
contenute nelle borse, ma era cibo, quindi nessuno si sarebbe
lamentato.

«Aspettate» sbottò Carlise, facendo trasalire tutte. «Cos'hai
dovuto fare per avere questa roba?» le chiese. «E non mentire. Ti
ha fatto male? Hai un occhio gonfio.» Poi all'improvviso spalancò
gli occhi allarmata. «E quelle attaccate al tuo polso sono *manette*?»

April aveva sperato che il cibo le avrebbe distratte un po' più
a lungo, dandole più tempo per inventarsi qualcosa da dire che
non le avrebbe spaventate completamente. D'altra parte, quelle
donne erano tra le persone più forti che avesse mai incontrato.
Avevano già vissuto situazioni orribili e ne erano uscite, e per
quanto volesse proteggerle, meritavano di sapere cos'aveva in
mente Ryan. O almeno ciò che le aveva detto.

«Sto bene» le rassicurò rapidamente. «Mi ha ammanettata alla
portiera probabilmente perché temeva che cercassi di saltare
fuori dalla macchina mentre lui guidava, e soprattutto gli piaceva

tormentarmi. Farmi sentire stupida. Ma non ho dovuto fare nulla di ripugnante per ottenere questa roba. Anche se l'avrei fatto» ammise. «Avrei fatto praticamente tutto quello che voleva se fosse servito a farvi stare più comode.»

«No» disse June con un cipiglio, chiaramente arrabbiata. «Assolutamente no. E questo vale anche per tutte voi» continuò, guardandole a una a una. «*Nessuna* di noi farà volontariamente qualcosa che possa farla soffrire, fisicamente o mentalmente, solo per risparmiare qualcun'altra. È così che operano i rapitori, usano una persona contro un'altra. Quei bastardi hanno cercato di farlo con Cal e i ragazzi quando erano prigionieri. Me l'ha raccontato una notte, dopo aver avuto un incubo. So che non voleva davvero farlo, ma speravo che parlare lo avrebbe aiutato.

Ha detto che i terroristi dicevano sempre che avrebbero smesso di torturarli se avessero dato informazioni. In particolare, sostenevano che avrebbero smesso di fare del male a Callum se avessero fornito i dettagli della loro missione. Hanno cercato di usare la lealtà degli uomini contro di loro. Dobbiamo essere forti. Restare unite. Capito?»

Tutte annuirono, e per la prima volta April si rese conto che *stavano* sperimentando qualcosa di simile a ciò che avevano subito i loro uomini, per certi versi. Non allo stesso livello, perché non erano state picchiate o trafitte con i coltelli, ma le emozioni che stavano provando erano simili.

«Carlise ha ragione. Il tuo occhio è gonfio. Ti ha colpita?» le chiese Marlowe.

Lei annuì. «Sì. Sapete, ho visto su innumerevoli film qualcuno ricevere un pugno e poi continuare a fare quello che stava facendo come se non fosse successo nulla. Ma devo dire che... ha fatto male. Per un attimo mi è mancato il respiro, e non avrei potuto reagire nemmeno se avessi voluto» ammise.

«Vero?» disse June. «Fa male sul serio!»

Prima che se ne rendesse conto, Marlowe si era spostata accanto a lei circondandole la vita con un braccio, June aveva fatto la stessa cosa dall'altra parte, e Carlise era scivolata in avanti in modo da toccarle le ginocchia con le sue, e le aveva messo una mano sul viso. Le sue dita le sfiorarono appena la pelle, e si accigliò mentre la esaminava. «Vorrei che avessimo del ghiaccio» mormorò.

April non poté fare a meno di sorridere. «Già che ci siamo, io vorrei una Sprite» sussurrò.

Le altre ridacchiarono un attimo poi si fecero serie. «Raccontaci cos'è successo e non tralasciare nulla» disse Carlise con urgenza.

Così raccontò tutto alle amiche. Delle sue emozioni, di quello che Ryan aveva detto, di tutte le volte che l'aveva provocata, della telefonata con Jack, delle patatine e dell'hamburger avanzati... e dei suoi sospetti su quello che sarebbe potuto accadere una volta arrivati in Colorado.

«Ho cercato di dare a Jack degli indizi, ma erano terribili. È impossibile che riesca a capirli. Non sono molto brava a pensare su due piedi, ed è più difficile di quanto si pensi trovare qualcosa di utile quando si è sotto pressione.»

«Sono sicura che hai fatto un ottimo lavoro, e JJ e i nostri uomini sono intelligenti. Capiranno» la tranquillizzò Carlise.

«Il Colorado è molto lontano» disse June preoccupata. Aveva una mano sulla pancia e fissava il vuoto.

«Da quando siamo partiti ci siamo fermati solo per brevi periodi» cercò di rassicurarla April. «Ryan non perde tempo, vuole arrivare il più velocemente possibile.»

«Non ho smesso di avere crampi, contrazioni o quello che sono» ammise. «Stanno diventando più forti.»

La paura stava quasi per sopraffare April, ma la bloccò. «Magari il fatto che tu partorisca qui dentro disgusterà Ryan e gli farà ripensare a ciò che sta facendo» replicò debolmente.

«No, gli darà qualcun altro da minacciare» disse June, mentre una lacrima le scendeva sul viso. «E qualcun altro da usare per far soffrire Cal.»

«O forse darà a Cal un incentivo in più per ucciderlo» ribatté Carlise con fermezza.

«Esatto. So che tu e Cal avete già pensato a dei nomi, ma che ne dici di Trail?» scherzò Marlowe. «L'abbreviazione di trailer, rimorchio.»

June sbuffò.

«O Pickie, da pick-up» aggiunse Marlowe.

«Forse Royce... come il SUV di Cal» suggerì Carlise con un sorriso.

«Cooper, Aston, Lincoln» aggiunse Marlowe.

«Buck» continuò Carlise, indicando con la testa il secchio nell'angolo.

June ora stava ridacchiando. «Vi voglio bene, ma no. *Assolutamente* no.»

«Ford?» buttò lì April, grata che Marlowe avesse alleggerito l'atmosfera.

Continuarono a suggerire dei nomi basati sui veicoli e sulla loro situazione.

Quando sembrò che li avessero esauriti, June ammise con un tono dolce: «Maximilian. Max per abbreviare. Ne abbiamo parlato un po'. È un nome che appartiene alla famiglia di Cal.»

«È bellissimo» affermò April con sincerità.

«Lo adoro» disse Marlowe.

«Max e Bax.... saranno fratelli» dichiarò Carlise.

Tutte risero. Baxter, il cane che l'aveva salvata da una tempesta di neve e condotta alla baita di Chappy, sarebbe stato sempre considerato il primogenito dei Chapman.

June fece un respiro profondo, poi si rivolse ad April. «Quindi... ci porterà in Colorado. E poi? Come ci troveranno i nostri uomini? E cosa pensi che abbia in mente per loro?»

«Non lo so, ma credo che, o mi lascerà chiamare di nuovo Jack per dirgli dove siamo oppure ha un altro asso nella manica. Per quanto riguarda ciò che ha in mente... non sarà nulla di buono.»

«Allora dovremo fare il possibile per aiutarli» disse Marlowe con fermezza. «Non siamo impotenti. Anche se siamo incinte e di certo non forti come Ryan, siamo in quattro e lui è uno solo.»

«Ci siamo già trovate in situazioni difficili. Possiamo superare in astuzia questo stronzo» concordò Carlise.

«Forse il fatto che io abbia questo bambino lo *farà* innervosire. Può ordinarci di fare silenzio, ma un neonato non può essere minacciato per farlo tacere» disse June.

April rabbrividì. I bambini non potevano essere minacciati, ma messi a tacere sì... per sempre. In quel momento decise che se June avesse avuto il bambino prima che venissero salvate, e *sarebbero* state salvate, si rifiutava di pensare il contrario, avrebbe fatto qualsiasi cosa per impedire a Ryan di toccare il piccolo Max.

«Bene, quindi per ora dobbiamo assumere un po' di calorie, anche se provenienti da cibo spazzatura, riposare un po' e aspettare di vedere cosa succederà» dichiarò con fermezza. «Suggerisco di stendere una delle trapunte sul pavimento per proteggerci dal freddo che filtra attraverso il metallo e di usare l'altra per coprirci. Probabilmente voi tre riuscite a starci sotto insieme.»

«E tu?» chiese Carlise con la fronte aggrottata.

«Io me la caverò. Non sono incinta come voi.»

«No, non esiste. Condividiamo» disse Marlowe con decisione. «Siamo incinte, non invalide.»

«Lo so, ma... per favore» implorò April. «Starò bene. Non ho nemmeno freddo.» Era una piccola bugia, ma non si sentì minimamente in colpa. «Posso accoccolarmi contro l'ultima. Che ne dite?»

Ci volle un po', ma alla fine accettarono. Dopo aver usato ancora una volta il secchio e aver mangiato un po' di cibo, sistemarono June al centro, Carlise contro il lato del rimorchio e Marlowe sul lato opposto. April si sdraiò davanti a lei e spense la torcia. Sapevano di dover conservare le batterie, ma il buio rendeva tutto ancora più spaventoso.

«Stanno arrivando» sussurrò dopo un attimo. «Avreste dovuto sentire Jack. Era così arrabbiato, ma anche controllato. Ci troveranno e finirà tutto bene. Lo so.»

Le altre fecero mormorii di assenso e poi tacquero, ognuna persa nei propri pensieri.

Era difficile credere che proprio quella mattina April fosse stata sdraiata accanto a Jack, al caldo, al sicuro e appagata dopo aver fatto l'amore.

Avrebbe avuto ancora la possibilità di farlo. Non si sarebbe permessa di pensare il contrario.

CAPITOLO DICIOTTO

DUE GIORNI PIÙ TARDI, JJ si trovava a Colorado Springs, al The Pit... il bar/sala da biliardo di cui Rex era proprietario con la moglie. Dall'esterno sembrava una bettola fatiscente, ma all'interno era sorprendentemente pulito e alla moda. I tavoli da biliardo si trovavano in una stanza sul retro, piuttosto distanziati tra loro per consentire alle persone di avere spazio per giocare, ma comunque relativamente vicini da rendere il posto accogliente. Il bar si trovava nella sala principale, e c'era un jukebox nell'angolo.

Ma ora era silenzioso e vuoto. Rex l'aveva chiuso per la notte, in modo da poter utilizzare il locale per la pianificazione. I Mercenari di Montagna erano tutti lì: Gray, Ro, Arrow, Black, Ball, Meat e, naturalmente, Rex. Inoltre, erano presenti anche i ragazzi della Ace Security: Logan, Blake, Nathan, Ryder e Cole.

La squadra della Silverstone era arrivata in città il giorno prima e Bull, Eagle, Smoke e Gramps erano pronti e disposti a fare tutto il necessario per aiutare.

In qualsiasi altra situazione, JJ avrebbe potuto essere sopraffatto dalla quantità di testosterone presente nella stanza, dalla rabbia a malapena celata che trasudava dagli uomini. Ma in quel momento ne godette; sapere di avere a disposizione così tanta esperienza e abilità micidiali era rassicurante.

Si era ritrovato nel ruolo di leader, senza che nessuno lo avesse messo in dubbio. Era abituato a guidare il suo piccolo team di operatori della Delta, quindi avere diciannove paia di occhi puntati su di lui, in attesa di indicazioni, avrebbe dovuto essere opprimente, ma dato che quella era la missione più importante della sua vita, in realtà avrebbe desiderato avere altri venti uomini in più.

Rex era seduto a un grande tavolo ovale nella stanza sul retro, e la sua attenzione si alternava tra lo schermo di fronte a lui e JJ; era in costante comunicazione con Tex e stavano facendo il possibile per rintracciare elettronicamente Ryan Johnson.

Avevano già ritrovato i cellulari di Carlise, Marlowe e June. Erano stati ripuliti dalle impronte digitali e piazzati in tre veicoli diversi, e i proprietari non avevano avuto idea che i telefoni fossero stati nelle loro auto; uno sul pianale di un camion, un altro sotto il sedile del passeggero di una macchina e l'ultimo era stato trovato sul pianale di un autoarticolato. Era probabile che Ryan li avesse nascosti mentre si trovava in un'area di sosta o in una stazione di servizio.

Il quarto telefono, quello di April, aveva smesso di trasmettere vicino ad Albany, ma non l'avevano trovato. Tex aveva anche fatto del suo meglio per localizzare il numero da cui lei aveva chiamato, ma era un dispositivo usa e getta e non poteva essere rintracciato.

Frustrato dal fatto che i cellulari avessero portato a vicolo cieco, Tex aveva spostato la sua attenzione su Ryan Johnson. Ma dato che era un nome troppo comune e non avevano letteralmente alcun dettaglio sull'uomo, identificarlo si stava rivelando un compito quasi impossibile.

Rex stava lavorando alla localizzazione del veicolo e del rimorchio. Non avevano la marca o il modello, e nemmeno il colore, ma grazie alle tracce di pneumatici lasciate dietro alla

Jack's Lumber sapevano che si trattava di un modello di pick-up
piccolo; forse un Toyota Tacoma o un Ford Ranger. Così Rex
aveva guardato ore e ore di video delle telecamere di monito-
raggio del traffico delle interstatali intorno ad Albany, per vedere
se riusciva a individuare un pick-up con il rimorchio. Naturalmente ce n'erano moltissimi, quindi era piuttosto occupato a
cercare di restringere il campo.

Gli altri uomini erano praticamente a un punto morto, non
sapendo esattamente dove fossero state portate le donne.
Avevano ripassato le loro rispettive abilità, dalla precisione di
tiro, agli esplosivi, all'ingegneria, agli interrogatori, alla negozia-
zione, all'alpinismo, al nuoto. Collettivamente avevano tutto
sotto controllo per qualsiasi cosa Ryan avrebbe potuto aver
pianificato... ma per ora potevano solo aspettare. E a quanto
pareva, nessuno di loro era un grande fan dell'attesa.

«Parlateci delle vostre donne» disse Gray nel silenzio carico di
tensione.

Pensare a Carlise, Marlowe, June e April, chiedendosi cosa
stavano affrontando, era quasi troppo doloroso da sopportare...
ma gli uomini non esitarono a parlare.

«June, Marlowe e Carlise sono incinte» iniziò Cal. «Ma June,
mia moglie, è quella più vicina alla data del parto. La mattina del
giorno del rapimento mi aveva detto che si sentiva strana. Non
in senso negativo, ma era sicura che nostro figlio sarebbe nato
presto.

Eravamo insieme da qualche mese quando un uomo le ha
sparato. Era stato assunto dalla sua matrigna perché la persegui-
tasse. Lui si è intascato i soldi che lei gli aveva dato, senza però
fare davvero le cose che aveva promesso. Avrei quasi voluto che
le avesse fatte, perché così sarei stato in allerta. Avrei potuto
proteggerla. Invece, un giorno è entrato nel suo posto di lavoro e
le ha sparato. All'improvviso. È quasi morta. È stato il giorno più
brutto della mia vita... fino a oggi. Almeno allora potevo stare

seduto con lei, dirle che ero lì, che la amavo. Ora mi sento completamente impotente.»

«Avete già scelto un nome?» chiese Logan.

«Maximilian» rispose. «È un nome di famiglia. Max per abbreviare.»

«Riporteremo a casa June e Max sani e salvi» dichiarò in tono duro. «Anche mio figlio è stato rapito, e credimi se ti dico che so cosa stai provando. Quello che state provando tutti» disse, spostando lo sguardo su Chappy e poi su Bob.

«Marlowe era un'archeologa. È stata arrestata e condannata all'ergastolo in Thailandia dopo che un collega aveva fatto una soffiata falsa sul fatto che lei avesse della droga. Droga che lui aveva messo nella sua roba. L'ho fatta evadere di prigione, siamo fuggiti attraverso il Paese fino a giungere in Cambogia, e lei mi ha letteralmente salvato la vita quando stavo per morire a causa di una maledetta infezione. Ci siamo sposati durante la fuga e ho giurato di proteggerla sempre. Ho fallito.»

«Stronzate» disse Eagle, uno dei ragazzi della Silverstone. «Avresti fallito se tu fossi rimasto a casa a girarti i pollici, ma sei qui, a fare tutto il possibile per trovarla. Questo non è un fallimento.»

Gli uomini si voltarono a guardare Chappy.

«Carlise si è persa durante una tempesta di neve, e con l'aiuto di un cane randagio ha trovato me e la mia baita. Quando è arrivata ero ammalato, e sono rimasto praticamente svenuto per tre giorni. Ma lei ha mantenuto la calma e la lucidità, e anche senza sapere che la stufa andava a gas e non a elettricità, che non avevamo a causa della tempesta, non si è minimamente turbata.»

Fece una pausa, poi sospirò e continuò. «Aveva una stalker che l'ha rintracciata, e Carlise si è vista costretta a scappare nel bosco finendo dritta sulla traiettoria di una valanga. Si è nascosta in un bunker sotterraneo, è rimasta sepolta viva finché non siamo riusciti a trovarla. È una donna forte... ma questo è troppo anche per lei, per ognuna di loro» finì in tono tormentato.

«Le vostre donne sono molto simili alle nostre» disse Meat. «Sono tutte delle sopravvissute. Non si lasceranno morire in attesa che voi le troviate. Combatteranno con tutte loro stesse. E sapete una cosa? Se non riusciremo a trovarle vinceranno comunque. E sapete perché?»

Chappy sollevò un sopracciglio.

«Perché vi amano e lotteranno per tornare da voi, così come voi lotterete per arrivare a loro.»

JJ annuì. Aveva sentito le storie di alcune delle mogli di quegli uomini. Le cose che avevano sperimentato erano state orribili, e avrebbero spezzato la maggior parte delle persone. Ma non solo le avevano superate, erano anche sbocciate negli anni successivi. Avevano avuto dei figli, si erano fatte una famiglia e avevano continuato la loro vita. Non come vittime, ma come sopravvissute.

«E April?» chiese Gramps. «È lei che ha fatto la telefonata, giusto?»

Annuì. «Sì. Noi non siamo sposati, e non è incinta, ma morirei per lei senza il minimo rimpianto. L'ho desiderata per anni, ma mi ci è voluto troppo tempo per tirare fuori la testa dalla sabbia. Sono serviti un incidente d'auto, un'amnesia temporanea, la paura che potesse scegliere il suo ex al posto mio e una telefonata in preda al terrore nel cuore della notte... ma alla fine mi sono dato una svegliata. Per tutto il tempo in cui ho lottato contro la mia attrazione per lei, mi sembrava di morire dentro. April è tutto per me. Inoltre, senza di lei la Jack's Lumber oggi non esisterebbe. Saremmo falliti. È intelligente, leale, divertente e così dannatamente bella che mi fa male il cuore guardarla e sapere che è mia.

Non so chi abbiamo fatto incazzare per far arrivare qualcuno a mettere la mia April in questa situazione, ma moriranno per averla toccata.»

Per un attimo ci fu solo silenzio nella stanza, poi Rex spostò indietro la sedia, si alzò e si avvicinò a JJ. Aveva dato l'impressione di non aver ascoltato le conversazioni intorno a lui, ma a quanto pareva lo aveva fatto.

Gli mise una mano sulla spalla. Era più alto di qualche centimetro e più muscoloso di lui. Aveva anche più capelli grigi e delle rughe intorno agli occhi, ma lo sguardo intenso sul suo volto corrispondeva all'emozione che JJ aveva visto allo specchio quella mattina.

«Mia moglie è sparita per dieci anni, i dieci anni più lunghi della mia vita. Ma non ho mai perso la speranza che fosse là fuori da qualche parte. Trovarla è stato un miracolo. E una grande fortuna. Era danneggiata ma non distrutta. Anche dopo l'inferno che aveva passato, era ancora la mia Raven. Troveremo April e le altre donne. La faremo pagare a questo Ryan. Ricordatevi le mie parole: tutto ciò finirà presto.»

JJ annuì. Non riusciva a parlare a causa del groppo in gola. Negli ultimi giorni aveva operato grazie all'adrenalina. Ogni minuto trascorso senza sapere dov'erano state portate le donne gli consumava l'anima. Non aveva idea di cosa stesse pensando April, se fosse ferita, se il suo rapitore le avesse torturate.

Non sapere cosa stava affrontando era quasi peggio di esserne a conoscenza, a causa di tutti gli scenari che gli passavano per la testa. Nella sua vita aveva visto abbastanza morte e distruzione e abusi contro le donne, che il pensiero che una qualsiasi di quelle cose potesse accadere ad April era un'agonia.

Ed era ciò che voleva Ryan. JJ lo sapeva fin nel profondo. Quell'uomo odiava lui e la sua squadra per qualche motivo, e voleva che soffrissero. Stava facendo un gioco con loro, un gioco che sarebbe finito con la sua lenta e lunga morte.

Non gli era mai piaciuto uccidere, ma porre fine alla vita di Ryan Johnson sarebbe stato un piacere. Un avvertimento per chiunque altro fosse stato così stupido da usare la sua donna per cercare di arrivare a lui.

Alcune persone lo guardavano e vedevano solo un tagliaboschi, un montanaro che non riusciva a mettere insieme due parole correttamente e che per vivere brandiva un'ascia, o meglio, una motosega, ma una volta chiusa quella situazione, nessuno avrebbe dubitato che fosse un uomo che poteva proteggere coloro che amava e che lo avrebbe fatto per sempre.

«Ehm, Rex, forse è meglio se vieni qui» disse Bull, che era vicino al suo portatile. «Tex sta cercando di contattarti e sembra impaziente.»

L'uomo si affrettò a tornare al tavolo, seguito dagli altri uomini. Stavano un po' stretti, ma JJ riuscì subito a mettersi davanti per vedere cos'era successo. Chappy e Cal si fecero largo e gli andarono accanto, mentre Bob si posizionò proprio dietro di loro.

«Tex, sono qui, che succede?» chiese Rex, dopo aver aperto il programma di videochat.

L'ex SEAL apparve sullo schermo. Fissò la telecamera e disse: «Il telefono di April si è agganciato a una cella.»

JJ si irrigidì, ogni muscolo del suo corpo si tese. «Dove?» sbraitò.

Pensavano che il suo telefono fosse sparito, o fosse stato distrutto o gettato via, o che ci fosse passata sopra un'auto o altro. Ma a quanto pareva faceva ancora parte del gioco di Ryan. E gli uomini che si trovavano al The Pit erano più che pronti a giocare.

Lo sguardo di Tex lasciò la telecamera e andò agli schermi di fronte a lui. Potevano sentirlo digitare sui tasti, mentre lavorava per ottenere le informazioni che tutti loro volevano disperatamente.

«A sud di Bailey, Colorado. È una piccola città a ovest di Denver.»

«Fuori dalla 285, giusto?» domandò Ryder.

«Sì. È una zona impervia, chilometri e chilometri di natura selvaggia circondata da montagne da tutti i lati; la Buffalo Peak, la Green Mountain, la Topaz Mountain e la North Tarryall Peak.»

«Merda, se è in quella zona sarà molto più difficile trovarlo» borbottò Smoke.

«Non necessariamente» disse Arrow. «Non c'è molto da quelle parti, ma questo rende attente le persone che vivono in quell'area.»

«Quindi, se c'è qualcuno in giro che non dovrebbe essere lì, lo sapranno. Soprattutto se quel qualcuno non è del posto» rifletté Chappy.

«Esatto» confermò Arrow con un cenno del capo.

«E possiamo usare i droni e persino un elicottero per le ricerche» aggiunse Ball.

«Questo stronzo *vuole* essere trovato» ringhiò Bob. «Vuole attirarci nel suo campo di gioco.»

«Dove si sente in vantaggio» concordò Cal.

«Sarà sorpreso quando non sarete solo voi quattro ad apparire dal bosco, ma anche tutti noi» disse Gray con un sorriso e uno sguardo un po' assetato di sangue.

«Però non possiamo mostrare le nostre carte» avvertì JJ. «Se si accorge che non siamo soli, potrebbe fare del male alle donne. O scappare e vivere per riprovarci un altro giorno.»

«Non succederà» affermò Chappy scuotendo la testa.

«Sappiamo come essere furtivi» aggiunse Bull. «Non rovineremo tutto.»

«Questo tizio sta per affondare» concordò Cole.

«Ho scavato parecchio e potrei aver trovato qualcos'altro» disse Tex.

Tutti gli occhi tornarono allo schermo.

«Seguendo un presentimento, sono entrato nel database della previdenza sociale e ho cercato qualsiasi segnalazione. Dichiarazioni dei redditi presentate per persone decedute, o anni in cui non c'è stata alcuna attività su un numero di telefono e poi all'improvviso è stato usato di nuovo, bambini che hanno conti bancari, eccetera. Cose del genere. Indovinate cos'ho trovato?»

Quando la pausa si prolungò, JJ ringhiò infastidito. Dovevano muoversi. Allestire una base a Bailey e iniziare a cercare da lì. Non aveva tempo per gli indovinelli di Tex.

Per fortuna lui proseguì: «Sette anni fa, un bambino di due anni di nome Ryan Johnson è annegato nella piscina del cortile di casa sua. Ma ecco che il suo numero di previdenza sociale è comparso su un rapporto di credito tre anni fa.»

Il battito del suo cuore accelerò mentre Tex continuava.

«Sembra che il conto sia stato aperto a New York, con depositi regolari provenienti dall'estero... Israele, Johannesburg e Dubai.»

JJ si voltò per incontrare lo sguardo di Chappy, poi quello di Cal.

«E se questo avesse a che fare con la nostra ultima missione?» disse JJ. «Dove siamo stati prigionieri di guerra.»

«Che cosa c'entrano queste città?» chiese Cal.

«Non lo so. Ma i terroristi hanno sempre delle connessioni. Se io fossi deciso a vendicarmi o a rendere miserabile la vita di un prigioniero di guerra fuggito, potrei aver bisogno di contare sull'aiuto di altre persone della mia rete per finanziare i miei piani.»

«Aspetta, pensi che quella missione in particolare si stia ritorcendo contro di noi? Non abbiamo sofferto abbastanza?» chiese Bob stizzito.

JJ tenne lo sguardo incollato ai suoi compagni di squadra, mentre si scervellava per capire chi potesse essere Ryan Johnson. «I team che sono venuti a salvarci hanno ucciso tutti i nostri rapitori, vero?»

«È quello che ci hanno detto» concordò Cal.

«Ma avevano davvero preso tutti?» domandò Chappy.

«Sappiamo come funzionano le cellule terroristiche, sono stratificate. Quelli in cima non si sporcano le mani e ordinano alle persone più in basso di fare il lavoro in prima linea» disse Cal.

«In questo caso, avete tutti ragione» proseguì Tex.

Tornando a guardare lo schermo, JJ vide un sorriso soddisfatto sul volto dell'uomo. «Dai documenti riservati che sono riuscito a scovare su quella missione di salvataggio, le squadre che sono intervenute hanno dato una bella ripulita, e dopo che ve ne siete andati l'esercito si è concentrato su quell'area per diversi mesi. Ci sono state altre missioni per dare la caccia e sradicare ogni membro di quel gruppo particolarmente pericoloso.»

Quando fece una pausa, JJ chiese con impazienza. «Quindi...? Non è collegato?»

«Non ho detto questo. Ed è strano che tu abbia usato quella parola... collegato» rispose Tex. «Un collegamento c'è. Il nostro governo non ha avuto problemi a far fuori le persone che sapevano fossero terroristi... ma non ha ucciso i loro familiari.»

JJ lo fissò. «Ryan è parente di uno dei nostri aguzzini?»

«Bingo» disse Tex con un cenno del capo. «Almeno questa è la mia teoria. Sono passati quasi sei anni da quando eravate prigionieri di guerra. Ryan Johnson è apparso solo tre anni fa. Da quello che sono riuscito a scoprire sulla persona che usa il numero di previdenza sociale del piccolo deceduto, so che è un uomo, ha vent'anni, ha firmato dei contratti d'affitto – su due dei quali sono stati effettuati controlli finanziari – a New York e a Denver. Nell'ultimo anno ha lasciato l'appartamento di New York, ma ha continuato a usare il conto bancario. Ha addebiti provenienti da motel, agenzie di noleggio auto e uno costante da un sito porno.»

JJ deglutì a fatica. Avrebbe voluto che si sbrigasse e arrivasse al punto. Ciononostante, stava assorbendo ogni briciolo di informazione con un interesse morboso.

«Per farla breve» disse Tex, come se avesse percepito l'impazienza del suo pubblico, «se il nostro Ryan Johnson ha vent'anni, significa che era un adolescente quando eravate prigionieri di guerra. È una buona età per essere influenzati da forze esterne. E se avesse avuto un parente maschio che per caso era uno dei vostri rapitori, e quell'uomo fosse stato ucciso, Ryan avrebbe certamente potuto provare un profondo senso di odio per gli uomini che riteneva responsabili.

So che sembra una cosa contorta e assurda, ma è possibile che abbia incolpato voi quattro per la morte del suo parente. Che si sia dimenticato del fatto che suo fratello, suo padre, suo zio o chiunque fosse, abbia deciso di diventare un terrorista e di torturare uomini innocenti. Questo non importa al nostro rapitore. Probabilmente l'odio si è radicato, e se altri suoi vicini e amici sono stati uccisi nei mesi successivi con il giro di vite dell'esercito, probabilmente ha fatto dei piani.

Piani che includevano ottenere denaro dalla rete terroristica, apprendere l'inglese, trasferirsi a New York, ottenere un numero di previdenza sociale illegale e imparare ad adeguarsi all'ambiente. Per qualche motivo ha deciso che le montagne del Colorado sarebbero state il luogo in cui si sarebbe fermato e avrebbe compiuto la sua vendetta su voi quattro.»

Era una storia stravagante e inverosimile, ma se Tex aveva fatto delle ricerche... molto probabilmente era vera.

«Allora, in cosa ci troveremo coinvolti?» chiese Gray.

JJ si costrinse a concentrarsi. Avrebbe dovuto fare lui quella domanda.

«In niente di buono» rispose Tex con uno sguardo preoccupato. «I terroristi che vi tenevano prigionieri erano una propaggine di un gruppo molto più grande, ma comunque ben finanziati. Erano anche esperti di IED, ordigni esplosivi improvvisati, e di altri tipi di esplosivi.»

JJ strinse le labbra. *Merda*.

«Non possiamo sapere cos'abbia escogitato il nostro Ryan, ma se sta usando le donne come esca, è sicuro di quello che ha preparato. Trappole esplosive, IED, fosse con chiodi sul fondo... potrebbe essere qualsiasi cosa.»

«Smettila di chiamarlo "il nostro Ryan"!» disse Chappy in tono feroce. «Non è il *nostro cazzo di Ryan*.»

«Scusa» ribatté subito Tex. «Hai ragione. Dico solo che... dovete stare attenti. Tutti quanti. Non ho passato la vita a vegliare su di voi per perdervi adesso.»

«Non perderai nessuno» disse Rex in tono roco. «Siamo più intelligenti di questo ragazzo. Non sa con chi ha a che fare. Potrebbe essere fortunato e sopraffare Chappy, Bob, JJ e Cal, solo perché saranno concentrati sulle loro donne, ma con i Mercenari di Montagna, la Ace Security e la Silverstone che copriranno loro le spalle, è praticamente morto.»

Tex annuì. «Vi terrò d'occhio» li avvisò inutilmente. «Se avete bisogno di qualcosa, chiamate. Capito? Posso far arrivare in poche ore squadre di SEAL e della Delta Force, se necessario. E ci sono degli uomini non lontano da voi, nel nord del New Mexico, che erano anche loro nelle forze speciali. Nessuno minaccia le nostre donne e le nostre vite. Passo e chiudo.»

Lo schermo si oscurò e nella stanza calò il silenzio per un momento, mentre tutti metabolizzavano ciò che avevano appena appreso.

JJ si voltò verso gli altri. «Qualunque cosa accada, non dimenticherò mai che avete abbandonato tutto per unirvi a noi.»

«No» disse Gray scuotendo la testa.

Rex annuì d'accordo, così come tutti i presenti.

«Voi siete noi e noi siamo voi. Abbiamo già passato quello che vi sta succedendo, e oggi non ci sono favori o debiti. Stiamo facendo la cosa giusta. La cosa per cui siamo stati addestrati. Proteggere gli altri. Impedire al male di vincere. Non dovrete ringraziarci. Mai.»

JJ si sentiva sopraffatto, e sapeva che probabilmente lo era anche il suo team. Era per quello che si erano arruolati nell'esercito, per il cameratismo. Il lavoro di squadra. Facevano parte di un'enorme rete familiare e non l'avevano davvero apprezzato. Non del tutto.

«Andiamo a prendere le vostre donne» disse Nathan a bassa

voce. Non aveva detto molto fino a quel momento, ma era coinvolto come tutti gli altri. Era evidente.

Si diressero tutti verso la porta e JJ e la sua squadra rimasero indietro.

«State bene?» chiese con calma.

«No» risposero contemporaneamente.

Poi Chappy aggiunse: «Ma ce la faremo. A essere sincero non ero sicuro se le avremmo trovate, ma ora non ho dubbi.»

«Anch'io» concordò Bob.

«Io non lo so» ammise Cal, facendo un respiro profondo. «Ma mi fido ciecamente di voi e dei nostri nuovi compagni di squadra, so che proteggerete non solo la mia vita, ma anche quella di June e Max.»

«Riporteremo a casa le nostre donne» disse JJ con fermezza. «Forse odieranno il fatto che le rinchiuderemo e non le lasceremo più uscire da sole... ma le riporteremo a casa.»

Gli altri ridacchiarono, ma capivano cosa intendeva. Se le loro donne già pensavano di avere dei mariti protettivi, non avevano ancora visto nulla.

«Andiamo. Dobbiamo scovare un terrorista» dichiarò JJ.

Aveva pronunciato quelle parole molte volte nel corso degli anni, ma non avevano mai avuto un peso enorme come quel giorno.

I quattro uomini seguirono gli altri, uscirono dal The Pit e andarono ai loro veicoli. Dovevano raggiungere Bailey e trovare le loro donne.

CAPITOLO DICIANNOVE

IL RIMORCHIO si era fermato ed era ripartito così tante volte, che ormai non ci facevano quasi più caso. Non avevano idea se Ryan facesse tutte quelle soste per tormentarle, e nemmeno quanto tempo fosse passato da quando April era stata portata fuori per poi tornare con il cibo e le coperte.

Stimava fossero passati almeno due giorni. Erano di nuovo senz'acqua, e il cibo rimasto non aveva alcuna attrattiva. Le donne erano esauste, infreddolite e spaventate a morte.

Ma tutto ciò non aveva importanza, perché June era effettivamente in travaglio. Le contrazioni erano aumentate di intensità e di numero, e non si poteva negare che il piccolo Max fosse deciso a venire al mondo, che fossero pronte o meno.

«Respira, June. Così. Stai andando benissimo» disse April da dietro di lei. Era appoggiata a un lato del rimorchio e June la usava come schienale. Carlise era accanto a lei a tenerle una mano in una stretta mortale, e Marlowe era inginocchiata tra le sue gambe, e controllava di tanto in tanto a che punto fosse.

Per fortuna avevano la torcia. Altrimenti quell'esperienza sarebbe stata terrificante e molto più difficile di quanto già non fosse.

Nessuna di loro era preparata all'apertura delle porte. Il sole non splendeva e la giornata nuvolosa dava una sensazione cupa e deprimente.

«Fuori» ordinò Ryan.

«June non può camminare. Sta' per partorire!» sbottò April, molto più duramente di quanto avrebbe fatto se non fosse stata così preoccupata per la sua amica.

«Se non cammina, le sparo subito» replicò lui, sollevando la mano e puntando quella cazzo di pistola proprio verso la pancia di June.

April aveva in mente un paio di parole per l'uomo che odiava più di quanto ricordasse di aver odiato qualcuno in tutta la sua vita. Aveva fame e sete, era stressata, stufa di fare la pipì in un secchio e maledettamente preoccupata per il fatto che la sua amica stesse per partorire in un posto così remoto, antigienico e poco sicuro.

«Per favore! Ha bisogno di un medico. È in travaglio» riprovò April.

«Non mi interessa. No, aspetta, *mi* interessa. Ne sono felice. Rende tutto il mio piano ancora migliore. Scommetto che Sua Bellezza crollerà come un bambino piagnucoloso quando saprà cosa sta succedendo. Uscite. *Ora!*»

April si voltò verso le sue amiche, cercando di ignorare l'uomo che continuava a tenere l'arma puntata contro June. «Ragazze, facciamo così. Marlowe, tu vai giù per prima. Carlise, aiutami a tenere su June, mentre la portiamo fuori, poi la aiuteremo tutte a camminare.»

Nessuna si mosse.

«Ti prego, Marlowe» le sussurrò.

«Ce la faremo» disse June debolmente, sorprendendola. «Pensate solo alla storia che potrò raccontare a Max.»

«Bene, ok.» Carlise abbassò di nuovo la coperta sopra le sue gambe. Era l'unica utilizzabile rimasta. Quando le si erano rotte le acque, avevano usato l'altra per assorbire il liquido, e al momento era sotto di lei.

Ryan aveva assistito senza fare commenti alla loro discussione, e fece un passo indietro quando Marlowe si spostò verso di lui e uscì lentamente dal rimorchio. Ondeggiò un attimo e fece una smorfia di dolore per essere di nuovo in piedi per la prima volta dopo giorni.

Carlise sorresse l'amica aiutandola a spostarsi verso l'apertura, con April dietro di loro che teneva una mano sulla schiena di June e una sul braccio di Carlise.

Quando tutte e quattro furono all'esterno, April si guardò intorno. Riuscì a vedere solo alberi. Il pick-up e il rimorchio erano parcheggiati nei pressi di una baita fatiscente. Non c'erano altre case in vista, e si sentiva solo il rumore del vento tra i rami e il verso di qualche uccello.

Sorprendentemente, erano piuttosto lontani dalla baita, forse una trentina di metri, nonostante ci fosse un sentiero che vi passava proprio accanto, abbastanza largo per il veicolo. Pensò che fosse il modo meschino di Ryan di torturarle ancora un po'.

«Ecco cosa succederà» disse loro, come se stesse parlando del tempo e non le stesse minacciando con una pistola. «Camminerete in linea retta verso la porta. Se fate un passo a sinistra o a destra... diciamo che prendervi una pallottola sarà l'ultima delle vostre preoccupazioni.»

April inclinò la testa e lo studiò, anche se una brutta sensazione le strinse lo stomaco. «Perché?» sbottò prima di ripensarci.

«Mi fa piacere che tu l'abbia chiesto» rispose allegramente. «Perché ogni centimetro del terreno intorno a quella casa è stato riempito di trappole esplosive, IED, mine... ditene una, è lì. Se non camminerete esattamente dove vi dirò io, se perderete l'equilibrio, se cercherete di scappare... BUM!» urlò.

Tutte e quattro sussultarono spaventate.

«Quindi tu» disse, puntando la pistola in direzione di June. «Camminerai da sola, o morirai insieme a quel moccioso. Ci saranno braccia e gambe che pioveranno come coriandoli. Pensi che il tuo prezioso principe lo *apprezzerà*?»

April sentì June tremare. Ma non avrebbe potuto essere più orgogliosa di lei quando si raddrizzò e disse: «Credo che Cal ti ucciderà lentamente e dolorosamente, finché non lo implorerai di porre fine alle tue sofferenze.» Il suo tono minaccioso fu ancora più impressionante, considerando quanto stava soffrendo.

Invece di arrabbiarsi o di sembrare preoccupato, Ryan si limitò a ridere. «Gli unici a implorare saranno i soldati. Ora andate. Il tempo scorre.»

Pur sapendo che lei e le altre erano un'esca, April aveva comunque pregato che Jack e i ragazzi le trovassero. Che avessero capito i deboli indizi e intervenissero come gli eroi che erano. Ora, per la prima volta, non *voleva* essere trovata.

Non aveva idea se Ryan stesse mentendo sugli esplosivi, ma era ovvio che avesse in mente di fare qualcosa di orribile. Qualunque fosse il gioco malato che stava conducendo, loro non erano il suo obiettivo. Le aveva usate e avrebbe continuato a farlo per fare del male ai ragazzi.

April non avrebbe permesso che ciò accadesse. Non sapeva cos'avrebbe potuto fare per evitarlo, ma preferiva morire lei stessa piuttosto che stare a guardare Jack cadere in un'imboscata.

«Vedete quei cerchi rosa sul terreno?» chiese Ryan, indicando con la testa la casa.

Si voltarono tutte per vedere di cosa stesse parlando. In effetti, c'erano dei cerchi per terra, larghi circa cinque centimetri, di colore rosa acceso, che andavano dal retro del rimorchio fino alla porta d'ingresso della baita.

«Se passate esattamente su ognuno di loro, non salterete in aria. Ma se sbagliate, o cercate di fare le eroine e scappare, morirete. Ci sono esplosivi ai lati e *tra* i segni. E per dimostrarvi che non sto bluffando, che ho riempito l'intera area di cariche sufficienti a far saltare in aria chiunque passi nel posto sbagliato, lasciate che vi dia una piccola dimostrazione.»

April trattenne il fiato mentre Ryan si chinava per raccogliere un sasso piuttosto grande. Per la terza volta, avrebbe voluto disperatamente scappare. Lei era l'unica che aveva anche solo una remota possibilità di battere in velocità quello stronzo. Ma non lo fece. Perché Ryan le avrebbe sparato, o avrebbe sparato a una delle altre per dispetto.

Inoltre, sembrava che non ci fosse nulla nelle immediate vicinanze. Probabilmente avrebbe dovuto percorrere chilometri per trovare aiuto, e lei non se la cavava esattamente bene con la vita all'aria aperta. Sapeva campeggiare e non le dispiaceva fare escursioni, ma attraversare i boschi senza seguire un sentiero e non avere idea di dove si trovasse o di dove andare, non le sembrava una buona idea.

Per non parlare del fatto che June stava per avere un bambino, e aveva bisogno di tutto l'aiuto e il sostegno possibile.

Lui fece un ghigno e lanciò il sasso alla loro destra.

Tutte e quattro urlarono scioccate e spaventate quando atterrò vicino alla fila di alberi che limitavano il bosco, e la terra intorno esplose facendo un terrificante boato.

Ryan rise come un pazzo. «E quella era una piccola carica, non sufficiente a far esplodere le altre, ma pensate a cosa potrebbe fare a una gamba o a un piede. Li farebbe saltare via, ecco cosa! Ci sarebbero sangue e carne ovunque.»

April voltò le spalle ai sassi e alla terra che si stavano ancora depositando, e fissò i cerchi rosa sul terreno. Come aveva detto, andavano in linea retta verso la porta della baita.

Le venne il terrificante pensiero che forse le stesse prendendo in giro, che i cerchi rosa rappresentassero in realtà delle bombe, e che non appena ne avessero calpestata una, sarebbero saltate in aria.

Così sbottò: «Vado io per prima.»

Ryan ridacchiò. «Che nobile. Una dannata martire. Fai pure.»

Avrebbe voluto afferrare la mano di Marlowe dietro di lei, ma se stava per morire, non voleva che nessuna le fosse vicina.

Fece un respiro profondo e camminò verso il primo cerchio. La sua mente catalogò tutto di quei segni rosa, imprimendo ogni dettaglio nella sua mente. Contò i passi fino al primo cerchio; erano otto dal rimorchio parcheggiato in retromarcia esattamente tra due grandi alberi.

Alzò lo sguardo e si fermò giusto il tempo di contare rapidamente i segni rosa; venticinque, ciascuno alla distanza di una falcata media.

Guardò la baita, poi tornò ai segni che Ryan aveva posizionato sul terreno. C'era pochissima erba intorno. Anche la terra era smossa e irregolare, come se avesse scavato tutto intorno alla baita... probabilmente per seppellire l'esplosivo proprio come aveva affermato.

Le si rimescolò la pancia perché comprese che Ryan aveva pianificato tutto meticolosamente. Doveva averci impiegato dei mesi. Girò la testa e guardò di nuovo lui, il pick-up e il rimorchio. «Quanto tempo ci hai messo?»

Lui sorrise e sembrò contento della sua domanda. «Anni» rispose, scrollando le spalle. «Anche se le ultime settimane sono state le più divertenti; osservare i miei obiettivi, tormentarli... e tormentare voi.»

«In che senso?» chiese April, non riuscendo a trattenere la sua curiosità.

«Be', prima di tutto il tuo incidente. L'amnesia è stata un bonus. Avevo intenzione di danneggiarti le gomme quando fossi arrivata a quella stazione sciistica così avresti fatto un incidente al ritorno, ma l'alce ha fatto tutto il lavoro per me.»

«Eri lì?» domandò Carlise sconvolta.

«Sì. Ho guardato la sua auto ribaltarsi e poi l'ho lasciata lì a soffrire» rispose, senza mostrare il minimo rimorso.

«Oh, mio Dio» ansimò Marlowe.

«E il ragno, i chiodi nelle gomme e la scatola caduta dallo scaffale, anche quella è tutta opera mia» si vantò. «Volevo spaventarvi, ma non necessariamente uccidervi, altrimenti avrei tolto tutto il divertimento al mio piano. Inoltre... non volevo allarmare i soldati. Volevo che fossero ignari. E ha funzionato.» Si mise a ridere tutto raggiante.

«Perché?» sussurrò Marlowe.

«Perché hanno ucciso mio fratello!» urlò improvvisamente, facendole sobbalzare per la sorpresa. Il suo viso si era trasformato in una maschera di rabbia.

«Quando sono stati salvati, mio fratello e i suoi amici sono stati massacrati. Non hanno avuto alcuna possibilità. Ed è tutta colpa *loro*!»

April era confusa. Jack non amava parlare del suo periodo da prigioniero di guerra, ma le aveva raccontato qualcosa di quella terribile esperienza. Che si era sentito impotente quando avevano tagliato il corpo di Cal. Che avevano dovuto guardare in continuazione mentre a turno venivano torturati. Del gioco carta-sasso-forbice che aveva portato alla scelta di trasferirsi nel Maine e alla decisione di fondare la Jack's Lumber. Di quanto erano deboli quando finalmente li avevano salvati. Di quanto era stato frustrato per non aver potuto aiutare le squadre dei Navy SEAL e della Delta Force a eliminare i terroristi.

«Ma non hanno ucciso nessuno» non riuscì a trattenersi dal dire April. «Erano gravemente feriti. Potevano solo stare sdraiati e ascoltare i combattimenti intorno a loro.»

Ryan le si avvicinò, e prima ancora che lei potesse sbattere le palpebre le diede un manrovescio, facendola cadere per la violenza del colpo. April si sorprese di non aver innescato alcun esplosivo. Il pazzo si chinò e la tirò su per la maglia. Sentì alcune cuciture strapparsi, ma gli afferrò il polso e rimase il più possibile come un peso morto.

Lui le puntò la pistola alla testa e la sua voce tremò mentre parlava.

«Mio fratello era tutto il mio mondo. L'unica persona a cui importava di me! Eravamo poveri. Così fottutamente poveri che a volte aggiungevamo della terra alla nostra zuppa per addensarla. Lui mi dava sempre le porzioni più grandi, si assicurava che avessi dei vestiti addosso e cercava di costruirci una vita migliore. E se non fosse stato per il maledetto Jackson Justice e i suoi tre amici, oggi sarebbe ancora vivo! Deve *pagare*. Deve perdere la cosa che ama di più al mondo. Così come gli altri. Tu e le tue amiche morirete. Ricorda le mie parole: i tuoi uomini sentiranno il loro cuore sanguinare proprio come l'ho sentito io quel giorno.»

La bocca le era diventata secca. Non osò respirare né muoversi. Poteva solo pregare che la mano tremante di rabbia di Ryan non gli facesse premere accidentalmente il grilletto della pistola premuta contro la sua tempia.

Non voleva morire. Non quel giorno e sicuramente non per mano di quello psicopatico. Ma era stranamente soddisfatta di aver finalmente capito perché si trovavano lì. Doveva essere a malapena un adolescente quando suo fratello era stato ucciso, abbastanza giovane da avere difficoltà ad affrontare la situazione e da permettere alla rabbia di inasprirsi dentro di lui.

Ryan la fissò male ancora per un attimo poi la spinse via, facendola di nuovo cadere a terra. Il viso le pulsava nel punto in cui l'aveva colpita, ma non osò distogliere lo sguardo da lui e nemmeno toccarsi la guancia.

«Alzati» le disse, prima di sputarle addosso.

Lo sputo le finì sui jeans, ma lo ignorò. Si alzò lentamente in piedi, non volendo fare movimenti repentini vicino al loro rapitore; era nervoso e lei non voleva mettere alla prova il suo auto-controllo più di quanto non avesse già fatto.

«Cammina, stronza. E fai in modo che ogni passo conti... o non farlo. Non me ne frega un cazzo.»

Molto lentamente e con attenzione, April si girò e calpestò il primo cerchio rosa.

Quando non accadde nulla, quando non saltò in aria, rilasciò il respiro che non sapeva di aver trattenuto... e fece un altro passo. Anche se faceva freddo, una goccia di sudore le scese lungo la tempia. La ignorò, mentre si concentrava a calpestare ognuno di quei maledetti cerchi rosa.

Fu vagamente consapevole che una delle sue amiche aveva iniziato a camminare dietro di lei, ma tenne gli occhi puntati sul terreno. Mentre proseguiva contò i cerchi... quindici, sedici, diciassette, sembravano non finire mai... ventitré, ventiquattro, venticinque...

Era arrivata all'unica porta della baita, così mise la mano sul pomello e lo girò, spalancandola. L'anta tornò verso di lei buttandola quasi per terra. L'interno della baita era messo male quanto l'esterno. Le assi del pavimento erano rotte in alcuni punti e coperte di sporcizia e detriti. Alzando lo sguardo vide un piccolo buco in un angolo del soffitto, e un topo sgattaiolare via per infilarsi in un altro buco nel pavimento.

Arricciò il naso disgustata, ma fu sinceramente sorpresa di vedere anche due cassette di plastica. Una conteneva delle bottiglie d'acqua e scatolette di cibo.

Si voltò sentendo qualcuno imprecare dietro di lei, e trattenne il respiro mentre Marlowe si avvicinava. Aveva le braccia aperte per tenersi in equilibrio, e si mordeva il labbro facendo del suo meglio per calpestare esattamente i cerchi rosa. Quando fu abbastanza vicina April le afferrò il polso, tirandola nella relativa sicurezza della baita.

Le due rimasero a osservare ogni passo di June, che si dirigeva lentamente e dolorosamente verso di loro, fermandosi ogni due cerchi per ansimare. Si teneva una mano sulla pancia e aveva un'espressione sofferente.

«Così, June. Piano e costante. Stai andando benissimo» la incoraggiò con dolcezza April.

«Sei quasi arrivata. Puoi farcela» aggiunse Marlowe.

Lo sguardo di April andò a Carlise, che al momento era ancora accanto al rimorchio. Per un attimo temette che Ryan la prendesse, la caricasse in macchina e se ne andasse con lei o qualcosa del genere. Sembrava stessero avendo una conversazione molto intensa, anche se era lui quello che parlava di più. Poi il bastardo le diede qualcosa e la spinse verso il tracciato.

April tornò a scrutare l'area con attenzione. Studiò la posizione dei cerchi rosa rispetto agli alberi e ad altri punti di riferimento. Supponeva che stesse cercando di memorizzare nei recessi del suo cervello dove mettere i piedi, nel caso avessero dovuto fuggire dalla baita. Non sapeva cos'avrebbe fatto Ryan una volta che fossero entrate tutte, ma se le avesse lasciate sole, sarebbe sicuramente scappata... e al diavolo i chilometri di natura selvaggia.

April guardò Marlowe afferrare June non appena si avvicinò, così la aiutò a trasportarla dentro. La fecero sdraiare a terra in uno dei pochi posti in cui le assi non erano rotte, poi si voltò verso la porta. Nel frattempo era arrivata anche Carlise, ma con sua grande sorpresa si stava avvicinando anche Ryan. Camminava molto più velocemente di quanto avessero fatto loro, evidentemente sicuro del posizionamento degli esplosivi.

Quando arrivò alla porta, April indietreggiò istintivamente afferrando il braccio di Carlise, poi si posizionarono tra June e Marlowe e il loro rapitore. Ma lui non disse una parola, si limitò a chiuderla facendola sbattere forte.

Ebbe l'impressione che l'intera baita avesse tremato con il contraccolpo, ma furono le martellate a sorprenderla.

«Resta qui» ordinò a Carlise, avvicinandosi piano alla porta. C'era un buco all'altezza della sua vita e si chinò per sbirciare. Riuscì a vedere solo i fianchi di Ryan, ma era chiaro cosa stesse facendo. Aveva visto le lunghe assi appoggiate alla baita quando si era avvicinata, ma era stata troppo occupata a preoccuparsi di dove metteva i piedi per fare qualcosa di più che notarne distrattamente la presenza.

Senza pensarci, provò ad aprire la porta. Come previsto, le assi che Ryan stava attaccando di traverso le impedirono di farlo.

Lo sentì ridacchiare dall'altra parte. «Non voglio che i miei uccellini scappino dalla gabbia» disse, continuando a martellare.

«E non disturbatevi a cercare di uscire in un altro modo, perché, ricordate... la cabina è circondata da esplosivi. Non avete possibilità di scappare. Quindi mettetevi comode e rilassatevi, sono sicuro che i soldati arriveranno presto. E non importa cosa direte loro, non sopravviveranno.

E dopo che avrò fatto esplodere l'enorme bomba che ho messo sotto la baita, e si renderanno conto che tutti i loro sforzi sono stati inutili perché siete morte lo stesso – compreso il nuovo marmocchio, se riuscirete a non ucciderlo voi – farò fuori loro. Direi che è stato bello conoscervi, ma mentirei» concluse.

Batté sulle assi ancora per qualche minuto poi ci fu il silenzio.

April si arrischiò a sbirciare di nuovo attraverso il buco, sconvolta quando vide Ryan allontanarsi dalla baita e raccogliere i cerchi rosa. Aveva anche un piccolo rastrello, che usò per cancellare con cura le loro impronte che andavano fino all'ingresso, lasciando il sentiero quasi uguale a quello circostante.

«April?» la chiamò Carlise incerta.

Aveva voglia di piangere, ma trattenne le lacrime perché ciò non avrebbe aiutato la loro situazione, e si voltò.

Carlise era ancora davanti a Marlowe, che era inginocchiata a terra e teneva la mano di June. Entrambe la stavano fissando a occhi spalancati, come se stessero aspettando che dicesse loro cosa fare, come se avesse potuto magicamente salvarle da quella brutta situazione.

«Stai bene?» le chiese. «Ti ha colpita molto forte.»

«Sì» rispose, anche se la guancia le pulsava e percepiva ancora la canna della pistola contro la tempia.

«Mi ha detto di darti questo» aggiunse, porgendole qualcosa.

April abbassò lo sguardo, e fissò incredula l'oggetto. «È il mio telefono» sussurrò.

«Lo so. Ha insistito perché te lo dessi non appena fossimo entrate. Sono sicura che fa parte del suo gioco.»

Annuì. Ne era certa anche lei. Ryan non aveva fatto ancora nulla senza una buona ragione. Il cibo, permetterle di chiamare

Jack mentre erano in viaggio, i cerchi rosa. Tutto era stato
studiato nei minimi particolari.

E quella era solo un'altra parte del suo grande piano, ma April
non avrebbe potuto impedirsi di prendere il telefono dalla mano
di Carlise nemmeno se la sua vita fosse dipesa da quello. E la
cosa peggiore era che probabilmente era così.

Si aspettava che fosse un altro trucco. Che la batteria fosse
stata rimossa o che il telefono fosse quasi scarico. Con sua
grande sorpresa, era esattamente come l'ultima volta che lo aveva
visto. Lo sbloccò con il pollice e apparve la schermata principale,
con la batteria ancora piena per tre quarti. O a un certo lo aveva
messo sotto carica o era rimasto spento per la maggior parte del
viaggio.

Pensò che quell'ultima ipotesi fosse corretta. Sì. L'aveva
spento per non essere rintracciato, ma ora che aveva l'esca dove
voleva, l'aveva riacceso e non gli importava se lei avesse chiamato
Jack, perché lui aveva bisogno che i ragazzi andassero lì. *Voleva*
che arrivassero di corsa, da uomini d'onore quali erano.

Per un attimo fu tentata di spegnerlo, di seppellirlo. Qualsiasi
cosa che impedisse a Jack di andare a salvarle. Ma era troppo
tardi. Ryan l'aveva già acceso e se lei conosceva quegli uomini
bene come pensava, avevano già rilevato la loro posizione. *Non*
chiamarlo sarebbe stato stupido a quel punto. Doveva avvertirlo.
Dirgli degli esplosivi.

Ancora una volta, non ebbe dubbi che anche quello facesse
parte del piano. Ryan voleva che fossero informati di tutto
perché aveva la sensazione che ciò gli avrebbe reso la loro uccisione ancora più soddisfacente.

June emise un mezzo gemito, mezzo urlo, distogliendo la sua
attenzione dal telefono. Si voltò e vide la sua amica fare una
smorfia, con le lacrime che le rigavano il viso.

Il dolore di April scomparve in un attimo e lanciò un'occhiata a Carlise. «Controlla quelle cassette nell'angolo, vedi cosa
c'è. Marlowe, mettiti dietro di lei per sostenerle la schiena, come

ho fatto io prima. June, stai andando alla grande. Finirà tutto bene.»

«Come... puoi... dir... dir... lo?» chiese lei tra un respiro e l'altro.

«Perché rispetto a quello che abbiamo già passato, questo è un gioco da ragazzi. Abbiamo un tetto sopra la testa, quello stronzo se n'è andato e possiamo aiutarci a vicenda. Le donne hanno partorito in questo modo, con nient'altro che le loro amiche intorno, per migliaia di anni. Ribadisco, un gioco da ragazzi.»

«Facile... per... te... dirlo...» disse June con un piccolo sorriso.

April si avvicinò a lei e si inginocchiò. Le afferrò una mano e la strinse forte. «Ti prometto che rivedrai Cal. E quando succederà, potrai presentargli suo figlio. Max, il suo bambino sano e bello. Il principe Maximilian, erede al trono del Liechtenstein.»

June rise, ma la risata si trasformò in una smorfia, mentre spingeva per l'arrivo di un'altra contrazione. Quando passò, alzò lo sguardo verso April. «Max non ha la minima possibilità di diventare re.»

«Non importa, è sempre un reale e anche tu lo sei.» Si chinò per mettersi faccia a faccia con lei. «Qualunque cosa accada, non arrenderti. Capito? Combatti. Per Max. Per Cal. Per noi. Per te.»

Lei fece un respiro profondo, e l'espressione determinata che mostrò la fece rilassare un po'. «Non lo farò.»

«Bene» Si rivolse alle altre due. «Anche voi. Ce la faremo. Ryan non vincerà. L'amore vince. Sempre.»

Annuirono.

«Che cos'hai trovato?» chiese a Carlise.

Si voltò verso la cassetta di plastica su cui stava frugando e tirò fuori un lenzuolo e una coperta scadente e logora.

«Perfetti» disse April, come se le avesse mostrato un kit di pronto soccorso completo. «Porta qui la coperta che gliela mettiamo sotto.» Prese il lenzuolo e si chiese come avrebbero potuto tagliarlo per usarlo per pulire Max e avvolgerlo.

«C'è anche dell'acqua e alcune scatolette di tonno, fagiolini e altre verdure» le informò Carlise.

«Ti prego, dimmi che c'è anche un apriscatole» disse Marlowe in tono piatto. «Non escluderei che quell'idiota ci abbia dato del cibo che non possiamo aprire.»

Ridacchiarono tutte. Era un buon modo per scaricare un po' della tensione che si respirava nella stanza.

«Vero? Ma sono quelle con l'apertura a strappo, quindi non c'è bisogno di un apriscatole.»

«Penso che farebbe bene a tutte bere un po' d'acqua in questo momento. Anche tu, June. Anche se non ne hai voglia, tu e Max ne avete bisogno» disse April con fermezza.

Lei annuì e si misero subito a trangugiare l'acqua per cercare di placare la sete. April non desiderava altro che sedersi e mangiare una delle scatolette di cibo, ma non c'era tempo. Non solo June avrebbe avuto presto il suo bambino, ma doveva anche chiamare Jack.

Era strano desiderare così tanto di sentire la sua voce e allo stesso tempo temerlo. Ryan era là fuori a osservare, in attesa, e lei odiava fare qualcosa che potesse rientrare nei suoi piani. Ma sentire la voce di Jack avrebbe contribuito a calmare il suo nervosismo. E anche le altre avevano bisogno di parlare con i loro mariti. Avevano tutti bisogno di una spinta.

Dopo aver controllato lo stato di avanzamento del travaglio di June ed essersi leggermente allarmata per il fatto che sembrava molto più dilatata dell'ultima volta che aveva controllato nel rimorchio, April capì di non avere più tempo. Doveva parlare con Jack, avvertirlo, dirgli tutto quello che sapeva. Prima lo avrebbe fatto, prima avrebbero potuto andarsene da lì.

CAPITOLO VENTI

«JJ, vieni qui! Il telefono di April è stato riacceso» disse Rex con urgenza.

L'intera squadra – esclusi Eagle, Cole e Meat che erano su un elicottero a cercare dal cielo una traccia di dove Ryan potesse essersi rintanato – si trovava a sud di Bailey, in Colorado, in una baita che Tex aveva provveduto a trovare per loro. Erano ansiosi ed eccitati, in attesa del più piccolo indizio su dove iniziare a cercare il bastardo che aveva rapito le donne.

Dopo l'ultima localizzazione del telefono di April, non c'era stato nessun altro segnale. Anche se pensavano che Ryan potesse essere tra le montagne, non avevano un buon punto di partenza per cercare, dato che lì la natura selvaggia si estendeva per centinaia di chilometri in ogni direzione.

«Dove?» chiese JJ con impazienza, mentre guardava Rex digitare sulla sua tastiera. «Qui a Bailey?»

«No, una torre a circa trenta chilometri a sud da dove siamo noi. Ce ne sono alcune tra qui e lì, ma il suo telefono sta pingando sull'ultima, dopo di quella il servizio di rete mobile è interrotto a causa delle montagne» disse Rex. Aprì una mappa e girò il computer verso gli altri uomini, che si erano rapidamente riuniti intorno a lui. Indicò un punto che era completamente verde.

«Andiamo» disse JJ, raddrizzandosi.

«Aspetta» lo bloccò Gray, scuotendo la testa. «Abbiamo bisogno di un piano. Non possiamo precipitarci lì come dei novellini.»

«Le nostre donne sono sparite da tre giorni!» sbottò Chappy. «Probabilmente sono spaventate a morte. Dobbiamo andare a prenderle *subito*!»

«Lo so. Ma dico sul serio, viviamo in Colorado da anni. Là non ci sono altro che gole scoscese in cui è facile cadere e boschi in quantità. Da quello che siamo riusciti a scoprire, non ci sono nemmeno sentieri.»

«Deve averle portate lì in qualche modo» disse Bob. «Non può aver costretto a marciare tre donne incinte attraverso la natura selvaggia.»

«Ottima osservazione» concesse Blake.

«Contattiamo i ragazzi dell'elicottero e informiamoli, così possono dirci cosa vedono dall'alto» suggerì Ro.

«E mentre aspettiamo, possiamo dirigerci da quella parte, e vediamo di portarci il più vicino possibile con i veicoli prima di dover proseguire a piedi» concordò Smoke.

«Più penso a quello che dice Bob, più sono d'accordo» disse Cal. «È impossibile che June riesca a camminare molto nelle sue condizioni. E credo che nessuna delle donne abbia le scarpe adatte per i boschi.»

«Pensi che a questo stronzo importi qualcosa di tutto ciò?» chiese JJ.

«No. Ma ha un piano. E se sta troppo lontano dai sentieri battuti, non sarà in grado di eseguirlo.»

Un sacco di pensieri turbinavano nella sua testa. Cal e Bob avevano ragione, e le idee molto più chiare di lui. Doveva iniziare a comportarsi come un Delta, un leader, e meno come un uomo disperatamente preoccupato per la donna che amava.

«Giusto. Quindi accendere il telefono non è stato un errore» affermò JJ. «L'ha acceso per farci sapere dove si trova.»

«Decisamente» confermò Chappy con un cenno del capo.

«Chiama» ordinò Rex. «Vedi se riesci a parlare con questo Ryan e sapere cosa vuole.»

JJ prese subito il cellulare dalla tasca posteriore, e si spaventò quando iniziò a vibrargli in mano prima ancora che riuscisse a sbloccarlo.

Abbassò lo sguardo e vide il nome di April sullo schermo.

Fece un respiro profondo, travolto da una scarica di adrenalina. Prima di rispondere, attivò l'applicazione di registrazione.

«Justice» sbraitò.

«Jack? Sono io.»

Il suono della voce di April lo fece quasi crollare in ginocchio. Invece sprofondò nella sedia che qualcuno gli aveva spinto addosso.

«Stai bene? Sei ferita?»

«Stiamo bene. Ma Jack, devo dirti...»

La interruppe, volendo assicurarsi che stesse *davvero* bene prima di proseguire. «No, amore, *stai bene*? Ti ha toccata? Ti ha fatto del male? Sono passati tre giorni... io...» La sua voce si incrinò e fece del suo meglio per riprendere il controllo. «Dimmelo, tesoro.»

«Sto bene. Siamo state nel rimorchio per quasi tutto il tempo. Mi ha fatta uscire solo una volta per permettermi di chiamarti, ma poi siamo rimaste sempre tutte nel rimorchio. Avevamo cibo e acqua. L'abbiamo rivisto solo quando ci siamo fermati definitivamente.»

«Ti ha toccata?»

April esitò, e JJ iniziò a vedere rosso. Non aveva bisogno di sentire le parole. Sapeva che quello stronzo aveva messo le mani addosso alla sua donna.

«Sto bene» insistette. «Ma devi ascoltarmi. Ti prego!»

«È morto» le disse JJ. «Ti ho detto cosa sarebbe successo a chiunque avesse osato metterti le mani addosso.»

«Va bene, Jack, ma puoi stare zitto e ascoltarmi?»

Sentì qualcuno sghignazzare e, cosa notevole vista la situazione, anche le sue labbra si contrassero. La sua April era combattiva, e non poté che amarla di più. «Scusa. Ti ascolto.»

«Bene, quindi, guida un pick-up nero. Uno di quelli piccoli. Mi dispiace, non so di che tipo sia o la targa, ma ha un rimorchio bianco, uno di quelli che si aprono sul retro. L'aveva chiuso a chiave mentre eravamo lì dentro, così non potevamo uscire. Non ci siamo fermati spesso, e comunque mai per un tempo superiore a quello necessario per fare benzina, quindi penso che probabilmente sia sfasato per la mancanza di sonno. Non credo lavori con qualcun altro, ho visto solo lui.»

Le dita di Rex volavano sulla tastiera, digitando tutte le informazioni che April stava dando, sia per passarle a qualcuno sia per poterle rivedere senza dover riascoltare la registrazione.

«Questo è positivo» le disse.

«Sì, ma in realtà non lo è» proseguì. «Siamo in una baita. Non ho idea di dove si trovi. Ci sono alberi tutt'intorno, e lui ha sbarrato la porta con delle assi, quindi non possiamo uscire.»

«E le finestre? Potete uscire da lì?» domandò JJ, interrompendola.

«Ce ne sono due, ma anche quelle sono sprangate. Immagino che l'abbia fatto prima di venirci a prendere per portarci qui.»

«E staccando le assi del pavimento?» chiese.

«Jack!» esclamò lei irritata.

«Che c'è?»

«Non possiamo uscire» disse con fermezza. «Primo perché June sta per partorire. Proprio *adesso*. E secondo perché ci ha detto che ha circondato il posto di esplosivi.»

Tutto intorno a lui c'era così tanto silenzio che poteva sentire il sangue scorrere nelle orecchie. «Come, scusa?»

«Bombe. Ordigni esplosivi improvvisati. Cose che fanno bum. Abbiamo dovuto camminare su un percorso ben preciso anche solo per arrivare alla baita. L'aveva segnato con dei cerchi rosa, ma li ha tolti dopo aver sbarrato la porta. E non è tutto...»

«Che altro c'è?» domandò JJ con la mente in subbuglio, cercando di escogitare un piano per salvare April e le altre.

«Ha detto di aver messo una grossa bomba sotto la baita stessa» spiegò, con voce ora pacata. «E che l'avrebbe fatta esplodere se voi vi foste avvicinati.»

«*Cazzo*!» esclamò qualcuno alle sue spalle.

«Potrebbe essere un bluff» disse JJ quasi disperato.

«Lo so. Ma ha lanciato un sasso per dimostrare che non stava mentendo. Non era nemmeno molto grande, e ha comunque fatto esplodere qualcosa nel terreno.»

«Va bene. Che altro?» JJ non si sentiva in sé. Gli sembrava di fluttuare, di guardarsi parlare al telefono dall'alto.

«Vi incolpa per la morte di suo fratello successa durante il raid di quando siete stati salvati. Ho cercato di dirgli che non siete stati voi a ucciderlo perché non eravate in grado di fare molto a causa delle torture subite, ma era fuori di testa e non mi ha ascoltato. Sono anni che lo pianifica» gli disse con urgenza. «Vuole che ci *guardiate* morire e poi ucciderà anche voi.»

JJ non fu sorpreso dalle sue parole. Lui e gli altri avevano già praticamente deciso che chiunque fosse questo Ryan, doveva essere collegato a una delle loro missioni, e Tex aveva colto nel segno con l'ipotesi del parente. Irrazionalmente, pensò che fosse ingiusto che alla fine quella situazione fosse per qualcosa che loro non avevano nemmeno fatto, ma non importava.

«Non succederà.»

«Ho paura» ammise April in un sussurro.

«Lo so, ma stai andando benissimo» la tranquillizzò. «Come hai fatto a riavere il telefono?»

«Me l'ha dato lui. Voleva che chiamassi per avvertirti.»

JJ si raddrizzò. Chiunque fosse quel Ryan, era davvero presuntuoso, e ciò sarebbe stata la sua rovina.

«Non volevo chiamare» ammise con voce tremante. «Non volevo attirarti verso la tua morte.»

«Nessuno morirà» le disse con fermezza. «Fidati di me.»

«Mi fido.»

«Bene.» Sentì una delle altre donne parlare in sottofondo, e poi April disse: «Le altre hanno bisogno parlare con i loro mariti.»

JJ non voleva consegnare il telefono, ma i suoi amici meritavano di parlare con le mogli. «Ok, ma non riattaccare quando avranno finito. Torna da me.»

«Lo farò.»

Quando sentì la voce di Marlowe all'altro capo, passò il telefono a Bob.

Si isolò da tutto il resto, mentre cercava di capire come gestire quella situazione impossibile.

«Pensi che sia ancora lì?» chiese Gray a bassa voce accanto a lui.

«Assolutamente sì. Ha un disperato desiderio di vendetta. Vorrà vedere realizzati il suo duro lavoro e i suoi piani.»

«Sono d'accordo» disse Gramps.

«Ma... lui non sa ancora di noi» affermò Black con un piccolo sorriso.

«È vero» concordò Nathan. «Si aspetta solo voi quattro. Forse qualche poliziotto locale o qualcosa del genere, ma non altri sedici uomini ben addestrati... cioè, non sono esattamente all'altezza della maggior parte di voi, ma me la cavo bene» disse con un'alzata di spalle l'uomo alto e dall'aspetto quasi nerd.

«Smettila, Nathan» lo rimproverò Blake. «Sceglierei te al posto di qualsiasi ex SEAL.»

«Ehi, attento a quello che dici» brontolò Black.

JJ lasciò che si sfogassero con le loro battute per un momento, poi tornò alle cose serie. «Hai ragione, Nathan. Voi ragazzi siete il nostro vantaggio. Chappy, Cal, Bob e io possiamo andare lì e assicurarci che la sua attenzione sia su di noi, e voi lo fate fuori.»

«Non vuoi essere tu a farlo?» chiese Bull con un sopracciglio alzato.

«Non me ne frega un cazzo di lui. Non è niente. Un vigliacco che sta scaricando su di noi la colpa delle azioni del fratello. Ascoltami chiaramente, a me interessa solo la vita della mia donna. E di Carlise, Marlowe e June. Loro sono la mia priorità. Finché sono al sicuro, non me ne frega un cazzo di chi uccide Ryan. Voglio solo che sparisca.»

Tutti intorno a lui annuirono soddisfatti.

«Penso che possiamo far fuori questo stronzo senza troppi problemi, soprattutto perché non si aspetta di vederci, ma come facciamo ad arrivare alle donne?» domandò Smoke.

«Prima che riesca a far saltare in aria la baita... se ha un comando a distanza» aggiunse Ball.

«Potrebbe avere un timer» concordò Ryder.

«Se è così, dobbiamo smetterla di perdere tempo e raggiungere quella baita» incalzò Bull.

JJ fu felice di sentire la preoccupazione nella voce degli uomini.

«April ha detto che sono sempre state in quel rimorchio e che quando le ha fatte uscire erano già alla baita, quindi questo ci dice che avevamo ragione, Ryan è andato praticamente dritto fino a lì» disse Ro.

«Ciò significa che ci sono delle strade. Questo renderà più veloce arrivarci» concordò Ball.

«Ma quale strada? Quale baita?» domandò Smoke.

Ebbe l'impressione che il botta e risposta tra tutti gli uomini fosse utile. Era qualcosa di familiare. Era quello che avevano fatto lui e la sua squadra quando andavano in missione. E dato che non aveva alcun dubbio sul fatto che loro quattro non erano al massimo della forma, che erano più preoccupati per le loro donne che altro, era un sollievo avere quegli uomini come supporto.

«June?» disse Cal con una voce così spezzata e tormentata che tutti si voltarono a guardarlo. Aveva in mano il telefono di JJ e lo teneva in vivavoce. Le nocche erano bianche, gli tremava la mano e gli occhi erano chiusi mentre parlava alla moglie.

«Sto... bene... le ragazze... sono qui... anche Max... starà bene...»

Era evidente che June stesse soffrendo molto e faticasse a parlare.

«Vi amo così tanto» disse Cal.

«Lo... sappiamo... pensa solo.... che quando... arriverai qui... conoscerai... tuo figlio.»

«June, mi dispiace! Mi dispiace tanto di non esserci! Io...»

«No!» sbottò lei con fermezza, interrompendolo. «Perché dovrei... volerti qui... a guardare la mia... vagina dilatata? Inoltre...probabilmente sverresti. April ha... tutto sotto... controllo. Se tu... pensi che... lascerà che... accada qualcosa... a suo nipote... non la conosci.»

Cal emise un mezzo singhiozzo sofferto e una mezza risatina. «Giusto. In questo momento hai intorno il miglior gruppo di sostegno che io potessi desiderare per te.»

«Puoi... giurarci. Credo che... sto per... avere questo bambino... adesso. Non farti ammazzare, Cal. Altrimenti... mi incazzerò.»

«Ti amo, Juniper.»

«Ti amo anch'io. Vai... a spaccare... qualche culo.»

Sentirono tutti un tonfo, come se June avesse fatto cadere il telefono, poi un urlo angosciato e sommesso riecheggiò nella stanza.

Ogni uomo rimase bloccato sentendo il dolore nel tono della donna che lottava per avere il suo bambino.

Cal stava tremando ancora di più quando Chappy gli prese il

telefono e lo restituì a JJ, che se lo portò all'orecchio sentendosi morire. «April?»

«Ehi, scusa, ma non posso parlare. Devo... June...»

«Va bene. Lo capisco. Ce la puoi fare.»

«Non ho scelta» ribatté, e JJ odiò sentire la paura nella sua voce.

«Farò nascere Max» proseguì. «Poi vi aiuterò per quanto possibile. C'è un buco nella porta e posso fare da palo o qualcosa del genere.»

Era proprio una mamma chioccia, e voleva essere disponibile a tutto per tutti. «Ci pensiamo noi.»

«Jack, posso aiutarti» insistette.

«So che puoi farlo. E ti chiamerò quando saremo lì. Ok?» la rassicurò, volendo placare il terrore che si celava dietro la finta calma che lei cercava di proiettare. Se guardare da quel maledetto buco nella porta le avrebbe dato l'impressione di aiutarli, glielo avrebbe lasciato fare volentieri.

«Va bene. Sii prudente, Jack. Devi fare di me una donna onesta.»

JJ si irrigidì. «Vuoi sposarmi?» le chiese.

«Ovvio» rispose con un piccolo sbuffo.

«Prenderai il mio nome» la informò.

Lei rise, e non sembrò un suono forzato. «Davvero?»

«Sì.»

«Hoffman è il mio nome da ragazza. Non è il *suo*.»

«Non importa. Sarai April Justice prima della fine della settimana.»

«Uccidi Ryan, non morire, portaci via da qui e sarò April Justice prima che finisca *domani*, se vuoi.»

«D'accordo. Ora vai a far nascere nostro nipote. Ci vediamo presto.»

«Ti amo, Jack.»

«Ti amo anch'io, April.»

Lei chiuse la chiamata e la linea diventò muta.

«Complimenti, amico» disse Rex con un sorriso sulle labbra. «Nemmeno in un milione di anni avrei pensato che *insistere* per farle prendere il tuo nome avrebbe funzionato, ma accidenti se non l'ha fatto.»

Le sue dita formicolavano. Non sapeva se era perché stava trattenendo il respiro o per l'eccesso di adrenalina che gli scorreva nelle vene, ma non aveva molta importanza. Avrebbe sposato la sua donna. Presto.

«Nel frattempo stavo trasmettendo informazioni a Meat sull'elicottero, e lui ha già trovato la baita» continuò Rex.

«Cosa?» ansimò Chappy.

«Dove?» sbottò Bob

«Come fa a sapere che è quella giusta?» chiese Cal, che si era un po' ricomposto dopo la conversazione emozionante con June.

«Ha detto che c'è un pick-up nero con un rimorchio fermo su una strada sterrata a meno di un chilometro e mezzo dalla baita. Pensa che April avesse ragione, e che questo tizio non stia bluffando. La terra intorno alla casa è smossa, come se avesse scavato» spiegò Rex.

«Per seppellire mine e IED» disse Gray in tono cupo.

«A quanto pare» concordò Rex. «Ho le coordinate. Non c'è traccia del nemico, ma è lì, ci scommetterei la vita. Penso che possiamo arrivare a circa tre chilometri dalla baita e poi proseguire a piedi. Possiamo dividerci e circondare l'area. Voi quattro potete fare i dilettanti e attirare la sua attenzione. Una volta che il topo sarà uscito dalla sua tana, lo faremo fuori, poi penseremo a come mettere in salvo le donne.»

A JJ si rivoltò lo stomaco. Se la baita era circondata da esplosivi e se c'era davvero una bomba sotto, era impossibile sapere quanto tempo avevano a disposizione. E a ogni secondo che passava, sentiva aumentare l'urgenza di muoversi.

«Andiamo» disse con fermezza.

La squadra della Ace Security, della Silverstone e i Mercenari di Montagna si diressero verso la porta. Tutti avevano uno sguardo concentrato, consapevoli della posta in gioco.

JJ si voltò verso il suo team e fece un profondo respiro.

Ma fu Cal a parlare. «June sta avendo il mio bambino. È entrata in travaglio in un maledetto *rimorchio*. Non in un ospedale sterile circondata da medici e infermieri, e senza l'epidurale che avevamo programmato per non farle sentire dolore. Ed è troppo presto. Max non avrebbe dovuto nascere prima di qualche settimana.»

«Andrà tutto bene» cercò di tranquillizzarlo JJ.

«Lo so» replicò Cal con un tono sorprendentemente fermo. «Perché con lei ci sono Carlise, Marlowe e April. Ma questo non significa che non sia incazzatissimo. Ci ha *rubato* questo momento, quello di condividere l'esperienza della nascita del nostro primo figlio. Qualcosa che non potremo mai riavere indietro.»

«Non volevo origliare» disse Rex dalla porta. Tutti gli altri se n'erano andati, ma lui era rimasto, e ovviamente aveva sentito la loro conversazione. «Lo ucciderò personalmente per voi. Lentamente. Dolorosamente.»

JJ vide Cal studiare l'uomo. Da quello che avevano capito, Rex non era un ex operatore delle forze speciali. Era stato nell'esercito, ma solo per un breve periodo. Di certo lui era l'ultima persona che avrebbe immaginato sarebbe stata disposta e desiderosa di uccidere, in una stanza piena di uomini che in passato avevano fatto proprio quello. D'altronde, aveva sofferto più di quanto un solo uomo avrebbe mai dovuto fare, non sapendo dove fosse sua moglie e nemmeno se fosse viva, per dieci lunghi anni. Ora l'aveva ritrovata, insieme a un figlio che non sapeva avesse avuto durante la prigionia, ed entrambi stavano sbocciando.

«Te ne sarei molto grato» disse Cal formalmente. «Così come la famiglia reale.»

Rex sorrise. «Senza offesa, ma non voglio avere niente a che fare con tutto questo.»

«Figurati. Provo molto spesso la stessa cosa» ribatté.

I due uomini si salutarono con un cenno del capo, poi Rex scomparve oltre porta.

«Anche se saremo sempre Delta, oggi siamo solo quattro uomini che faranno di tutto per riavere le donne che amano» disse Chappy in tono calmo.

«Il protettore, il reale, l'eroe e il tagliaboschi» concordò Bob. «Ho sentito le nostre donne chiamarci così più di una volta. E io voglio essere l'eroe di mia moglie... di nuovo.»

«Lo sei già» affermò JJ. «E tu sei sicuramente un protettore» disse a Chappy. «Cal sarà sempre il principe reale di June. E io sono felice di essere un semplice tagliaboschi» finì, sentendosi orgoglioso come non mai di essere esattamente ciò che era. «Abbiamo sedici uomini tosti al nostro fianco, lasciamo che siano loro a fare il lavoro duro. La nostra unica priorità è quella baita. Capito?»

«Ok.»

«Sì.»

«Assolutamente sì.»

JJ non pensava sarebbe stato necessario dirlo, ma l'ultima cosa che voleva era che uno di loro si lasciasse prendere dalla rabbia nei confronti di Ryan. Aveva bisogno che si concentrassero sulla baita, su come arrivare alle donne e farle uscire sane e salve.

Aveva la sensazione che sarebbe stata quella la parte più difficile della missione; non neutralizzare il rapitore o dover capire dove si nascondeva, né aspettare che si facesse vivo. E nemmeno preoccuparsi se aveva intenzione di farli fuori con un fucile da cecchino, cosa di cui dubitava, perché sarebbe stata una cosa troppo veloce, e quello stronzo voleva vedere le loro facce, voleva vedere il loro dolore mentre pensavano che le loro donne sarebbero morte.

No, erano gli esplosivi che lo preoccupavano più di ogni altra cosa. Un passo falso, una mossa sbagliata... accidenti, con alcune bombe bastava smuovere un po' il terreno per far saltare tutto. Dovevano essere calmi e metodici. Lasciare che gli uomini che avevano chiamato come supporto facessero fuori Ryan.

«Andiamo a prendere le nostre donne» disse JJ.

Senza dire un'altra parola, i quattro uomini si diressero verso la porta.

CAPITOLO VENTUNO

BULL FERMÒ IL PICK-UP, e JJ e la sua squadra, insieme a Eagle, Smoke e Gramps saltarono fuori dal retro. Ci erano stati stretti, ma avevano voluto portare nella zona il minor numero possibile di veicoli. Una volta liberate le donne dalla baita sane e salve, avrebbero chiamato l'elicottero per trasportarle all'ospedale più vicino.

Durante il tragitto si erano fermati a prendere Eagle, Cole e Meat, che non avevano voluto stare in elicottero durante l'operazione, e in quel momento c'erano venti uomini letali e ben addestrati, pronti e disposti a fare qualsiasi cosa per neutralizzare il nemico e salvare gli ostaggi.

Gli altri scesero dai due pick-up dietro a quello di Bull, e si riunirono tutti al limitare del bosco.

«Per arrivare alla baita ci sono circa due chilometri e mezzo in linea retta verso nord-est» disse Rex, indicando la direzione esatta. «Sappiamo che il veicolo di Ryan è più avanti, ma sappiamo *anche* che vorrà tenere d'occhio quella baita. Non sono troppo preoccupato del rischio di incontrarlo prima. Quindi resteremo uniti, se possibile, finché non saremo a ottocento metri. Poi la nostra squadra andrà verso ovest, mentre quella di Logan verso sud. Bull, tu e i tuoi ragazzi andrete a nord. Circonderemo la baita e lasceremo che JJ e la sua squadra arrivino direttamente dalla strada. Tenete gli occhi bene aperti per cercare questo stronzo. Se lo trovate, avvisate e convergeremo tutti sulla vostra posizione.»

Gli uomini annuirono e fecero un controllo radio. I piccoli trasmettitori nelle orecchie permettevano di stare in contatto tra di loro.

«Controllate sia in aria sia a terra» ricordò Logan. «Gli alberi qui intorno sono abbastanza grandi da reggere un adulto, ma considerando la quantità di tempo che ha trascorso in questi boschi a preparare quegli esplosivi, potrebbe anche aver costruito una sorta di bunker sotterraneo.»

«È possibile che abbia installato anche delle telecamere» aggiunse Bull. «Non lo escluderei.»

A JJ si gelò il sangue. Se l'aveva fatto e avesse scoperto che non erano solo loro quattro, l'intero piano sarebbe potuto saltare in aria... letteralmente.

«State all'erta» disse Gray. «Non diamo a questo tizio più credito di quello che merita. Se qualcuno vede qualche tipo di fototrappola o ha la sensazione di essere osservato, informi tutti e passeremo al piano B.»

Non avevano un piano B, per quanto ne sapeva, ma annuì comunque. Erano tutti consapevoli che il tempo stava per scadere, proprio come per la bomba che poteva trovarsi sotto la baita.

Gli uomini percorsero velocemente il primo chilometro e mezzo, poi i gruppi si separarono, scomparendo nella natura selvaggia intorno a JJ e alla sua squadra. Mentre proseguivano da soli, sentiva il battito del suo cuore, e ogni passo che faceva risuonava forte nel bosco silenzioso. Nessuno di loro parlò, ognuno perso a pensare all'amore della sua vita e a ciò che stava passando.

«Ci stiamo avvicinando» disse qualcuno alcuni minuti dopo attraverso il trasmettitore.

JJ alzò il pugno chiuso, indicando ai suoi amici di fermarsi, poi si voltò verso di loro. «Qualunque cosa accada, raggiungete le donne. Sono il nostro obiettivo.»

Chappy, Cal e Bob annuirono senza esitazione.

«Parli tu con lui» disse Chappy. «Quando si farà vedere, intendo.»

«Sono d'accordo» confermò Bob. «Sei sempre stato il migliore a convincere i nemici, o almeno a distrarli.»

«Io non riesco a pensare ad altro che a June e al dolore che sta provando» disse Cal con voce tremante. «Sono stato tranquillo in situazioni molto più pericolose, ma in questo momento non riesco proprio a ragionare.»

La fiducia che i suoi compagni gli stavano dimostrando era quasi opprimente, ma JJ annuì. Non aveva problemi a parlare con quel Ryan. Da quando aveva saputo che April era stata rapita, era sempre stato teso, furioso, ma soprattutto si era dominato. Perdere il controllo ora non avrebbe aiutato la sua donna, e quella era l'unica cosa che contava.

Fece un respiro profondo e continuò a dirigersi verso le coordinate comunicate dagli uomini dell'elicottero. Le altre squadre erano un confortante rumore di sottofondo nella sua testa, parlavano tranquillamente attraverso le radio, informando gli altri della loro posizione.

«Ho la baita in vista» disse qualcuno.

«Anche noi.»

«Ancora nessuna traccia del nostro obiettivo.»

Fino a quel momento JJ e la sua squadra avevano camminato lungo i sentieri sterrati, che lì venivano considerati strade, e all'improvviso entrarono in una radura. Come avevano detto quelli dell'elicottero, il suolo era per lo più di terra arida che circondava ampiamente la piccola baita, con pochissima vegetazione. Per quanto riguardava la struttura della casa, dava l'impressione che una forte raffica di vento avrebbe potuto farla crollare.

JJ lottò contro la tentazione di correre verso la porta. Sapere che April e le altre erano proprio lì, così vicine eppure così lontane, gli faceva desiderare disperatamente di entrare e vedere di persona che stavano bene, che erano illese. Ma si costrinse a rimanere fermo.

«E adesso?» chiese Bob a bassa voce.

Guardandosi intorno, JJ non vide alcun segno di Ryan, ma sapeva che era vicino. Aveva i peli rizzati sulla nuca e il suo sesto senso gli diceva che l'uomo li stava osservando attentamente.

«Ryan Johnson?» chiamò, facendo attenzione a non parlare a voce troppo alta, perché non aveva idea se gli esplosivi che lo stronzo aveva piazzato fossero ad attivazione sonora. April gli aveva detto che aveva già fatto esplodere una bomba, quindi probabilmente non era così... ma non voleva comunque correre rischi.

«Volevi che ti trovassimo, eccoci qui!» annunciò.

Poteva sentire Gray e gli altri fare un controllo incrociato, che gli fece capire che nemmeno loro avevano visto l'uomo.

«Forse se n'è andato» suggerì Chappy.

Ma JJ scosse la testa. «No, è qui. Ha pianificato tutto meticolosamente per anni.»

Proprio in quel momento, un nuovo suono riecheggiò nella quiete intorno a loro.

Il pianto molto arrabbiato di un bambino si levò dall'interno della baita.

JJ allungò automaticamente la mano per afferrare il braccio di Cal, impedendogli di fare più di un passo verso la casa.

«Calma, Cal.»

«È mio figlio» disse piano, come se fosse in trance.

«Il pianto è un buon segno» lo tranquillizzò Chappy. «Significa che sta respirando. E devo dire che sembra lo faccia *molto* bene.»

Il principe Maximilian Redmon non sembrava felice, ma JJ non riuscì a trattenere un piccolo sorriso. April ce l'aveva fatta. Era riuscita a far nascere il figlio di June. Sapeva che anche Carlise e Marlowe avevano indubbiamente contribuito, ma era certo che la *sua* mamma chioccia avesse avuto il ruolo principale.

Poi.... da dietro di loro arrivò un lento e metodico applauso.

Tutti e quattro gli uomini si voltarono per affrontare la minaccia, e nello stesso momento la voce di Bull risuonò nelle loro orecchie. «Obiettivo localizzato. Ripeto, obiettivo localizzato.»

JJ ebbe un secondo per pensare tra sé e sé "Che scoperta", prima che tutta la sua attenzione si concentrasse sull'uomo che stava uscendo da dietro un grande albero. Non aveva idea di dove fosse stato nascosto o di come sedici uomini non l'avessero individuato prima che entrasse nella radura, ma al momento non importava nient'altro che porre fine alla minaccia per le donne e per il loro futuro.

Studiandolo, si rese conto che non aveva affatto l'aspetto che si era raffigurato pensando al rapitore di April. Prima di tutto sembrava giovanissimo, persino più giovane dei vent'anni di cui aveva accennato Tex.

Inoltre, era... normale. Dal taglio di capelli ai vestiti, non sembrava affatto un terrorista. Era un'idea stupida, perché JJ sapeva meglio di molti altri che non esisteva un "look" stereotipato per i terroristi. Si mescolavano nell'ambiente in cui vivevano, proprio come aveva fatto lui.

«Congratulazioni per essere diventato papà» disse Ryan a Cal, in un inglese con un leggero accento.

JJ pensò per un attimo, e irrazionalmente, che era quasi un peccato che quell'uomo stesse per morire, perché era ovvio che fosse molto talentuoso e intelligente. Avrebbe potuto fare molte cose positive nel mondo, invece aveva lasciato che l'odio riempisse il suo cuore e la sua testa.

«Un altro reale Redmon, che emozione» proseguì, alzando la

pistola per puntargliela contro. «Peccato che non conoscerà suo padre.»

Per un attimo JJ pensò che Ryan volesse premere il grilletto, spargli subito, invece continuò a parlare.

«Ho aspettato questo momento più a lungo di quanto possiate immaginare» ringhiò.

Grato che l'idiota volesse parlare, JJ rimase in silenzio, lasciandogli blaterare ciò che pensava di dover dire. Nel frattempo sentiva gli uomini intorno a loro, i loro rinforzi, che si parlavano attraverso le radio e si spostavano rapidamente e silenziosamente in posizione, per circondare Ryan prima di fare la loro mossa.

«Avete ucciso mio fratello!» li accusò in modo teatrale.

«Qual era?» chiese JJ in tono annoiato, come se stesse parlando di qualcosa di insignificante come il tempo.

Come previsto, la rabbia di Ryan si infiammò subito.

«Era innocente!» sbraitò. «Era lì per portare l'acqua, per portare da mangiare a voi stronzi. Non era coinvolto nel rapimento.»

JJ socchiuse gli occhi e percorse con lo sguardo il ragazzo davanti a loro. Quando Ryan piegò la testa con aria di sfida, come per chiedergli cosa stesse guardando, gli balzò alla mente il ricordo di un altro uomo che faceva lo stesso gesto.

Solo che allora quel tizio aveva piegato la testa esattamente così per studiare lui, prima di incidergli la pelle con un coltello.

«Mi ricordo di tuo fratello» gli disse raddrizzando le spalle, senza più mostrarsi annoiato. «Era alto più o meno come te, puzzava di sudore e indossava sempre pantaloni neri e una vecchia maglietta con la foto delle Torri Gemelle di New York prima che venissero abbattute dai terroristi.»

Ryan rimase a bocca aperta per lo shock. Si ricompose subito, ma quell'attimo fu sufficiente per fargli capire di avere ragione.

Sentì i suoi compagni di squadra muoversi accanto a lui,

come se si fossero ricordati dell'uomo particolarmente sadico che aveva torturato anche loro.

«E ti sbagli sul fatto che fosse innocente. Era coinvolto in ogni fase della nostra prigionia e delle torture» incalzò.

«No, non è vero!» insistette. «Mi ha detto che era lì solo per guadagnare soldi, per comprare cibo e vestiti per la nostra famiglia...»

«Ha mentito!» urlò JJ con foga, desiderando così tanto scuoterlo che aveva abbassato la guardia. Aveva solo bisogno di distrarlo il tempo sufficiente da permettere a Rex o a uno degli altri uomini di raggiungerlo. «Tuo fratello era un *terrorista*. Faceva del male alla gente. Probabilmente ha violentato donne, picchiato bambini e sputato su tutte le tradizioni che tu e i tuoi compatrioti avete sempre avuto a cuore!»

«No» disse Ryan scuotendo la testa. «Stava risparmiando per portarci via da lì! Per trasferirci in città, dove avrei potuto andare a scuola.»

JJ rise. Fu un suono malvagio. «Non se ne sarebbe *mai* andato. Voleva far carriera nell'organizzazione. Desiderava attenzione. Notorietà. Voleva essere al comando. Alla fine ti avrebbe risucchiato in quella vita con lui.»

Ryan lo fissò per un attimo, poi scosse la testa. «Stai mentendo per cercare di salvarti. Non funzionerà.»

JJ incrociò le braccia sul petto, arricciando le labbra disgustato. «E tu sei uno stronzo pieno di rancore, e sei simile a tuo fratello più di quanto immagini. Hai rapito quattro donne innocenti e indifese e hai goduto del loro terrore.» Sentì Rex dire agli altri di stare indietro, che si stava avvicinando.

«Grazie per il complimento» replicò il pazzo quasi con calma, evidentemente non molto scosso come aveva sperato. «Ho passato la vita a imparare tutto quello che c'era da sapere sugli esplosivi, per vendicare mio fratello e renderlo orgoglioso. Ho equipaggiato la baita e tutto ciò che la circonda con ogni tipo di bomba esistente. Forse riuscirete a sfuggirne una, ma non ce la farete *mai* a superarle tutte.

Le vostre donne moriranno» disse in tono piatto, come se uccidere quattro donne e un bambino non fosse niente per lui. «E voi starete a guardare. Poi ucciderò anche voi. Finirò quello che mio fratello ha iniziato tanti anni fa. Se dici che faceva parte del gruppo che ti ha torturato, allora aveva un motivo. E io dico, buon per lui. Porterò a termine la sua missione... e lo raggiungerò nell'aldilà.»

«Oh, certo che lo farai» disse JJ, un secondo prima che Rex irrompesse dagli alberi dietro Ryan.

Il giovane si girò, ma fu troppo tardi. L'altro lo colpì in pieno con un potente pugno, facendolo cadere a terra sulla schiena.

Dall'arma che teneva in mano partì un colpo e JJ sussultò, pregando che nessuno fosse stato ferito. In pochi secondi Rex disarmò e sottomise facilmente l'uomo, e un attimo dopo alle sue spalle apparvero Ro, Arrow, Logan, Blake e Bull.

Con sua grande sorpresa Ryan rise; fu un suono maniacale, quasi sguaiato.

«Pensate di aver vinto, ma non è così!» esultò. «Le vostre donne sono praticamente morte! Non potete raggiungerle! Se vi avvicinate alla porta, sarete fatti a pezzi. Se portate un elicottero, le vibrazioni faranno detonare alcune delle mie bombe. BUM! L'intera baita salterà in aria nella più grande esplosione che abbiate mai visto. Pioveranno parti del corpo! Non c'è niente che possiate fare per fermarlo. Per *fermarmi*. Ho vinto comunque!»

Rise di nuovo come un pazzo. Continuò anche quando Rex lo afferrò per la maglia e lo tirò in piedi.

Smise solo quando gli arrivò un altro pugno in faccia.

«Io mi occupo della spazzatura. Voi andate a prendere le vostre donne» disse Rex voltandosi, spingendo Ryan davanti a sé e dileguandosi nella foresta seguito da tre dei suoi uomini.

JJ si voltò verso la baita. Era una vista quasi serena, mancava

solo un po' di fumo che usciva dal camino. Ma tutto ciò che vide
fu pericolo.

«Qual è il piano?» chiese Eagle.

Per la prima volta in vita sua, JJ non ne aveva idea. Ryan
poteva anche aver bluffato riguardo all'elicottero. In effetti la
forza del vento provocata dalle pale *poteva* innescare degli esplosivi particolarmente sensibili... ma lui aveva già fatto detonare
uno dei suoi dispositivi per dimostrarlo, senza causare un'esplosione a catena. O stava mentendo sulla loro sensibilità o magari
sul numero di bombe sotterrate. In ogni caso, non era disposto a
rischiare la vita delle loro donne per un'ipotesi.

Non potevano guidare o camminare fino all'ingresso per
paura di innescarne una. Avrebbero potuto chiamare degli
specialisti o dei robot artificieri, ma ci sarebbe voluto troppo
tempo perché arrivassero, e non avevano idea se Ryan avesse
inserito un timer.

«Non lo so» ammise infine in un sussurro.

Si girò verso la sua squadra e vide sui loro volti lo stesso
sguardo frustrato e disperato che supponeva ci fosse sul suo.

«E se usassimo gli alberi? Ci arrampichiamo e saltiamo sul
tetto. Potremmo sfondarlo per entrare» propose Gramps.

«E poi?» chiese Ryder. «Sono sicuro che le donne sono moti-
vate a uscire, ma June ha appena avuto un bambino.»

«E se l'elicottero rimanesse molto in alto, in modo che la
corrente discendente non sia abbastanza forte da innescare qualcosa?» domandò Arrow.

«Forse» disse Blake un po' scettico, «ma il vento sta aumentando. Chiunque si trovasse all'estremità di una corda verrebbe
sballottato come la pallina in un flipper.»

«Una gru? Potrebbe portare qualcuno fino alla casa» propose
Cole.

«O un'unità cinofila anti esplosivo?» suggerì Gray.

«Non c'è abbastanza tempo» sussurrò Cal, con un tono
devastato.

JJ fissò la baita. Doveva esserci un modo per far uscire le donne e il piccolo Max senza far esplodere le bombe intorno e sotto l'edificio. Ma al momento c'erano troppe incognite per i suoi gusti.

Il pensiero che Ryan potesse vincere gli faceva venire voglia di vomitare.

Poi udì la voce di April chiamarlo. «Jack?»

Sobbalzò leggermente nel sentirla, e aveva già fatto un passo verso la casa quando una mano forte gli afferrò il braccio e lo trattenne. Merda. Giusto, non poteva rischiare di avvicinarsi di più perché nessuno sapeva a che distanza avesse piazzato gli esplosivi.

«Sono qui!» rispose.

«Chi sono tutte quelle persone?» gli chiese.

JJ avrebbe voluto sorridere per quella normalissima domanda. «Dei miei amici. Sono venuti ad aiutarci.»

«Oh, ok. E il tizio grosso con i tatuaggi che ha portato via Ryan? Siamo sicuri che sia in gamba? Non gli scapperà?»

«Non gli scapperà» la rassicurò Ro, da qualche parte dietro le sue spalle.

«Rex e i suoi compagni si occuperanno di lui, non preoccuparti.» Non poteva vederla, ma solo sentirla, e il suono della sua voce gli fece ancora più male al cuore. Se lui e i suoi amici non avessero pensato subito a qualcosa, avrebbe potuto perderla per sempre.

«Cal, June ha avuto il bambino. Max è perfetto! Dieci dita dei piedi, dieci dita delle mani e polmoni che funzionano benissimo.»

«Ho sentito» replicò Cal.

«È bellissimo» continuò lei.

«Certo che lo è. Sua madre è June» replicò con voce tremante.

«Bene, allora... è un piacere conoscervi amici di Jack» disse April. «Quando possiamo uscire da qui?»

JJ aggrottò la fronte e fece un passo avanti, anche se stava sfidando la sorte. La punta della scarpa sfiorò la terra smossa lungo una ventina di metri fino alla baita. Si accovacciò e studiò l'area. «Ci stiamo lavorando, tesoro.»

Ci fu una pausa, come se lei stesse metabolizzando le sue parole. Poi, dimostrando quanto fosse intelligente, la sua donna disse: «Non potete tirarci fuori.»

«Non ho detto questo» protestò JJ.

«Non siamo stupide» ribatté un po' stizzita. «Abbiamo avuto uno scambio di opinioni qui dentro per cercare di capire come aiutare, e ho un'idea.»

JJ si irrigidì. Aveva la sensazione che la cosa non gli sarebbe piaciuta. Proprio per niente.

«Posso spiegarti come raggiungere la porta nello stesso modo in cui l'abbiamo fatto noi. Ryan ha raccolto gli indicatori che aveva posizionato, quelli che abbiamo calpestato per arrivare qui... ma penso di ricordare dove fossero.»

CAPITOLO VENTIDUE

AD APRIL SEMBRAVA di avere appena corso due o tre chilometri. Era sudata, e il cuore le batteva così forte da farle quasi male. In parte era dovuto allo stress per aver aiutato a far nascere il bambino di June, e in parte al fatto di aver visto Jack e gli altri ragazzi attraverso il buco della porta; era stato evidente che non avevano idea di come avvicinarsi alla baita.

Non le importava di Ryan, di quello che l'uomo grande e grosso e i suoi amici gli avrebbero fatto, era certa che lui non sarebbe mai più stato un problema. Avrebbe dovuto provare rimorso per la sua morte, ma in quel momento non riusciva proprio a provare sentimenti positivi per il loro rapitore.

Voleva uscire da quel posto e sentire le braccia di Jack intorno a sé. Portare June e Max all'ospedale per assicurarsi che stessero entrambi bene. Voleva sposarsi e tornare a casa, nel Maine.

Aveva visto Jack sussultare, sorpreso di sentire la sua voce chiamarlo, e ciò l'aveva fatta sorridere. Era ovviamente in modalità "soldato", concentrato intensamente sul suo compito.

«Ho un'idea» gli disse attraverso il buco. «Posso spiegarti come raggiungere la porta nello stesso modo in cui l'abbiamo fatto noi. Ryan ha raccolto gli indicatori che aveva posizionato, quelli che abbiamo calpestato per arrivare qui... ma penso di ricordare dove fossero.»

«No» disse lui con fermezza, voltandosi a guardare la sua squadra e gli altri uomini che si trovavano nella piccola radura.

Provò un senso di delusione. Era vero che lei non era un soldato delle forze speciali, ma non aveva dubbi di poter aiutare. Ma Jack non lo stava nemmeno prendendo in considerazione, e ciò la ferì.

Lo osservò abbassare la testa e fissare il suolo per un momento, portarsi una mano alla nuca e massaggiarla, poi voltarsi verso la baita.

«Dove sei in questo momento?» chiese.

Confusa, April rispose: «Nella baita.»

Il modo in cui le sue labbra ebbero un guizzo divertito fu così familiare da risultare doloroso. Lo aveva visto tante volte cercare di trattenere la risata per qualcosa che lei aveva detto.

«Nella baita dove? Mi vedi?»

«Oh! Sì, c'è un buco nella porta.» Infilò due dita nel piccolo foro e le agitò per poi riportarvi l'occhio.

Vide che la maggior parte degli uomini, a parte Chappy, Cal e Bob, stavano sorridendo. Si rese conto un po' troppo tardi che probabilmente quel movimento fosse sembrato un po' osceno dal loro punto di vista.

«Bene, il percorso che avete fatto per arrivare alla porta, era dritto, a zig-zag o cosa?»

«Dritto» rispose. Si sarebbe davvero lasciato guidare da lei fino alla porta? La sua dimostrazione di fiducia le diede una bella sensazione, *bellissima*... ma all'improvviso si sentì nervosa.

Che cosa stava facendo? Se non era del tutto sicura del percorso, se gli avesse detto di andare nella direzione sbagliata, avrebbe potuto essere letteralmente fatto a pezzi proprio davanti a lei.

«Lascia stare!» disse, ormai completamente in preda al panico. «Non so a cosa stavo pensando! Non posso farlo.»

«April!» sibilò June dietro di lei. Si voltò e vide la sua amica seduta con la schiena contro la parete dura, con Max accoccolato al petto. Avevano usato il lenzuolo per avvolgerlo e si intravedeva solo il suo piccolo viso. La coperta sotto di lei era macchiata di fluidi corporei e sangue, e il cordone ombelicale era ancora attaccato. Non c'era niente che potessero usare per tagliarlo e la cosa le stava spaventando tutte. Serviva un ospedale. Subito.

«Che c'è?» chiese.

«Puoi farcela. Ti ho vista studiare il percorso mentre camminavi verso la baita. La tua mente andava a un milione di chilometri all'ora. Se c'è qualcuno che può guidare i nostri uomini verso di noi in modo sicuro, quella sei tu. Ci fidiamo di te.»

Carlise e Marlowe annuirono con la testa, e April non poté fare a meno di notare che entrambe le donne si tenevano una mano sulla pancia, come se stessero toccando i loro figli non ancora nati.

La pressione era immensa. Non solo stava rischiando la vita dei loro uomini, ma poteva finire per uccidere le sue migliori amiche e i loro figli.

«April!» la chiamò Jack.

Facendo un respiro profondo, si voltò verso il buco nella porta.

«Dov'era esattamente il rimorchio quando sei uscita?» le chiese.

Lo stava davvero per fare? Il suo sguardo passò dall'uomo che amava agli alberi tra i quali c'era stato il rimorchio. Fece un altro respiro profondo.

«Vedi quegli alberi alla tua destra... aspetta, alla mia destra, alla tua sinistra.» Buttò fuori un respiro esasperato. Come poteva dirgli dove mettere i piedi se non riusciva nemmeno a distinguere la destra dalla sinistra? «Quelli un po' più fini degli altri intorno a loro? Sono circa a ore due rispetto alla porta.»

Jack si voltò e si diresse verso gli alberi che aveva indicato, con Cal, Chappy e Bob al seguito.

«Questi?» chiese.

«Sì.»

«Ok, e adesso?»

Lei non rispose.

Sembrava che Jack la stesse fissando dritto nel cuore. Poteva vedere la sua attenzione anche a distanza. «Mi fido di te» le disse.

Non gridò, parlò con calma, e April percepì la sincerità nelle sue parole.

«Avrai bisogno di qualcosa per togliere le assi dalla porta.»

Lui si girò verso alcuni uomini che stavano lì vicino, e quella piccola pausa le diede il tempo di fare un altro respiro profondo. Le tremavano le mani, ma le strinse e rivolse l'attenzione al terreno davanti alla baita. Venticinque indicatori. Li aveva contati. Come se fosse tornata a quel momento, a camminare su quei cerchi rosa, li vide chiari come il giorno.

«Ok, ho un martello. Dove devo andare?»

April sbatté le palpebre. «Dove diavolo hai trovato un martello?»

Uno degli uomini vicino a lui rise. «Siamo un gruppo pieno di risorse!» gridò.

Vabbè. Se volevano portarsi dietro un'intera cassetta di attrezzi, lei non si sarebbe lamentata.

«Ti serve qualcosa per contrassegnare il terreno» gli disse. «Ryan ha usato dei cerchi rosa acceso fatti di carta o qualcosa del genere, ma li ha raccolti per nascondere il percorso.»

«Giusto, intelligente.»

Tutti gli uomini iniziarono a guardarsi intorno alla ricerca di qualcosa da usare per segnare il percorso verso la baita. Uno di loro si sfilò all'improvviso la maglia dalla testa e cominciò a tagliarla a pezzi con un coltello. In breve tempo consegnò a Jack un pugno di strisce di stoffa.

«Va bene, tesoro, dimmi come arrivare da te.»

April sentì una mano sulla spalla e si voltò, trovando Marlowe vicina a lei.

«Respira, April.»

Rendendosi conto di aver trattenuto il fiato, lo lasciò uscire con un soffio. «Vi voglio bene, ragazze. Davvero tanto.»

«Anche noi ti vogliamo bene. Ora sbrigati. Ho fame» le disse Carlise, che era seduta accanto a June.

April sorrise, sentendo il tono scherzoso dell'amica. Erano tutte stressate al massimo e non desideravano altro che uscire da quella maledetta baita... e farsi una doccia. Si sentiva sporca e disgustosa, ma quella era l'ultima delle loro preoccupazioni in quel momento.

Annuì, più grata di quanto potesse dire che Marlowe non si fosse allontanata dal suo fianco, e sbirciò di nuovo attraverso il buco.

«Partendo dagli alberi, cammina fino ad arrivare con la punta delle scarpe dove finisce l'erba e inizia la terra.» Jack eseguì la richiesta. «Ora fai un passo avanti. No!» urlò subito, mentre lui stava per posarlo. Jack si bloccò con il piede in aria.

«Sposta il piede un po' più indietro.»

«Qui?» chiese.

«Sì, così va meglio. Ricordo che la lunghezza del passo era normale per me, ciò significa che devi pensare che per te è più corto.»

Jack annuì, e mentre una goccia di sudore le scendeva lungo la tempia, lui posò il piede a terra.

Quando non accadde nulla, quando non saltò in aria, April rilasciò un respiro tremante. «Ok, vedi quella piccola chiazza d'erba a pochi centimetri dal tuo piede destro?»

Jack annuì di nuovo.

«Mettici davanti il piede sinistro, in modo che il tallone sia proprio sul bordo.»

Fece un passo avanti dove gli aveva detto di farlo, poi si girò e sollevò leggermente il piede destro per mettere un pezzo di stoffa sotto lo scarpone.

«Ok, ora spostati un po' verso...» Esitò, assicurandosi di dire la direzione giusta prima di continuare. «Sinistra. C'è un piccolo ramo che spunta dal terreno. Posaci il piede destro accanto.»

Lentamente, molto lentamente, April guidò Jack sempre più vicino alla casa. A ogni passo che lui faceva, lei diventava sempre più sicura delle indicazioni. Per ognuno dei passi c'era un qualche punto di riferimento. Quando aveva fatto il percorso da sola, le erano sembrati così insignificanti che li aveva notati a malapena. Era stata troppo concentrata sui cerchi rosa. Ma quando lo avevano attraversato le sue amiche, aveva osservato con più attenzione e si era resa conto che ogni cerchio era vicino a una sorta di marcatore naturale.

Quando Jack fu a soli tre passi dalla porta, April guardò il tracciato e andò nel panico. Non vedeva alcun tipo di roccia, bastone o altro che potesse dare un'indicazione su dove avrebbe dovuto fare il passo successivo.

«Ci sono quasi. Dove si va adesso, April?» le chiese Jack con calma.

Ma guardandolo in faccia, si accorse che era tutt'altro che rilassato. Il sudore gli colava dalle tempie, anche se fuori non faceva certo abbastanza caldo per sudare. Aveva le mani chiuse a pugno e la fronte aggrottata.

«Non lo so!» rispose, e le sfuggì un singhiozzo che la sorprese.

Marlowe strinse la presa sulla sua spalla, ma lei non riuscì a distogliere lo sguardo da Jack. Con la coda dell'occhio, vide gli altri uomini accanto agli alberi dove lui aveva iniziato il suo pericoloso viaggio. Sembravano tesi quanto lei.

Jack era così vicino eppure ancora così lontano.

«April? Guardami» le ordinò.

«Lo sto facendo» ribatté con voce soffocata. Lo vedeva sfocato a causa delle lacrime, ma si rifiutò di spostare la testa dal buco nella porta.

«Devo ammettere che quando al telefono mi hai detto che potevi dare una mano, l'avevo scartato. Come avresti potuto aiutare un gruppo di soldati delle forze speciali? Ho accettato solo per farti sentire meglio, ma sono stato un idiota. Tu sei davvero la persona più intelligente che abbia mai conosciuto. Chi altro sarebbe stato in grado di fare una cosa del genere? Quella di guidarmi attraverso un *vero e proprio* campo minato per raggiungerti. Un paio di passi, tesoro. Poi aprirò questa porta, ce ne andremo da qui e potrai sposarmi.»

April rise e fece uno sbuffo. «Con tutto quello che sta succedendo, è questo ciò a cui stai pensando?»

«Certo che sì» rispose serio. «Ho aspettato troppo tempo per chiederti di uscire e ti ho quasi persa. Se pensi che aspetterò un minuto di più per metterti l'anello al dito, ti sbagli.»

«Hai un anello?» chiese sorpresa.

A quello sembrò un po' imbarazzato. «Be', no. Era per dire.»

April sorrise. Si allontanò dal buco giusto il tempo di asciugarsi gli occhi con la manica, poi riportò il viso alla porta. Guardò il terreno ai piedi di Jack, e in quel momento ebbe un flash. «Vedi quella roccia che sembra una freccia?»

Lui abbassò lo sguardo e annuì.

«Posaci il piede sopra. Non l'ho vista finché Ryan non ha raccolto il cerchio rosa, quindi significa che era proprio lì sopra.»

Fece come gli aveva detto. Ora era abbastanza vicino che con le sue gambe lunghe avrebbe potuto saltare l'ultimo passo e raggiungere il piccolo pianerottolo dell'ingresso, ma guardò la porta come se aspettasse che lei gli dicesse cosa fare.

«Ora puoi saltare verso la porta» disse confusa.

«Potrei» ammise, «ma è un po' troppo lontana per fare camminare *voi* comodamente. Ancora uno, tesoro.»

Anche se non poteva vederla, annuì. «La terra a pochi centimetri dal gradino è di un colore diverso da quella intorno. È più scura. Vai lì.»

Lo fece, senza dimenticare di girarsi per mettere un pezzo di stoffa sopra il sasso a forma di freccia.

April buttò fuori il fiato e cadde in ginocchio, sedendosi sui talloni.

«Ce l'hai fatta» mormorò Marlowe stupita.

«Sapevo che ci saresti riuscita» disse June. «Sei la persona più attenta che conosca.»

«April? Allontanati dalla porta» la avvertì Jack da molto vicino.

Si alzò subito e indietreggiò verso June e Carlise. Marlowe le aveva messo un braccio intorno alla vita, e tutte e quattro fissarono l'ingresso mentre sentivano Jack lavorare per rimuovere le assi che aveva inchiodato Ryan.

Poi fu lì, sulla soglia, con un aspetto maestoso.

April gli si gettò addosso con così tanta forza, da fargli fare un passo indietro sulla piccola entrata per cercare di rimanere in piedi. La sensazione delle sue braccia intorno a lei fu più bella di qualsiasi altra cosa potesse ricordare.

«Jack!» disse con voce roca. Il suo abbraccio le fece quasi male, ma non si lamentò.

Rimasero così a lungo, poi sentì delle braccia avvolgerli entrambi. Era Marlowe. E un attimo dopo arrivò anche Carlise. I quattro rimasero appena dentro la porta, avvinghiati in un abbraccio riconoscente e felice. Jack si sistemò per stringerle tutte e tre, e in quel momento April si innamorò di lui ancora di più.

«Vorrei potermi unire a quell'amorevole abbraccio» disse June dietro di loro, tirando su con il naso.

April non fu sorpresa quando Jack si staccò delicatamente da loro per andare verso di lei. Si inginocchiò sul pavimento e la abbracciò dolcemente. Poi mise una mano sulla testa del piccolo Max e disse: «Ehi, Max. Sono tuo zio Jack e sarò il tuo preferito.»

Tutte risero commosse.

Alla fine lui si alzò in piedi con il sorriso sulle labbra e aggiunse: «Che ne dite se usciamo...» Si bloccò all'improvviso, fissando April. Si avvicinò a lei con uno sguardo così spaventoso da farla allarmare.

«Cosa c'è che non va?» gli chiese.

«La tua faccia. Ti ha colpita» ringhiò.

April buttò fuori un respiro. «Accidenti, mi hai spaventata! Pensavo che ci fosse qualcosa che non andava.»

«Infatti! Ti ha *colpita*» ripeté.

«Sì, ma è stato ucciso... giusto? Voglio dire, è quello che il tizio grosso, spaventoso e tatuato e i suoi amici stavano per fare quando l'hanno portato via, no?»

Jack la studiò per un attimo, passandole le dita sul viso con un tocco leggero come una piuma. «Già. Ti turba?»

«No» rispose categoricamente. «Ci ha rapite. Ci ha chiuse in un rimorchio. Per mangiare ho dovuto buttar giù gli avanzi del suo hamburger e per bere ho dovuto succhiare il suo disgustoso ghiaccio contaminato. Non gli importava che June fosse in travaglio, e continuava a minacciare di sparare al suo bambino in pancia. Poi ci ha messe qui dentro con l'obiettivo di farci saltare in aria. Perché diavolo dovrebbe importarmi se è morto?»

Sembrò di nuovo incazzato. «Giusto. Allora, vi va di uscire da qui?»

«Sì! Ti prego, sì» rispose Marlowe.

Jack si voltò verso June. «Direi che tu sarai la prima.»

April annuì in segno di approvazione. Se le avesse anche solo suggerito di uscire *lei* per prima, sarebbe rimasta delusa. Ma avrebbe dovuto saperlo.

Jack prese delicatamente in braccio June e Max e si girò verso la porta. «Aspettate qui» disse.

«Perché?» chiese April confusa.

Lui non le rispose per un lungo momento, poi fece un respiro profondo. «Non lo so. È solo che... non posso...»

Gli mise una mano sul braccio e gli baciò la guancia. «Sei

riuscito ad attraversarlo senza problemi. Ce la faremo anche noi, ora che abbiamo gli indicatori.»

«Fate attenzione.» Guardò Carlise e Marlowe. «I vostri mariti mi prenderanno a calci nel sedere se dovesse succedervi qualcosa. Se avete paura, Chappy e Bob verranno a prendervi.»

«Ne sono certa» replicò Marlowe. «Ma non sono disposta a rimanere in questa stupida baita un minuto più del necessario. Fai strada.»

«Riesci a vedere dove mettere i piedi con lei in braccio?» chiese Carlise.

«Sì» rispose con sicurezza, facendola rilassare un po'.

April trattenne comunque il respiro mentre lui faceva il primo passo fuori dalla casa, poi fece cenno a Marlowe di seguirlo, ma la trattenne un attimo. «Aspetta.»

«Perché?»

«Lasciamo un po' di distanza tra voi... per sicurezza.» Odiò pronunciare quelle parole, ma non riusciva a scacciare l'idea che qualcosa potesse andare storto e che tutti venissero feriti o uccisi perché erano troppo vicini.

Marlowe annuì e aspettò che Jack, June e Max fossero a metà della radura.

«Ok. Un gioco da ragazzi» affermò April.

In risposta, la sua amica la abbracciò forte, poi strinse le labbra, allargò le braccia e iniziò la pericolosa camminata.

«April?» la chiamò Carlise, mentre guardavano Marlowe attraversare il percorso.

«Sì?» rispose, lanciando un'occhiata all'amica. Si sorprese e allarmò quando vide i suoi occhi pieni di lacrime.

«Sono così felice che ci fossi tu.»

April le gettò le braccia al collo e Carlise ricambiò l'abbraccio con forza. «Anch'io.»

«Dico sul serio» borbottò sulla sua spalla. «Senza di te... non credo che ce la saremmo cavata così bene. Ci hai tenute calme, ci hai procurato cibo, acqua e coperte, hai fatto la maggior parte del lavoro con Max. Cavoli, hai anche trovato una via d'uscita da questo inferno senza far saltare in aria nessuno.»

«Non parlare troppo presto.»

Più che sentire, percepì la risata dell'amica, che poi alzò la testa e la fissò. «Dico sul serio. Sei la ragione per cui tra un po' saremo a casa.»

Ma lei scosse la testa. «Stiamo tornando a casa perché abbiamo lavorato insieme. Perché siamo sposate – o quasi, nel mio caso – con uomini d'onore che farebbero di tutto per tenerci al sicuro. Siamo fortunate, in tutte le cose che contano.»

«Sì, è vero.»

«Carlise! April! State bene?» gridò Chappy con impazienza.

April asciugò le lacrime dalle guance dell'amica. «Il tuo uomo è preoccupato. Vai. E qualunque cosa tu faccia, non inciampare.»

«Zitta!» mormorò lei. «Anche se sarebbe più facile se non fossi così dannatamente incinta.»

Era d'accordo al cento per cento, ma non disse nulla ad alta voce e guardò la sua amica fare un passo sul percorso. Trattenne il fiato mentre Carlise attraversava con molta cautela la radura.

Aspettò che fosse dall'altra parte, ma non si mosse finché Chappy non la prese in braccio cadendo in ginocchio con lei. Poteva percepire il sollievo e l'amore fino a lì.

«Tocca a te, April» gridò Jack. Aveva passato June e Max a Cal, che non si vedeva da nessuna parte. Ma dato che anche la metà degli uomini che erano arrivati con loro non c'erano più, pensò che fossero impegnati a portarla in ospedale.

Prendendo fiato, si voltò a guardare la baita vuota dietro di lei. Le cassette di plastica erano su un lato. C'erano bottiglie d'acqua vuote sparse sul pavimento, oltre alla coperta sporca. Le assi del pavimento erano incrinate e le finestre ancora sbarrate.

E in un certo senso le sembrò quasi di star lasciando una parte di sé in quel piccolo edificio fatiscente. Era stata terrorizzata per lei e per le sue amiche, ma si sentiva più forte per aver vissuto quella terribile esperienza. Non voleva ripeterla mai più, e probabilmente non avrebbe mai sentito il bisogno di andare in vacanza in una baita sperduta in mezzo alle montagne, ma era orgogliosa di sé stessa.

Si voltò verso la porta e Jack, poi fece un respiro profondo e calpestò il primo pezzo di tessuto.

La camminata non sembrò richiedere tanto tempo come la prima volta, o come quando aveva visto gli altri farlo pochi minuti prima.

Quando arrivò alla fine, Jack era lì. La afferrò e la attirò contro il suo petto, proprio come Chappy aveva fatto con Carlise. April sorrise contro di lui. Anche se sapeva di puzzare e aveva bisogno di una doccia, di cibo e di due litri d'acqua, non si era mai sentita meglio.

CAPITOLO VENTITRÉ

«Posso guardarlo di nuovo?» chiese April.

JJ scosse la testa e si rimise il telefono in tasca.

Lei fece il broncio.

«Hai già guardato quel video dodici volte» le disse, cosa che sapeva già.

«Lo so, ma è così affascinante! E, devo ammetterlo, è *soddisfacente* vedere la baita saltare in aria in quel modo.»

Mentre JJ, Bob, Chappy e Cal erano andati in elicottero con le loro donne fino all'ospedale, gli altri uomini erano rimasti lì. Avevano messo il corpo di Ryan nella baita, usando il percorso che April aveva incredibilmente tracciato per loro, poi avevano usato il detonatore a distanza trovato nella tasca dell'uomo per far saltare in aria la casa, senza aspettare di vedere se aveva impostato un timer.

Prima di farlo si erano allontanati dal posto, ed era stato un bene perché l'esplosione aveva fatto detonare tutte le bombe che Ryan aveva piazzato. La palla di fuoco si era levata alta nel cielo ed era stata davvero uno spettacolo impressionante.

Fortunatamente, grazie al fatto che il bastardo aveva bonificato il terreno intorno alla baita, non c'era stato il rischio di innescare un incendio nella foresta, anche se gli alberi più vicini erano stati colpiti dalle schegge delle bombe.

Tutto si era risolto piuttosto bene, e grazie all'assistenza di Tex nel trattare con le autorità locali, la storia era stata ritoccata in modo da lasciare fuori le donne dalle notizie dei media. Ufficialmente, un uomo aveva tentato di rapire quattro donne e il suo piano era stato sventato quando era rimasto intrappolato nella sua stessa macchinazione ed era morto nell'esplosione risultante. Il racconto era stato preso per buono.

JJ non aveva avuto modo di ringraziare di persona gli uomini della Ace Security, della Silverstone o i Mercenari di Montagna, era stato troppo concentrato a raggiungere l'ospedale con April e le altre donne, ma aveva mandato una mail a tutti i gruppi. E quella mattina ne aveva ricevuta una in risposta da Rex, contenente il filmato dell'esplosione.

April, Carlise e Marlowe erano state visitate in un ospedale di Denver e dimesse il giorno stesso. June e il piccolo Max erano stati trattenuti qualche giorno per essere sicuri che tutto fosse a posto. Cal era rimasto al suo fianco e tutti gli altri avevano alloggiato in un albergo vicino, rifiutandosi di partire senza di loro.

Ma ora erano tornati nel Maine, ed erano un po' più attenti a ciò che li circondava e più grati che mai per gli amici che avevano.

Da allora le donne erano andate a casa di Cal e June ogni giorno, non riuscendo a passarne nemmeno uno senza vedersi. Gli uomini non si opponevano minimamente, decisi a dare, senza riserve, qualsiasi cosa fosse servita loro per riprendersi.

Quanto a JJ, come promesso, aveva portato April davanti a un giudice di pace non appena aveva potuto. Il giorno in cui erano tornati a Newton erano andati dritti in municipio, avevano ottenuto la licenza e l'aveva sposata subito dopo. Non era mai stato così contento come in quel momento che il Maine non avesse un periodo di attesa. Doveva ancora comprarle un anello, ma lei non sembrava minimamente preoccupata.

Aveva passato la prima notte di nozze a controllare ogni centimetro del suo corpo alla ricerca di eventuali lividi che potevano essergli sfuggiti, baciandoli come per alleviarle il dolore. Quello sulla guancia e sull'occhio stavano scomparendo, ed era un sollievo. Ogni volta che li vedeva, voleva tornare indietro nel tempo e uccidere lui stesso Ryan.

Nella mail con il video Rex non aveva specificato com'era stato ucciso, ma l'aveva detto a Tex. Quel tizio non aveva avuto una morte serena. L'ex SEAL gli aveva fornito i dettagli, ma JJ non li avrebbe mai condivisi con April. Non aveva bisogno di avere quel genere di cose sulla coscienza. E anche se non era turbata dal fatto che Ryan non fosse più in vita, sarebbe stata inorridita se avesse saputo esattamente com'era morto.

Ma JJ era soddisfatto, così come la sua squadra. Avevano sofferto non solo per mano di suo fratello, ma anche per mano sua quando le loro donne erano state rapite. Non voleva mai più vivere un'esperienza simile a quei pochi giorni.

«Per favooore?» lo implorò April, guardandolo sbattendo le ciglia.

«No» ripeté. «Ho altri progetti per te.»

«Ah, sì?» chiese con interesse.

«Già.» Aspettò un attimo. «È il giorno dell'inventario in ufficio.»

April scoppiò a ridere e gli diede uno schiaffo sulla spalla. «Sei cattivo!»

«Io? L'altra settimana eri tu che ti lamentavi di non avere idea di quale fosse la situazione delle forniture per l'ufficio o di quanto olio fosse rimasto per le motoseghe. E ora che c'è stata la prima neve della stagione, ho pensato che potevamo chiuderci sul retro e... contare.»

«È così che lo chiamiamo adesso?» gli domandò con un sorriso seducente.

JJ sorrise a sua volta.

«Sai che abbiamo un letto perfettamente funzionante qui. Ed è comodo.»

«Oh, non vuoi andare in ufficio? Devo riportarti dal medico? Hai *sempre* voglia di lavorare.»

Il sorriso di April si spense. «Questo era prima. Ora voglio vivere la vita al massimo. Non voglio lavorare tanto. Ho passato troppo tempo lì, cercando di evitare te e il pensiero che tu non volessi stare con me.»

«Ti volevo» disse, afferrandola per la vita e sollevandola con un unico movimento fluido.

Lei strillò e si aggrappò al suo collo. «Jack! Mettimi giù!»

Invece si diresse verso la loro camera e la lasciò cadere sul letto. «Ecco, ti ho messa giù.»

Con sua grande gioia, sua moglie si stiracchiò sensualmente e mise le braccia sopra la testa.

«Sì.»

In un attimo JJ fu a cavalcioni su di lei. La intrappolò con il suo corpo e le bloccò le braccia tenendola per i polsi. «Ti amo.»

«Anch'io.»

«Trovi che sia troppo?»

«Cosa?» gli chiese.

«Io» rispose semplicemente.

«Mai. Amo la tua intensità. La tua protettività. Il tuo desiderio di "fare terra bruciata", come dici tu, per mostrare a tutti cosa succederà se mi toccano.»

JJ chiuse gli occhi sollevato.

«Per molti sarai anche un ex militare spaventoso, fico e letale, ma per me sarai sempre il mio tagliaboschi.»

Lui aprì gli occhi e le sorrise. «Ah, sì?»

«Sì. E a proposito, ho un'idea per una nuova campagna pubblicitaria. Tu in piedi con una gamba su un ceppo, una camicia di flanella rossa e nera e un'ascia sulla spalla.»

«Noi non usiamo asce.»

«Lo so, ma una motosega non darebbe la stessa sensazione. Quindi lo farai?» incalzò.

«Neanche per sogno» rispose con un'espressione seria.

«Cavoli. Be', valeva la pena tentare.»

JJ scosse la testa. April lo teneva in riga e non avrebbe voluto che fosse altrimenti. Non le disse che se avesse insistito un po' di più avrebbe posato come voleva lei. Accidenti, avrebbe potuto chiedergli di stare lì a culo nudo con un'ascia e lui l'avrebbe fatto, se ciò l'avesse resa felice.

Per April era un tagliaboschi tenerone. Per tutti gli altri era un bastardo dal cuore freddo che guardava male chiunque si avvicinasse troppo alla sua donna.

«Jack?»

«Sì, tesoro.»

«Grazie per essere venuto a prendermi.»

«Verrò sempre per te.»

Lei lo fissò per un attimo, poi sorrise e iniziò a ridere in modo isterico.

JJ la lasciò sfogare scuotendo la testa, poi le chiese: «Che c'è da ridere?»

«*Verrai* sempre per me?»

Alzò gli occhi al cielo. La sua donna era una scema, ma l'amava comunque. No, l'amava proprio per quello.

Ultimamente usava l'umorismo per tentare di distogliere l'attenzione da sé stessa. Quando aveva gli incubi, cercava di dar loro poco peso. Quando aveva dei flashback o vedeva qualcuno che trainava un rimorchio, si irrigidiva, poi faceva subito una battuta, di solito a sue spese. JJ lo odiava, ma capiva che avesse bisogno di controllare le sue paure.

Non era esattamente pentito di averle mostrato il video dell'esplosione della baita, ma avrebbe potuto far riaffiorare alcune di quelle paure. Tipo che avrebbero potuto esserci lei e le sue amiche all'interno quando era saltata in aria. Voleva distrarla in modo che non gli chiedesse di guardarlo ancora, e sapeva come fare.

«Tieni le mani lì» le ordinò, stringendole i polsi per sottolinearlo. La sentì contorcersi sotto di lui e capì che era d'accordo.

«Prepotente» mormorò, ma non si mosse quando lui lasciò la presa per scivolare lungo il suo corpo. Le baciò la pancia sopra la maglia, poi ne stuzzicò l'orlo prima di infilare le mani sotto. Le massaggiò i seni sopra il reggiseno e lei gemette e inarcò la schiena.

«Ti piace?» le chiese.

«Lo sai che mi piace. Smettila di stuzzicarmi» lo rimproverò.

«Ma è così divertente» ribatté, poi tolse le mani da sotto la maglietta e afferrò i leggings, strattonandoli bruscamente giù fino a sotto il suo sedere.

Lei ridacchiò e si dimenò, cercando di aiutarlo il più possibile senza spostare le braccia da sopra la testa. Poi si ritrovò sotto di lui, nuda dalla vita in giù.

JJ si chinò e inspirò profondamente. Non si sarebbe mai stancato di tutto ciò. Di lei. La leccò tra le pieghe e fu immediatamente ricompensato dalle sue gambe che si aprivano e dai suoi talloni puntati nella schiena.

Non disse altro mentre si metteva al lavoro per far godere sua moglie.

Sua *moglie*.

Era arrivato a un punto della sua vita in cui aveva pensato che non avrebbe mai trovato qualcuno con cui passare il resto dei suoi giorni. Sì, a quarantadue anni non era vecchio, ma aveva pensato che se aveva avuto delle possibilità, erano capitate in passato. April lo aveva spaventato a morte dal momento in cui si erano incontrati, perché si era immaginato immediatamente seduto accanto a lei quando sarebbero stati vecchi e decrepiti.

Aveva commesso degli errori nella vita, il peggiore era stato quello di lasciare che le proprie paure e insicurezze avessero la meglio su di lui. Ma ora April era sua, in tutto e per tutto, e non avrebbe lasciato passare nemmeno un giorno senza che sapesse quanto significava per lui.

Gli afferrò i capelli quando iniziò a divorarla con frenesia. Non poteva lamentarsi; amava il modo in cui glieli tirava facendogli capire esattamente quanto la stava facendo sentire bene. Più forte tirava, più intenso era il suo piacere.

Non appena sentì che lei stava per raggiungere il culmine, JJ si mise in ginocchio e armeggiò con la chiusura dei jeans. Maledicendosi per non essersi spogliato prima di iniziare, fece un sospiro di sollievo quando si tirò fuori il cazzo duro come la roccia. Abbassò lo sguardo e vide che lei gli stava sorridendo pigramente, ancora con le braccia sopra la testa.

«Pronta?» le chiese, non volendo fare nulla senza il suo permesso.

In risposta, lei abbassò il braccio e gli accarezzò l'uccello, poi lo tirò infilandoselo tra le gambe.

JJ sprofondò nella fica di sua moglie con una mossa fluida.

Entrambi inspirarono bruscamente. Non ne avrebbe mai avuto abbastanza. Stare dentro di lei era una sensazione bellissima. All'inizio si mosse piano, ma alla fine aumentò la velocità, fino a spingersi avanti e indietro con intensità, proprio nel modo che lei amava di più.

Portò una mano tra di loro e cominciò a strofinarle il clitoride, e quasi subito sentì i suoi muscoli interni stringersi intorno a lui.

Poco dopo la seguì nell'estasi. Era ancora vestito e lei aveva ancora il reggiseno e la maglia, ma niente di tutto ciò importava quando le crollò sopra. April infilò le mani sotto la sua maglietta e trascinò delicatamente le unghie sulla sua schiena.

«Ok, l'inventario può aspettare» mormorò JJ.

Lei rise, e la sentì ovunque. Soprattutto intorno al cazzo.

«Ti amo, Jackson Justice.»

«E io *amo* te, April Justice.»

EPILOGO

DIECI ANNI *dopo*
Chappy/Carlise

«La casa è troppo silenziosa. Non mi piace» disse Carlise con un sospiro, accoccolandosi al marito.

Lui ridacchiò. «Pensavo che non vedessi l'ora di venire alla baita per stare un po' da soli.»

«Era così. È così. Solo che... non so... mi mancano.»

Chappy sorrise. Sapeva esattamente cosa intendeva, ma gli piaceva passare del tempo con sua moglie senza i loro quattro energici figli tra i piedi.

Atlas aveva dieci anni, e Chappy era sicuro che fosse uscito dal grembo materno parlando. Quel bambino non stava mai zitto, ma era divertente, quindi non gli non dispiaceva affatto. Jasper era l'opposto del fratello. Aveva sempre un libro in mano e si accontentava di trovare un angolo tranquillo dove sedersi per non essere disturbato durante la lettura... ciò significava che Atlas lo disturbava costantemente e lo faceva arrabbiare.

Will aveva sei anni ed era un buon miscuglio dei primi due.

Aveva sempre voglia di andare fuori a giocare con Atlas, ma gli piaceva anche starsene seduto da solo a costruire con i Lego.

Tutti e tre i ragazzini avevano però una cosa in comune, erano estremamente protettivi nei confronti della loro sorellina Ivy, che aveva appena compiuto due anni.

Supponeva che lo avessero imparato dal padre e dai tre zii altrettanto protettivi. Ivy sarebbe stata viziata da morire, perché già adesso i suoi fratelli le portavano continuamente i giocattoli quando piangeva, litigavano per chi doveva aiutarla durante i pasti, e tutti e tre volevano portarla in giro o sedersi con lei quando guardavano la TV.

«Pensi che stiano bene?» chiese Carlise, aggrottando un po' la fronte.

«Sì, stanno bene» le disse con fermezza. Erano alla baita da due giorni, e sebbene anche lui fosse un po' preoccupato per i loro figli, non aveva dubbi che fossero al sicuro. Altrimenti li avrebbero avvisati immediatamente. Doveva distoglierla dalle sue preoccupazioni.

«Sto pensando che forse dovremmo parlare con Bob e vedere se riusciamo a fargli allestire un piccolo parco avventura quassù.»

Carlise si raddrizzò e lo fissò scioccata. «Cosa?»

«Sì, sai, magari qualche piattaforma di salto o ponte mobile.»

«No» disse categoricamente.

«Dai» la incitò. «Sai quanto Atlas e Will amino andare con lo zio Bob al parco avventura.»

«Mi stai prendendo in giro, vero? Atlas uscirebbe di nascosto nel cuore della notte per fare quelle stronzate. Mi preoccupo già abbastanza per lui quando è quassù, temo sempre che si perda mentre gioca nel bosco.»

Chappy non riuscì più a trattenere il sorriso.

Carlise lo guardò male, poi gli diede uno schiaffo sulla spalla. «Stavi scherzando. È una cattiveria, Riggs.»

La attirò di nuovo contro di sé e le baciò la testa. «Lo so. Scusa.»

«No, non sei dispiaciuto» si lamentò. «Ma ti amo lo stesso.»

«Ti amo anch'io.» Poi si fece serio. «Mi hai reso l'uomo più felice del mondo» le disse. «Il giorno in cui mi hai trovato in mezzo a quella tempesta è stato il più fortunato della mia vita.»

«Intendi quando Baxter mi ha portata da te» lo corresse.

Entrambi guardarono un angolo della baita, dove il vecchio cane dormiva su una soffice cuccia. Probabilmente intuendo che stavano parlando di lui, sollevò la testa e li guardò come per chiedere: "Che c'è?".

«Di certo non ha più l'aspetto di quel giorno. Ti ricordi com'era magro?» le chiese.

Carlise annuì. «Mi chiedo ancora da dove sia arrivato.»

«Non importa da dove sia arrivato, ciò che conta è dove si trova ora.»

«Con noi. Al sicuro. Ricordi quella volta che ci ha svegliati quando Atlas si era completamente avvolto nelle coperte e non riusciva a respirare?» gli domandò.

«Certo che me lo ricordo. O quando non riuscivamo a trovare Will dopo che si era allontanato, e una volta trovato Baxter si è piazzato davanti a lui e non gli ha più permesso di muoversi?»

«O quando se ne stava sdraiato e lasciava che Ivy gli spalmasse il fango addosso?»

I ricordi di episodi con il loro amato cane riaffioravano sempre più veloci, e i due sorrisero.

«E quando Baxter ha infilato il naso nel box di Will, e non l'ha morso né ha piagnucolato quando gli ha tirato via ogni singola vibrissa?»

«O quando eravamo a passeggio e abbiamo spaventato quell'alce? Baxter si è subito precipitato davanti a noi e ha ringhiato e abbaiato, dandoci il tempo di indietreggiare prima che l'animale attaccasse.»

«È stato il miglior cane che potessimo desiderare» disse Carlise con un sospiro.

«È vero» concordò Chappy.

Come se fosse stanco di sentir parlare delle proprie imprese, Baxter riappoggiò la testa sul suo letto e chiuse gli occhi.

«Perché i cani non possono vivere per sempre?»

Lui la strinse più forte. «Non lo so. Ma fa schifo.»

Ultimamente Baxter aveva iniziato a mostrare i segni della sua età. Non si allontanava molto dalla baita quando andavano lì e dormiva più di quanto rimanesse sveglio. Seguiva ancora i bambini quando non erano a scuola e teneva d'occhio Ivy mentre sgambettava per la casa, ma era più che evidente che si stava avvicinando alla fine della sua vita. Non sapevano quanti anni avesse quando era arrivato da loro, ma i dieci anni trascorsi insieme non erano sufficienti.

«Questa è stata una bella mini vacanza, ma credo che domani sarò pronta a tornare a casa» disse Carlise.

«Anch'io.»

«Però adoro questa baita. Anche se è un po' più grande di quando ci siamo conosciuti» aggiunse con un sorriso.

Chappy si guardò intorno con orgoglio. Lui e i suoi amici avevano lavorato sodo per ampliarla e renderla abbastanza grande da ospitare la sua numerosa famiglia. Ci andavano regolarmente, anche in inverno. Alcuni dei ricordi più belli della sua vita matrimoniale appartenevano a quel posto.

«Hai fame?» le chiese.

«No. I tacos di pesce che hai fatto stasera sono stati più che sufficienti. Non ho bisogno di mangiare altro» rispose, accarezzandosi la pancia.

Sua moglie era ingrassata un po' nel corso degli anni, ma ciò significava solo che c'era più corpo da amare. E lui ne adorava ogni centimetro. Non importava cosa dicesse la bilancia quando ci saliva sopra. Era la moglie, madre e amica migliore che avrebbe potuto desiderare.

«Be'... io sì» replicò Chappy.

«Oh. Ok, allora. Fammi spostare così puoi andare a cercare qualcosa da sgranocchiare» disse, cercando di allontanarsi da lui.

Ma Chappy strinse la presa. «Ho già qualcosa qui che voglio mangiare.»

Lei ridacchiò e alzò gli occhi al cielo. «Lo sai che hai detto una cosa ridicolmente sexy?»

Le sorrise. «Be', visto che i miei figli non sono qui e non possono sentirmi, ho pensato di assicurarmi che mia moglie sapesse che la desidero quanto la desideravo quando eravamo bloccati qui tanti anni fa.»

«Credo che lo sappia» replicò con un sorriso.

«Allora... vuoi "nutrirmi"?» le chiese con un sopracciglio sollevato.

Carlise guardò l'orologio. «Andare a letto alle sette e mezza... oh, tu sì che sai come viziare una ragazza.»

Lui rise, amando la sua donna più di quanto avrebbe potuto esprimere a parole. Si spostò da sotto di lei e si alzò, tendendole la mano. Carlise la prese e lui la aiutò a mettersi in piedi. Però non si mosse, si limitò a tenerla contro di sé e a fissare il suo bellissimo viso.

«Che c'è?» gli chiese.

«È solo che... sono felice.»

«Mi fa piacere.»

«No, voglio dire... sono stato felice negli ultimi dieci anni. Voglio solo assicurarmi che tu capisca davvero che è grazie a te.»

«Vale lo stesso per me» replicò, portando le braccia intorno al suo collo.

Chappy abbassò la testa per baciarla, ma sentì una spinta insistente contro la gamba. Abbassò lo sguardo e vide Baxter accanto a loro che li guardava con un'aria impaziente.

«Non ci saranno i bambini, ma vedo che veniamo comunque interrotti» disse, facendo un sospiro esagerato.

Carlise ridacchiò di nuovo. «Lo faccio uscire io.»

«Vengo con te. Va bene, ragazzo, anche se poco fa eri fuori, ti lascio uscire per fare l'ultima pipì. Ma fai in fretta, mi raccomando.»

I tre si avviarono verso la porta, e con grande sorpresa di Chappy, non appena la aprì Baxter corse fuori nella foresta buia.

«Ma che diavolo? Non lo vedevo muoversi così velocemente da un sacco di tempo» disse Carlise. «Spero che non ci sia un orso o un alce là fuori.»

Lo sperava anche lui. Bax era troppo vecchio per affrontare grandi predatori. C'era stato un tempo in cui poteva farlo senza problemi, perché era troppo veloce e agile per essere catturato, ma quei giorni erano ormai lontani.

Il loro fedele compagno stava rimanendo nel bosco molto più a lungo del solito, e proprio quando stava cominciando a preoccuparsi e a chiedersi se fosse stato il caso di andare a cercarlo, sentirono qualcosa sulla destra.

Guardando oltre il portico d'ingresso, Chappy rimase a bocca aperta di fronte alla vista che lo accolse.

Baxter era tornato... con un'amica. Al suo fianco c'era un incrocio di labrador marrone e bianco, dall'aspetto emaciato ed estremamente pietoso. E zoppicava.

«Porca miseria, Riggs! Guardala!»

Lo stava già facendo, e non poté fare a meno di sorridere. Scese dal portico e si accovacciò. «Chi hai trovato, ragazzo? Un'amica?»

Baxter andò subito al suo fianco, ma l'altro cane rimase indietro; evidentemente non si fidava di lui.

Quando Bax vide che la sua compagna non si era fatta avanti, tornò da lei, le leccò il muso, poi emise un verso basso. Questa volta, quando si diresse verso il suo padrone, il labrador andò con lui.

«Va tutto bene, ragazza, ora sei al sicuro. Abbiamo cibo, acqua e un bel posto morbido dove dormire.»

Chappy percepì, più che sentire, Carlise avvicinarsi. Si mise in ginocchio accanto a lui e tese una mano per farla annusare al nuovo cane.

Con grande sorpresa di entrambi, l'animale andò dritto da lei e le posò la testa in grembo.

«Porca miseria, le piaccio, Riggs!»

«Certo che le piaci» disse alla moglie. Poi si chinò in avanti e appoggiò la fronte contro quella di Baxter. «Grazie per avercela portata» mormorò dolcemente al suo fedele compagno.

«Pensi che entrerà? Non credo di poterla lasciare sul portico come ho fatto con Bax.»

«Proviamo.»

Sorprendendoli ancora una volta, la nuova arrivata entrò senza troppa paura. Bevve mezza ciotola d'acqua e divorò il cibo che le misero a disposizione. Era evidente che fosse affamata e trascurata. Poi, come se l'avesse fatto ogni giorno della sua vita, seguì Baxter fino al suo letto, si accoccolò accanto a lui e si addormentò subito.

«A quanto pare abbiamo un altro cane» disse Carlise con soddisfazione. «I bambini saranno felicissimi.»

Chappy annuì, ma in fondo aveva la strana sensazione di sapere cosa significava. Baxter non sarebbe stato con loro ancora per molto, e lui non aveva voluto lasciarli soli. Aveva trovato qualcuno che avrebbe preso il suo posto.

Gli si spezzò il cuore, ma era comunque pieno di amore e di gratitudine per il suo vecchio amico.

Senza dire una parola, prese la mano di sua moglie e si diresse verso la loro camera da letto. Spense le luci e si prepararono per andare a dormire.

Dimostrandogli che erano sulla stessa lunghezza d'onda, una volta sotto le coperte Carlise si accoccolò a lui e disse: «Mi dispiace che presto Baxter ci lascerà, ma è proprio da lui portarci un altro randagio. È davvero magico.»

Chappy annuì. Poi si girò, e facendo attenzione a non schiacciarla si mise sopra di lei. «Ti amo, signora Chapman.»

«Ti amo anch'io.»

«Per la cronaca... i nostri figli non sono qui.»

«Ovvio» ribatté lei con una risata.

«Mi sto solo assicurando che tu sappia che puoi essere rumorosa quanto vuoi.»

Ridacchiò. «Ah, sì? Vuoi fare qualcosa per farmi *essere* rumorosa?»

«Certo che sì» le rispose, mentre iniziava a scivolare lungo il suo corpo.

L'indomani avrebbero avuto una giornata frenetica. Dovevano andare a prendere i loro figli, presentare loro il nuovo membro della famiglia, portare la cagnolina dal veterinario per farle controllare la zampa e sistemarla nella sua nuova casa. Per non parlare del consueto caos che si generava per far divertire tutti e sfamarli.

Per il momento, però, Chappy aveva la moglie tutta per sé, e intendeva approfittare di ogni secondo.

————

June/Cal

«Smetti di agitarti» disse Cal. «Sei bellissima.»

«Non posso farci niente. Sono nervosa» replicò lei, tirandosi il corpetto del bellissimo abito che indossava. Le era stato fatto su misura da Giorgio Armani e a Cal sembrava quasi impossibile che non fosse tutto un sogno.

La donna al suo fianco *gli* apparteneva, e non poteva esserne più orgoglioso. Gli aveva dato due bellissimi figli, e ogni giorno che passava si innamorava sempre di più di lei.

«Non essere nervosa. Sai quanto sei amata qui.»

Al momento si trovavano nel Liechtenstein per un altro matrimonio reale. Cal cercava di tornare in patria almeno una volta all'anno ora che avevano dei figli, e un altro cugino che si sposava era un'ottima scusa. Più che vedere la sua patria e i

suoi parenti, amava osservare quanto la gente fosse attratta da
June.

Per loro lei non faceva mai niente di sbagliato, e Cal sapeva
che era sia una benedizione sia una maledizione. Avevano la
fortuna di godere di un'esistenza tranquilla nel Maine, senza
giornalisti accampati sulla soglia di casa. I loro figli, Maximilian, che aveva dieci anni, e Georgina, che ne aveva appena
compiuti cinque, potevano vivere una vita normale, senza papa-
razzi intorno. Avevano una discendenza reale, ma non avrebbero mai dovuto preoccuparsi della politica del Paese natale del
padre o sapere cosa significasse essere costantemente foto-
grafati.

«I miei capelli stanno bene?» chiese June, portandosi una
mano alla testa.

Gliela afferrò prima che potesse toccare l'acconciatura fatico-
samente creata dalla parrucchiera. Le baciò il palmo e le tenne la
mano nella sua. «Certo. Sarai più bella della sposa, amore.»

Non fu sorpreso quando lei alzò gli occhi al cielo. «Vabbè.
Nessuno mi noterà con tutte le belle persone che ci sono qui.»

Non aveva idea di quanto si sbagliasse, ma lui si limitò a
sorridere. Sapeva bene di non doverla correggere, perché
l'avrebbe fatta sentire solo più nervosa e imbarazzata per il fatto
che la stampa e i curiosi erano eccitati di vederla quanto lo erano
per gli sposi e per il resto della famiglia reale.

«Forza, andiamo. Non vogliamo fare tardi» disse Cal.

La attirò accanto a sé e salirono sulla Rolls-Royce che li stava
aspettando per portarli alla chiesa dove si sarebbe svolto il matrimonio. La stessa in cui si erano sposati loro otto anni prima.
Allora Max aveva due anni e tutto il loro gruppo era andato in
Europa su uno dei jet privati della famiglia reale.

A differenza della loro cerimonia civile, celebrata quando
June era in ospedale dopo essere stata ferita da un proiettile, il
matrimonio nel Liechtenstein era stato un evento formale e sfar-
zoso, proprio come lo sarebbe stato quello di quel giorno... ma

naturalmente June e i loro amici avevano dato un'impronta unica alla cerimonia. Cal non riusciva a ricordarla senza sorridere.

Quando si avvicinarono alla chiesa, dovettero fermarsi a causa del traffico. C'erano un sacco di auto in fila, in attesa di far scendere gli ospiti, ognuno dei quali si fermava a posare per i media.

Dopo circa dieci minuti, June sospirò. «Ci stiamo mettendo troppo» si lamentò.

«Vuoi andare a piedi?» le chiese, conoscendo sua moglie meglio di chiunque altro al mondo.

«Sì!» rispose lei con un sorriso enorme.

Si sporse in avanti e disse all'autista che avrebbero fatto il resto della strada a piedi, e l'uomo si limitò a sorridere. Era abituato alle "stranezze" della principessa Juniper.

Cal scese dall'auto e le porse la mano. Lei la prese lasciandosi aiutare a uscire. Non si preoccupò che potessero farle male i piedi a causa dei tacchi, perché aveva insistito per indossare un paio di scarpe da ginnastica sotto il vestito elegante.

E sapeva già cosa sarebbe successo, quindi non fu affatto sorpreso quando sua moglie si fermò a parlare con una bambina che si trovava dietro la barriera di sicurezza. June non parlava tedesco, ma ciò non sembrò fare alcuna differenza né per lei né per la ragazzina. Parlarono a sorrisi e gesti, e quando June diede un bacio alla piccola, Cal capì che le aveva appena rallegrato la giornata.

Continuò a fermarsi per salutare le persone che si dirigevano verso la chiesa. Lei non vedeva la folla che costeggiava il passaggio pedonale come dei sudditi, ma solo come potenziali amici. A volte ciò lo faceva impazzire, perché sapeva meglio della maggior parte delle persone che chiunque avrebbe potuto fare del male a un membro della famiglia reale, ma non poteva impedire a sua moglie di salutare i cittadini più di quanto non avrebbe potuto fermare un uragano.

Perciò rimase dietro di lei e la assecondò. E, intimamente,

amava vederla così... comportarsi esattamente com'era: vera, gentile e alla mano. Era per quello che la amavano così tanto nel suo Paese.

Quando raggiunsero i gradini della chiesa, June aveva i capelli un po' scompigliati ed era sudata, ma il sorriso sul suo volto era genuino, e la rendeva mille volte più bella di qualsiasi altra donna perfettamente truccata e pettinata.

Aveva in mano anche dei fiori ricevuti da sconosciuti che avevano incrociato.

«È stato divertente» sussurrò, prendendolo a braccetto. Lui le sorrise con adorazione... e più tardi si sarebbe reso conto che quello era stato l'attimo esatto in cui avevano scattato la foto che avrebbero diffuso su internet.

Ma, naturalmente, in quel momento non poteva fare altro che guardare sua moglie con amore. Lei si alzò in punta di piedi per baciarlo, ma non lo avrebbe mai raggiunto se lui non si fosse abbassato per andarle incontro. Di solito non si facevano simili dimostrazioni di affetto in pubblico, ma la sua June non si curava del protocollo.

Proprio mentre stavano per entrare in chiesa, qualcuno gridò: «Dove sono il principe Max e la principessa Gina?»

Cal sospirò tra sé e sé. Avrebbero potuto ignorare qualsiasi domanda, ma June non riusciva a non parlare dei loro figli, e si girò verso l'uomo in piedi accanto a una videocamera. Ovviamente era un giornalista, ma a lei non importava.

«Questa volta li abbiamo lasciati a casa» disse con un sorriso di scuse. «Abbiamo pensato che il Liechtenstein avrebbe avuto bisogno di una pausa dai piccoli selvaggi.»

La gente intorno a loro rise. I loro figli erano adorabili, ma Cal non poteva di certo definirli disciplinati.

«Amiamo Max e Gina!» esclamò una donna in inglese, facendo sorridere ancora di più June.

Altri dissero qualcos'altro in tedesco; che i loro figli erano carini, che June e Cal erano dei bravi genitori, che i bambini erano amichevoli.

«Sarà per la prossima volta» promise June salutando con la mano verso la telecamera, poi si strinse a Cal e si diressero verso le porte della chiesa. Quando furono abbastanza lontani da non rischiare di essere sentiti, lei sussurrò: «Hanno detto che Max è un americano indisciplinato e che Gina è la cosa più lontana possibile da una principessa?»

«Sai che non è ciò che hanno detto.»

«Non avrebbero torto» ribatté con un'alzata di spalle.

Cal sentì il brusio delle voci provenienti dalla navata, che gli fece capire che la cerimonia non era ancora iniziata. Nessuno avrebbe battuto ciglio se lui e June fossero arrivati in ritardo, non erano esattamente noti per essere ligi alle regole. Non aveva ancora visto i suoi genitori, che lo avrebbero rimproverato per il ritardo, ma dato che era un uomo ormai vicino ai cinquant'anni, non gli importava.

Spinse June verso una porta dietro cui sapeva c'era un piccolo ripostiglio contenente materiale per le pulizie e altre cose. Per fortuna non era chiusa a chiave, e mise una mano sulla sua schiena per incoraggiarla a entrare. Accese la flebile luce del soffitto e si appoggiò alla porta, sorridendole.

June alzò gli occhi al cielo. «Cosa stai facendo?»

«Ho bisogno di stare un po' di tempo da solo con mia moglie» la informò.

«Ne hai avuto tanto ieri sera.»

«Sì, ma ti sei dovuta alzare alle prime luci dell'alba per prepararti. Non ho avuto le mie coccole mattutine.»

«Sei sdolcinato come Gina» disse lei ridendo.

«Ti dispiace?» le chiese, attirandola a sé.

«Per niente» lo rassicurò.

Cal guardò la donna tra le sue braccia e si chiese come avesse fatto a convincerla ad amarlo. Inoltre, gli aveva dato due figli e sembrava ancora innamorata di lui come il giorno in cui avevano pronunciato le loro promesse di matrimonio.

«Che c'è? Sembri così serio» disse con la fronte aggrottata.

«Avrei potuto perderti.»

June scosse la testa. «Non è vero.»

«Quando eri stesa su quel pavimento, sanguinante dopo che ti avevano sparato... non lo sapevo.»

«Cosa?» sussurrò.

«*Quante cose* avrei perso se tu non fossi stata abbastanza forte da sopravvivere. Te. I nostri figli. Il mio Paese che ti ama quasi quanto me... e ciò mi spaventa. E quando hai avuto Max senza di me in quella baita che sarebbe potuta esplodere... c'erano così tante cose che potevano andare storte.»

June gli accarezzò il petto. «Ma non è successo. Io sono qui. Tu sei qui. Max e Gina sono qui. Stiamo bene.»

Cal fece un respiro profondo e annuì. «Sì, è così.»

«Non dovremmo essere là fuori a socializzare? A intrattenerci con il re e la regina? A parlare con i tuoi genitori?»

«Probabilmente sì.» Ma Cal non si mosse.

«Allora?»

«Ho un'idea migliore» le disse. Poi cominciò a tirarle su il vestito.

«Cal! No! Non stropicciarmi!» protestò con una piccola risata.

«Oh, non lo farò.» Si mise in ginocchio e si portò la gonna sopra la testa.

La sua protesta arrivò attutita da quelli che sembravano chilometri di stoffa, e lì sotto era buio, ma Cal conosceva bene il corpo di sua moglie e non aveva bisogno di luce. Portò il dito sull'orlo delle mutandine e le tirò giù lentamente.

Sentì le sue mani afferrargli le spalle, e sorrise prima di chinarsi in avanti. Si fermò un attimo a inspirare, non ne aveva mai abbastanza del profumo della sua donna. Di quanto si eccitava per lui. Anche dopo dieci anni e due figli, riusciva ancora a farla bagnare tanto, cosa che lo faceva sentire un supereroe.

Non ci volle molto per farla venire. Era eccitata e pronta come sempre. La tenne ferma mentre lei tremava nella sua presa, e leccò via tutti gli umori prima di sistemarle, con rammarico, le mutandine. Poi si fece strada tra la stoffa e riemerse sorridendole, ma rimase in ginocchio.

Lei scoppiò subito a ridere. «Oh mio Dio, Cal, non puoi assolutamente uscire conciato così! I tuoi capelli sono tutti spettinati, le tue labbra sono gonfie e hai un po'...» Gli pulì la guancia con la mano, diventando di un rosso intenso.

Poteva sentire i suoi umori sul viso. Si lasciava sempre trasportare quando la leccava, volendo immergersi nel suo profumo. Senza pensarci, girò la testa e se lo asciugò sulla spalla.

«No! Non...! Accidenti, Cal. Ora hai macchiato lo smoking.»

A lui non importava. Si alzò in piedi, prese sua moglie tra le braccia e abbassò la testa. La baciò a lungo e con intensità. Non desiderava altro che trascinarla fuori da quel ripostiglio e riportarla nel loro letto nel palazzo reale. Ma doveva fare il suo dovere.

Fece un respiro profondo e le accarezzò la guancia arrossata con le dita. «Ti amo» le disse.

«Anch'io ti amo... per la maggior parte del tempo. Ma ho la sensazione che quando saremo là fuori, tutti sapranno esattamente cosa stavamo facendo in questo ripostiglio.»

«Ti dà fastidio?» le chiese, inclinando la testa. «Perché se è così uscirò per primo, mi assicurerò che non ci sia nessuno in giro, poi ti riporterò a palazzo, se è ciò che vuoi.»

«Cosa? No! Non possiamo andarcene, Cal» lo rimproverò. «Sarebbe scortese.»

Di nuovo, non gli importava.

June si spostò nervosamente tra le sue braccia, poi gli passò il pollice sulle labbra. «Sei sporco di rossetto. Ti sembro a posto?»

«Sei bellissima.» E lo era davvero. Con il trucco un po' sbavato, i capelli che stavano per uscire da quella notevole acconciatura e la parte superiore del petto arrossata dall'orgasmo, non poteva amarla di più.

June sospirò. «Immagino che sia solo un'altra cosa per cui la gente scuoterà la testa con disapprovazione riguardo a noi. Dai, andiamo e togliamoci questo pensiero.»

Gli tirò la mano per portarlo fuori dal ripostiglio, e spaventarono le poche persone che si trovavano nell'atrio. Cal sorrise quando il rossore sul viso di sua moglie si accentuò. Ma June nel corso degli anni aveva imparato a non giustificare le azioni dei suoi amici, dei suoi figli o di suo marito, e si limitò a sorridere a tutti e a dirigersi a testa alta verso l'ingresso della navata.

Cal sentì un commento sussurrato su quanto fosse fortunato il principe Redmon, e non poteva essere più d'accordo. *Era* fortunato. Più di quanto un uomo aveva il diritto di esserlo.

————

Marlowe/Bob

«Perché in questa casa ci sono così tanti animali di peluche, accessori per capelli e un miliardo di brillantini?» brontolò Bob, mentre si avvicinava a Marlowe che era seduta sul divano con i capelli raccolti e con indosso una delle sue magliette e un vecchio paio di pantaloni della tuta. Avevano appena finito di cenare con carciofi, ostriche e Doritos. I primi due perché non riuscivano a mangiarli quando le loro figlie erano a casa, e il terzo senza un motivo particolare.

«Perché abbiamo una bambina di nove anni e una di sette che amano tutto ciò che è scintillante e che sono femminili in tutto e per tutto» lo informò Marlowe con una risata.

«Perché non abbiamo potuto avere prima un maschio, come Chappy e Cal?»

«Non guardare me, è il tuo sperma che ha deciso il sesso dei nostri figli.»

Avevano avuto molte conversazioni di quel tipo, quindi non era poi tanto sorpresa dal suo brontolamento.

«Lo so» sospirò lui.

«Aspetta solo che siano adolescenti, quando i trucchi di Violet saranno sparsi per tutto il bagno e i suoi capelli intaseranno la doccia, e Kienna uscirà con gli amici della sua band e faranno tremare il quartiere con la loro musica.»

«Non sopravvivrò» disse in modo drammatico Bob, cadendo sul divano accanto a lei.

Marlowe ridacchiò e si mise a cavalcioni sulle sue gambe, abbandonandosi contro di lui che si era accasciato.

«Sopravvivrai. Inoltre, ho qualcosa da dirti che ti farà dimenticare che le nostre figlie saranno delle adolescenti.»

«Cosa?» le chiese, non riuscendo a tenere lontane le mani dalla moglie. Si adattava perfettamente a lui, e una delle cose che lei preferiva fare era accoccolarsi contro il suo corpo come quando stavano scappando dalle autorità thailandesi.

«Sono incinta.»

Bob la fissò, pensando di aver capito male, e si mise a ridere. «Non è divertente, Punky.»

«Non sto scherzando. Sono di circa sei settimane, quindi è ancora presto, ma l'anno prossimo a quest'ora saremo di nuovo immersi nei pannolini sporchi.»

«Porca puttana, dici sul serio!» disse, raddrizzandosi a sedere e tenendola stretta a sé per non farla cadere all'indietro. «Cosa... come.»

Lei rise. «Be', per quanto riguarda il come, quando fai l'amore con tua moglie senza preservativo e lei prende farmaci per la fertilità, è più o meno quello si suppone debba succedere.»

«Lo so, ma... è passato tanto tempo. Credo di aver pensato che non fosse destino.»

Marlowe scrollò le spalle. «Anch'io. Ma, sorpresa! È successo.»

Bob si alzò di colpo, ignorando il grido della moglie. Non l'avrebbe mai fatta cadere, non avrebbe mai permesso che le venisse fatto del male quando c'era lui. Attraversò il disordine del soggiorno, oltrepassò le scarpe in mezzo al corridoio, andò su per le scale – dove c'erano oggetti in attesa che qualcuno li portasse nelle varie stanze – oltre le porte delle camere delle figlie e dritto in quella matrimoniale.

Andò verso il letto, continuando a tenerla stretta, poi si lasciò cadere all'indietro sul materasso portando la moglie con sé. Mentre la fissava, vedendola così rilassata e felice, Bob si sentì riempire di gratitudine.

Marlowe si alzò a sedere e lui portò subito la mano sulla sua pancia, per accarezzare la pelle morbida. «Incinta» disse. Avevano sempre voluto tre figli, ma dopo la nascita di Kienna, per quanto ci avessero provato spesso, non ci erano più riusciti. Avevano fatto di tutto. L'ultima spiaggia erano stati i trattamenti per la fertilità, e quando non era successo nulla per un altro anno, entrambi avevano pensato che fosse finita.

Ma ora era incinta. Finalmente.

Bob fece un respiro profondo e chiuse gli occhi, sopraffatto dall'emozione. Quando riuscì a controllarsi, li riaprì e trovò sua moglie che lo fissava con uno sguardo pieno d'amore.

«Via questa» mormorò, tirandole la maglietta. Aveva bisogno di vederla. Vedere dove il suo bambino si stava formando nel profondo del suo corpo. Razionalmente sapeva che non sarebbe stata diversa da quella di qualche ora prima, quando avevano fatto l'amore sul tavolo della cucina, ma non poteva impedirsi di voler vedere ogni centimetro di lei.

Marlowe rise e lo assecondò sfilandosela. Fece di più, si piegò di lato per togliere anche i pantaloni. Non si era rimessa le mutandine dopo la scappatella in cucina, e Bob si ripromise di scoprire dov'erano finite prima che le figlie tornassero a casa.

Una volta completamente nuda, si mise di nuovo a cavalcioni su di lui. Era cambiata molto dalla donna di dieci anni prima, quando era troppo magra e senza ciclo mestruale a causa della malnutrizione. Ora era formosa, avendo mantenuto parte del peso acquisito con le gravidanze, e per lui stava benissimo.

Bob mise le mani sulle sue gambe, e per un attimo le acca- rezzò con i pollici l'interno delle cosce, risalì fino ai fianchi e poi sulla pancia, facendole scorrere con riverenza. Poi si raddrizzò a sedere e, tenendo stretta Marlowe, si girò e la sdraiò sulla schiena, rimanendo sospeso su di lei.

«Ho bisogno di te» ringhiò.

«Sono tua» replicò lei senza esitare.

Bob si spogliò a tempo di record, avendo la prontezza di assi- curarsi che lei fosse pronta a prenderlo prima di spingere il suo cazzo in profondità nel suo corpo.

«Questo sarà un maschio, me lo sento» mormorò.

Marlowe rise sotto di lui, accarezzandogli le braccia. «Credo che a questo punto sia troppo tardi per fare qualcosa riguardo al suo sesso.»

«Pazienza» ribatté, iniziando a muoversi delicatamente dentro sua moglie.

Non sarebbe durato abbastanza, non con il pensiero di aver messo incinta ancora una volta Marlowe che minacciava di sopraffarlo. Non vedeva l'ora di vederla di nuovo con il pancione. Era così bella. Gli era piaciuto tutto delle sue gravidanze; le strane voglie, il modo in cui diventava ancora più vogliosa, il suo bisogno di creare l'ambiente perfetto per il bambino... aveva amato persino il suo umore altalenante; un attimo prima era innamorata di tutti e quello successivo piangeva in modo isterico.

«Di più!» gli chiese, stringendogli il sedere e cercando di costringerlo a prenderla con più forza. Avrebbe dovuto capire che era di nuovo incinta prima ancora che lei glielo dicesse. Ulti- mamente era stata molto più energica a letto, proprio come quando aveva portato in grembo Violet e poi Kienna. A essere sinceri erano passati sette anni dall'ultima volta, ma comunque...

«Ti amo» le disse, fissando il suo bel viso.

«Ti amerei di più se ti muovessi più velocemente e più forte» ansimò.

Bob obbedì ridendo.

Dopo averla riempita con una quantità infinita di sperma come non ricordava fosse successo da molto tempo, si girò sulla schiena portando sua moglie con sé. Quello era ancora il modo preferito di Marlowe di riposare; usarlo come cuscino.

Ora era abbandonata contro di lui, che le stava accarezzando pigramente la schiena. La loro casa era in disordine, non c'era più molto cibo nel frigorifero e dovevano andare a fare la spesa. Doveva anche tagliare l'erba. Inoltre, avevano dato via mesi prima le ultime cose per neonati che avevano tenuto per ogni eventualità... ma tutto ciò non contava. La cosa più importante era stringere sua moglie.

Le baciò la tempia. «Ti amo.»

«Shhh» borbottò lei. «Parli troppo forte.»

Bob sorrise e si zittì.

———

April/JJ

«Puoi raccontarci di nuovo la storia del matrimonio di zia June? Per favore, zia April? Per favore?» implorò Atlas in modo drammatico.

Lei sorrise fissando i piccoli volti che la guardavano. Avere tutti e otto i loro nipoti contemporaneamente era estenuante, ma ne amava ogni minuto... soprattutto il silenzio che regnava in casa quando i genitori venivano a riprenderli.

Non stava mentendo quando lo aveva detto tanti anni prima,

non aveva mai voluto figli suoi, ma adorava viziare i diavoletti delle sue amiche.

I bambini avevano un'età compresa tra i dieci e i due anni. La piccola Ivy si era già addormentata nella culla, ma gli altri sette erano svegli e agitati per gli zuccheri ingeriti e per l'eccitazione di trovarsi a casa di zia April e zio Jack.

E non aveva assolutamente problemi a raccontare la storia di quando erano andati tutti nel Liechtenstein per il matrimonio di June e Cal. Era uno dei suoi ricordi preferiti in assoluto.

«Va bene, ma dopo la storia dovete promettere di mettervi a dormire. Abbiamo avuto una giornata emozionante, ma domani i vostri genitori verranno a prendervi, e se sarete tutti irritabili ed esausti perché vi ho fatti rimanere svegli fino alle tre del mattino, non potrete più tornare qui» li avvertì.

Tutti ridacchiarono. Il pensiero di rimanere svegli fino a quell'ora era qualcosa che non riuscivano a immaginare. E nemmeno di non poter andare a trovare gli zii.

«Lo promettiamo!» esclamò Atlas, facendo con entusiasmo una X sul cuore.

«Sì, lo faremo!» aggiunse Max.

«La mamma non dirà che non possiamo venire» disse Violet in modo solenne. «A lei e a papà piace troppo stare da soli.»

«Sì, possono sbaciucchiarsi senza che noi ci lamentiamo» continuò Kienna.

Tutti i bambini fecero dei versi schifati al pensiero dei loro genitori che si baciavano.

April ridacchiò e non poté fare a meno di guardare Jack. Era seduto su una poltrona a sacco e teneva Gina in braccio. La bambina era appoggiata al suo petto mezza addormentata, mentre si succhiava il pollice e teneva stretto un tricheco di peluche. L'oggetto era orribile, ma lo portava con sé da quando era diventata abbastanza grande da muoversi.

Jack rivolse ad April un piccolo sorriso. Anche lui aveva l'aria stanca, ma non avrebbero scambiato l'opportunità di stare con quei bambini con nulla al mondo. E sapere che ciò permetteva ai loro amici di avere un po' di tempo per loro era un bonus.

«Bene» iniziò April. «C'era una volta una ragazza che aveva una sorellastra e una matrigna molto cattive. Le facevano fare tutte le faccende da sola, non la lasciavano uscire di casa e non le davano soldi. Ma un bel principe che viveva in un paese al di là del grande oceano, andò in visita in quella casa e conobbe la ragazza. La aiutò a fuggire e vennero nel Maine.»

«E l'hanno sparata!» disse Will eccitato.

I bambini avevano sentito la storia di June e Cal così spesso che la conoscevano a memoria.

«Non si dice l'hanno sparata» lo corresse Max con aria di superiorità. «Ma *le hanno sparato*. E, zitto, stai rovinando la storia!»

«Vabbè» replicò Will alzando gli occhi al cielo.

«Hai ragione, Will» continuò April. «La ragazza, che si chiamava June, è stata ferita da un uomo cattivo che lavorava per la sua orribile famiglia.»

«Ma non è morta» disse Kienna, sporgendosi in avanti. Era seduta sul materasso inferiore di un letto a castello, e ascoltava con attenzione.

«No, non è morta» confermò con un sorriso. «È sopravvissuta, e lei e il principe si sono sposati con una piccola e tranquilla cerimonia e hanno vissuto per sempre felici e contenti.»

«Zia April» si lamentò Jasper. «Raccontala bene!»

April rise. «Giusto, scusa. I due *si sono* sposati con una piccola e tranquilla cerimonia, ma dato che il ragazzo era un principe, la gente del suo Paese voleva un matrimonio in grande stile. Così, dopo che June e Cal ebbero il loro primo figlio...»

«Sono io! Sono io!» esclamò Max con orgoglio.

«Sì» concordò April. «Dopo che ti hanno avuto e che sei diventato abbastanza grande per viaggiare più comodamente, cioè quando avevi circa l'età che ha Ivy ora, fecero le valigie, salirono su un lussuoso aereo privato con i loro sei migliori amici e attraversarono l'oceano per celebrare una grandiosa cerimonia di nozze nel Paese del principe.

Il giorno del matrimonio la ragazza indossò un abito bellissimo. Lo strascico era così lungo che dovettero tenerlo in quattro per aiutarla a camminare. Il principe aveva un aspetto molto ufficiale con lo smoking e tutte le medaglie che si era guadagnato come soldato. E la chiesa era gremita di persone venute da tutto il mondo per assistere al matrimonio del principe e della ragazza.»

April si guardò intorno nella stanza, e trovò gli sguardi di tutti incollati su di lei. Adorava quella parte della storia, le riportava alla mente tanti bei ricordi di quel viaggio di otto anni prima.

«Il principe era in piedi davanti all'altare, in attesa che la sua amata percorresse la navata. Il suo smoking non aveva una grinza, i suoi capelli erano perfettamente pettinati, e per la ragazza che stava per diventare una principessa era l'uomo più bello che avesse mai visto. Iniziò a camminare verso di lui, quando all'improvviso sentì un forte urlo alle sue spalle!

Tutti ansimarono, temendo che qualcuno fosse andato lì per fare del male alla principessa o al principe, o forse anche al re e alla regina! Invece, apparve un bambino. Era completamente nudo e piangeva in modo isterico. Gridò: "Papà!" e sgambettò lungo la navata verso il principe.

Non gli importava di non indossare vestiti o che ci fossero centinaia di persone che lo fissavano. Voleva solo il suo papà. Il principe si inginocchiò e gli tese le braccia, e il bambino, nudo e per qualche motivo bagnato fradicio – cosa di cui il padre si rese conto solo quando lo prese in braccio – gli corse subito tra le braccia.

All'inizio, tutte le persone che stavano guardando non sapevano cosa fare. La stanza era così silenziosa che si sarebbe potuto sentire uno spillo cadere. Anche la principessa rimase immobile in fondo alla navata. Il suo viso era diventato rosso e tutti potevano vedere che era imbarazzata.

Poi un'altra vocina urlò qualcosa, e un altro piccolino oltrepassò la principessa. Era nudo e piangeva anche lui. Si guardò intorno per un attimo, poi corse verso sua madre, che era in piedi davanti alla prima fila dei posti a sedere.»

«Eravamo bagnati perché avevamo caldo e in chiesa si soffocava, così ci siamo tolti i vestiti per giocare nell'acqua di quella bella fontana. Poi, quando la babysitter ha cercato di farci rivestire, siamo scappati perché era tanto spaventosa» spiegò Max, difendendo le loro azioni.

«È vero. Vi siete spaventati perché la gentilissima signora che faceva da babysitter era solo andata un po' nel panico» disse April con un piccolo sorriso.

Max si girò verso Atlas e gli diede il cinque. I ragazzi amavano quella storia. Non si vergognavano di aver interrotto un matrimonio reale correndo nudi davanti a tutti gli invitati. Aveva la sensazione che una volta diventati più grandi sarebbero stati imbarazzati, ma per il momento amavano essere una parte così importante della storia.

«Continua!» disse Jasper con impazienza.

«Giusto, scusate.» April sorrise. «Come ho detto, tutti i presenti rimasero in totale silenzio perché erano scioccati. I due bambini stavano ancora piangendo e, come se non bastasse, una bambina tenuta in braccio da un'amica della principessa, anche lei in prima fila, cominciò a piangere perché aveva sentito gli altri due.

La ragazza con il bel vestito da sposa andò nel panico, pensando di aver rovinato il matrimonio e temendo che tutti i presenti e tutte le persone che vivevano nella terra del principe l'avrebbero odiata. Ma poi... qualcuno ridacchiò. Fu un verso soffocato, ma fu chiaramente una risatina. Poi se ne aggiunse un'altra. E presto si trasformarono in vere e proprie risate. Iniziò nelle prime file, dove si trovavano i migliori amici degli sposi, e poi il divertimento si diffuse. Prima che lei si rendesse conto di ciò che stava accadendo, tutti i presenti in chiesa stavano ridendo.

E Cal fece qualcosa che nessun principe nella storia del Paese aveva mai fatto prima. Scese dalla pedana vicino all'altare e percorse la navata verso la ragazza. Quando la raggiunse, si chinò e le diede un bacio. Ormai il suo impeccabile smoking era umido a causa del bambino che teneva in braccio, e i suoi capelli erano stati scompigliati dalle piccole dita. Ma a lui sembrò non importare. E nemmeno alla sua principessa.

La prese per mano e la condusse fino all'altare. Si fermò alla prima fila per consegnare il figlio a uno dei suoi amici, ma il piccolo si rifiutò. Non solo, ma l'altro bambino nudo alzò le braccia, volendo unirsi a loro.

La principessa diede il suo mazzo di fiori a una delle sue amiche e lo prese in braccio. Lui smise subito di piangere e appoggiò la testa sulla sua spalla. E fu così che il Paese del principe si innamorò della nuova principessa. La cerimonia di matrimonio continuò, con i due che tenevano in braccio i bambini nudi e promettevano di amarsi per il resto della loro vita.»

April sorrise al ricordo. Il matrimonio era stato tutt'altro che tradizionale, e anche se June aveva temuto di essere cacciata dal Liechtenstein e di non essere mai più invitata, si era verificato il contrario. I cittadini apprezzavano il suo atteggiamento sereno e gentile, e le foto del matrimonio venivano ancora diffuse ogni anno in occasione dell'anniversario.

Il ballo dopo la cerimonia era stato molto divertente. Le persone che avevano incontrato erano state amichevoli e accoglienti, e tutte le paure che la sposa aveva avuto prima delle nozze erano state messe a tacere. A un certo punto Carlise, Marlowe, June e April avevano trovato il tempo di riunirsi e di godersi semplicemente il fatto di essere insieme, al sicuro, felici e in salute, e un fotografo aveva colto anche quel momento.

La foto era attualmente incorniciata e appesa a una parete del

piano di sotto. Nessuno dei loro visi si vedeva chiaramente,
perché erano in cerchio con le braccia l'una intorno alle spalle
dell'altra, ma era una delle foto che preferiva... tranne forse per
quella che lei e Jack avevano scattato il giorno che si erano
sposati. Lei aveva un occhio nero e un livido sulla guancia, e lui
un'aria quasi feroce perché era ancora agitato per il fatto che
erano state rapite e quasi fatte saltare in aria. Ma quando April la
guardava, vedeva solo amore.

«Bene, la storia è finita, è ora di andare a dormire» dichiarò
alzandosi.

Tutti i bambini emisero gemiti e mugugni, ma andarono
verso i loro letti, sempre che non fossero stati già lì. Jack e April
fecero il giro della stanza, distribuendo baci della buonanotte e
rimboccando le coperte a tutti.

Quando si avviarono verso la loro camera, lei era esausta.

«Stanca?» le chiese, mettendole un braccio intorno alla vita e
attirandola a sé.

«È un eufemismo. Pensi che dormiranno tutta la notte?»

«Assolutamente no» rispose con una risatina.

«Quanti pensi che ne arriveranno nel nostro letto?»

«Di sicuro Gina. Forse Will. Probabilmente Ivy si sveglierà e
farà alzare anche tutti gli altri. Potremmo ritrovarci con un tea
party improvvisato alle tre del mattino.»

April gemette. Quando arrivarono in camera, Jack si assicurò
di lasciare la porta aperta, in modo che tutti i bambini che si
fossero svegliati nel cuore della notte e avessero voluto infilarsi
nel letto degli zii, sapessero che sarebbero stati i benvenuti. La
condusse fino al loro letto king size e quando lo raggiunsero la
strinse a sé.

April si accoccolò subito a lui, appoggiando la testa contro la
sua spalla.

«Questo fine settimana è stato fantastico» le disse dopo un
attimo.

Lei annuì. «Estenuante, ma fantastico» concordò. Alzò la testa e guardò suo marito. «Non ti dispiace?»

«Non so cosa mi stai chiedendo esattamente, ma la risposta è no. Sempre no. Se ti piace quello che facciamo, allora no, non mi dispiace.»

April avrebbe voluto sciogliersi tra le sue braccia. Quell'uomo era tutto per lei. Non era perfetto. Era ancora troppo protettivo, ma lavorava duro, la faceva sentire la donna più importante del mondo e la amava ogni giorno di più... proprio come lei amava lui.

«Intendevo se ti dispiace avere tutti i bambini nello stesso momento» chiarì.

«Assolutamente no. È pazzesco, terrificante, e dormiremo per una settimana quando se ne andranno, ma sono tutti ragazzini molto bravi. Ed è una bella sensazione sapere che questo dà ai nostri amici una pausa per qualche giorno.»

«Sì» concordò.

«Inoltre... dobbiamo restituirli, così poi avrò mia moglie e il nostro letto tutti per me.»

April rise. Poi tornò seria. «Jack?»

«Sì, tesoro?»

«Ti amo.»

«Lo so.»

Gli diede un leggero schiaffo sul petto.

Lui sorrise. «Ti amo anch'io. Grazie per aver dato a questo tagliaboschi confuso una seconda possibilità»

«Il *mio* tagliaboschi.»

«Tuo» concordò, poi abbassò la testa per baciarla.

Il gesto affettuoso si infiammò rapidamente. April emise un gemito di protesta quando lui si staccò.

«Domani» giurò Jack. «Non appena l'ultimo selvaggio sarà stato prelevato, torneremo nella nostra stanza, ti spoglierai e ti infilerai sotto le coperte. Io ti raggiungerò e ti prenderò tra le braccia... e dormiremo per otto ore di fila.»

April scoppiò a ridere. Non si sbagliava.

«*Poi* mostrerò a mia moglie quanto la amo e la adoro. La tua pazienza con i bambini è infinita e mi piace quanto sei brava con loro. Non potrebbero chiedere una zia migliore.»

«Farò in modo che tu mantenga la promessa» lo minacciò. «Voglio dimostrare a mio marito quanto è meraviglioso e quanto sono orgogliosa che non abbia perso la calma quando siamo andati al parco e tutti sono corsi in otto direzioni diverse.»

Jack rabbrividì. «Dio, è stato terribile. Non riuscivo a tenerli d'occhio tutti contemporaneamente. Uno di loro avrebbe potuto essere rapito e io non l'avrei visto. Non facciamolo mai più. O se lo facciamo, faremo mettere a tutti quei localizzatori che ci ha mandato Tex.»

Il famoso Tex aveva inviato loro quei dispositivi dopo che le donne erano state rapite, e ne aveva regalato uno nuovo per ogni figlio nato.

April gli sorrise. «Era tutto ok. Nessuno è mai stato a più di dieci metri da noi. E sanno che devono stare sempre con il compagno che gli è stato assegnato.»

Avevano insegnato ai bambini tutto il possibile su come stare al sicuro e sui pericoli del mondo, senza spaventarli a morte. Quando erano in giro, tutti avevano un compagno con cui dovevano restare sempre, qualunque cosa accadesse. Finora quel sistema aveva funzionato.

April baciò Jack, poi si passò stancamente una mano sul viso.

«Vai a prepararti per andare a letto» le disse, voltandola verso il bagno.

Lei annuì. Prese la maglia lunga che indossava per dormire e scomparve in bagno.

———

Trenta minuti più tardi, JJ stava tenendo tra le braccia la moglie che russava leggermente, e fissava il soffitto contando le cose per cui si riteneva fortunato. Era stanco quanto April, ma non riusciva a dormire. Ascoltò i rumori della casa mentre cercava di rilassarsi. Non c'era nulla fuori dall'ordinario. Le otto preziose anime nell'enorme mansarda, che lui e April avevano trasformato in una grande camera da letto con quattro letti a castello e una culla, erano al sicuro.

Adorava i figli dei suoi amici. Erano divertenti, gentili, sarcastici e intelligenti, e l'amore che JJ provava per loro era quasi travolgente. Lui e April erano fortunati ad essere una parte così importante della loro esistenza.

La vita nel Maine era andata sempre meglio. La Jack's Lumber continuava a prosperare. Il parco avventura che avevano creato era stato un grande successo fin dall'inizio. Erano impegnati tutto l'anno con turisti e gente del posto, e con associazioni e aziende che organizzavano viaggi per andare lì a rafforzare il rapporto e la fiducia con i loro dipendenti.

Avevano ridotto di molto la guida dei gruppi sul sentiero degli Appalachi. Tra la famiglia, la Jack's Lumber e il parco avventura a cui tutti collaboravano, non c'erano abbastanza ore nella giornata.

Ma nessuno era stato disposto a sacrificare il tempo trascorso con gli amici. I picnic, le serate tra donne, quelle tra uomini, le serate cinema e quelle quasi tranquille a casa di uno o dell'altro in cui loro chiacchieravano mentre i bambini giocavano, erano numerosi.

Il legame tra JJ, Chappy, Cal e Bob era sempre forte come lo era stato tanti anni prima, quando avevano fatto quel gioco di fortuna per determinare il loro futuro. Chi avrebbe immaginato che sarebbero stati dov'erano ora? Lui no di certo.

April si mosse nel sonno, stringendo la presa su di lui.

JJ sospirò. *Questo* era ciò che aveva desiderato per tanti anni dopo aver assunto April, ma che era stato troppo codardo per inseguirlo. E ora non l'avrebbe più lasciata andare. I bambini sarebbero cresciuti e andati avanti con la loro vita, ma lui sarebbe stato ancora lì con lei. Ad amarla il più possibile. Non conosceva altro modo di farlo se non intensamente. Di tanto in tanto aveva ancora gli incubi che venisse rapita, ma con il passare del tempo erano diminuiti notevolmente.

Un rumore attirò la sua attenzione, e alzò la testa per guardare verso la porta. Will, che aveva sei anni, era sulla soglia con un'aria incerta.

«Va tutto bene?» gli chiese dolcemente.

Lui annuì. «Non riesco a dormire.»

«Vieni qui, piccolo» gli disse, tendendogli una mano.

Lui attraversò rapidamente la stanza e si infilò nel letto. Si accoccolò sull'altro lato di JJ e sospirò. Passarono un paio di minuti poi il bambino alzò un piccolo pugno e disse: «Al tre.»

Gli sorrise e fece lui stesso il pugno con la mano intorno alla schiena di April. «Uno, due, tre» contò, appiattendo la mano per indicare carta.

Will, invece, aveva allargato l'indice e il medio a formare delle forbici.

«Ho vinto!» esclamò felice.

JJ non riusciva a smettere di sorridere. «È vero. Ottimo lavoro.»

Nel corso degli anni aveva insegnato a tutti i suoi nipoti a giocare a sasso-carta-forbice. Potevano letteralmente passare delle ore con quel gioco. Era una cosa fastidiosa quanto accattivante. Per fortuna Will sembrò accontentarsi di un unico round, perché appoggiò la testa sulla sua spalla e si addormentò profondamente.

Come aveva già accennato ad April, aveva la sensazione che una volta arrivato il mattino, nel loro letto ci sarebbero stati molti altri corpicini che avrebbero occupato ogni angolo e spazio. Ma a lui non importava, e sapeva che era lo stesso per lei. Presto avrebbero riavuto la loro casa e il loro letto, e anche se sarebbe sembrato un po' vuoto, sarebbe stato un sollievo. La cosa migliore dell'essere zio era poter restituire i bambini ai loro genitori. Ma non avrebbe scambiato il tempo trascorso con loro per nulla.

«Jack?» mormorò April.

«Sì?»

«Ti amo.»

JJ chiuse gli occhi e lasciò che le parole di sua moglie penetrassero nella sua anima. Sì, era fortunato. Dopo la vita che aveva condotto, i rischi che aveva corso, i pericoli che aveva affrontato, era grato per tutto ciò che aveva.

«Ti amo anch'io» disse, baciandole la testa.

Prima di concedersi di rilassarsi completamente, si concentrò ancora una volta sui rumori intorno a lui, assicurandosi che tutto fosse come doveva essere... poi chiuse gli occhi e si addormentò.

———

Grazie per aver letto la serie Game of Chance. Spero che ne abbiate AMATA ogni parola. Se non avete letto le altre mie serie e vi state chiedendo da dove provengano tutti gli uomini comparsi nel finale, potete trovarli nelle serie Ace Security, Mercenari di Montagna e Silverstone! E Tex? Fa parte della prima serie Armi & Amori, che inizia con *Proteggere Caroline* (e che trova il suo lieto fine in *Proteggere Melody*).
La mia serie più recente è Armi & Amori: Alleanza, e inizia con *Proteggere Remi*. Andate a dare un'occhiata se non l'avete ancora fatto!
Continuate a leggere e ricordate di essere sempre gentili!

Also by Susan Stoker

Game of Chance
Il protettore
Il reale
L'eroe
Il tagliaboschi

Armi & Amori: Alleanza
Proteggere Remi
Proteggere Wren
Proteggere Josie
Proteggere Maggie
Proteggere Addison
Proteggere Kelli
Proteggere Bree

Il Rifugio
Meritare Alaska
Meritare Henley
Meritare Reese
Meritare Cora
Meritare Lara
Meritare Maisy
Meritare Ryleigh

Forze Speciali alle Hawaii
Trovare Elodie
Trovare Lexie
Trovare Kenna
Trovare Monica
Trovare Carly
Trovare Ashlyn

Trovare Jodelle

Ricerca e soccorso Eagle Point

In cerca di Lilly
In cerca di Elsie
In cerca di Bristol
In cerca di Caryn
In cerca di Finley
In cerca di Heather
In cerca di Khloe

Silverstone

Fidarsi di Skylar
Fidarsi di Taylor
Fidarsi di Molly
Fidarsi di Cassidy

Delta Duo

La forza di Gillian
La forza di Kinley
La forza di Aspen
La forza di Jayme
La forza di Riley
La forza di Devyn
La forza di Ember
La forza di Sierra

Armi & Amori: verso il futuro

Soccorrere Caite
Soccorrere Brenae
Soccorrere Sidney
Soccorrere Piper
Soccorrere Zoey
Soccorrere Avery

Soccorrere Kalee
Soccorrere Jane

Mercenari di Montagna

Difendere Allye
Difendere Chloe
Difendere Morgan
Difendere Harlow
Difendere Everly
Difendere Zara
Difendere Raven

Delta Force Heroes

Salvare Rayne
Salvare Emily
Salvare Harley
Il Matrimonio di Emily
Salvare Kassie
Salvare Bryn
Salvare Casey
Salvare Sadie
Salvare Wendy
Salvare Mary
Salvare Macie
Salvare Annie

Armi e Amori

Proteggere Caroline
Proteggere Alabama
Proteggere Fiona
Il Matrimonio di Caroline
Proteggere Summer
Proteggere Cheyenne
Proteggere Jessyka

Proteggere Julie
Proteggere Melody
Proteggere il Futuro
Proteggere Kiera
Proteggere i figli di Alabama
Proteggere Dakota

Ace Security

Il riscatto di Grace
Il riscatto di Alexis
Il riscatto di Bailey
Il riscatto di Felicity
Il riscatto di Sarah

Una raccolta di storie brevi

Un momento nel tempo

BIOGRAFIA

L'autrice

Susan Stoker è annoverata da *New York Times*, *USA Today* e *Wall Street Journal* quale scrittrice di successo, le cui collane di libri includono Badge of Honor: Texas Heroes, SEAL of Protection e Delta Force Heroes. Sposata con un sottufficiale dell'esercito in pensione, Stoker ha vissuto in ogni dove negli Stati Uniti – dal Missouri alla California e al Colorado – e attualmente vive sotto i grandi cieli del Texas. Quale vera sostenitrice del "vissero felici e contenti", Stoker ama scrivere romanzi in cui una relazione romantica si trasforma in amore.

Per ulteriori informazioni sull'autrice e il suo lavoro, visita il sito web www.stokeraces.com

www.ingramcontent.com/pod-product-compliance
Lightning Source LLC
Chambersburg PA
CBHW011146100726
47899CB00010B/3195